어워크

어워크

초판 1쇄　2019년 9월 2일

지은이　강지영 · 김성희 · 노희준 · 소현수 · 신원섭 · 전건우 · 정명섭 · 정해연
펴낸이　김희재
책임편집　박혜림
기획편집　박혜림 · 조민욱 · 추태영
마케팅　박초아
표지그래픽　KUSH
편집디자인　박초아

펴낸곳　㈜올댓스토리
출판등록　2009년 11월 23일 제2011-000180호
주소　서울특별시 강남구 역삼동 637-20 호전빌딩 503호
전화　02-564-6922
팩스　02-766-6922
홈페이지　www.allthatstory.co.kr
www.storycabinet.net
이메일　cabinet@allthatstory.co.kr

ISBN　979-11-88660-35-3 03810

· 캐비넷은 ㈜올댓스토리의 임프린트입니다.

· 잘못된 책은 구입처에서 바꾸어 드립니다.

어위크

CABINET

어위크 남산점

a WEEK

THANK YOU FOR SHOPPING!

전건우

소설가. 장편소설 『밤의 이야기꾼들』, 『소용돌이』, 『고시원 기담』을 발표했다.
최근에는 단편집 『한밤중에 나 홀로』를 펴냈다. 그 외에 여러 단편소설을 발표해오고 있다.

A WEEK AGO

"잘 들어봐. 계획은 말이야, 단순할수록 좋은 거야. 내 말 무슨 말인지 알지?"

잔뜩 흥분해서 말하는 현우 앞에서 중식과 태영은 그저 고개를 끄덕일 뿐이었다. 그러면서도 시선은 자꾸만 권총에 머물렀다. 그러니까 현우가 쥐고 있는 권총 말이다.

권총.

모든 것은 중식이 주워온 권총에서 시작되었다.

사흘 전, 중식은 여느 때처럼 스쿠터를 몰고 어두컴컴한 동네를 돌고 있었다. 자신이 일하는 중국집 '주일반점'의 빈 그릇을 수거하기 위해서였다. 주일반점 배달원 중 제일 짬이 안 되는 중식은 퇴근 후에도 그릇 수거하는 일을 도맡아 했다.

"인생 진짜 좆같네."

중식은 그날도 그렇게 중얼거렸다. 여느 때와 다름없이. 벌써 스물아홉이 되었지만 벌어놓은 돈도, 마땅한 직업도, 그리고 빌어먹을 애인도 없었다. 좆같다는 말이 안 나올려야 안 나올 수가 없는 인생이라고 중식은 생각했다. 매일 똑같은 일상의 반복이었다. 배달을 하고, 배달을 하고, 좆같은 배달을 하고, 더 좆같은 그릇 수거를…….

중식이 몰던 스쿠터 앞으로 한 남자가 뛰어든 것은 매일 똑같던 일상에서 정말로 이례적인 사건이었다.

그것도 아주 좆같이 이례적인.

끼익!

가로등도 제대로 없는 후미진 골목에서 튀어나온 남자를 피하기 위해 중식은 브레이크를 잡으며 핸들을 틀었다. 그 바람에 스쿠터는 보기 좋게 미끄러졌다.

"억!"

중식은 외마디 비명과 함께 바닥을 굴렀다. 넘어진 스쿠터는 드러누워 떼를 쓰는 아이처럼 발버둥을 쳤고 기껏 수거한 그릇들은 골목 구석구석으로 날아갔다.

"아이고."

중식은 몸을 웅크리고 신음을 토해냈다. 반바지 아래로 드러난 정강이가 땅에 쓸려 피가 흘러내리는 것은 물론이요, 넘어질 때 잘못 짚었는지 손목도 시큰거렸다.

"야!"

호통이 날아든 것은 중식이 간신히 몸을 일으키려던 순간이었다.

"야 인마!"

남자였다. 갑자기 튀어나와 중식을 놀라게 한 남자가 바닥에 주저앉아서는 혀 꼬부라진 말투로 고래고래 소리를 질렀다.

"이노무 새끼가, 내가 누군지 알아? 내가 말이야, 응? 국민의 안전과 평화를 지키기 위해서, 응? 불철주야, 응? 씹할. 그런데 승진을 안 시켜줘? 그게 말이나 돼? 응?"

"아! 좀 조용히 해요! 잘못한 건 아저씨잖아요."

중식은 화가 나서 소리쳤다. 오늘따라 헬멧을 쓰고 있었기 망정이지 안 그랬다면 머리도 다칠 뻔했다. 중식은 작년에 배달을 하다가 교통사고가 나서 식물인간이 된 최 씨 아저씨를 떠올렸다. 그 양반은 헬멧을 안 썼고 그래서 머리에 커다란 구멍이 났다. 좀만 더 재수가 없었다면 자신도 오줌 보자기 차고 병원 침대에 누웠을지도 모른다고 생각하자 등골이 서늘했다.

"인마! 내가 누군지 아느냐고? 응? 이노무 새끼, 이노무 어린 새끼가. 너 경찰서 가자. 체포다. 체포!"

남자는 그렇게 말하며 비척비척 일어났다. 움직이는 걸로 봐서 다친 곳은 없는 듯했다. 다만 머리 꼭대기까지 술이 가득 찼다는 것만은 분명해 보였다. 술 취한 인간을 상대해 봐야 자기만 손해다. 아무리 무식한 중식이라도 그 정도는 알고 있었다.

"됐고, 그냥 가세요. 좆같네, 진짜."

중식은 간신히 스쿠터를 일으켜 세웠다.

"내가 유치장에 잡아 처넣은 새끼가 몇 명인데, 뭐? 승진 누락? 씹할. 다들 쏴 죽이던지 해야지, 응?"

남자는 이제 중식에게 관심이 떨어진 듯했다. 사고가 날 뻔했다는 사실도 모르는 것 같았다. 알아들을 수 없는 말을 혼자서 지껄이다가 또 소리를 질렀다가를 반복하다가 노래까지 부르면서 골목 저편으로 사라졌다.

"아오. 아파."

중식은 얼굴을 찡그리며 그릇들을 줍기 시작했다. 정말로 재수 옴 붙은 날이었다. 성질 더러운 사장은 당장에 깨진 그릇과 긁힌 스쿠터 걱정부터 할 것이다. 여기서 더 재수가 없으면 수리비용 같은 걸 중식에게 물어내라고 할지도 모른다. 그 생각을 하자 저절로 한숨이 새어 나왔다. 그때였다.

"이게 뭐야?"

땅바닥에 시커먼 물체가 떨어져 있었다. 남자가 주저앉아 있던 자리였다. 중식은 무심결에 그걸 주워들었다가 깜짝 놀라며 다시 떨어뜨렸다.

"히익!"

그 물건은 날카로운 쇳소리를 내며 바닥에 떨어졌다.

그것은 까만색의, 손에 쏙 들어오는, 권총이었다.

중식은 숨을 한 번 고른 후 조심스레 권총을 집어 들었다. 묵직했다. 총이라곤 액션 영화 속에서밖에 본 적 없는 중식이었지만 이게 진짜라는 것쯤은 알 수 있었다.

진짜 총.

그걸 들고서 중식은 나지막이 중얼거렸다.

"좆같네."

심장이 두근거렸다. 누가 볼 새라 얼른 조끼 주머니에 집어넣었다. 이 날벼락 같은 일에 대해 의논할 사람은 한 명밖에 없었다.

중식이 아는 한 가장 똑똑한 사람.

바로 현우였다.

"리볼버네. 우리나라 짭새들 전용 권총."

현우는 대번에 권총 종류를 알아맞혔다. 역시, 셋 중 유일하게 대학교를 졸업한 사람다웠다. 그것도 4년제 대학교를.

"그, 그럼 내가 만난 남자가 경찰이란 소리야?"

"그렇지. 술 깨고 나면 권총 잃어버린 걸 알고 미친 듯이 찾아다닐 걸."

현우는 중식의 물음에 느긋하게 대답했다. 그러면서 권총을 손에 쥐고선 은근한 시선으로 이리저리 바라봤다.

"그러면 돌려줘야 하는 거 아냐?"

"돌려줘야 하긴 하는데……. 그 남자, 코가 비뚤어질 정도로 취했다며? 그렇지?"

중식은 고개를 끄덕였다.

"그럼 어디서 잃어버렸는지도 모를 거야. 안 그래?"

현우의 말에 중식과 태영은 서로를 바라봤다. 세 사람은 태영의 집에 모여 있었다. 혼자 사는 태영의 원룸은 셋의 아지트와 다름없었다. 각자의 일이 끝나면 셋은 굳이 약속을 하지 않더라도 태영의 집에 모이곤 했다. 그날도 마찬가지였다. 태영은 닭갈비 집 아르바이트를 끝내고 왔고, 현우는 늘 그렇듯 PC방에 죽치고 있다가 합류했다. 그러곤 마지막으로 중식이 온 것이다. 권총을 들고서.

"그게 무슨 뜻이야?"

태영이 조용히 물었다.

"이거 그냥 우리가 가질까?"

대답을 하는 대신 현우는 장난스런 표정으로 말하며 권총을 빙글빙글 돌렸다.

"가, 가진다고? 그러다 잡히면? 그리고 그걸 가지고 뭘 할 건데?"

중식은 불안한 듯 현우와 권총을 번갈아 바라봤다. 잘못하면 좆같은 일이 벌어질 수도 있었다. 어쨌든 권총을 주워온 건 자신이니까. 하지만 현우는 늘 그렇듯 여유만만 했다. 아예 휘파람까지 불며 허공에 총을 겨눴다가 다시 친구들에게로 시선을 향했다. 그런 뒤 씩 웃으며 말했다.

"뭘 할 건진 지금부터 생각해봐야지."

그리고 사흘이 지난 오늘, 현우는 드디어 계획을 세웠다며 중식과 태영을 불러 모았다. 물론 태영의 집으로.

현우는 두 사람에게 자본주의의 폐해부터 부익부 빈익빈의 문제점까지 그야말로 열변을 토했다. 사실 현우의 그런 말은 늘 하던 거라 중식과 태영은 그러려니 했다. 어쨌든 셋 다 지지리 가난한 건 똑같았고 그 가난이 나아질 기미가 없다는 것도 똑같았으므로 현우의 분노에 대부분 동의했다. 속이 시원한 면도 있었다. 자신들은 당최 설명하기 힘든 감정을 똑똑한 현우가 멋들어지게 대신 말해주니까. 그래서 이번에도 그냥 듣고 있었다. 현우가 그 말을 꺼내기 전까지는.

"그러니까 이번 기회를 통해서 가난의 고리를 끊자 이거지. 털자. 현금수송차량."

탕!

현우는 그렇게 말하며 팔랑개비 식탁을 내리쳤다. 맥주 안주로 사온 새우깡이 바닥에 쏟아졌다.

"뭘 털자고?"

중식이 물었다.

"현금수송차량. 내가 조사를 좀 했거든. 털기 쉬워, 그거. 이것만 있으면."

현우는 권총을 집어 들었다. 그러곤 허공을 향해, 보이지 않는 어딘가를 향해 한쪽 눈을 지그시 감고 겨눴다.

"농담이지?"

태영은 어색하게 웃으며 물었다.

"농담 아닌데. 난 완벽한 계획이 있어."

"그 계획이 뭔데?"

중식이 바싹 다가앉았다. 태영도 마찬가지였다. 두 사람이 적극적인 반응을 보이자 신이 났는지 현우는 눈을 반짝이며 자신의 완벽한 계획을 늘어놓기 시작했다.

"잘 들어봐. 계획은 말이야 단순할수록 좋은 거야. 내 말 무슨 말인지 알지? 우리 집 옥탑방에서 내려다보면 맞은편에 농협이 있잖아. 너희들도 알다시피 내가 아주 규칙적인 사람이잖아. 그래서 담배도 항상 정해진 시간에 빨거든. 그게 바로 오후 6시 45분이야. 근데 담배 빨면서 보면 항상 그 시간에 농협 앞에서 시커먼 현금수송차량이 대기를 하고 있는 거야. 그러곤 돈 가방을 잔뜩 싣더라고. 그게 어디로 가는지 난 관심도 없어. 대신에 그 차에 몇 명이 타고 있는지 유심히 봤지. 세 명이더라고. 운전하는 놈까지 합쳐서. 체격도 다 고만고만해. 그래서 생각을 했지. 씹할, 저 새끼들 셋만 제압하면 저 차 몰고 튀는 건 일도 아니겠구나. 그런데 지금 우리한테 뭐가 있어?"

"총."

중식과 태영은 동시에 대답했다.

"맞아! 이것만 있으면 세 명이고 네 명이고 꼼짝도 못하게 할 수 있다는 거지!"

"근데 그런 사람들도 총 들고 있을 걸."

태영이 현우의 눈치를 살피며 말했다.

"총이야 들고 있지. 그런데 걔들이 진짜로 총을 쏴보기야 했겠어? 단순 위협용이란 거야. 우리가 먼저 들이대면 완전 쫄아서 오줌이나 줄줄 쌀걸?"

듣고 보니 맞는 말 같았다. 그게 현우의 재주였다. 뭐든 그럴싸하게 포장하는 것. 현우의 말만 듣고 있으면 뭐라도 해낼 것만 같았다. 실제로도 현우는 그렇게 부모를 구워삶아 지금껏 백수 생활을 누리고 있었다.

그깟 공무원 시험 맘먹고 준비하면 6개월도 안 걸린다니까요!

6개월이 1년이 되고, 1년이 또 2년이 되고, 2년이…….

아무튼 현우는 일생일대의 대담한 계획을 털어놓은 후 친구들을 바라봤다. 의기양양한 미소를 얼굴에 걸고서. 한 손에는 권총을 들고.

"그런데 그 차를 뺏었다고 해도 그 다음엔 어떻게 할 거야?"

둘 중 그래도 조금 더 나은 이는 태영이었다. 그러니까 조금 더 생각을 할 줄 아는 이 말이다.

"좋은 질문이야! 내가 그것도 다 생각했지. 저기 옆 동네에 칠복 삼거리라고 있지? 차가 하도 안 다녀서 도로 한복판에 불판 가져다 놓고 고기 구워 먹어도 될 정도잖아. 그 옆으로 새도로가 뚫리는 바람에 그 길은 아무도 안 다니게 된 거지. 당연히 CCTV 같은 거도 없고. 거기다가 다른 차 한 대를 미리 세워두는 거야. 그러곤 현금수송차량을 버리고 그 차로 갈아타는 거지."

"그런 뒤엔?"

"칠복 삼거리에서 또 한참 가다 보면 우리 선배 아버진가 삼촌인가가 건물 세운다고 하다가 쫄딱 망해서 그대로 방치해 둔 공사장 있잖아. 반쯤 짓다가 만 건물. 거기 귀신 나온다고 대낮에도 아무도 안 다녀. 거기에 돈 가방을 모두 묻어 두는 거야."

"그러곤?"

"그러고는 뭐가 그러곤이야? 필요할 때마다 가서 조금씩 꺼내 쓰면 되지!"

그야말로 간단하고도 간단한 계획이었다. 얼핏 들으면 아무런 허점도 찾아낼 수 없을 만큼 단순한 계획. 그래서 더 설득력이 있었다. 왠지 가능할 것 같았다. 성공만 한다면 지긋지긋한 짜장면 배달도, 눌어붙은 불판을 닦는 일도 모두 그만둘 수 있었다. 어디 그뿐이랴 애인을 만들어 매일 같이…….

"대신에 준비물이 필요해."

두 사람의 상상은 현우에 의해 깨졌다.

"무슨 준비물?"

중식이 물었다.

"복면이랑, 끈, 그리고 백팩."

"백팩은 왜?"

"일단 묻기 전에 조금씩이라도 챙겨야지! 난 그걸로 해외여행이나 갈 거야."

"정말 그것들만 있으면 될까?"

태영이 조심스레 물었다.

"아니. 제일 중요한 게 빠졌어."

"그게 뭔데?"

"배짱과 용기."

현우는 그렇게 말하며 손을 앞으로 내밀었다. 눈치를 살피던 태영이 그 손 위에 자신의 손을 포갰다. 중식도 따라했다. 그걸로 결정이 되었다. 세 사람의 현금수송차량 탈취 작전이.

"디데이는 일주일 후야."

현우가 속삭였다.

AFTER A WEEK

계획은 더 없이 단순했다. 어디 하나 틀어질 구석이라고는 보이지 않았다. 얼굴 전체를 감싸는 복면은 시장에서 장 당 3천 원에 구했다. 심지어 세 장을 사니 천 원을 깎아주기도 했다. 튼튼한 노끈도 샀다. 현우의 준비물 목록에는 들어가지 않았지만 지문을 남기지 않기 위한 목장갑도 넉넉하게 사놨다. 세 사람을 공사장으로 데려다 줄 스타렉스도 렌트를 끝낸 뒤 삼거리에 세워두었다.

당연히, 권총도 매끈하게 닦아놓았다. 이쯤 되면 실패하기가 더 어렵겠다고 세 사람은 생각했다.

그래서 당황할 수밖에 없었다. 현금수송차량에서 네 번째 사람이 내렸을 때.

"현우야. 어떻게 된 거야? 하, 한 명이 더 있잖아!"

두 번째 사람의 손발을 묶고 있던 중식이 당황해서 외쳤다.

"시끄러워! 이름 부르지 마."

현우는 차에서 두 손을 들고 천천히 내리는 네 번째 사람을 향해 권총을 들이대며 소리쳤다. 네 번째 사람은 여자였다. 체구는 작았지만 눈빛이 매섭고 표정이 날카로웠다.

"너도 저기 가서 무릎 꿇고 손들어!"

여자는 현우의 말을 순순히 따랐다. 그 순간 중식의 외침이 다시 들려왔다.

"안 돼! 끈이 부족하단 말이야. 세 사람 묶을 거밖에 준비를 안 했어."

"이런 씹할……."

현우의 머리가 지끈거리기 시작했다.

세 사람이 농협 앞에 세워 둔 현금수송차량을 습격한 것은 5분 전 일이었다. 청원경찰 한 명이 트렁크를 막 닫으려는 찰나 현우가 권총을 들고 위협을 했고 차안의 사람들은 별다른 저항 없이 밖으로 나왔다. 그때까지는 모든 게 순조로웠다.

"어떡해? 응?"

중식이 또 다시 물었다.

"팬티를 벗어서 묶든 벨트를 풀어서 묶든 네가 알아서 해!"

현우는 버럭 소리를 질렀다.

사람들이 모여 들고 있었다. 농협 안에서도 청원경찰들이 이쪽 상황을 살피는 게 보였다. 모여든 사람들 중에는 휴대폰을 들고 촬영하는 이도 있었다. 빨리 여기를 떠야 했다.

“너희들, 움직이기만 해 봐!”

현우는 만일의 사태에 대비해 권총 안전장치를 풀었다. 그러자 손이 떨려오기 시작했다.

“젠장.”

현우는 양손으로 권총을 쥐고선 차례차례 묶여가는 사람들의 머리에 들이댔다. 중식은 정말로 벨트를 풀고 있었다. 초조해진 현우는 태영을 향해 소리 질렀다. 운전 담당인 태영은 현금수송차량 안에 들어가 있었다.

“뭐해? 빨리 시동 걸어!”

그러자 태영이 창문 밖으로 얼굴을 내밀곤 거의 울 것 같은 목소리로 외쳤다.

“못해. 이거 스틱이야.”

“뭐?”

“난 오토밖에 못 몬다고!”

“어? 나도 그런데.”

중식이 끼어들었다.

현우는 욕을 한 바가지 퍼부으려다가 참았다. 자신은 면허조차 없었기 때문이다. 구경꾼들의 수는 계속해서 늘어났다. 누군가가 분명 신고를 했을 것이고 그렇다는 말은 금세 경찰이 출동한다는 뜻이었다. 더 이상 지체할 시간이 없었다.

“야! 빨리 내려. 너도 어서 이리 오고.”

현우는 친구들을 불러 모았다. 운전석에서 내린 태영과 사람들을 묶고 있던 중식이 재빨리 달려왔다.

“이제 어떻게 해? 사, 사람들이 너무 많아.”

복면 너머로도 중식의 울 것 같은 표정이 보이는 듯했다.

"침착해! 계획을 수정할 거야. 여기 돈 가방 보이지? 이거 들 수 있는 한 최대한 많이 들고 튈 거야. 알았지?"

"그런 뒤에는?"

태영이 물었다.

"몰라. 그건 가면서 생각하자고!"

그때였다.

현우의 시선 끝에 네 번째 사람, 그 매서운 눈빛의 여자가 벌떡 일어나는 게 보였다. 여자는 중식의 벨트를 금세 풀어버리곤 허리춤에서 총을 꺼내…….

탕!

총성은 생각했던 것보다 훨씬 컸다.

"으악!"

주위에 몰려 있던 사람들이 일제히 비명을 지르며 사방팔방으로 도망가기 시작했다. 현우는 제일 먼저 자기 몸을 살폈다. 맞은 데는 없었다. 그러곤 자신도 방아쇠를 당겼다.

탕!

총알은 어디로 날아갔는지 보이지 않았고 여자는 날랜 몸놀림으로 계단 뒤에 숨었다. 묶여 있던 세 명은 동시에 바닥에 납작 엎드렸다.

"야! 다들 괜찮아? 빨리 튀자!"

현우는 돈 가방을 들었다. 그 순간 자기도 모르게 헉, 하고 숨을 들이쉬었다. 가방은 엄청나게 무거웠다.

"이, 이거 너무 무겁잖아."

중식이 구시렁거렸다.

"그럼 놔두고 갈 거야? 빨리 각자 두 개씩 들어!"

현우는 그렇게 말한 뒤 다시 방아쇠를 당겼다.

탕!

여자가 있는 계단을 향해 쏜 것이지만 총알은 허공으로 날아가 버렸다.

"달려! 달려!"

현우는 주머니에 권총을 넣고선 돈 가방 두 개를 챙겨 달리기 시작했다. 중식과 태영도 뒤를 따랐다.

다행히 골목 몇 개만 지나니 인적이 드물어졌다. 멀리서 사이렌 소리가 들려왔다. 돈 가방은 우라지게 무거웠다. 마음은 급한데 발이 떨어지지 않았다. 골목을 지나는 것만으로도 온몸은 땀에 젖었고 힘이 쭉 빠져버렸다.

"현우야."

뒤에서 태영의 힘없는 목소리가 들렸다.

"이름 부르지 마!"

"그게 아니고……."

"일단 달리라니까!"

현우가 버럭 화를 내며 뒤를 돌아봤다. 태영은 우뚝 멈춰 서 있었다. 처음에는 현우와 중식 모두 알아채지 못했다. 태영이 옆구리에 손을 대는 걸 보고서야 거기가 피로 물들어 있다는 걸 알게 되었다.

"야! 이게 뭐야?"

현우가 소리쳤다.

"나 총에 맞았나 봐."

태영이 대답했다.

"좆 됐다! 좆 됐다고! 태영이 어떻게 하냐?"

"조용히 좀 해!"

정신없이 떠들어 대는 중식에게 소리친 후 현우는 권총 손잡이 끝으로 자기 머리를 때렸다.

생각해! 생각해! 생각해! 씹할. 생각하라고!

그 순간 사이렌 소리가 날아들었다. 얼마 떨어지지 않은 곳이었다. 경찰들이 추격해 오고 있었다.

현우는 번쩍 고개를 들었다. 바로 그때 그것을 발견했다. 어둑어둑해질 무렵, 막 불빛이 들어오기 시작한 간판을.

『a WEEK』

그것은 편의점 간판이었다. 구질구질한 골목 한 쪽 구석에 자리한 편의점은 허허벌판에서 홀로 빛나는 놀이공원처럼 불을 밝히고 있었다. 태어나서 지금까지 쭉 살아온 동네, 그것도 늘 다니던 골목이었지만 편의점을 본 건 처음이었다.

"야. 야. 저기로 가자."

현우는 무언가에 홀린 듯 편의점을 바라보며 말했다.

"편의점? 어위크? 우리 동네에 저런 편의점이 있었어?"

중식이 물었다.

"지금 그딴 게 중요해? 일단 가서 숨는 거야!"

"자, 잠깐만!"

현우는 중식의 말을 무시한 채 태영이 내려놓은 돈 가방 하나를 더 챙겨든 후 편의점을 향해 걸음을 옮겼다. 그 사이 사이렌 소리는 점점 가까워졌다. 금방이라도 경찰들이 덮칠 것 같았다. 돈이 불어나는 것도 아닐 텐데 가방은 시간이 지날수록 점점 더 무거워졌다. 불과 몇 십 미터 앞에 있는 편의점까지 가는 길이 한없이 길게 느껴졌다.

"빨리 따라와!"

현우는 중식과 태영을 향해 외쳤다.

"좆같이 무겁단 말이야!"

중식은 소리를 지르면서도 태영의 또 다른 가방까지 착실히 챙겨서 따라오는 중이었다. 태영은 옆구리를 부여잡고 걷고 있었다.

그때였다.

사이렌 소리와 함께 골목 저 편에서 경찰차가 모습을 드러냈다. 그것도 석 대나. 이대로 있다가는 잡히는 건 시간 문제였다.

"젠장!"

현우는 필사적으로 마지막 몇 걸음을 떼서 편의점 문을 밀고 들어갔다.

딸랑.

종소리가 경쾌하게 울려 퍼졌다.

"반갑습니다. 저희……."

"아가리 닥치고 손들고 편의점 문 잠가! 아니, 문부터 잠그고 손들어! 아무튼 아가리는 닥쳐!"

현우가 해맑은 표정의 아르바이트생을 향해 권총을 빼들었다. 그 사이 중식과 태영이 차례대로 편의점 안으로 들어왔다.

경찰차가 편의점 쪽으로 맹렬히 달려왔다.

“지금 문 잠그겠습니다.”

아르바이트생은 계산대를 돌아 나와 통통 튀는 발걸음으로 문까지 가더니 단숨에 걸쇠를 돌렸다. 그러고는 됐냐는 듯 현우를 돌아봤다.

“너 이리 와!”

현우는 아르바이트생의 목을 감고 머리에 총구를 가져다댔다. 영화에서 많이 보던 상황이라 생각하며 방금 전 떠오른 대사를 외쳤다.

“넌 지금부터 인질이야. 우리가 여길 탈출할 때까지.”

“네. 알겠습니다.”

나름 비장하게 외쳤다고 생각했는데 아르바이트생은 겁먹은 표정이나 말투가 아니었다.

“겨, 경찰들 온다!”

중식이 외쳤다. 현우는 친구들의 상태를 살필 겸 뒤를 돌아봤다. 태영은 돈 가방에 기대듯 주저앉아 있고 중식은…….

“넌 왜 바지를 벗고 있어?”

현우가 버럭 소리를 질렀다.

“벨트가 없어서 흘러내려!”

“씹할. 그렇다고 그 꼴로 서 있냐?”

“아아. 들립니까? 들립니까?”

확성기를 통해 들려오는 목소리에 현우는 다시 정면으로 고개를 돌렸다. 경찰들이 편의점 밖에 포진해 있었다. 정말로 영화에나 나오는 장면 같았다. 다들 차문 뒤에 숨어서 총을 빼들고 있었다. 그리고 제일 계급이 높아 보이는 사람이 확성기를 들고 있었다.

"당신들은 농협 현금 탈취 사건의 중요 용의자입니다. 순순히 손을 들고 나오십시오."

"닥쳐! 우린 절대 못 나가. 아니, 안 나가!"

현우가 핏대를 세우며 소리쳤다. 쉴 새 없이 돌아가는 경광등 불빛이 편의점 안으로 비쳐 들었다. 현우는 그 불빛을 보며 마음속으로 다짐했다. 이렇게 허무하게 잡힐 순 없다고.

"인질극을 벌이게 되면 재판에서 불리하게……."

"조용히 해! 안 그러면 쏜다?"

현우가 아르바이트생을 밀면서 편의점 문 앞까지 바짝 다가갔다. 경찰들의 얼굴에 긴장한 빛이 서렸다.

"어허. 일단 진정하시고 제 말을 좀 들어보세요."

"조용히 하라고!"

경찰이 확성기를 내려놓았다. 그때 중식이 중얼거렸다.

"TV에 우리 나온다."

편의점 벽에 걸린 TV에는 '속보'라는 단어와 함께 방금 전 상황이 그대로 나왔다. 누군가의 휴대폰으로 촬영한 듯 화질은 별로였지만 복면 3인조, 그러니까 자신들이 돈 가방을 들고 도망가는 모습은 똑똑히 보였다. 화면 밑으로 자막이 흘러나왔다.

- 범인들 현재 편의점에서 인질을 잡고 경찰과 대치 중.

"젠장."

현우의 머리가 또 다시 아파왔다. 지극히 단순한 계획이었는데 왜 이 모양이 된 건지 도무지 알 수가 없었다.

"우린 이제 어떡해?"

태영이 거친 숨을 내쉬며 물었다. 태영은 땀을 엄청나게 흘리고 있었다. 티셔츠가 완전히 축축해진 건 물론이고 복면 아래로 드러난 목덜미에서도 땀이 줄줄 흘러내렸다.

"버텨야지."

현우가 중얼거렸다.

IN THE 'A WEEK'

밤이 되었다. 현우와 중식은 돈 가방을 깔고 앉아 있었고 태영은 돈 가방에 비스듬히 기댄 채 누워 있었다. 편의점에 있던 응급약품으로 소독을 하고 붕대를 감아놓았지만 태영은 계속 통증을 호소했다. 다행히 피는 멈춘 것 같았다.

경찰들은 이 대치 상황을 본격적으로 준비하는 듯했다. 경찰차가 더 몰려온 건 물론이고 어느 틈엔가 간이 막사까지 설치해 놓았다. 강렬한 조명이 편의점 앞을 비추고 있었다. 게다가 방송국에서도 달려와 취재 경쟁이 한창이었다. 조용하던 골목은 도떼기시장처럼 변했다. 어위크 편의점의 인질극 상황은 실시간으로 중계가 되었다.

"우와! 저희 편의점이 전국적으로 유명해지겠네요."

TV를 보던 아르바이트생이 태연하게 말했다. 뉴스에서는 계속해서 어위크 간판이 등장했다.

"이런 걸로 유명해지면 뭐가 좋아?"

중식이 퉁명스레 물었다.

"그래도 홍보 효과란 게 있잖아요. 게다가 여기가 본점인 걸요."

아르바이트생은 여전히 태평한 소리를 늘어놓았다.

"본점? 여기가 본점이라고? 언제부터?"

중식이 연달아 질문을 했다.

"아주 오래 전부터."

"뭔 좆같은 소리를 하는 거야? 내가 이 동네에서 29년을 살았는데 이런 편의점은 오늘 처음 보는 거구만."

아르바이트생은 어깨를 으쓱하며 말했다.

"편의점은 항상 이 자리에 있었어요."

"야! 너 지금 나랑 장난하자는 거야?"

"그만해. 정신없어."

현우가 끼어들었다. 중식은 입을 다물었다. 아르바이트생은 현우 옆에 앉아 표정 하나 변하지 않고 묵묵히 앞을 바라보고 있었다. 인질이라기에는 너무나 평온해 보였다. 현우는 이 이상한 인질, 아니 아르바이트생을 찬찬히 뜯어봤다. 나이는 이십대 초반인 것 같은데 어떻게 보면 또 자신들 또래 같기도 했다. 남자라는 사실은 틀림없었지만 얼굴선이 고운 게 멀리서 보면 여자로 착각할 만도 했다. 곱게 잘생긴 얼굴 같은데 다시 보면 아무런 특징이 없는 밋밋한 인상이란 느낌도 들었다. 한마디로, 좀처럼 파악하기 힘든 사람이었다.

"넌 이름이 뭐야?"

이곳에 들어온 지 네 시간 만에 현우는 처음으로 물었다.

"한주요."

"한주?"

"성이 한, 이름이 주. 한주."

"이름 한 번 좆같네."

중식이 중얼거렸다.

"아무튼 널 끌어들인 건 미안하다."

현우는 정면을 보며 툭, 말했다. 편의점 창문과 문으로 바깥 상황이 훤히 보였다. 어위크를 노려보는 셀 수도 없이 많은 눈동자가 불빛 아래서 번들거리고 있었다. 저들이 밀어닥치지 못하는 이유는 단 한 명, 이 아르바이트생 덕분이었다.

"배고프지 않으세요?"

한주는 발랄한 목소리로 물었다. 나름 분위기를 잡아보겠다 싶었던 현우로서는 어이가 없을 정도였다. 최소한 영화에서처럼 뜨거운 눈빛으로 자신을 바라보거나 그게 아니라면 괜찮다는 말 정도는 해야 제대로 된 스토리가 되는 것인데…….

"어. 나 배고파."

중식이 기다렸다는 듯 대답했다.

"나도……."

태영 역시 기어들어갈 듯한 목소리로 자신의 의사를 밝혔으므로 현우도 가만히 있을 순 없었다.

"배야 고프지."

"그럼 잠깐만 기다리세요. 여기 널린 게 전부 먹을 거니까."

한주는 벌떡 일어났다.

"야야! 넌 인질이야. 앉아 있어!"

인질이 마땅히 어떻게 해야 한다는 걸 들은 적은 없지만 영화에서 보면 다들 벌벌 떨며 납작 엎드려서는…….

한주는 현우의 말을 못 들었는지, 아니면 들었어도 무시를 한 건지 아무튼 척척 냉장고 쪽으로 걸어가서는 삼각김밥과 샌드위치 같은 것들을 잔뜩 들고 왔다.

"자, 드세요."

한주가 먹거리들을 내려놓자 중식의 표정이 대번에 풀렸다.

"오우! 우리가 왜 이걸 생각 못했지?"

"야. 이걸 안 데우고 어떻게 먹어?"

현우는 삼각김밥 하나를 들고 말했다.

"아! 모르시는구나. 삼각김밥, 안 데우고 먹으면 더 맛있어요. 차가운 기운이 밥알을 자극해서 더 탱글탱글한 식감이 느껴지거든요. 김도 안 축축해지고. 그래도 정 그러시면 제가 데워드릴까요?"

한주는 전자레인지를 가리켰다.

"됐어. 그냥 먹을게. 참! 이거 하나 먹겠다고 장갑 벗으면 안 돼. 그럼 지문 남으니까. 알겠지?"

현우는 친구들에게 주의를 준 후 복면을 입만 보이게 올렸다. 막상 삼각김밥을 눈앞에 두니 침이 고이긴 했지만 지금 이 상황이 못마땅한 것도 사실이었다. 왠지 자신에게서 저 알바에게로 주도권이 넘어간 것만 같았다. 그렇지만 마땅히 문제를 제기할 명분이 없었다. 한주가 딱히 신경을 거슬리게 한 것도 없으니까. 지나치게 침착하다는 점만 빼고는.

현우는 삼각김밥을 입안으로 밀어 넣었다. 그때였다.

"범인들은 지금 참치 마요 삼각김밥과 치즈 듬뿍 샌드위치를 먹고 있는데요, 어떻습니까? 장 기자. 돈을 내지 않았다면 저 행위도 절도죄에 포함될 수 있겠죠?"

TV에 우걱우걱 먹고 있는 세 사람 모습이 고스란히 나왔다. 아주 성능 좋은 카메라로 안쪽 상황을 다 찍고 있는 모양이었다. 현우는 기분이 팍 상했다. 자신들의 모습은 얼핏 보기에도 멋들어진, 자본주의에 저항하는, 고독하고 또 우수에 젖은 3인조 복면강도와는 거리가 멀었다. 복면 아래 드러난 입 안으로 김밥이며 샌드위치 따위를 쑤셔 넣는 배고픈 양아치들처럼 보였다.

"밖에서 우리 좀 못 찍게 할 수 없을까? 밥 먹는데 괜히 불편하잖아."

중식 역시 볼멘소리를 했다.

"내가 저 새끼들한테 말할게. 카메라 안 치우면 얘 쏘아 죽일 거라고!"

현우가 한주의 목덜미를 잡으며 거칠게 말했다.

"절 쏘아 죽이는 것보단 블라인드를 내리는 게 더 좋지 않을까요?"

한주는 이번에도 여유로운 표정으로 물었다.

"그런 게 있어?"

"그럼요. 창문에도, 문에도 다 달려 있잖아요."

그것도 몰랐냐는 듯 한주는 블라인드를 가리켰다. 그러고 보니 달려 있었다. 푸른색 블라인드가 보였다.

"왜 저걸 말 안 했어?"

"안 물어보셨으니까."

"말장난 그만하고 빨리 닫아!"

현우는 화가 나서 소리쳤다.

"네. 알겠습니다!"

한주는 장난스런 표정으로 경례까지 올려붙인 다음 창문 블라인드부터 내리기 시작했다. 행동 하나하나에 군더더기가 없고 깔끔했다. 아마 꽤 유능한 알바일 것이다. 계산도 잘하고, 청소도 잘하고, 물건 관리도 잘하는. 그런데도…….

어딘가 모자라 보인단 말이야.

현우는 그렇게 생각했다. 아니, 그렇다기보다는 분위기 파악을 못 한다고나 할까, 아니면 눈치가 더럽게 없다고 해야 할까, 그것도 아니라면 감정이 없는 로봇 같다고나 할까 아무튼 그랬다. 뭐가 그런진 알 수 없었지만 그냥 그랬다. 아주 거슬리지도 않았고 그렇다고 무척 마음에 들지도 않았다. 도무지 살아있는 인간을 상대하는 것 같지 않았다.

"자, 끝났습니다."

한주는 연극적인 몸짓으로 빙그르 돌며 창문과 문을 가리켰다. 블라인드가 내려간 덕분에 밖에서 들어오던 조명이며 경광등 불빛 같은 것들이 하나도 보이지 않았다.

"와! 이제야 살 것 같네. 고맙다, 야."

중식이 복면을 벗으며 말했다. 현우와 태영도 같이 복면을 벗었다.

"뭘요. 인질인데 이 정도는 해야죠."

"맞다. 너 인질이었지."

"동시에 알바이기도 하죠!"

"그래? 그럼 나 김치 왕뚜껑 하나만 먹자. 그래도 돼?"

"보통은 셀프이지만 오늘은 인질 역할도 겸하는 거니까 특별히 제가 물을 받아드리죠."

"나도…… 난…… 육개장 사발면……."

한주는 태영의 주문도 받았다.

"네. 육개장 사발면 하나 추가요."

현우는 부글부글 끓어오르는 화를 겨우 참으며 조용히 으르렁거렸다.

"야! 너희들 지금 뭐하는 거야?"

"현우야. 넌 뭐 먹을래?"

"난 참깨라면."

중식의 물음에 엉겁결에 대답을 한 후 현우는 버럭 소리를 질렀다.

"그게 아니고……."

"그럼? 진라면 매운맛?"

"그건 매워서 싫어. 아니, 그게 아니고!"

"뭘 자꾸 그게 아니라는 거야?"

"지금이 느긋하게 라면이나 먹고 있을 때야?"

"그럼 지금 뭘 하면 되는데?"

"우린 현금수송차량을 턴 무장 강도라고! 전국이 우릴 주목하고 있단 말이야. 그런데 이딴 짓이나 하고 있으면 사람들이 우릴 얼마나 우습게 알겠어!"

"다 먹고 살자고 하는 짓이잖아요."

한주가 불쑥 끼어들었다. 그러면서 세 사람 앞에 각각 주문 받은 컵라면을 내려놓았다.

“뭐? 넌 뭘 안다고 지랄이야?”

현우가 소리쳤다.

“여기서 수없이 많은 사람들을 만났는데요, 그러다 보니 바로 알아보겠더라고요.”

“뭘?”

“진짜 나쁜 사람인가, 아닌가.”

“우린 어때 보여?”

중식이 실실 웃으며 물었다.

“착하지만 비정한 현실에 가로막혀 분노하는 청춘들?”

현우는 순간 움찔했다. 비정한 현실에 가로막혀 분노하는 착한 청춘들. 그거야말로 현우가 그리던 자신의 이상적인 모습이었다. 그런 스토리였으면 했다. 영화에서 보던 것처럼 비장미가 넘치는 인생. 실상은 매일 PC방에 처박혀 몬스터를 죽이는 게 다였지만 그래도 머릿속에서만은 그런 스토리를 꿈꾸곤 했다. 비장미 넘치는 상황 끝에 드디어 성공하고 마는 청춘들의 스토리. 그러던 참에 기회가 찾아온 것이다. 현우에게는 특별한 인간이 될 수 있는 절회의 기회였다.

그런데…….

어쩜 이럴까 싶을 정도로 모든 게 꼬이고 있었다. 현우는 그래서 초조했고 짜증이 났으며 무엇보다 자신에게 실망이 컸다.

“씹할. 경찰들은 왜 조용한 거야?”

그것도 의문이었다. 보통 영화에서 보면 요구 사항이 뭐냐고 묻기도 하고 전화 같은 걸 걸어와 설득도 하고 그러더니 현실에선 그저 지켜보기만 한다. 경찰들은 이 상황을 즐기고 있는 게 아닐까 싶을 정도였다.

그때 태영이 비척비척 일어났다.

"어디 가려고?"

중식이 나무젓가락을 막 뜯으며 물었다.

"화장실."

"이 안엔 화장실 없어!"

"괜찮아요. 저기 창고 안에서 그냥 해결하세요. 제가 나중에 치울게요."

한주가 아무 것도 아니라는 듯 말했다. 그러고는 한 마디를 덧붙였다.

"대신에 꼭 노크하고 문 여세요. 누가 있으면 안 되니까."

"뭔 개소리야……."

태영은 들릴락 말락 한 목소리로 중얼거리며 끙끙대는 신음과 함께 창고로 향했다.

"저 새끼 진짜 걱정이다. 얼굴색이 완전 안 좋아졌어. 완전 하얘."

중식이 말했다.

"그나마 총알이 옆구리를 스쳐서 다행이야. 문제는 피를 너무 많이 흘렸다는 건데……."

"으악!"

갑자기 들려온 태영의 비명에 현우의 말이 끊겼다.

"뭐야?"

중식이 벌떡 일어나며 외쳤다.

그 순간 태영이 비틀거리며 나타났다. 허옇던 얼굴이 이제는 완전히 벌겋게 상기돼 있었다. 안 그래도 큰 눈은 왕방울처럼 변했고 쩍 벌린 입에서는 침이 한 줄기 흘러내렸다. 태영은 자신이 침을 흘리고 있다는 사실도 모르는 듯했다.

"무슨 일이야?"

현우가 권총을 꽉 쥐며 물었다.

"저, 저기…… 저기에……."

태영은 말을 더듬으며 창고 쪽만 가리켰다. 태영은 원래 호들갑을 떠는 스타일이 아니었다. 흥분을 잘하는 쪽은 현우, 늘 가라앉아 있는 쪽은 중식, 그리고 딱 그 중간이 태영이었다. 어쩌면 셋의 관계는 태영이 있기에 계속 유지가 되는지도 몰랐다. 셋 중 제일 열심히 사는 이도 태영이었고 가장 무난한 사람도 태영이었다. 그런 태영이 저 정도로 놀란 표정을 짓는 건 처음이었다.

"뭔데 그래? 천천히 말해 봐."

현우가 태영을 달랬다.

"아, 아니…… 내가 창고 문을 열었거든. 근데 있잖아…… 바깥이 나오는 거야."

"뭐? 씹할. 여기 뒷문 있어?"

현우가 화들짝 놀라며 한주의 멱살을 잡았다.

"아뇨. 없는데요. 거긴 그냥 창고예요."

한주는 유독 '그냥'을 강하게 발음했지만 그걸 눈치 채는 사람은 아무도 없었다.

"아니야, 아니야. 내 말 좀 들어봐. 바깥이 나왔어. 바깥이 나왔는데…… 그게…… 그냥 바깥이 아니고…… 옛날 있잖아. 그러니까 일본 놈들 막 쳐들어오고 하던 시절…… 갓 쓴 사람도 보이고 양복 입은 사람도 보이고……."

태영은 횡설수설했다. 그러고 보니 눈에도 초점이 없었다. 현우는 벌떡 일어나 태영에게로 다가갔다. 그러고는 이마를 짚었다. 불덩이였다.

"야! 정신 차려, 인마! 너 지금 제정신이 아냐."

태영은 현우의 부축을 받으며 편의점 바닥에 누웠다. 거칠게 숨을 몰아쉬면서.

"아냐. 분명히 봤어. 헛것을 본 게 아니라고."

태영은 계속 중얼거렸다.

"괜찮아. 괜찮으니까 눈 좀 붙여. 아무 일도 없을 거야. 괜찮아."

그 말은 현우 자신에게 하는 말이기도 했다. 괜찮아야 했다. 무슨 일이 있어도 괜찮아야 했다. 현우의 말이 도움이 됐는지, 아니면 간신히 버티던 신경이 툭 끊긴 건지 태영은 금세 잠에 빠져들었다. 몇 시간 사이 뺨이 쑥 들어간 게 영 수척해 보였다.

"헛것을 볼 정도면 진짜 심각한 거 아냐?"

중식이 걱정스런 표정으로 물었다.

"자고 일어나면 괜찮아질 거야. 피도 멎었고 어쨌든 소독약도 발랐잖아."

현우는 그렇게 말하며 뒤편 창고 쪽으로 슬쩍 다가갔다. 분명 태영의 헛소리임에 틀림없지만 그래도 한 번 확인해 보고 싶었다. 만약 뒷문 같은 거라도 있어서 거기로 경찰이 들어오면 안 되니까. 현우는 한주라는 알바를 전혀 믿을 수가 없었다.

“창고 문 여시려면 노크 잊지 마세요.”

한주가 싱긋 웃으며 말했다.

“지랄…….”

현우는 나지막하게 중얼거리며 창고 문을 조금 열었다.

그 순간 차디찬 바람이 새어 들어왔다.

바람?

현우의 팔뚝에 오소소 소름이 돋았다. 원인을 알 수 없는 한기가 등줄기를 훑고 지나갔다. 현우는 문을 조금만 열고 틈 사이로 슬쩍 안쪽을 바라봤다.

어둠에 휩싸인 황량한 거리가 모습을 드러냈다.

“뭐야?”

현우는 재빨리 문을 닫았다.

진짜 뒷문인 건가?

그렇게 생각을 해봤지만 그 거리는 현우 자신이 잘 알고 있는 동네의 모습이 아니었다. 아니, 도무지 이 세상의 풍경이라고는 믿을 수 없을 정도로 섬뜩하면서도 기괴했다. 현우는 마른침을 한 번 삼킨 후 다시 문손잡이를 잡았다. 그러다가 마음을 고쳐먹고 똑똑 노크를 했다. 그런 뒤 천천히 문을 열었다.

컴컴한 창고가 거기 있었다. 과자며 음료수 박스가 잔뜩 쌓인 전형적인 편의점 창고였다.

“미친…….”

“왜? 무슨 일이야?”

뒤에서 중식의 목소리가 들렸다. 현우는 재빨리 문을 닫고 돌아섰다.

"아무 것도 아니야. 여긴 그냥 창고야."

"그건 나도 알지. 근데 네 표정은 왜 그래?"

"내, 내 표정이 어때서?"

"귀신이라도 본 것 같잖아."

"귀신은 씹할."

현우는 일부러 거칠게 내뱉은 후 다시 돈 가방이 있는 곳으로 돌아갔다. 적어도 돈 가방을 깔고 앉아 있으면 마음의 불안함은 사라질 것 같았다. 그런 현우를 한주가 뚫어져라 바라봤다. 알 듯 모를 듯 요상한 표정을 지으면서.

"이 새끼가 근데!"

화가 치민 현우는 결국 한주의 얼굴을 세게 치고 말았다. 한주가 쓰러졌다.

"어어! 야. 왜 그래?"

중식이 달려와 현우를 말렸다.

그때였다.

"아아! 인질범들에게 알립니다. 더 이상의 대치는 무의미합니다. 어서 자수를 하십시오. 그게 아니라면 요구사항을 말하고 인질을 풀어주십시오."

드디어 경찰이 다시 말을 걸어왔다. 현우와 중식은 서로를 바라봤다. 그러고는 동시에 한 마디씩 했다.

"승합차."

"헬리콥터."

"야! 헬기가 웬 말이야?"

"아, 아니. 영화에서 보면……."

"승합차 대기해! 스틱 말고 오토로! 오토라는 거 잊지 마! 그리고 경찰들하고 기자 새끼들 다 꺼지라고 해! 안 그러면 알지?"

현우가 밖에다 대고 고래고래 소리를 질렀다.

"아아! 알겠습니다. 차량을 준비하는 데 시간이 조금 걸릴 테니 기다려주시길 바랍니다."

"한 시간 준다! 한 시간 안에 차 준비 못하면 여기 알바는 죽는 거야!"

현우가 다시 소리쳤다.

"야! 저, 정말로 죽일 거야?"

중식이 겁에 질린 표정으로 물었다. 현우는 대답을 하는 대신 입술을 깨물었다. 이제 이판사판이었다. 잠시 사그라졌던 투쟁심이 맹렬히 되살아났다. 한 시간 후에 어떤 일이 벌어질지는 현우 자신도 알 수가 없었다. 다만 지고 들어가긴 싫었다. 인질이 있는 한 경찰들 역시 꼼짝을 못할 것이다. 이번에도 단순하게 생각하기로 했다. 여차하면 저 인질의 손이나 발에 총알 하나를 박아줘도 될 것이다. 그러면 경찰도 더 이상 장난이 아니란 걸 알게 되겠지.

현우의 마음을 아는지 모르는지 인질인 한주는 바닥에 느긋하게 앉아 있었다. 아까 현우에게 맞은 것도 그다지 개의치 않는 것 같았다.

"현우야. 일단 앉자. 우리도 체력을 보충하면서 기다려야지."

어쩐 일로 중식이 맞는 소리를 했다.

"알았어."

현우는 다시 돈 가방 위에 앉았다. 그러자 날 서있던 신경이 조금 누그러지면서 방금 전 상황이 떠올랐다. 창고 문을 열었을 때 봤던 그 섬뜩한 풍경.

아니야. 예민해져서 나도 잘못 본 거야.

현우는 조용히 고개를 가로저었다.

"우리 이야기나 할까요?"

한주는 이번에도 분위기와는 전혀 맞지 않는 말을 꺼냈다. 현우가 그런 한주를 째려봤다. 반면 중식은 반색을 했다.

"무슨 이야기?"

"야! 지금이 태평하게 이야기나 할 때야?"

현우가 중식에게 퉁을 줬다.

"어차피 할 것도 없잖아. 심심하기도 하고. 그냥 잘 수도 없고. 앉아서 이야기만 듣는 건데 나쁠 게 뭐 있어."

"그게 아니라……."

현우는 말을 하려다가 멈췄다. 사실, 중식의 말도 맞았다. 현우 역시 이렇게 예민해진 상태로 앉아서 기다리기보다는 가벼운 대화라도 하는 게 좋았다. 한주가 무슨 이야기를 꺼내려고 저러는가 궁금하기도 했다.

"전 여러 이야기를 알고 있어요. 아주 다양한 이야기들. 분명 들으면 재미있어 하실 거예요."

한주가 의미심장하게 웃으며 말했다.

"난 무서운 이야기가 좋은데."

"그런 이야기도 있죠!"

중식의 말에 한주가 고개를 끄덕였다.

“해 봐. 대신에 재미없으면 죽을 줄 알아!”

현우가 슬쩍 고개를 돌리며 말했다. 그러고 보니 친구들과 시시껄렁한 이야기를 나눈 것도 무척 오랜만이었다. 최근엔 죄다 불평이나 욕만 했을 뿐이었다. 중식과 태영도 마찬가지였다. 힘들고 짜증났던 일들만 털어놨다. 예전에는 무서운 이야기며 야한 이야기며 가리지 않고 하면서 낄낄대기도 했는데…….

“그럼 첫 번째 이야기부터 시작할게요.”

한주가 그렇게 말한 후 현우, 중식, 태영의 얼굴을 차례대로 바라봤다. 태영도 어느새 일어나 있었다.

“이건 제가 직접 목격한 건데요…….”

어위크에서의 이야기는 그렇게 시작됐다.

SUNDAY

대화재의 비밀

정명섭

정명섭

1973년 서울에서 태어났다.
대기업 샐러리맨과 커피를 만드는 바리스타를 거쳐 전업 작가로 활동 중이다. 주요 작품으로는 『한성 프리메이슨』, 『유품 정리사 - 연꽃 죽음의 비밀』, 『미스 손탁』, 『살아서 가야 한다』 등이 있다.

대한제국 광무 8년 (1904년) 4월 17일, 일요일

평리원 검사 이준은 사무실의 창가에 서서 뒷짐을 진 채 잿더미가 된 경운궁을 안타까운 눈으로 바라봤다. 얼마 전 경운궁을 덮친 화재로 인해 중화전과 중화문, 함녕전은 물론 즉조당과 석어당 같은 전각들도 잿더미로 변해버렸다. 14일 밤에 온돌을 바꾸던 함녕전에서 불똥이 튀어서 때마침 불어 닥친 바람을 타고 크게 번진 것이다. 수옥헌과 정관헌, 돈덕전은 그나마 피해를 입지 않았고, 운교와 인화문도 화마의 손길에서 벗어나긴 했지만 너무나 큰 피해를 입고 말았다. 일본을 비롯한 각국의 영사관에서 보낸 소방대가 도착했지만 불길을 잡기에는 역부족이었다. 잿더미가 된 경운궁에서는 황궁을 지키던 시위대 병사들이 길게 일렬로 늘어서서 뭔가를 찾는 중이었다.

답답해진 이준은 일본 유학시절 구입한 해포석 담배 파이프를 서랍에서 꺼냈다. 40대 후반의 그는 부리부리한 눈과 두툼한 콧망울, 탁 트인 이마에 잘 다듬은 콧수염을 하고 있어서 고집스러운 면모를 그대로 드러냈다. 몇 년 동안 사용한 해포석 파이프는 붉은 기가 감돌았다. 손때가 묻으면 얼룩덜룩해지기 때문에 손수건으로 가볍게 감싼 다음 성냥으로 불을 붙였다. 코와 입으로 내뿜어진 담배 연기가 창문에 살짝 서리를 끼게 만들었다. 문을 두드리는 소리가 들리자 손수건으로 감싸 쥔 해포석 파이프를 입에서 뗐다.

"누구십니까?"

문을 열고 들어선 것은 뜻밖에도 초록색 조끼를 입은 열다섯 살 쯤 된 소년이었다. 꾸벅 고개를 숙인 소년이 물었다.

"평리원 검사 이준 어르신이십니까?"

"내가 이준이다. 어디서 왔느냐?"

"저는 손탁 빈관[1]에서 일하는 고동석이라고 합니다."

"손탁 여사가 운영하는 빈관 말인가?"

"맞습니다. 여사님께서 검사님을 뵙기를 청하셨습니다."

"무슨 일로 말이냐?"

그의 물음에 소년은 조끼의 소매에서 뭔가를 꺼내서 다가왔다. 고동석이 건네준 것은 황실 전례관이라는 직책이 적힌 손바닥만 한 손탁 여사의 명함이었다. 그리고 그걸 뒤집자 황실의 문장인 오얏꽃이 찍힌 인장이 보였다.

"여기와 관련된 일이라고 하였습니다."

1 Sontag賓館 : 이화여고 자리에 있던 근대식 호텔

공손하게 명함을 챙긴 이준이 물었다.

"다른 얘기는?"

"중요한 얘기라고만 하셨습니다."

손탁 여사에 관해서는 황제와 죽은 황후와 가깝게 지내면서 황실을 어지럽히는 늙은 서양 여인이라는 악담부터 조선 사람들이 아라사라고 부르는 러시아와 황실을 이어주는 역할을 하면서 대한제국을 지키는 첨병이라는 얘기까지 별별 소문이 다 돌았다. 사건을 판결하는 평리원 검사 입장에서는 가깝게 지내기 꺼림칙한 존재였다. 그래서 코앞에 있는 손탁 빈관에 발길을 향하지 않았다. 하지만 황실과 관련된 일 때문이라면 가야만 했다. 이준이 해포석 파이프를 서랍에 넣자 고동석이 잽싸게 옷걸이에 걸린 외투와 스틱, 그리고 갈색 중절모를 차례로 챙겼다. 이준이 중절모를 푹 눌러쓰자 고동석은 잽싸게 문을 열고 밖으로 나갔다. 이준은 긴 널빤지가 깔린 복도를 지나 밖으로 나왔다. 4월 중순이라 약간 쌀쌀하긴 했지만 그럭저럭 견딜 만했다.

돌이 깔린 언덕을 내려가자 사방으로 뻗은 길이 보였다. 경운궁이 있는 정동 일대는 개항 이후 자리 잡은 서양인 선교사들이 세운 교회와 학당들이 있었고, 그들을 따라 들어온 공사관들이 곳곳에 자리 잡았다. 그래서 나무와 흙으로 만든 한옥 대신 벽돌과 화강암으로 만든 서양의 건축물들이 곳곳에 보였다. 평리원이 있는 언덕을 내려오자마자 맞은편에 마치 망루 같은 종탑과 뾰족한 지붕을 한 벤엘 예배당과 오른편 언덕 위로 아라사 공사관이 보였다. 예배당 앞에는 인력거꾼이 손님을 기다리는 중이었다. 정동에서 제일 높은 언덕에 하얀 석회가 칠해져서 어디에서든 눈에 들어왔다. 한때 황제가 피난을 하면서 아라사의 기세는 하늘 높은 줄 몰랐다. 하지만 두 달 전에 일본과의 전쟁이 터지면서 공사관원들이 모두 추방당해 현재는 텅 비어 있었고, 깃발도 내려진 상태였다. 양쪽의 전쟁으로 대한제국의 운명이 결정될 수 있다는 사실에 이준의 마음은 한 없이 무거워졌다. 아라사 공사관 맞은편에 있는 이화학당을 지나자 바로 손탁 빈관이 보였다. 벽돌로 만든 2층 건물에는 아치형 창문들이 붙어있었다. 입구에는 인력거 몇 대가 손님을 기다리는 중이었다. 손탁 빈관이 보이자 발걸음을 빨리 하는 고동석에게 이준이 말했다.

"교회당 앞에 있던 인력거꾼이 따라오고 있다. 미행 같아."

"왜 그렇게 생각하십니까?"

눈빛을 반짝거린 고동석의 물음에 이준이 중절모를 고쳐 쓰면서 대답했다.

"빈 인력거를 끌고 저렇게 느리게 걷는 인력거꾼은 처음 봤다. 거기다 주변에 손님이 있는지 살피지 않고 계속 우리만 좇아오고 있어."

"잘 보셨습니다. 눈썰미가 남다르시군요."

아직 앳되어 보이는 고동석의 말에 이준은 적잖게 놀랐다.

"알고 있었느냐?"

"물론이죠. 손탁 빈관을 감시하던 패거리 중 하나일 겁니다."

"왜놈들일까?"

이준의 물음에 고동석이 고개를 저었다.

"조선 사람일 겁니다. 왜놈들이 돈으로 고용한 자들입니다."

"어찌해야 하느냐?"

"우리가 알아서 처리할 테니 걱정 말고 따라오십시오."

태연하게 대답한 고동석이 종종걸음으로 현관으로 다가가서는 위쪽에 대고 소리쳤다.

"여사님. 모셔왔습니다."

현관의 지붕 위쪽은 베란다처럼 되어 있었는데 그곳에 하얀 드레스를 입은 백발의 손탁 여사가 있었다. 나이가 많아보였지만 각진 턱과 짙은 눈썹은 만만치 않은 성격의 소유자임을 드러냈다. 고동석의 얘기를 들은 손탁 여사가 고개를 끄덕거리면서 조선말로 대답했다.

"위층으로 모셔라."

꽃과 나무가 심어져있는 정원 곳곳에는 정장 차림의 서양인들이 모여서 얘기를 나누는 중이었다. 개중에는 남성과 여성이 섞여있는 경우도 있어서 지나가던 이준이 눈살을 찌푸렸다. 일본 유학을 다녀와서 어느 정도 서양 문물에 익숙한 편이었지만 남녀가 스스럼없이 얼굴을 맞대고 얘기를 나누는 건 정말 받아들이기 힘든 풍습이었다. 불편함이 담긴 헛기침을 내뱉은 이준은 현관으로 들어서서 바로 앞에 있는 계단을 통해 2층으로 올라갔다. 좌우로 방이 있는 긴 복도가 이어졌고, 앞에는 손탁 여사가 있는 카페가 보였다. 붉은 천이 덮여있는 테이블 위에는 이를 모를 꽃들이 있는 화분이 놓였고, 고동석처럼 녹색 조끼를 입은 소년들이 보였다. 베란다에 서서 바깥을 바라보고 있던 손탁 여사가 그에게 말했다.

"좀 쌀쌀하긴 하지만 날씨가 좋군요. 검사님."

그녀가 빈자리를 가리키자 가볍게 고개를 끄덕거린 이준이 그곳으로 다가갔다. 그러자 고동석이 재빨리 물었다.

"가배[2]로 하시겠습니까?"

"그러지."

베란다로 나간 이준이 빈자리에 앉으면서 말했다.

"잘 아시겠지만 저는 몸가짐에 신경을 써야 하는 평리원 검사입니다. 만약 명함에 황실의 인장인 오얏꽃이 찍히지 않았다면 여기 오지 않았을 겁니다."

"그럴 거라고 생각해서 특별한 방법을 쓴 것이지요."

손탁 여사는 당장 본론으로 들어가지 않고, 날씨 얘기부터 이런 저런 얘기를 했다. 이준이 간간히 맞장구를 치는 사이, 그녀는 맞은편에 있는 아라사 공사관을 바라보면서 씁쓸한 표정을 지었다.

"일본은 문명국을 자처했지만 제물포에서 비겁하게 우리 함대를 기습했습니다. 그리고 공사관원들을 죄인처럼 쫓아냈지요. 그들은 조선을 가혹하게 착취하고 끝내는 집어삼키고 말 겁니다."

아라사 역시 대한제국의 이권을 노린 것은 마찬가지라고 반박하고 싶었지만 꾹 참았다. 일본이 국모를 시해하고, 호시탐탐 대한제국을 노리고 있는 게 분명했기 때문이다. 두 강대국 사이에서 힘없이 존재하고 있는 조국의 현실을 떠올린 이준은 고동석이 쟁반에 가배를 가지고 올 때까지 아무 말도 하지 못했다. 탕약처럼 시커먼 색이라 양탕국이라고도 불리는 가배를

2 珈琲 : 커피

한 모금 마신 이준은 입 안에 감도는 쓴 맛에 이맛살을 찌푸렸다. 그 모습을 바라보던 손탁 여사가 손짓을 하자 밖에 서 있던 고동석이 재빨리 다가와 물었다.

"각설탕을 더 넣어드릴까요? 검사님."

"괜찮아. 가배는 쓴 맛으로 먹는 거니까."

고동석에게 대답한 이준이 손탁 여사를 바라봤다.

"이제 저를 부른 용건을 말씀해주시겠습니까?"

손탁 여사가 눈짓을 하자 고동석이 베란다의 커튼을 치고 물러났다. 그리고 차분한 목소리로 말했다.

"며칠 전에 황궁에 불행한 일이 있었습니다."

"알고 있습니다."

그 흔적은 지금 손탁 여사의 어깨 너머로 똑똑히 볼 수 있었다. 속이 상한 이준의 눈빛을 살핀 손탁 여사가 말했다.

"황궁의 상당수가 불에 타서 황제께서는 지금 도서관으로 사용 중이던 수옥헌에 계시지요. 복구를 서두르라는 지시를 내리셨지만 피해가 워낙 커서 시간이 좀 걸릴 겁니다."

"그럼 다른 곳으로 이어하신다는 말씀입니까?"

이준의 물음에 손탁 여사가 단언했다.

"그럴 일은 없을 겁니다."

그는 황실의 일을 외국인에게 듣는다는 사실에 속으로 분개했지만 꾹 참고 물었다.

"어찌 그리 확신하십니까?"

"검사님은 황제 폐하께서 왜 경복궁이나 창덕궁이 아닌 경운궁을 황궁으로 정한 줄 아시나요?"

이준이 아무 대답도 하지 않자 그녀가 빙그레 웃었다.

"경복궁에 계실 때 일본의 공격을 두 번이나 받으셨지요. 두 번째 공격에서는 황후께서 비참하게 돌아가셨고 말입니다."

을미년[3]의 사변을 떠올린 이준은 무겁게 고개를 끄덕거렸다. 잠자코 듣고 있던 그에게 손탁 여사가 설명을 이어갔다.

"경복궁은 너무 넓어서 지키기가 힘들다고 폐하께서 말씀하셨지요. 실제로 두 번이나 공격을 받았는데 지키는 데 실패했고 말입니다."

"그럼 경운궁은 작아서 그렇습니까?"

"물론 그런 이유도 있습니다만 주변을 돌아보십시오."

그녀의 말에 이준은 베란다 주변을 살펴봤다. 아까 지나친 벧엘 예배당과 이화학당은 물론 언덕에 자리 잡은 아라사 공사관과 한옥을 그대로 사용하는 미리견[4] 공사관이 보였다. 손탁 빈관 옆쪽으로는 뾰족한 지붕을 한 불란서[5] 공사관이 자리 잡고 있다. 평리원이 있는 언덕 옆으로는 벧엘 예배당을 세운 아펜젤러 목사가 설립한 배재학당이 있었고, 그 언덕 아래쪽에는 이태리[6] 공사관이 세워졌다. 그가 서 있는 곳에서는 보이지 않지만 경운궁 건너편에는 영길리[7] 공사관과 한옥으로 된 성공회 성당까지 있었다. 마치 경운궁을 호위하는 것처럼 둘러싸고 있는 형국이었다.

"외국 공사관과 교회당 때문이군요."

이준의 씁쓸한 대답에 손탁 여사가 고개를 끄덕거렸다.

"을미년 사건 때 일본은 훈련대와 흥선대원군을 이용해서

3 乙未年 : 1895년
4 彌利堅 : 미국
5 佛蘭西 : 프랑스
6 伊太利 : 이탈리아
7 英吉利 : 영국

조선 내부의 갈등으로 처리하려고 했어요. 하지만 시위대를 지위하던 미리견의 다이 장군은 물론 아라사의 사바틴 같은 서양인들이 목격을 하면서 일이 틀어졌지요. 그래서 일본은 가담자들을 모두 본국으로 보내서 감옥에 가둬야만 했습니다. 물론 얼마 후에 풀어주긴 했지만 말입니다."

"만약 서양인들이 목격하지 못했다면 일본의 의도대로 흘러갔겠죠."

가배를 한 모금 마신 이준은 분노가 치밀어 올랐다. 그래서 동양인들이 단결해서 서양인들을 물리쳐야 한다는 일본의 주장을 믿지 못했다. 이준의 그런 모습을 지켜보던 손탁 여사가 조용히 입을 열었다.

"그런 측면에서 보자면 이번 경운궁 화재 사건도 미묘한 부분이 있습니다."

"어떤 측면에서 말입니까?"

이준의 반문에 그녀가 가볍게 한숨을 쉬었다.

"일단 화재 원인 자체가 불분명합니다."

"함녕전 온돌을 교체하다가 불이 났다고 들었습니다만."

"불은 밤 10시가 넘어서 발생했습니다. 함녕전의 온돌을 새로 만드는 중이긴 했지만 그 시간에 과열되어서 불이 났다는 건 여러모로 의심스러운 구석이 많지요. 거기다."

잠시 고민을 하던 손탁 여사가 가벼운 한숨과 함께 덧붙였다.

"불이 나자마자 일본 공사관에서 가장 먼저 사람들이 왔습니다."

"주변에 있던 다른 나라 공사관이 아니라 왜성대에 있던 일본 공사관에서 말입니까?"

"맞습니다."

"거리가 제법 떨어져있는데 담벼락이 붙어있는 수준인 다른 나라 공사관보다 먼저 알아차렸다니, 참으로 이상하군요."

의구심이 든 이준의 말에 손탁 여사가 고개를 끄덕거렸다.

"거기다 시위대에서 궁문을 걸어 잠그고 막아서자 발포까지 하려고 했답니다. 나중에 영길리 공사관 측에서 보낸 소방대가 들어와서 불을 껐는데 그 와중에도 일본 공사관 측에서 보낸 소방대는 이상한 행동을 했답니다."

"어떤 행동을 말입니까?"

"불이 난 곳 대신 도서관인 수옥헌 쪽에 접근하려고 했답니다. 거기다 일부는 침전인 즉조당 근처에 있었는데 불을 끄는 대신 뭔가를 찾으려는 모습을 보여줬답니다."

"여러모로 의심스럽군요. 즉조당에서는 뭘 찾으려고 한 걸까요?"

"거긴 황제 폐하의 침전으로 개인 금고가 있었습니다. 나중에 황제께서 시위대 병사들을 보내 금고를 찾으려고 했을 때 그들이 지켜봤다고 합니다. 무엇보다 이번 화재로 개혁을 위해 모아둔 외국 서적들과 기밀문서들이 모조리 잿더미로 변했습니다. 거기다 즉위 40주년을 기념하기 위해 미리 준비한 각종 물품들도 모두 사라지고 말았어요."

"그게 일본의 소행이라는 말씀이십니까?"

이준의 반문에 그녀는 잠시 잿더미가 된 경운궁을 바라봤다.

"확실한 건 이번 화재로 인해 가장 큰 이득을 본 것이 일본이라는 것은 명백한 사실입니다. 황제의 개혁 정책을 가장 싫어했던 것이 바로 일본이었고, 경운궁에 기거하시는 것도 못마땅하게 여겼으니까요."

"그래서 일본이 경운궁을 불태워서 황제 폐하께서 다른 곳으로 가실 수밖에 없도록 만들었다고 생각하십니까?"

"안 그래도 일본과 손잡은 몇몇 대신들이 경복궁이나 창덕궁으로 이어하도록 권유하였습니다. 하지만 황제 폐하께서는 일언지하에 거절하시고는 수옥헌에 기거하시면서 경운궁을 서둘러 재건하라는 명령을 내리셨습니다."

"나라 일이 복잡하게 돌아가고 있군요."

"하지만 희망은 있습니다. 전쟁에서 아라사가 이기고 일본이 패배한다면 황제 폐하와 대한제국은 조금 더 안전해지겠죠."

일본 대신 아라사의 세력이 커지는 것이 과연 대한제국과 백성들에게 도움이 될지 확신할 수 없었던 이준은 대답 대신 고개를 끄덕거렸다. 그리고 어느 정도 식은 가배를 들이켰다.

"그런데 저를 부른 이유가 무엇입니까?"

"황제 폐하께 부탁을 하나 받았습니다."

"부탁이라고요?"

이준의 반문에 그녀가 복잡한 표정을 지었다.

"공식적이지 않다는 뜻으로 받아들이시면 될 것 같군요. 그리고 그 부탁을 해결하기 위해 검사님을 부른 것입니다."

"그러니까 저를 부른 이유가 황제 폐하의 부탁 때문이라는 겁니까?"

"맞습니다. 하지만 공식적인 것은 아니라서 발설해서는 안 됩니다. 만약 문제가 발생한다면 황제 폐하께서는 명령을 내린 적이 없다고 하실 거고, 저 역시 그냥 검사님과 차 한 잔 하면서 이런 저런 얘기를 했다고 할 겁니다."

이준이 여전히 의문을 담은 눈길로 바라보자 그녀가 덧붙였다.

"황제께서는 주변에 적들이 너무 많습니다. 일본은 물론이고, 일본과 손잡은 대신들이 감시를 하고 훼방을 놓기 일쑤죠. 궁궐 안에서 일하는 내관들과 궁녀들도 믿을 수 없는 지경이라서 소수의 측근들과 제국 익문사 요원들만 곁에서 보좌하고 있는 형편이죠."

"참담한 상황이군요. 제가 독립협회에 가담해서 만민공동회에서 활동한 걸 알고 계십니까?"

"물론이지요."

"그럼 만민공동회가 황제 폐하의 명령으로 해산되고 관계자들이 체포되었다는 것도 알고 계시겠군요."

"그렇습니다. 하지만 그게 오히려 검사님의 강직함을 증명해준다고 생각합니다. 너무 충성을 앞세운다고 해도 도움이 되는 건 아니니까 말입니다."

"그 부탁이라는 게 뭡니까?"

옷깃을 여민 이준의 물음에 손탁 여사가 희미하게 웃었다.

"경운궁의 진짜 화재 원인을 알아봐주세요. 그리고 배후에 누가 있는지와 관련자가 누가 있는지도 찾아서 저에게 말씀해주세요."

"배후는 이미 밝혀진 거나 다름없어 보입니다만."

"의혹이 사실이 되려면 명명백백한 증거가 있거나 혹은 의혹을 제기한 쪽이 힘이 세야만 합니다. 안타깝게도 지금은 둘 다 아닌 상황이죠. 내일 일본 공사가 황제 폐하에게 알현을 요청했습니다."

"무슨 일로 말입니까?"

"아마 경운궁을 떠나 다른 궁궐로 가라고 권유할 것으로 보입니다. 그러면 친일파 대신들이 나서서 압박에 나설 겁니다."

"그러니까 그 전에 결론을 내려야한단 말이군요."

"모른 척하고 덮을지 아니면 증거를 들이밀고 사과를 받아내야 할지 결정해야 하니까요. 거기다 만약 화재가 실화가 아니라 방화라면 누구의 소행인지도 밝혀내야 합니다. 그렇지만 공식적으로 조사하기에는 여러 가지 부담이 클 수밖에 없는 상황입니다."

손탁 여사의 얘기를 듣는 내내 이준은 아랫입술을 깨물었다. 나라의 힘이 약한 것은 알고 있었지만 황제가 기거하던 황궁이 불탄 원인을 캐내는 것조차 힘들다는 상황이 너무나 가슴 아팠기 때문이다. 일본의 세력이 커지면서 나라를 위해 일해야 할 관리들 중에서 그들 편에 서는 자들이 늘어났다. 올해 2월에 법부대신 겸 평리원 재판장을 맡은 이지용 역시 친일파였다. 그런 이준의 속마음을 아는지 손탁 여사가 부드러운 미소를 지었다.

"우리에게는 신과 정의가 있다는 사실을 잊지 마십시오."

잠시 고민하던 이준이 대답했다.

"알겠습니다. 조사에 착수하겠습니다."

"철저하게 비공식적이어야 하고, 보고서도 작성할 필요 없습니다. 오늘 중에 저를 찾아와서 밝혀낸 것을 알려주시면 됩니다."

"오늘 중에 조사가 끝날 수 있을지는 모르겠습니다."

"시간이 촉박하긴 하지요."

가볍게 한숨을 쉰 손탁 여사가 소매에서 종이를 꺼냈다.

"여기 적힌 사람들을 만나서 얘기를 들어보십시오."

건네받은 종이에는 이름과 직책, 그리고 그들이 있는 장소가 적혀있었다.

"그들이 알고 있습니까?"

"모릅니다. 진실이라는 것은 여러 개로 쪼개진 사실을 짜 맞추면서 찾는 것이지요. 현장에 있던 사람들이니까 본 것이 있을 것이고, 그걸 토대로 진실에 접근해야만 합니다."

"그렇게 얘기를 들은 것들로 진실을 알아낼 수 있겠습니까?"

"모든 불가능한 것들을 제외하고 나면 남은 것이 아무리 받아들이기 힘든 것이라고 해도 진실일 수밖에 없으니까요."

그녀가 담담하게 대답하자 이준은 고개를 끄덕거렸다.

"명언이군요."

"코난 도일이라는 작가가 쓴 셜록 홈즈 시리즈에 나오는 얘기죠. 황제 폐하와 대한제국을 위해서 진실을 밝혀주세요."

뜻하지 않게 무거운 책임을 맡은 이준은 숨을 크게 내쉬고 대답했다.

"알겠습니다."

그의 대답이 끝나기가 무섭게 손탁 여사가 박수를 쳤다. 그러자 커튼이 열리고 고동석이 스틱과 가방을 들고 나타났다. 검정색으로 칠해진 스틱을 건네받은 이준이 대답했다.

"제법 묵직하군요."

"마호가니 나무로 만든 겁니다. 호신용으로 쓰기 딱 좋지요. 상아로 된 손잡이를 시계 방향으로 돌려보세요."

손탁 여사가 시키는 대로 스틱의 손잡이를 돌리자 딸깍하는 소리가 들렸다. 살짝 뽑아보자 얇은 칼날이 보였다.

"소드 스틱이군요."

"혹시 모르니까 호신용으로 하나 가지고 다니세요. 그리고 다른 것도 있습니다."

고동석이 건네준 것은 손바닥에 들어갈 만큼 작은 권총이었다. 고동석이 탄환 몇 개를 건네면서 말했다.

"미리견에서 만든 데린저라는 권총입니다. 아주 작아서 조끼 같은 것에 넣었다가 유사시에 꺼내서 쏠 수 있습니다. 권총은 다뤄보신 적이 있으시죠?"

"일본에 있을 때 가지고 다닌 적이 있었네."

고개를 끄덕거린 이준의 대답에 고동석은 간단하게 탄환을 장전하는 법과 발사하는 방법을 알려줬다. 건네받은 데린저 권총을 만지작거린 이준이 말했다.

"육혈포와는 다르군."

"호신용이라 그렇습니다. 명중률이 떨어져서 가까이서 쏴야 하지요. 하지만 상대방이 방심하고 있을 때 쏘면 죽이지는 못한다고 해도 겁을 주거나 다치게 할 수는 있습니다."

이준이 데린저 권총을 능숙하게 다루는 고동석의 모습을 보면서 물었다.

"자네도 제국 익문사 소속인가?"

고동석은 대답 대신 손탁 여사를 바라봤다. 손탁 여사가 차분한 말투로 대답했다.

"이곳은 제국 익문사의 중요 거점 중 하나입니다."

"그럼 여기서 일하는 보이들도……"

손탁 여사는 가볍게 웃었다.

"그 정도까지만 말씀드리겠습니다. 너무 많이 아는 것도 때로는 문제가 되니까요. 그리고 이것도 받으세요."

손탁 여사가 황실의 상징인 오얏꽃이 새겨진 반지를 건넸다.

"그리고 통역을 한 명 붙여드리겠습니다."

"통역이 필요합니까?"

"영길리나 미리견 쪽 사람을 만나야 하니까요."

손탁 여사가 손짓을 하자, 고동석이 사라졌다가 양장 차림에 안경을 쓴 20대 후반의 여성을 데리고 나타났다. 가죽 가방과 양산을 양 손에 든 그녀가 고개를 숙여 인사를 하는 것을 힐끔 바라 본 이준이 손탁 여사에게 말했다.

"저는 남자일 줄 알았습니다만."

"박에스더는 미국에서 의학을 전공했습니다. 대한제국 최초의 여성 의사이기도 하죠. 입이 무겁고 어학 실력이 뛰어나니까 도움이 될 겁니다."

건네받은 지팡이를 움켜 쥔 이준이 일어나자 손탁 여사가 곁에 서 있던 박에스더를 바라봤다.

"검사님을 따라다니면서 필요하면 통역을 해주십시오. 단, 보고 들은 것은 절대로 발설해서는 안 됩니다."

박에스더가 고개를 끄덕거리며 이준을 쳐다봤다. 넘겨받은 쪽지를 주머니에 넣고 칼이 숨겨진 스틱을 손에 든 이준이 가볍게 말했다.

"따르게."

이준은 계단을 내려와 손탁 빈관을 나서면서 주변을 살폈다.

하지만 아까 따라왔던 인력거꾼은 보이지 않았다. 이준이 주변을 돌아보자 따라 나온 고석동이 말을 건넸다.

"그 자는 처리했습니다. 하지만 조심하시는 게 좋을 겁니다."

"고맙네."

중절모를 들어 가볍게 인사를 한 이준이 거리로 나섰다. 아무 말 없이 따라오던 박에스더는 정동 거리를 나서자 조심스럽게 물었다.

"어디로 가십니까?"

"황궁으로 가볼 생각일세."

넘겨받은 쪽지에서 가장 위에 적혀있던 사람이 있는 곳이었고, 현장이었기 때문에 가봐야 할 곳이다. 이화학당을 지나 평리원이 있는 언덕으로 오르자 인화문과 연결된 운교가 보였다. 황제께서 행차를 하려면 정동의 길을 폐쇄해야만 했는데 외국 공사관에서 항의를 하자 결국 길 위로 운교를 설치하기로 한 것이다. 검정색 벽돌로 홍예문처럼 만든 운교는 바닥에 긴 널빤지를 깔았고, 양쪽은 벽돌로 난간을 만들었다. 난간은 영롱쌓기를 해서 벌집처럼 군데군데가 비어 있었다. 운교 앞에 도착한 이준은 조끼에서 회중시계를 꺼냈다. 시간은 열시를 조금 넘긴 상태였다.

인화문 앞에는 검정색 군복을 입고 소총을 든 시위대 병사들이 있었다. 이준과 박에스더가 운교로 들어서자 그들이 소총을 겨눈 채 외쳤다.

"멈춰라!"

그들의 호통에 이준은 박에스더에게 여기 있으라고 손짓을 하고는 앞으로 나갔다.

"나는 평리원 검사 이준이다! 시위대 박승환 참령을 만나러 왔다!"

이준의 얘기를 들은 시위대 병사들이 소총을 거뒀다. 병사들 뒤에 서 있던 참위[8]가 다가왔다.

"무슨 일로 만나려 하십니까?"

이준은 대답 대신 손탁 여사에게 받은 오얏꽃 문장이 새겨진 반지를 보여줬다.

"만나서 직접 얘기하겠네."

참위의 군복 어깨에 붙은 붉은색 견장이 살짝 떨렸다. 바짝 긴장한 참위의 목소리가 연달아 들렸다.

"잠시만 기다려주십시오."

부하들을 헤치고 계단을 내려간 참위의 발자국 소리가 울렸다. 한시름 돌린 이준은 박에스더에게 돌아갔다. 안경을 치켜 올린 박에스더가 물었다.

"어떻게 되었습니까?"

"잠시 기다려보라고 했네. 그나저나 자네는 어쩌다가 여자의 몸으로 외국 유학까지 가게 되었는가?"

"이 땅에서는 여자가 할 수 있는 일이 별로 없어서 말입니다."

"나라가 부강해지려면 신분은 물론 남녀의 차별 없이 힘써 노력을 해야만 하는데 말이야."

독립협회에 가담해서 만민공동회에서 활동을 하고 일본으로 건

8 參尉 : 현재 계급으로 소위

너가서 유학하는 동안 양반이었던 이준의 생각은 많이 바뀌었다. 이준 역시 함경도 북청 출신이라 차별을 받았던 경험이 있었기 때문이었다. 이준의 얘기를 들은 박에스더의 얼굴에 미소가 피었다.

"검사님 같은 분이 늘어나신다면 우리나라도 그렇게 되겠지요."

얘기를 나누는 동안 아까 사라졌던 참위가 누군가를 데리고 나타났다. 건장한 체격에 가슴까지 자란 수염을 가진 그는 참위에게 귓속말을 듣고는 곧장 운교를 걸어왔다. 어깨에는 큼지막한 노란색 견장이 달려있었는데 태극 문양과 은색별이 붙어있었다. 군도와 육혈포를 허리에 차고 있어서 걸을 때마다 철커덕거리는 소리가 들렸다. 바로 앞에 선 그가 이준에게 말했다.

"시위대 제1연대 1대대장 박승환 참령입니다. 평리원 이준 검사님이십니까?"

"그렇소."

이준이 살짝 모자를 들어 인사를 하자 가볍게 고개를 숙인 그가 박에스더를 바라봤다. 이준이 박에스더를 향한 박승환 참령의 시선에 끼어들었다.

"사정이 있어서 잠시 동행하게 되었네."

"박에스더라고 합니다. 보구여관[9]에서 의사로 일하고 있습니다."

"어쩐 일로 저를 찾으셨습니까?"

더 없이 정중하지만 의구심 가득 찬 그의 물음에 이준이 낮은 목소리로 대답했다.

"며칠 전 황궁에서 일어난 화재 사건을 조사 중일세."

"평리원에서 그 일을 맡은 겁니까?"

9 普救女館 : 1887년에 설립된 최초의 여성전문 병원

"공식적인 건 아닐세."

"그럼 조사 결과가 제대로 발표되지 않겠군요."

실망감 가득한 박승환 참령의 말에 이준은 깊게 한숨을 내쉬면서 손탁 여사가 했던 얘기를 들려줬다.

"의혹은 제기한 자가 힘이 있을 때나 진실이 될 수 있으니까 말일세. 그래도 진실을 찾도록 노력해야지."

"알겠습니다. 궁금한 게 무엇입니까?"

"화재가 발생했을 때 자네가 지휘하는 대대가 궁궐을 지키고 있었다고 들었네."

"그렇습니다."

"당시 상황을 좀 듣고 싶네. 그리고 함녕전도 둘러보고 싶고."

"따라오십시오. 가면서 설명을 드리죠."

박승환 참령이 앞장서자 운교를 지키고 있던 시위대 병사들이 옆으로 물러났다. 인화문을 지나 나무 계단을 밟고 아래로 내려서자 잿더미가 된 경운궁이 한 눈에 들어왔다. 특히 2층으로 만들어서 웅장함을 자랑했던 중화전은 중화문과 함께 흔적도 없이 사라진 상태였다. 먼발치서 봤던 것과 다른 느낌에 이준은 저도 모르게 혀를 찼다.

"맙소사."

"피해가 어마어마합니다. 이전에도 종종 화재가 나긴 했는데 이 정도로 크게 번진 건 이번이 처음입니다. 황궁이 된 이후 계속 전각들이 늘어나는 바람에 불길이 쉽게 번져버리고 말았습니다."

"함녕전의 온돌에서부터 시작되었다고 하던데?"

"저도 직접 보지는 못했습니다. 대안문 옆 원수부에서 숙직

중이어서 말입니다."

"불이 났다고 보고를 받은 시각은 언제였나?"

"밤 10시 반쯤으로 기억합니다."

"보고를 받고 바로 화재 현장으로 갔나?"

이준의 질문에 박승환 참령은 고개를 저었다.

"황궁의 문을 지키고 있었습니다."

"현장으로 가지 않고?"

박승환 참령은 고개를 갸웃거리며 묻는 이준에게 대답했다.

"화재를 핑계로 역모가 발생하는 일들이 많아서 일단은 황궁의 안팎을 엄중히 경호하라는 원수부의 지시가 있었습니다."

"하긴."

황제의 재위 기간은 역모로 점철되었다. 아직 임금이었던 시절 갑신년에 일어난 김옥균의 난에서도 안동별궁 인근에서 일어난 화재가 시작이었다. 그렇다고 해도 아쉬움이 남는 건 어쩔 수가 없었다. 만약 화재를 빨리 진압했다면 경운궁 전체가 불길에 휩쓸리는 일은 벌어지지 않았을 수도 있었기 때문이다. 생각에 잠긴 이준에게 박승환 참령이 넌지시 대답했다.

"불이 나고 이상한 일이 벌어졌습니다."

"뭐가 이상했던 말인가?"

"일본 공사관에서 보낸 소방대가 가장 먼저 도착한 것이지요."

손탁 여사에게 그 사실을 미리 들었던 이준은 귀를 기울였다.

"언제 도착한 건가?"

"불이 났다는 보고를 받은 직후였습니다. 대안문 앞에 일본 공사관에서 온 일단의 장교와 병사들이 모습을 드러냈죠."

"가장 빨리 왔다고 들었네."

"맞습니다. 심지어 궁궐에 거의 붙어있던 영길리 공사관보다 빨리 왔습니다. 불이 난 것도 정확하게 알고 있었고 말입니다."

"그들이 와서 어떻게 했나?"

"불이 나서 끄러 왔으니 궁문을 열라고 했습니다. 그래서 황명이 없이는 안 된다고 했더니 거칠게 항의하면서 심지어 총을 겨눴습니다. 그래서 부하들을 시켜서 조준하게 하고 물러나라고 하고는 대치했습니다."

"화재 진압은 어찌 이뤄졌는가?"

"황제 폐하와 황태자 전하께서 평성문 밖으로 안전하게 나갔으니 문을 열라는 지시를 받은 직후 이뤄졌습니다. 영길리 소방대가 황궁의 우물을 이용해서 진압을 했고, 시위대와 내관들도 참여했습니다."

"일본 공사관 측 인원들은?"

이준의 물음에 박승환 참령의 표정이 어두워졌다.

"그게 좀 이상했습니다. 맨 처음 나타나서 문을 열라고 닦달하더니 막상 들어와서는 열심히 불을 끄지 않고, 시늉만 했습니다."

"그럼 뭘 했던가?"

"뭔가를 찾는 눈치였습니다. 이미 잿더미가 된 즉조전 근처에 몰려있었고, 일부는 황제 폐하께서 불길을 피하셨던 수옥헌 쪽으로 접근하려고 했습니다. 그래서 제가 일본군 병사들을 데리고 온 오카모토 중위에게 강력하게 항의했습니다."

손탁 여사에게 이미 듣긴 했지만 현장에 있던 박승환 참령에게 들으니 더더욱 이상했다.

"뭐라고 하던가?"

"잔불을 정리한다고 둘러대더군요. 그래서 불길이 한창 치솟는데 잔불 정리가 뭔 소리냐고 항의를 하자 그때서야 흩어졌습니다."

"다른 꿍꿍이속이 있어보였단 말이지?"

"명백했습니다. 남의 나라 황궁에 들어와서 무례하게 이곳저곳 돌아보고 살펴보는 모습에 너무 화가 나서 어제 원수부 총장 각하에게 이 사실을 알리고 일본 공사관 측에 강력하게 항의해달라고 아뢰었습니다."

비분강개하는 그의 모습이 친일파 천지인 관료들과는 전혀 달라서 안심이 되었다. 이런 저런 얘기를 나누는 사이, 일행은 맨 처음 화재가 발생했던 함녕전에 도착했다. 지붕은 물론 벽과 문 모두 잿더미가 되었고, 기단과 마루 일부, 그리고 뒤편에 벽돌로 만든 굴뚝만 남았다.

"참혹하군."

이준이 저도 모르게 중얼거리면서 아궁이쪽으로 향했다. 왼쪽 모서리에 있던 아궁이 역시 처참하게 불에 타서 벽돌로 만든 부분만 남은 상태였다.

"한밤중에 온돌을 땐 이유는 무엇인가?"

"저도 잘 모르겠습니다. 거기다 함녕전은 보수 공사 중이라서 나무와 종이 같은 것들이 잔뜩 쌓였다고는 하지만 삽시간에 기둥까지 태울 정도로 불이 붙을 것 같지는 않아서 말입니다."

이준 역시 같은 생각이었다.

"아궁이에서 시작된 불이 함녕전을 다 태우려면 꽤 시간이 걸릴 게 분명한데 말이야."

"그렇습니다. 거기다 시위대에서 함녕전을 순찰을 돌았던 때가 9시가 좀 넘은 시각이었습니다. 그 때는 불이 날 조짐이 전혀 없었답니다."

"한 시각 만에 궁궐 전체로 번질 만큼 불길이 커졌다는 얘기군. 아궁이에 불을 땐 게 누군가?"

"한치형이라는 내관입니다."

"그 자는 지금 어디 있는가?"

"원수부 옆 경비병 막사에 억류 중입니다."

"만나볼 수 있을까?"

그 자의 이름도 쪽지에 적혀있었다는 것을 떠올린 이준의 물음에 박승환 참령이 고개를 끄덕거렸다.

"물론입니다. 마침 원수부로 가는 길이니 제가 안내하겠습니다."

이준은 폐허가 된 함녕전을 힐끔 살펴보고는 박승환 참령을 따라갔다. 전원문을 지나자 경비병 막사와 함께 대안문 옆에 있는 원수부 건물이 보였다. 대한제국을 세운 황제가 가장 중점을 둔 것이 군사력 강화였기 때문에 궁내부와 더불어서 급속하게 성장한 것이 바로 원수부였다. 일부 대신들은 황제의 권한이 강화되는 것을 못마땅한 눈으로 바라봤다. 하지만 일본군에게 궁궐이 점령당하고, 황후가 죽는 것을 몸소 겪은 황제가 군사력 증강에 집착하는 걸 이해했다. 궁궐의 담장을 등진 경비병 막사는 원수부 건물처럼 2층으로 되어 있었다. 현관을 지키는 경비병이 경례를 하자 손을 들어 답을 한 박승환 참령이 안으로 들어갔고, 두 사람도 따라서 들어갔다.

"저쪽입니다."

박승환 참령이 1층 구석에 창살이 박힌 나무문을 가리켰다.

"원래 징계를 받은 병사를 잠시 가두는 영창입니다. 따라오십시오."

그가 손짓을 하자 병사 한 명이 열쇠 뭉치를 들고 와서 문을 열었다. 삐걱거리며 문이 열리는 소리가 들리자 영창 안에 있던 그림자가 고개를 돌렸다. 안에 창문이 하나도 없어서 한낮에 가까웠음에도 불구하고 빛 한 점 보이지 않았다. 한치형이라는 내관은 20대 중반으로 보였다. 내관 특유의 하얗고 포동포동한 얼굴에는 짙은 그림자가 드리워져 있었다. 박승환 참령이 그에게 말했다.

"이분은 평리원에서 오신 이준 검사님이시다. 그 날 일을 아는 대로 고하여라."

"아이고, 소인 억울해 죽겠습니다. 부디 제 누명을 벗겨주십시오. 검사 나리."

보자마자 억울하다는 얘기를 한 한치형은 굵은 눈물을 떨어뜨렸다. 박승환 참령이 그런 모습을 바라보는 이준에게 속삭였다.

"저는 원수부에 가봐야 합니다. 얘기 마치시면 보초에게 얘기하시고, 대안문으로 나가십시오. 위병에게 일러놓겠습니다."

뒤이어 박에스더와 인사를 나눈 박승환 참령이 문을 반쯤 닫은 채 사라졌다. 한숨을 돌린 이준이 한치형을 바라봤다.

"불이 난 정황을 알아보러 왔네. 아는 대로 솔직히 얘기하면 선처할 수 있도록 힘써보겠네."

"정말 재수가 없으면 뒤로 넘어져도 코가 깨진다더니, 제가 딱 그 꼴이지 뭡니까."

이준은 진정하라고 연거푸 말한 뒤에 물었다.

"불이 난 게 한밤중으로 알고 있는데 왜 함녕전의 아궁이에 불을 땐 건가?"

"온돌을 바꾸는 중이라서 그랬습니다. 원래 새로 깐 온돌에서 연기가 엉뚱한 곳으로 새는 건 아닌지 불을 때면서 확인하곤 합니다. 온돌을 다 깔고 문제가 생긴 걸 알면 다시 까는 게 어려워서 말이죠."

"그런데 왜 한밤중에 불을 땐 건가?"

"낮에 공사가 한창이었고, 저도 바빴습니다. 내일까지 확인을 안 해놓으면 상선 어르신께서 혼쭐을 낼 게 분명해서요."

"불을 지폈을 때 이상한 점이나 사람은 없었느냐?"

"공사 중이라 어수선하긴 했지만 밤중이라 당연히 아무도 없었습니다."

"불이 나기 직전 무슨 공사를 했지?"

"기둥에 칠을 했습니다."

"누가?"

"동대문에 사는 김새왈이라는 공인이 했습니다."

"그래서 아궁이에 불을 지피자마자 불이 났느냐?"

"그, 그게 말입니다. 사실은 잠시 측간에 가느라 자리를 비웠는데 그 사이에 불이 번졌던 것 같습니다."

"얼마나 비웠느냐?"

이준의 질문에 한치형은 마른 침을 삼켰다.

"차 한 잔 마실 시간도 안 됐을 겁니다. 맹세할 수 있습니다."

"그 정도 짧은 시간인데 손을 댈 수 없을 정도로 불이 났다는 게 믿을 수가 없군."

"저도 그렇습니다. 그런데 돌아와 보니 기둥에 불이 붙어서 한창 타오르고 있었습니다. 놀라서 관복을 벗어서 불을 끄려고 했는데 오히려 불이 붙어서 제 손까지 상처를 입었지 뭡니까."

한치형은 화상으로 인해 부풀어 오른 두 손을 보여줬다. 팔짱을 낀 채 한치형의 얘기를 곱씹던 이준이 물었다.

"자네가 그 시간에 온돌에 불을 땐다는 걸 미리 알고 있던 자가 있을까?"

"딱히 누구에게 얘기하지는 않았습니다. 하지만 전각을 새로 고치면 온돌에 미리 불을 땐다는 건 궁궐 일을 하는 사람이라면 알 수 있는 일이지요."

"밤중에 때는 것도 말이냐?"

"공사를 낮에 하면 밤중에 할 수밖에 없다는 것도 알만 한 사람은 다 압니다."

"불이 났을 때 근처에 아무도 없었나?"

"소인이 불이 났다고 힘껏 외쳤지만 아무도 없었습니다. 그때 몇 명만 더 있었다면 분명 불을 끌 수 있었을 겁니다."

"평소와 달랐던 이상한 게 있다면 말해보게."

곰곰이 생각하던 한치형이 입을 열었다.

"이상한 냄새가 났습니다."

"어떤 냄새 말인가?"

"난생 처음 맡는 냄새였습니다. 생선 썩는 냄새 같기도 했고,

콩기름 냄새 같기도 했습니다."

안타까움과 억울함을 호소하는 한치형에게 몇 가지 더 물어본 이준은 알겠다고 대답하고는 몸을 일으켰다. 그러자 밖에 있던 보초병이 문을 열어줬다. 연신 굽실거리는 한치형을 안타까운 눈으로 바라본 이준이 말했다.

"잘 있게."

"검사님만 믿겠습니다. 꼭 살려주십시오."

보초가 문을 닫고 자물쇠를 채운 이후에도 창살에 얼굴을 내민 한치형이 살려달라고 애원했다. 막사를 나온 이준에게 박에스더가 물었다.

"저 자가 돈을 받고 불을 질렀을까요?"

"사실 내관들이 뇌물을 밝히는 건 어제 오늘 일이 아니긴 하지. 하지만 이번 건은 그렇지는 않은 것 같아."

"어째서요?"

"이번 건은 잘못하면 궁궐에서 쫓겨날 정도로 크니까. 내관들은 어린 시절부터 궁궐에서 지냈기 때문에 쫓겨나는 걸 무엇보다 두려워하네."

금천교 너머 대안문에는 시위대 위병들이 보였다. 두 사람을 본 위병들이 차렷 자세를 취하면서 뒤로 물러났다. 위병 곁을 지나 대안문 밖으로 나가는 동안 입을 다물고 있던 이준이 입을 열었다.

"거기다 실화든 방화든 불을 질렀다는 게 밝혀지고 배후를 추궁 당하면 입을 열 가능성이 높아. 그런 걸 감안하면 저 자는 불을 낸 배후와 직접적인 연관은 없을 거야."

잠시 걸음을 멈춘 그가 대안문 앞에 있는 팔레 호텔을 바라다봤다. 그 옆에는 서양 물건들을 파는 상점들이 몇 개 보였다.

“저 자는 불쏘시개였을 뿐이야.”

“자신도 모른 사이에 범행에 도움을 주었단 말인가요?”

박에스더의 물음에 이준은 제법이라는 표정으로 돌아봤다.

“현재로서는 그럴 가능성이 높아.”

“다음으로는 누굴 만나러 가나요?”

“영길리 공사관 보위 소위.”

발길을 돌린 이준의 눈에 멀리 인왕산을 등진 경복궁의 광화문이 보였다. 발걸음을 떼려는 찰나 오포[10]소리가 들렸다. 행인들 몇 명이 걸음을 멈추고 회중시계를 들여다봤다.

영길리 공사관은 덕수궁 담장과 거의 붙어 있었다. 거대한 철문 뒤에는 수옥헌과 비슷하게 생긴 벽돌로 된 공사관 건물이 보였다. 정문을 지키던 경비병에게 박에스더가 영어로 상황을 설명하자 경비병이 고개를 끄덕거리더니 안으로 들어갔다. 잠시 후, 카키색 군복에 녹색 넥타이를 맨 장교가 공사관 건물에서 나왔다. 모자를 벗어서 머리를 한번 쓰다듬은 그가 정문으로 발걸음을 옮겼다.

서양인들이 흔히 기르는 염소수염에 녹색 눈을 가진 그는 경비병이 열어준 철문 밖으로 나와 박에스더를 바라봤다. 그녀가 몇 마디 얘기를 나누고는 이준을 바라봤다.

“이 분이 화재 당시 소방대를 이끌고 왔던 보위 소위입니다.”

10 午砲 : 정오에 포를 쏴서 시간을 알리던 것

"당시 건으로 몇 가지 물어볼 게 있으니 시간을 내달라고 전해주게."

"그랬습니다. 옆에 성공회 성당에서 얘기를 나누자고 하셨습니다."

박에스더의 얘기가 끝나자 보위 소위가 앞장서서 성공회 성당 쪽으로 걸어갔다. 십자가가 올려져있는 긴 한옥 형태의 성공회 성당에는 얘기를 나눌만한 뜰이 있었다. 주머니에서 파이프를 꺼낸 보위 소위가 불을 붙이면서 길게 담배 연기를 내뿜었다. 박에스더가 이준을 돌아봤다.

"뭘 물어볼까요?"

"먼저 그 날 밤에 어떻게 출동했는지부터 물어보게."

질문을 받은 보위 소위가 한참 얘기를 했고, 박에스더가 옮겼다.

"근무를 마치고 숙소에서 쉬고 있는데 황궁에서 불이 났다는 연락을 받고 급히 소방대를 꾸려서 대안문으로 갔답니다."

"몇 시쯤?"

"밤 10시 반쯤으로 기억한답니다."

"그 다음에는?"

"경비병들이 문을 열어주지 않아서 기다리고 있다가 11시쯤 들어갈 수 있었답니다."

"화재 진압은 어떻게 했고, 도중에 일본 공사관이 보낸 소방대를 봤는지도 물어봐주게."

박에스더의 질문을 받은 보위 소위가 잠깐 눈살을 찌푸렸다.

"궁궐 안에 있는 우물의 물을 이용해서 화재 진압을 했답니다. 궁궐에 있던 경비병과 관리들이 도와줘서 생각보다 빨리 끌 수 있었지만 이미 불길이 심하게 번진 이후라 피해가 막심했다고 합니다. 일본 공사관 소방대는 대안문에서 마주쳤고, 안에서도 화재 진압 활동을 한 걸 봤답니다. 하지만 열심히 하는 것 같지는 않고 마치 뭔가를 찾는 것 같다는 느낌을 받았답니다."

박승환 참령과 같은 얘기를 들은 이준은 눈빛을 번뜩였다.

"화재 현장에서 이상한 걸 보거나 들은 적은 없었는지 물어보게."

보위 소위와 얘기를 나눈 박에스더가 조심스럽게 입을 열었다.

"생각보다 불이 빨리 번져서 놀랐답니다. 특히 처음 불이 난 함녕전은 삽시간에 불이 붙어서 손을 쓸 수 없었답니다. 다른 건 본 적이 없다고 했고요."

"혹시 현장에서 이상한 냄새를 맡은 적은 없는지 물어봐주게."

한치형의 진술을 떠올린 물음이었는데 박에스더의 질문을 받은 보위 소위가 잠시 생각을 하다가 고개를 끄덕거렸다.

"음식 썩는 냄새 같은 걸 맡긴 했답니다. 하지만 그게 화재 때문인지 다른 것 때문인지는 알 수 없다고 합니다."

몇 가지 더 물어봤지만 보위 소위의 대답이 극히 조심스러워서 단서가 될 만한 걸 얻지 못했다. 돌아서려는데 담배 파이프를 물고 있던 보위 소위가 뭔가 생각났다는 표정으로 박에스더에게 말을 건넸다.

"무슨 얘기를 한 거지?"

"함녕전 근처에서 불에 탄 페인트 통을 발견했답니다."

“페인트 통?”

“네. 서양에서 건물의 벽을 칠할 때 쓰는 단청 같은 겁니다.”

“그게 왜 함녕전 근처에 있었던 거지?”

이준의 물음을 박에스더를 통해 전달 받은 보위 소위는 고개를 저었다. 몇 가지 질문이 오가고, 담배를 다 피운 보위 소위는 눈인사를 하고 공사관으로 들어갔다. 생각에 잠긴 채 성공회 성당 뜰을 왔다 갔다 하던 이준이 말했다.

“아무래도 만날 사람을 바꿔야겠군.”

“누굴 만나시게요?”

“함녕전의 기둥에 칠을 한 사람.”

서둘러 발걸음을 뗀 이준은 대안문 앞으로 나와서 지나가는 인력거를 불렀다. 4월임에도 불구하고 저고리를 벗어서 허리에 묶은 인력거꾼이 멈췄다.

“어디까지 모실까요? 나리.”

“동대문까지 가주게. 뒤에 일행이 있으니 한 대 더 잡고 같이 가도록 하세.”

“알겠습니다요.”

다른 인력거를 기다리는 동안 인력거꾼이 등에 꽂은 곰방대를 꺼내 담배를 피웠다. 그 사이 박에스더가 다가왔다.

“동대문은 왜요?”

“기둥에 칠을 했다는 김새왈이라는 자를 만나보려고.”

“그 자가 뭘 알고 있겠습니까?”

“한치형이 직접 불을 내지 않았다면 누군가 불이 나도록 조작을 한 게 분명해.”

"그게 가능합니까?"

"일단 밤중에 함녕전의 아궁이에 불을 땐다는 것을 아는 사람이라면 가능하겠지."

"그렇다고 해도 불이 나서 크게 번지는 게 쉬운 일은 아니잖아요."

"불가능한 걸 제외하면 남는 것이 아무리 이상해보여도 진실일 수밖에 없어."

"셜록 홈즈가 한 얘기로군요."

이준이 놀란 표정을 짓자 박에스더가 살짝 웃었다.

"미리견에 있을 때 셜록 홈즈가 나오는 스트랜드 매거진을 봤었어요."

그 사이 인력거 한 대가 더 도착했다. 박에스더가 인력거에 타는 걸 본 이준이 출발하자고 하자 인력거꾼이 끙하는 소리와 함께 달음박질을 쳤다. 인력거가 종로를 지나면서 한성전기회사 앞을 지났다. 2층으로 된 회사 건물 꼭대기에는 시계가 달려있어서 사람들이 시계집이라고 불렀다. 그 앞을 지날 때마다 시간을 맞췄다. 이준 역시 습관적으로 조끼에 넣은 회중시계를 꺼내 시간을 확인했다.

나무로 만든 전봇대가 길가 한쪽에 길게 이어지는 가운데 한성전기회사에서 운영하는 전차가 느릿느릿 움직였다. 몇 년 전에 처음 나타난 전차는 쇠 당나귀라는 별명으로 불렸다. 말이나 소가 끌지 않아도 움직이는 신기한 쇠 당나귀를 보기 위해 전국 팔도에서 수많은 사람들이 올라와서 큰 소동이 벌어졌다.

심지어 하루 종일 전차를 타고 다니다가 재산을 탕진한 사람도 있었다. 새로운 문물이 늘 그렇듯 전차 역시 반대와 두려움 속에서 차츰 자리를 잡아갔다. 동대문 근처에 도달하자 시위대 병영에서 훈련하는 병사들의 고함소리가 들렸다. 기세 좋게 달리던 인력거꾼이 물었다.

"어디쯤 세워드릴까요?"

"동대문 근처에 공인들이 사는 곳이 어딘가?"

"수문 쪽에 많이 모여서 삽니다. 거기 개천에 판잣집들이 많거든요."

"거기 근처에 세워주게."

"알겠습니다. 나리."

시위대 병영을 지난 인력거는 개천가에 멈췄다. 인력거꾼의 말대로 개천가에 판잣집들이 쭉 늘어서 있는 게 보였다. 뒤따라 내린 박에스더가 치마에 묻은 흙을 털면서 물었다.

"집들이 한 둘이 아닌데 어떻게 김새왈이라는 자를 찾습니까? 한양에서 김서방 찾기나 다름없을 것 같은데요?"

"방법이 있지."

주변을 두리번거리던 이준이 나지막하게 찾았다고 외치고는 발걸음을 옮겼다. 야트막한 담장을 벽 삼아서 망건을 쓰고 두툼한 안경을 낀 두 노인이 장기를 두는 중이었다. 벽에는 집주릅이라는 한글이 적힌 천이 걸려있었다. 발자국 소리가 들리자 노인들은 장기를 멈추고 양복에 모자를 쓰고 스틱까지 든 이준과 양장 차림에 안경을 쓴 박에스더를 신기한 눈으로 바라봤다. 이준이 모자를 벗어서 손에 든 채 물었다.

“궁에서 일을 하는 김새왈이라는 공인이 어디 사는지 아십니까?”

“김가 말인가?”

“네.”

“무슨 일로 찾으십니까?”

“솜씨가 좋다고 해서 일을 좀 맡겨볼까 해서요.”

두 노인이 시큰둥한 모습을 보이자 이준은 주머니에서 꺼낸 담배를 만지작거렸다. 그러자 두 노인 중 한 명이 눈빛을 반짝거렸다.

“그게 요즘 양인들이 피운다는 궐련인가?”

“그렇습니다. 살담배를 눌러서 담을 필요 없이 그냥 입에 물고 피우기만 하면 되지요. 김새왈의 집을 알려주시면 한 개비씩 드리죠.”

그 말이 끝나기가 무섭게 두 노인이 동시에 개천가의 집들 중에 하나를 가리켰다.

“저기 개천 쪽으로 좀 튀어나온 곳 보이지? 두더지를 판다는 간판 옆에 집.”

“네.”

“저기 살아.”

“고맙습니다.”

담배를 한 개비씩 건넨 이준의 말에 노인 중 한 명이 장기 알을 집으면서 대답했다.

“잘 피우겠네.”

이준은 다닥다닥 붙어있는 개천가의 집들을 지나쳤다. 기사세 명이 삼각 측량기를 가져다놓고 측량을 하는 중이었다. 그들을 지나쳐 김새왈이 사는 집에 도착한 이준은 문에 손을 대기 전에 잠시 움직임을 멈췄다. 그리고 뒤따라오는 박에스더에게 말했다.

"밖에 있게."

"왜 그러십니까?"

"누가 먼저 온 모양이야."

"그걸 어찌……"

박에스더의 물음에 이준이 문 앞의 댓돌을 가리켰다.

"짚신이 아니라 다른 신발 자국이 남아있어."

나지막하게 대꾸한 이준은 스틱의 손잡이를 살짝 돌려서 칼날을 뽑았다. 그리고 김새왈이 살고 있다는 판잣집의 문을 소드 스틱의 칼날로 살짝 밀었다. 삐걱거리는 소리 너머로 파리가 웽웽거리며 날아가는 소리가 났다. 소드 스틱으로 문을 연 채 안을 살핀 이준은 아무도 없는 것을 보고는 고개를 갸웃거렸다. 조심스럽게 안으로 들어가자 짙은 피 냄새가 코를 찔렀고 동시에 파리들이 일제히 날아가는 소리가 들렸다. 김새왈은 문에서는 보이지 않는 안쪽 벽에 누운 채 죽어 있었다. 상투 차림에 비쩍 마른 그는 마치 잠을 자는 것처럼 보였지만 입가와 가슴팍에는 피가 선명했다. 종이를 바른 바닥에는 피가 잔뜩 고여 있었다. 소드 스틱을 도로 집어넣고 방 안을 살피는데 뒤에서 부스럭거리는 소리가 들렸다. 고개를 돌리자 박에스더가 보였다.

"무슨 일이에요?"

"노인들에게 경무청에 신고하라고 해."

"죽었습니까?"

"어서 가."

가급적 현장을 보여주지 않으려고 했지만 박에스더는 그대로 안으로 들어왔다. 그리고 조금의 동요도 없이 시신을 내려다보고는 들고 온 가방을 바닥에 내려놨다. 그걸 본 이준이 물었다.

"뭐하는 건가?"

"제가 의사라는 걸 잊으셨습니까? 시신을 살펴보면 단서를 찾을 수 있을 겁니다."

가방을 열고 안에서 현미경과 핀셋 같은 것을 꺼낸 박에스더가 시신의 상처를 꼼꼼하게 살피고 몸을 여기저기 눌러봤다. 그리고는 이준에게 말했다.

"피가 완전히 굳지 않고 시신의 사후경직도 얼굴만 진행된 것으로 봐서는 길어야 두 세 시간 전에 죽었을 겁니다."

"흉기는?"

"상처의 형태를 봐서는 칼 같습니다."

"찔린 건가?"

이준의 물음에 그녀가 고개를 끄덕거렸다.

"벽에 핏자국이 튀지 않았고, 바닥에 고인 것으로 봐서는 누운 채 칼에 찔려서 절명한 것 같습니다. 상처가 하나뿐이고 반항하거나 뒤척인 흔적이 없으니까 얼굴을 아는 자의 소행입니다."

박에스더의 이준의 놀란 표정을 보고는 덧붙였다.

"미리견의 볼티모어 여자의과대학에서 고학할 때 돈이 없어서 시체 안치소에서 일한 적이 있습니다."

이준은 그녀의 얘기를 듣고 곰곰이 생각했다.

"아무리 친하다고 해도 누워있는 상태로 친구를 맞이하지는 않을 거야."

"잠이 들었던 걸까요?"

박에스더의 얘기에 그가 고개를 저었다.

"한낮인데다가 바깥이 시끄러워서 깊게 잠들지 못해. 거기다 목침은 저기에 있고, 여기는 문 바로 옆이라 잠을 잘 만한 곳이 아니야. 누군가."

이준이 한 손으로 권총 모양을 만들어서 죽은 김새왈을 겨눴다.

"권총 같은 걸로 위협해서 여기에 눕게 한 다음에 다른 자가 칼을 뽑아서 찔렀을 거야."

"그럼 범인은 최소한 둘이겠군요."

"바깥에서 망을 보는 자까지 더하면 셋이나 넷 정도일 거야. 내가 여기를 지킬 테니까 자네는 아까 그 노인들에게 가서 경무청에 신고를 해달라고 하게."

"알겠습니다."

가방을 챙긴 그녀가 일어나서 밖으로 나갔다. 박에스더가 나가고 이준은 방 안을 살폈다. 아궁이가 있는 부엌과 방 한 칸이 전부여서 문가에 서서 전부를 살펴볼 수 있었다. 벽에는 직업을 짐작할 수 있는 붓들이 걸려 있었고, 그 아래에는 석유 깡통을 넣었던 나무 궤짝이 보였다. 서양인들이 운영하는 양행에서 파는 석유 깡통을 넣은 것인데 튼튼해서 다른 용도로 많이 사용했다. 죽은 김새왈도 나무 궤짝 위에 석유램프를 올려놨다. 방 안에는 깡통들도 여럿 보였는데 램프를 켜는 데에 쓰는 석유 깡통치고는 양이 좀 많았다. 의아해하던 이준은 뒤집혀진 깡통을 바로 세웠다. 깡통 표면에는 영어로 된 글씨가 적혀있었다. 확실한 건 세창 양행 같은 곳에서 파는 석유는 아니라는 것이다. 깡통을 이리저리 살펴보는데 코를 찌르는 이상한 냄새가 났다. 얼굴을 찌푸린 이준은 박에스더에게 묻기 위해 깡통을 든 채 문을 열었다. 문 밖에는 박에스더가 측량 기사에게 입이 틀어 막힌 채로 붙잡혀 있었다. 옆에는 칼을 든 다른 측량 기사가 있었다. 놀란 이준이 움직이려고 하자 문 옆에 서 있던 다른 측량 기사가 낮은 목소리로 말했다.

"한 발자국만 움직이면 여자는 죽은 목숨이다."

"나는 평리원 검사 이준이고, 황제 폐하의 지시를 받고 조사중이다. 물러나라!"

이준이 힘주어 말했지만 측량 기사는 코웃음을 쳤다.

"그깟 황제가 누군지 나는 몰라. 그러니 스틱을 얌전히 내려놔."

아까 측량을 하는 척하면서 살펴봤던 게 분명했다. 이준은 스틱과 깡통을 천천히 내려놓기 위해 허리를 굽혔다 펴면서 조끼에 들어있던 데린저 권총을 꺼냈다. 그리고 재빨리 공이를 젖히고 방아쇠를 당겼다. 짤막한 총성과 함께 이준을 위협하던 측량 기사는 아랫배를 붙잡았다. 비틀거리던 그가 육혈포를 한 발 발사하고는 주저앉아버렸다. 재빨리 스틱을 집어든 이준은 밖으로 뛰쳐나갔다. 이준은 뜻밖의 공격에 당황해하는 틈을 노려 박에스더의 목을 잡고 있던 측량 기사의 손목을 스틱으로 내리쳤다. 비명을 지른 측량 기사가 뒤로 물러나자 박에스더가 그 틈에 빠져나왔다. 남은 측량 기사는 칼을 휘두르며 다가왔다. 소드 스틱을 뽑고 신중하게 자세를 잡은 이준은 상대방이 다가오자 다른 손에 쥐고 있던 데린저 권총을 겨눴다. 놀란 측량 기사가 소드 스틱을 던지고 도망쳤다. 손목을 얻어맞은 측량 기사가 총에 맞은 동료를 부축한 채 반대편으로 달아나는 중이었다. 지켜보던 박에스더가 물었다.

"쫓아가지 않나요?"

데린저 권총을 조끼에 집어넣은 이준이 고개를 저었다.

"시간이 없어. 오늘 중에 조사를 마쳐야 하는데 저 자들은 입을 열지 않을 거야."

장기를 두던 노인들이 총소리를 듣고 놀라서 이쪽을 바라봤다. 박에스더가 이준에게 물었다.

"다친 곳은 없으세요?"

이준은 고개를 끄덕거렸지만 박에스더가 다가와 오른쪽 팔꿈치를 살폈다.

"육혈포 탄환이 스친 모양입니다. 살펴봐드리겠습니다."

박에스더가 문가에 앉은 이준의 팔꿈치 상처를 치료하는 동안 멀리서 경무청 경무관이 순검들을 이끌고 달려오는 모습이 보였다. 그 광경을 보던 이준이 입을 열었다.

"기다리고 있었어."

"우리를 말인가요?"

"김새왈을 조사하러 온 누군가겠지. 죽여서 입을 막은 것도 모자라서 조사하러 오는 자까지 노린 걸 보면 대담하고 악랄한 자들이야."

그 얘기를 들은 박에스더가 소름 돋는 표정을 지었다.

"왜 이런 일이 벌어진 거죠?"

"문제는 당사자는 죽었다는 거지."

낙담한 이준을 바라보던 박에스더가 발치에 굴러다니는 깡통을 집어 들었다.

"이건 뭐에요?"

"집 안에 있던 깡통이야."

깡통을 이리저리 살피던 그녀가 말했다.

"페인트를 담았던 통이네요."

"뭐라고?"

아까 만났던 보위 소위에게서 함녕전 주변에 페인트 통이 있었다는 얘기를 떠올린 이준이 물었다.

"이 깡통에서 내관 한치형과 보위 소위가 얘기한 이상한 냄새가 났어."

"그럼 이 페인트 통이 단서군요."

찌그러진 깡통을 이리저리 들여다보던 박에스더가 중얼거렸다.

"주일상점에서 팔았네요."

"그걸 어떻게 알았지?"

"바닥에 적혀있어요."

그녀가 보여준 페인트 통 바닥에는 영어가 적혀있었다.

"a WEEK Store 라고 적혀있어요. 주일상점이라는 뜻이에요."

"어딘지 알 것 같아."

박에스더가 바라보자 이준이 아까 봤던 간판을 기억해내면서 몸을 일으켰다.

인력거를 타고 경운궁의 대안문 앞에 내린 이준은 다른 인력거를 타고 내려온 박에스더에게 팔레 호텔 옆에 있는 상점을 가리켰다.

"저기 맞지?"

"그러네요. 영어를 모르시는데 어떻게 아셨어요?"

"철자를 기억했지. 외우고 기억하는 건 자신 있어."

"저기에 가서 뭘 확인하실 거죠?"

"우린 페인트를 사러 온 거야. 난 외부대신 이하영의 청지기고 자네는 통역을 위해 따라온 걸로 하지."

"알겠어요."

이준이 문을 열고 들어서자 작은 종이 울렸다. 상점 안은 바깥에서 봤던 것보다 훨씬 컸다. 안에 있는 진열장에서는 석유램프부터, 시계, 담배와 타자기 같은 서양 상품들이 진열되어 있었다. 다른 한쪽 벽에는 햄과 치즈 같은 식품들과 옷감들이 가지런히 놓였다. 안쪽에 있는 계산대에는 대머리에 외눈 안경을 쓴 서양인이 보였다. 멜빵바지에 줄무늬 셔츠 차림의 그는 끝이 위로 올라간 콧수염을 하고 있었다. 이준의 눈짓에 박에스더가 서둘러 입을 열었다. 그러자 서양인이 두 손을 든 채 뭐라고 떠들었다. 박에스더가 살짝 난감한 표정으로 이준을 돌아봤다.

"주인인 피에르 씨는 불란서 사람이라고 하네요. 다행히 영어를 좀 할 줄 안답니다. 뭘 물어볼까요?"

"이하영 대감댁에 기둥을 칠할 페인트를 사러왔다고 전하게."

박에스더를 통해 이준의 얘기를 들은 피에르가 양손을 흔들면서 시끄럽게 떠들어댔다.

"주불공사를 지냈던 분 맞느냐고 물어보시네요."

"이하영 대감은 주불공사를 지낸 적이 없네. 주미공사 서리를 역임한 적은 있지만."

얘기를 들은 피에르는 얼렁뚱땅 넘어가는 모습을 보여줬다. 아마 사실인지 아닌지 확인한 것으로 보였다. 이준이 쉽지 않을 것 같다고 속으로 생각하던 중에 박에스더가 물었다.

"어떤 페인트를 원하느냐고 묻네요."

"기둥에 칠할 연한 붉은색이라고 답하게. 광택이 났으면 하는데 뭘 섞어야 하는지도 묻고."

박에스더의 얘기를 들은 피에르는 계산대에서 나와 페인트들이 놓인 진열대로 향했다. 그리고 몇 가지 통을 꺼냈고, 마지막에 커다란 유리병을 꺼냈다. 피에르의 설명을 들은 박에스더가 말했다.

"페인트에 보일유(Boiled oil)를 섞은 조합 페인트로 칠하면 광택이 날 거랍니다. 썩는 것도 막을 수 있고, 바르기도 쉬워서 단청 작업을 하던 공인들도 요즘에는 페인트를 쓴다고 하네요."

"대감마님이 냄새에 굉장히 민감하다고 하면서 이걸 쓰면 이상한 냄새가 나지 않느냐고 물어봐줘."

박에스더의 질문을 받은 피에르가 아니라는 손짓을 하면서 설명을 했다.

"마르기 전에는 냄새가 좀 나기는 하지만 그 후에는 괜찮답니다."

그 후로도 이준은 마치 살 것 같은 모습을 보여주면서 이것

저것 묻다가 슬쩍 본론으로 들어갔다.

"보일유를 바르면 불이 쉽게 붙을 수 있다고 들었네."

"누가 그런 얘기를 하느냐고 묻네요."

"일본 공사관 직원에게 들었다고 전하게. 난로에서 튄 불똥이 보일유를 섞은 페인트를 바른 목재에 튀었는데 불이 붙은 적이 있었다고 말이야."

"말도 안 된답니다. 불이 났다면 그건 페인트에 보일유를 섞은 게 아니라 건성유를 잔뜩 넣은 게 분명하다고 했어요."

박에스더가 이준에게 얘기를 해주는 사이, 피에르가 진열장 아래쪽에서 건성유가 든 것으로 보이는 병을 꺼내서 보여줬다. 이준이 박에스더에게 말했다.

"이것도 냄새가 많이 나는지 물어봐줘."

"보일유만큼은 안 난답니다."

"냄새를 확인해보겠다고 해."

박에스더의 설명을 들은 피에르가 살짝 짜증난다는 표정을 짓고는 뚜껑을 열었다. 조심스럽게 코를 갖다 대고 냄새를 맡은 이준이 곧바로 얼굴을 찡그렸다. 김새왈의 집에서 맡았던 냄새, 그리고 한치형이 불이 나기 전 함녕전에서 맡은 것과 비슷한 생선 썩는 냄새와 기름 냄새가 진하게 느껴졌기 때문이었다. 보일 소위가 얘기한 냄새도 아마 이것이 분명했다. 건성유 병의 뚜껑을 닫은 피에르가 침을 튀기면서 설명했다.

"자기는 판매할 때 분명히 건성유를 페인트와 섞어서 쓸 경우 배합 비율을 정확하게 설명해준대요. 만약 건성유를 많이 넣으면 불이 붙을 수 있다고 경고도 했고요."

그 얘기를 들은 이준은 마른 침을 삼켰다. 피에르의 설명을 들은 누군가가 김새왈을 통해 건성유를 많이 첨가한 조합 페인트를 함녕전의 기둥에 발랐을 것이라는 생각이 든 것이다. 아무것도 모른 한치형은 시키는 대로 아궁이에 불을 땠고, 거기서 나온 불씨는 조합 페인트가 칠해진 기둥에 옮겨 붙었다. 순식간에 큰불로 번지면서 경운궁을 태워버린 것이다. 최대한 태연한 표정을 지은 이준이 박에스더에게 미소를 지었다.

"의문이 모두 해소되었다고 얘기해줘. 그리고 페인트와 건성유를 사간 일본인이 있는지 물어봐주게."

"그건 왜 물어보냐고 하네요."

피에르의 의심스러운 눈초리에 이준은 미리 생각해둔 말을 꺼냈다.

"대감마님이 조선공인들 솜씨가 너무 형편없어서 일본인들 중에 페인트칠을 잘할 만한 사람을 찾고 있다고 말하게."

박에스더의 말을 들은 피에르는 의심을 거두는 눈치였다. 그런 의심을 거둔 것에는 이준이 페인트와 건성유, 그리고 보일유를 구매하겠다는 뜻을 비친 것도 한 몫 했다. 계산을 위해 금전등록기가 있는 계산대로 향했다. 계산을 마친 피에르가 막 입을 열려던 찰나, 문이 열리는 종소리가 들렸다. 무심코 고개를 돌린 이준의 눈에 보인 것은 30대 초반 정도의 양복 차림의 일본인이었다. 카키색 양복을 입고 일본인들이 도리우찌라고 부르는 헌팅캡을 썼고, 허벅지 부분이 불룩한 승마용 바지에 발목이 긴 승마용 장화 차림이었다. 손에는 검정색 스틱을 들었는데 이준이 들고 있는 것처럼 안에 칼이 들어있는 것으로 보였다. 옆구리에 신문을 끼고 들어선 그를 본 피에르가 반색을 하면서 서툰 일본어로 말을 건넸다. 와세다 대학에서 유학생활을 한 적이 있던 이준은 얼추 두 사람의 대화를 알아들었다.

"구니모토 기자님! 어서 오십시오."

"잠깐 얘기를 좀 나누고 싶소만."

"잠시만 기다려주십시오."

영수증과 잔돈을 이준에게 건넨 피에르가 박에스더에게 뭐라고 말을 했다.

"이 분이 얼마 전에 페인트와 건성유를 사간 분이랍니다. 궁금한 게 있으면 지금 여쭤보면 된대요."

구니모토라고 불린 남자가 두 사람을 바라보자 이준은 박에스더에게 말했다.

"나중에 물어보겠다고 전해. 물건은 사람을 곧 보낼 것이니 보관해달라고 하고."

박에스더의 말이 끝나자마자 이준은 그녀의 팔을 잡고 밖으로 나왔다. 너무 서두르는 바람에 놀란 박에스더가 물었다.

"왜 그렇게 서두르세요?"

"저 사람 한성신보 기자야."

씹어뱉듯이 얘기한 이준의 대답에 박에스더가 놀라서 입을 다물지 못했다.

"한성신보면 일본인들이 만드는 신문 아니에요? 황제 폐하를 모욕하는 기사를 여러 번 쓴 걸로 알고 있는데요."

"맞아. 어쩌면 이하영의 집안에 대해서 잘 알고 있을지도 몰라. 거기다 한성신보는 말이 신문사지 을미사변 때 궁궐에 침입했던 낭인들의 소굴이야."

주일상점을 나서자마자 바로 뒤에서 문이 열리는 소리가 들렸다. 걸음을 멈춘 이준이 박에스더에게 데린저 권총을 넘겨주면서 말했다.

"대안문으로 가서 박승환 참령을 찾아서 이리로 데려오게. 중간에 누가 가로막으면 이걸로 쏴."

"검사님은요?"

소드 스틱을 천천히 뽑아든 이준이 돌아서면서 대답했다.

"잠깐 저 자랑 얘기를 해야 할 것 같아."

복잡한 표정을 한 박에스더가 손탁 빈관 방향으로 뛰어갔다. 주일상점의 문을 열고 나온 구니모토 기자가 헌팅캡을 살짝 들추면서 서툰 조선어로 말했다.

"내가 이하영 대감 청지기를 아는데 말이야."

"얼마 전에 새로 일하게 되었지."

"어제도 갔었는데."

히죽 웃은 구니모토 기자가 차고 있던 스틱 안에서 천천히 칼을 뽑았다. 지나가던 외국인들이 멈춰서 구경을 했다. 잠시 정적이 흐르는 가운데 구니모토 기자가 순식간에 다가와 칼을 휘둘렀다. 소드 스틱으로 막은 이준이 물러나자 구니모토 기자는 의외라는 표정을 지었다.

"정체가 점점 궁금해지는군."

구니모토 기자가 빙빙 돌면서 틈을 노렸다. 이준은 시간을 끌기 위해 천천히 몸을 돌리면서 그를 바라봤다. 그런 이준을 노려보던 구니모토 기자가 기합을 넣으면서 달려들었다. 눈에 보이지 않을 정도로 빨라서 이준은 머리 위로 떨어지는 칼날을 겨우 막고 옆으로 물러났다. 그러면서 재빨리 옆구리를 노렸다. 일본 유학시절 유도와 함께 검도를 배워둔 것이 도움이 되었다.

"조선 사람치고는 제법 검을 쓰는군."

구니모토 기자의 말에 이준은 아무 대답 없이 소드 스틱을 움켜쥐었다. 고수와의 싸움에서는 신경을 집중해야만 했다. 상대방이 움직일 기미를 보이자 이준이 한발 빨리 움직였다. 소드 스틱을 쭉 뻗어서 가슴을 노리자 상대방은 한발 뒤로 물러났다. 그 사이, 숨을 고른 이준은 상대방의 공격을 적절하게 막아내면서 중간 중간 반격을 가했다. 지켜보던 외국인들이 마치 경기를 구경하는 것처럼 박수를 쳤지만 이준의 귀에는 들리지 않았다. 그러다 구니모토 기자가 날린 회심의 일격에 목덜미를 살짝 찔리고 말았다. 이를 악문 이준은 재차 공격하기 위해 다가오는 그의 머리를 겨누고 옆으로 소드 스틱을 휘둘렀다. 구니모토 기자가 머리를 숙이면서 칼날로 막았지만 소드 스틱의 얇고 가느다란 칼날이 채찍처럼 휘어지면서 귀를 베었다. 상처를 입은 구니모토가 나지막하게 욕설을 내뱉었다.

"칙쇼!"

여유를 찾은 이준이 자세를 잡는데 대안문쪽에서 총성이 울렸다. 육혈포를 허공에 발사한 시위대 박승환 참령이 병사들을 이끌고 뛰쳐나왔다. 걱정스러운 표정을 지은 박에스더의 모습도 보였다. 이준을 힐끔 바라 본 그가 외쳤다.

"감히 황제 폐하가 계시는 황궁 앞에서 칼부림을 하다니, 이게 무슨 짓이오!"

그러자 스틱 소드를 도로 꽂은 구니모토 기자가 씩 웃었다.

"나는 한성신보에서 일하는 일본인 기자요. 저 자가 나와 절친한 관리의 하인을 사칭하기에 조사를 하려고 했소이다."

"그렇다면 경무청으로 데려가든지 그 집으로 끌고 갔어야지 어찌 여기서 이런단 말이오!"

박승환 참령이 강경하게 나오자 구니모토 기자가 깍듯하게 고개를 숙였다.

"내가 잠시 이곳이 어떤 곳인지 망각했소이다. 그럼 이 자를 데려가도 되겠소?"

"아니 되오."

딱 잘라 대답한 박승환 참령이 눈을 부릅떴다.

"황궁 앞에서 소란을 피우는 자는 일단 원수부에서 조사를 해야만 하오. 당신은 신원이 확실하고 외국인이니 조사하지 않겠지만……"

이준을 쳐다 본 박승환 참령이 또박또박 덧붙였다.

"이 자는 대한제국 사람이니 데려가서 조사를 해야겠소이다."

그 얘기를 들은 구니모토 기자가 불만스러운 표정을 지었다. 그러자 박승환 참령이 가슴에 육혈포를 겨누면서 물었다.

"불만 있소?"

박승환 참령의 표정을 본 구니모토 기자가 고개를 저었다.

"아니오."

헌팅캡을 고쳐 쓴 구니모토 기자가 이준을 바라봤다.

"내가 한방 먹었군. 나는 한성신보 기자 구니모토 야스오라고 하네. 범상치 않은 사람인 것 같으니 조만간 또 보겠군."

주저하던 이준은 모자를 살짝 벗으며 대답했다.

"실례가 많았소이다. 사정이 있어 이름을 밝히지 못하는 점을 양해 바라오."

팽팽하게 서로를 노려보던 두 사람은 살짝 옆으로 비켜서 서로의 길을 걸었다. 구니모토 기자는 주일상점으로 도로 들어갔고, 이준은 박승환 참령을 따라 경운궁으로 향했다. 박에스더가 목덜미의 상처를 보면서 물었다.

"칼에 베인 겁니까?"

"살짝. 칼을 쓰는 게 눈에 보이지 않았어."

"원수부로 가서 잠시 치료하겠습니다."

"간단히 끝내게. 손탁 여사를 만나러 가야 하니까."

두 사람이 얘기를 주고받으며 걷는 사이 해가 대안문 너머로 저물어갔다.

"그러니까 일본 측이 개입한 정황은 있지만 명백한 물증은 없는 셈이군요."

낮에 만났던 베란다에서 커피를 한 모금 마신 손탁 여사의 말에는 짙은 아쉬움이 배어나왔다. 이준은 건네받았던 스틱을 만지작거리면서 대답했다.

"정황은 분명합니다. 주일상점에서 페인트와 건성유를 산 구니모토가 김새왈에게 건네며 불이 잘 날 수 있도록 배합해서 함녕전의 기둥과 마루에 칠하라고 했을 겁니다. 그리고 김새왈의 목숨을 빼앗아서 인멸한 게 분명합니다."

“짧은 시간인데 제대로 조사하셨군요.”

“조금만 시간을 주시면 물증이나 증인을 찾을 수 있을 것 같습니다.”

“안타깝지만 그럴 시간이 없습니다. 설사 시간이 있다고 해도 조사는 중단하십시오.”

“황궁이 불탔고, 방화일 가능성이 높은데도 말입니까?”

흥분한 이준의 목소리가 높아지자 손탁 여사가 조용히 미소를 지었다.

“의혹이 사실이 되려면 그걸 인정하게 할 만한 힘이 있어야 합니다. 시간이 흘러 대한제국이 자리를 잡게 된다면 그럴 힘을 얻을 겁니다. 안타깝게도 지금은 아니지만요.”

사실상 사건을 종결짓겠다는 손탁 여사의 말에 이준은 손가락에 낀 반지를 뽑아서 건넸다.

“황제 폐하의 신하로서 그 뜻을 받아들이겠습니다. 하지만 평리원 검사로서는 납득하기 어려우니 개인적으로 조사하겠습니다. 진실보다 강한 힘은 없으니까요.”

이준의 얘기를 들은 손탁 여사는 그럴 줄 알았다는 듯 슬며시 웃었다.

“제가 뭐라고 말씀드릴 문제는 아닌 것 같군요. 행운을 빕니다. 검사님.”

“그럼 안녕히 계십시오.”

“참, 반지는 돌려받겠지만 데린저 권총과 스틱은 선물입니다.”

의자에서 일어난 이준이 인사를 하고 스틱을 집었다. 그러자 옆에서 기다리고 있던 박에스더가 다가왔다.

"앞으로 제가 필요하시면 언제든 말씀해주십시오."

"고맙네. 자네가 아니었다면 이번 일을 처리하지 못했을 거야."

"저는 보구여관에서 일하고 있습니다."

"거기에서 박에스더를 찾겠네."

이준의 대답에 그녀가 살짝 미소를 지었다.

"제 본명은 김점동입니다. 에스더는 세례명이고, 박은 죽은 남편의 성입니다."

"김점동이라, 기억하지."

중절모를 살짝 들어 인사를 한 이준은 손탁 빈관을 나와 평리원으로 향했다.

MONDAY

옆집에
킬러가 산다

김성희

김성희

한국콘텐츠진흥원 스토리작가 데뷔프로그램, 콘텐츠 원작소설 창작과정 선정. 2014년 · 2015년 대한민국 스토리 어워드&페스티벌(SA&F) 피칭. 제4회 과학 및 액션소재 장르문학 단편소설 공모전 우수상 수상. 장편소설 『마이 미스 미세스』, 앤솔러지 『당신이 죽어야 하는 일곱 가지 이유』, 『첫사랑 위원회』, 『나의 서울대 합격 수기』를 출간했다.

1. 성장 과정 및 자기소개 (500자 내외)

저는 킬러입니다. 14살에 미국에 팔려가 사람 잡는 사람으로 길러졌습니다. 이렇게까지 말해도 잘 모르시던데, 그냥 영화에 나오는 웬만한 지옥 훈련이니 특수 훈련 같은 건 대충 다 받고 자랐다고 보면 됩니다. 갖은 흉악한 기술을 습득했지만 역시 가장 기억에 남는 건 맨 처음에 받았던 훈련입니다. 총칼이 난무하는 그런 류의 영화를 좋아하는 사람들은 실망할지도 모르겠습니다. 제대로 된 킬러라면 누구나 맨 처음 숨을 죽이는 훈련을 받습니다. 남의 숨을 죽이기 전 나의 숨을 죽이는 훈련을 가장 처음으로, 가장 혹독하게, 가장 오랫동안 받습니다. 물론 제가 가장 잘하는 일도 그것이지요. 사실 기관총으로 사람의 대가리를 날려버리는 건 훈련씩이나 받아야 할 만큼 어려운 일도 아닙니다.

저는 20년 만에 한국으로 돌아왔습니다. 물론 일 때문이었습니다.

'회사 기밀 빼간 새끼가 있다는 제보가 들어왔어요. 우리 회사 임대 아파트에 숨어서 간을 보고 있는 것 같아. 도청 같은 것도 좀 하고, 뭐냐, 그 정보도 빼돌리고, 그 왜 영화처럼. 나중에 내가 오더를 줄 테니까 그때까지는 쭉 감시만 좀 해줘요. 절대로 내 컨펌 받고 움직여요. 한국에서는 함부로 총 쏘고 그러면 큰일 나. 그때까진 샷다마우스 플리즈. 오케이? 근데 감시만 하다 끝나면 할인은 좀 되나?'

A 건설 김 과장은 점심시간에 중국집에서 자장면이라도 주문하는 것처럼 말했습니다. 이 나라 사람들은 킬러를 뭐로 보는 건지. 참고로 콜롬비아 마약왕도 킬러에게 저렇게 깐족대진 않습니다.

어쨌든 그리하여 저는 한국의 어느 임대 아파트에서 산업 스파이 한 명을 감시하게 되었습니다. 타깃의 옆집에 숨을 죽여 잠복하게 된 거죠. 그런데 잠복 첫 날, 이런 쪽지들이 현관문에 붙어있더군요.

—발망치 조심해 주세요!

—서랍 살살, 문 살살 닫아주세요!

—뭐 하시는지 다 들려요!

한국은 도대체 어떤 나라인지요.

2. 우리 아파트의 장점과 단점에 대해 서술하시오. (500자 내외)

장점은 월세가 싸다는 것입니다. 서울 외곽에 있고 한 집이 5평 남짓하다는 점을 감안해도 저렴한 편입니다. 서울 시내 한복판의 월 주차장 요금 정도였으니까요. 그러나 단점. 아무리 그래도 이 아파트의 방음 수준은, 차라리 주차장 한복판에서 먹고 자는 게 더 조용할 정도입니다.

덕분에 한국, 우리 이웃에 대한 궁금증은 쉽게 풀렸습니다. 그다지 궁금하지도 않았는데 알게 되었어요. 그건 타깃뿐만이 아니었습니다. 사실 타깃에 대해서 필요 이상으로 쓸데없이 많은 걸 알게 되어 정말 쓸데없었습니다. 백악관 천장에 페인트처럼 발려있을 때도 이 정돈 아니었는데…….

미 국방성에 납품하는 최첨단 도청 장치? 일주일 만에 가방에 처박아 버렸습니다. 이 아파트에서는 필요가 없더군요. 굳이 귀를 기울일 필요도 없었습니다.

아파트의 층간 소음(벽간 소음을 포함합니다)에 시달리다 어느 순간 대단히 예민한 청각을 가지게 되는, 일종의 각성 현상을 여기 사람들은 '귀트임'이라고 합니다. 때문에 이 아파트 주민들은 대부분 귀가 트여있었고, 이사 첫날부터 저의 기척을 귀신같이 눈치챌 수 있었던 것입니다. 저희 집 현관문에 붙었던 쪽지도 바로 그런 이웃들이 붙인 것이었어요.

만일 제가 용병회사를 차린다면 반드시 이 아파트에서 직원들을 훈련시킬 것입니다. 저희 회사 직원들이 분명 최고의 산업스파이이자 살의 넘치는 킬러가 될 수 있을 거라 장담합니다.

3. 우리 아파트 입주민 중 귀하와 교류하는(혹은 교류했었던) 이웃과 그 계기에 대해 서술하시오.

저는 이 아파트의 3층 2호에 살고 있었습니다. 김 과장이 303호에 살고 있는 자를 타깃으로 의뢰했기 때문입니다. 말을 좀 함부로 하긴 했지만, 고객이 원하는 것은 분명했습니다. 303호의 옆집에서 숨소리도 내지 말고 그자의 정보와 움직임을 캐낼 것. 여차하면 돈을 조금 깎아줄 것. 고객은 이웃과의 교류까지는 요청하지 않았습니다. 요청했다면 할인은커녕 엄청난 추가 요금을 불렀을 겁니다. 대부분의 킬러에게 가장 난감한 일이 그것이니까요. 엄청난 근육질에 표정까지 험악한 사내가 이사 떡을 돌린다? 경찰을 부를 일이겠지요.

그러나 저는 다릅니다. 작고 예쁜 얼굴에 미끈한 몸의 동양인 사내. 몸보다 반 치수 큰 슈트를 입고 어리바리한 계약직 사원으로 각종 산업현장을 누비며 프락치 짓까지 겸했던 저였습니다. 밥을 거르더라도 팩은 거르지 않는 저를 놀리던 동료들이 이라크에서 지뢰를 밟는 동안, 저는 탕비실에서 커피를 내리며 두둑한 추가 수당까지 챙기는 것이죠.

그런 제가 무료로 이웃과 교류하게 된 것은, 물론 이 아파트의 놀라운 방음 수준 덕분이었습니다. 방구석에 앉아있는 것만으로 상하좌우는 물론 대각선 방향까지, 저희 집 기준으로 10여 가구 정도는 대략적인 생활 패턴을 알 수 있고, 정확히 8가구는 이웃을 대신해 그들의 은밀한 비밀 일기장을 쓸 수 있을 정도였으니까요.

저는 저와 특별히 교류했던 5명의 이웃에 대해 이야기하려 합니다.

우선 저의 타깃이자 바로 옆집인 303호 사내. 그자는 정말이지…… 이런 말씀 죄송스럽습니다만, 제가 킬러가 아니라 평범한 계약직 사원이었다면 진즉에 죽여 버렸을 겁니다. 아래에 소개할 이 아파트의 명랑한 이웃들 중 가장 악질로, 예수님이라도 그자의 양 뺨을 모두 갈겼을 것입니다. 벽 한 장 너머로 전해지는 그자의 배려 없는 행동, 뒤꿈치에 말발굽을 박지 않고서야 날 수 없는 쿵쿵거리는 발소리, 야밤에 술 먹고 고성방가, 새벽마다 드릴에 망치에 가구를 만드는지 부수는지……. 어찌 보면 20년 동안의 밑바닥 생활로 감정을 완전히 거세당한 저에게 다시금 감정이란 것을, 어쨌든, 느끼게 해준 기적 같은 새끼였습니다. 더 이상은 기밀이라 말씀드리기 어렵습니다.

바로 윗집인 402호에는 남자 대학생이 살고 있었습니다. 대학생이지만 대학에 다니진 않습니다. 꾸준히 학사 경고를 받아온 결과 드디어 지난 학기에 제적당했기 때문입니다. 그래도 대학생이라고 부르는 것은 그의 부모가 그렇게 믿고 있기 때문입니다. 402호는 부모와 아주 가끔 통화했는데, 그때마다 그의 말소리는 물론 그의 휴대폰 너머 부모의 목소리까지 들려오곤 했으니까요.

제 집 천장에서 시도 때도 없이 울리던 휴대폰의 진동과 진폭의 크기로 미루어, 402호의 휴대폰은 최신형 아이폰임을 어렵지 않게 알 수 있었습니다. 그의 최고급 우퍼 스피커 덕분에 그가 오늘 킬딸은 몇 번이나 쳤는지 같은 쓰레기 정보도 알 수 있었고요. 시골에서 허리도 못 펴고 등록금을 보내는 부모, 그걸로 호로 짓을 하는 호로새끼가 요즘 같은 시대에도 있다는 것을 알았습니다.

그뿐만이 아니었습니다. 그는 게임을 하지 않으면 친구들을 불러 술을 마셨는데 역시 게임하는 시간과 같은 새벽이었습니다. 위로 올라가 따끔하게 한 마디 하고 싶어도, 저는 킬러. 숨을 죽이고 그림자마저 감춰야 하는 존재…….

"마셔라, 마셔라! 와하하! 이 새끼 좆나 웃겨 씨발!"

철컥 철컥!

저도 모르게 샷건을 조립해 천장을 향해 갈기려는 순간이었습니다. 제 총구를 막은 건 직업 정신이 아닌 또 다른 윗집이었습니다.

바로, 윗집의 옆집인 403호 여자.

마침 403호에서 층간 소음으로 인해 살인난 뉴스가 흘러나오고 있었기 때문입니다. 당시가 새벽 2시 경. 그 시간에 그 정도 레벨로 TV를 보는 게 죽여 달라는 건지, 살려 달라는 건지요. 짐작하건대, 그도 옆집 소음에 고통 받으며 402호에게 간접적으로 샷다마우스를 외쳤는지도 모르겠습니다. 그러거나 말거나 그의 이웃 402호는 그날 해가 중천에 뜨고 나서야 다섯 명의 친구들과 코를 골며 잠이 들었습니다.

"내가 특종 터트리면 바로 이사 간다!"

403호에서는, 그러니까 제 집 오른쪽 천장에선 스물네 시간 뉴스 소리가 났습니다. 잠을 잘 때도 TV를 틀어놓으며, 출근할 때도 TV를 끄지 않고 나가기 때문이죠. 특종을 꿈꾸는 애송이 기자. 그러나 403호가 몸담고 있는 곳은 서울 변두리의 지역 신문사입니다. 특종을 위해 이리저리 뛰어다니지만, 더러운 정치인들은 서울 한복판에 살고, 이 작은 동네에는 좀처럼 칼부림 같은 건 일어나지 않아 곤란한 모양이었습니다.

401호는 자세히 쓰지 않겠습니다. 401호 남자는 그냥 퇴근하고 회사 사람들과 돌아가면서 성관계를 하는 성 대리입니다. 사실 출근 전 아침에도 하고, 가끔은 점심시간에도 들어와서 하고, 외근 달아 놓고 시도 때도 없이 하고 갑니다. 여자 직원들은 401호가 그러는 줄은 꿈에도 모르는 것 같고, 이 아파트의 방음 수준에 대해서는 401호나 여자들 모두 알고 있는 것 같습니다. 401호는 회사에서의 중요한 업무를 읊는 걸로 관계를 시작하고, 절정에 오를 때 동료의 이름 대신 직함을 부릅니다. 더 이상은 더러워서 말씀드리기 어렵습니다.

이렇게 써놓고 보니 저만 잘한 것 같은데, 사실 저도 이 아파트에서는 사람을 죽이지 않고서도 죽일 놈 소리를 듣습니다. 20년을 훈련한 프로페셔널 킬러가 아무리 날고 긴다 한들 결국엔 바닥에 발은 딛고 사니까요. 이 아파트 바닥에 뭐라도 닿는 이상은 아래층에 피해를 줄 수밖에 없습니다. 202호 통장 아줌마에게 제가 그렇습니다. 202호는 시도 때도 없이 저희 집

문을 두드려 왔습니다.

"나 이 아파트 통장인데, 총각 미쳤어? 새벽 내내 무슨 드릴질을 그렇게 해?"

제가 아닙니다, 옆집입니다! 라는 말은 하지 못했습니다. 대낮에 202호에서 우리 집까지 당신 아이의 비명이 올라온다는 말도 못 했습니다.

"나 이 아파트 통장인데, 총각 변태야? 멀쩡하게 생겨서는 이렇게 방음 안 되는 아파트에서 동네 사람들 다 듣게 밤새 여자랑……."

제가 아닙니다, 윗집의 옆집입니다! 라는 말도 하지 못했습니다. 202호에서 당신이 아이를 학대하는 소리가 올라온다는 말도 못 했습니다.

"그리고 총각이 새벽 내내 게임을 해대는 바람에……."

"……지 마세요. 불법입니다."

"뭘 하지 마? 뭐가 불법인데? 경찰이라도 불러?"

그러나 저는 킬러. 타깃에 그림자처럼 가깝게 붙는 그림자보다 어두운 존재. 킬러가 경찰에 신고라니 가당치도 않습니다.

"……층간 소음에 항의하려 초인종을 누르거나 현관문을 두드리는 건 불법입니다."

펄쩍 뛰던 202호는 다시 의기양양하게 턱을 치켜들고 침을 튀겼습니다.

"난 이 아파트 문 두드리고 벨 누르는 거 언제든지 할 수 있는 사람이야. 합법적으로 그런 일 하라고 정해놓은 사람이라고."

"그게…… 뭔데요."

"아파트 통장!"

참다못해 아파트 경비와 관리사무소를 통해 이야기해 보았지만 소용없었습니다.

"302호 사신다고요? 아니, 아직도 거기 사세요?"

그들은 차라리 경찰을 부르라며 손을 뗐습니다만, 다른 이웃들의 신고에 의해 몇 번 오고갔던 경찰도 이미 두 손을 든 상태였습니다. 뿐만 아니라 층간 소음 문제는 대한민국 법의 완벽한 사각지대에 있었습니다. 그나마 있는 층간 소음에 관한 법은 너무나 쓸모없는 나머지 오히려 층간 소음을 일으킨 가해자를 지켜주고 있었습니다. 가해자가 발망치로 피해자네 집 천장을 찍고 돌아다녀도, 피해자는 가해자의 집 대문에 노크하는 것조차 불법이었으니까요. 그나마 403호 기자만이 늘 틀어놓던 TV를 꺼주었을 뿐입니다.

사실 그때 뉴스란 뉴스가 온통 A 건설의 비자금으로 난리라서 조금 궁금하긴 했었습니다. 역시 A 건설의 기밀이란 게 비자금인 모양이었습니다. 도무지 비자금 관련한 증거가 나오지 않고 있어서 구속이 힘들 것 같다는 이야기를 마지막으로 뉴스를 더 듣지 못했습니다. 제가 감시하고 있는 303호에게서도 뭔가 쓸데 있는 소식은 들려오지 않았습니다. 하긴 그런 게 들린데도 제가 처리해 버릴 테니, A 건설이 비자금을 숨겨둔 장소를 찾았다는 뉴스는 영영 들을 수 없을 것이었습니다. 궁금할 것도 없었네요.

어찌됐든 법의 도움을 받을 수 없는 저는 인터넷의 도움을 받을 수밖에 없었습니다. 저는 인터넷에 돌아다니는 층간 소음 대처 매뉴얼 중 저를 드러내지 않는 가장 무난한 것으로 대응할 수밖에 없었습니다. 그들의 현관문에 쪽지를 붙이고, 층간 소음 방지용 슬리퍼를 걸어두고, 엘리베이터에 그들의 행동과 그로 인한 저의 고충을 낱낱이 적은 편지를 붙였습니다.

그러나 선생님 조용히 좀 해주십사 쪽지들은 다음날 박박 찢겨진 채로 저희 집 문 앞에 나뒹굴고, 천장에서는 발망치 소리에 더해 슬리퍼를 요란하게 끌고 다니는 소리마저 나기 시작했습니다. 엘리베이터에 붙인 편지에는 다음 날 욕설이 적혀 있었고, 외려 제가 붙인 편지가 불법이라는 관리사무소의 인터폰을 받고 말았습니다.

관리사무소에서는 이런 제가 안쓰러웠는지, 조심스럽게 고무망치를 추천해주었습니다. 망치 머리가 쇠 대신에 고무로 된 망치로, 이웃집에서 소음을 낼 때 그 집 방향의 벽이나 몰딩을 고무망치로 쳐서 항의를 해보라는 것이었습니다. 고무망치에 수면양말을 씌워야 한다는 것은, 천장에 구멍이 뚫린 다음에야 알려주었습니다. 그에 저는 손에 총칼 대신 알록달록한 수면양말을 씌운 고무망치를 들게 되었습니다. 제가 고무망치로 두드리자 그들도 벽 너머로 대답해왔습니다.

"내 집에서 내가 내 마음대로 못해?"

"그렇게 예민하면 산골짜기에 단독 주택 짓고 살아!"

303호는 집 앞 어위크라는 편의점을 잠깐씩 오가는 것 말고는 집 밖으로 나가는 일도 없기 때문에, 당연히 저도 집 밖을 나가는 것은 그를 따라 편의점에 드나들 때뿐이었습니다. 이 아파트에서 저와 매우 직접적인 영향을 주고받았던 이웃을 그림으로 나타내자면 다음과 같습니다.

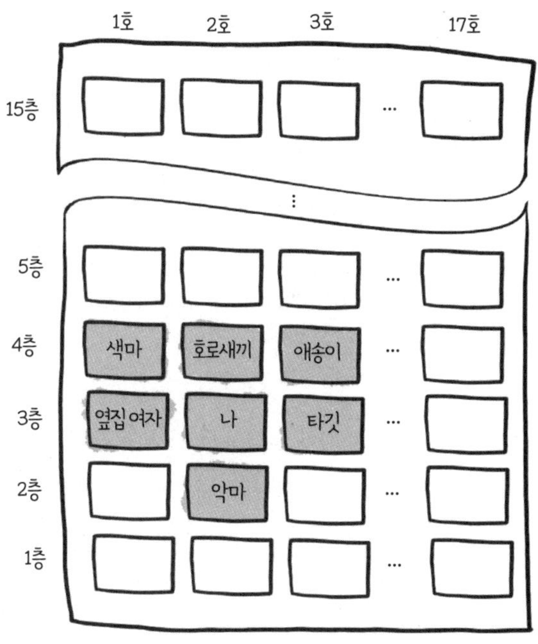

4. 우리 아파트에 지내면서 특별히 친하게 지내는(혹은 지냈었던) 이웃과 그 계기에 대해 서술하시오.

한 명 있습니다. 사실 이 질문에 답할 수 있는 운 좋은 사람이 이 아파트에 몇이나 있었을까 싶습니다. 그러나 오해는 하지 말아주시기 바랍니다. 위에서 말씀드린 몇 명의 이웃들 말고는 이 아파트에 사는 대부분이 예의바르고 좋은 이웃들이었습니다. 단지, 내 집에서 남이 똥 싸는 소리까지 듣는 마당에 그런 긍정적인 감정이 생길 리가 없다는 뜻입니다. 자기소개서에 쓰는 소설이라고 생각하겠지요.

이런 곳에서 누군가에게 긍정적인 무언가를 아주 눈곱만큼이라도 느낀다는 건 불가능하다는 걸 알아주셨으면 합니다. 그럼에도 제가 옆집 여자에게 그런 것을 느낀 건 301호가 몹시 특별한 사람이었기 때문입니다.

301호에 사는 여자는 제가 유일하게 정체를 알 수 없는 사람이었습니다. 이런 형편없는 아파트에서 벽 한 장을 마주대고 있는데 말입니다. 처음엔 그인지 그녀인지도 몰랐습니다. 방구석에 앉아 만 하루 안에 최소 주변 8가구의 신상정보를 캘 수 있는 이 곳에서, 301호가 제 나이 또래 여자라는 것은 한참 뒤에야 알게 되었지요. 현관문을 열고 들어오는 소리는 들릴 수 밖에 없었지만, 그 이후로는 웬만한 기척이 느껴지지 않았습니다. 늘 규칙적으로 새벽 6시에 일어나 6시 20분에 나가고 저녁 8시에 들어오는 줄만 알고 있었지요.

이 아파트 소음이 질병으로 이어지는 이유 중 하나는 불규칙

성입니다. 남의 회사 기밀 빼돌려 숨어있는 백수와 그냥 백수, 툭하면 회사 농땡이 치고 방아질 일색인 백수 같은 새끼와 지내다 보니, 이들이 언제 무슨 소음을 얼마큼 낼 것인지 짐작조차 할 수 없어 조용한 시간에도 편두통에 시달렸던 것입니다.

그래서 그럴까요. 제가 그런 301호에게 맨 처음 느낀 감정은 고마움이었습니다. 그저 고마웠습니다. 301호가 존재감이 없다는 게, 나를 몰라주는 게. 묘한 동질감마저 생겼습니다. 이런 곳에서 함께 숨죽이고 있다는 이유로요. 보통은 이런 감정이 서로를 잘 알게 되면 생기는 것이라고 배웠는데, 전혀 모른다는 이유로 저는 매일 301호 쪽으로 머리를 대고 누워 아기처럼 몸을 구부렸습니다.

귀가 트인 이후로 저는 301호에 대해 조금 더 알게 되었지만, 제 생각은 변함없었습니다. 301호는 다른 집에 냄새가 갈까봐 음식도 안 해먹고, 배달음식이라도 시킬라치면 초인종 소리가 시끄러울까 음식은 꼭 현관문 밖에서 받고, 그 추운 날에도 담배를 꼭 집 밖에 나가서 피우는 좋은 이웃이었습니다.

새벽 6시 20분에 나가서 밤 8시에 들어오는데, 제 추측입니다만, 301호는 회사에서 퇴근 후 집에 와서까지 힘들 것입니다. 그렇게 직장에서 볶이다 집에 와도 쉬지 못하고, 숨도 제대로 못 쉬었습니다. 변기 물도 남들 시끄러운 틈을 타 하루에 한두 번 밖에 안 내리고, 집이 극장도 아닌데 휴대폰은 무음, 통화도 꼭 밖에서 했습니다. TV도 안 보고 게임도 안 했습니다. 층간 소음 방지용 실내화를 신고도 나비처럼 조심스레 걷는, 내

집 안에서까지 다른 사람들의 눈치를 보며, 숨을 죽이고 정말 없는 듯이 사는 이웃. 이 아파트에서 평범해지려면 숙련된 산업 스파이나 킬러 수준의 생활을 해야만 했습니다. 평범한 사람들도 저 같이 산다는 생각에 301호 쪽으로 머리를 두고 누울 때마다 저는 그만 숙연해졌습니다.

5. 우리 아파트에 입주한 후 가장 특별했던 하루를 서술하시오.

어느 날 자정이었습니다. 드디어 김 과장에게 전화가 왔습니다. 오더가 떨어진 것입니다. 303호의 동향을 묻기에, 그동안 제가 들었던 것들을 이야기했습니다. 예컨대 그는 자장면과 짬뽕 사이에 고민도 하지 않고 무조건 둘 다 시켜먹는데다가 탕수육에 소스는 반드시 부어먹는다 같은 그런 허섭스레기 정보 말고는 들은 바가 없었지만, 일단 돈 받고 하는 일이니까 모두 이야기했습니다. 듣다 못한 김 과장이 혀를 끌끌 차더니 그만 됐다고 이야기할 때까지 말입니다. 타깃이 편의점과 집구석을 오가는 것 말고는 별 움직임이 없다는 것을 알게 된 김 과장은 할인은 됐으니 그를 그냥 처리해달라고 말했습니다. 원하시는 방법이 있느냐고 묻자, 자신은 괜찮으니 신경 쓰지 말고 아무렇게라도 좋으니까 하루빨리 죽여 달라고만 했습니다. 김 과장이 전화를 끊기 전에, 저는 그동안 정말 너무나 궁금했던 것을 물어 보기로 했습니다.

"저기요, 공사를 대체 어떻게 했기에 집이 이래요? 이 아파트 방음이 진짜 하나도 안 돼요."

"……."

"아니, 제가 정말로 순수하게 궁금해서 그러는 거거든요."

김 과장은 대답하지 않고 전화를 끊었습니다.

궁금증을 풀지 못해 아쉬웠지만, 이제 드디어 이사를 갈 수 있다는 기쁨이 더 컸습니다.

일을 좋아서 하는 사람이 어디 있겠냐마는 저도 제 일을 좋아하는 편이 아닙니다. 끌에 대단히 섬세하고 에너지를 많이 쏟아야할 뿐만 아니라 성공했다 해도 보람과 성취감보다는 스트레스와 자책감만 잔뜩 생기는 직업이니까요. 출근길에 콧노래를 부른 적이 단 한 번도 없다는 말입니다.

그런데 그날은 달랐습니다. 흥얼흥얼 콧노래가 나오고 총을 날듯이 조립하고 있는 저 자신을 발견했습니다. 하지만 단 한 가지 마음에 걸리는 것이 있었습니다. 바로 301호 여자였습니다.

301호와의 기억은 더 있었습니다. 가장 추웠던 밤이었습니다. 사실 그 날은 저에게만 가장 추웠지, 그동안에 비해 날씨가 제법 풀린 밤이었을 겁니다. 한겨울의 잠복, 기척을 숨기느라 보일러를 떼지 않아 그랬는지 저는 감기에 걸리고 말았습니다. 이상하게도 날씨가 조금 풀리자 병이 나더군요. 앓는 저에게는 그날이 가장 추운 밤이었으나, 다른 이들에겐 보일러를 돌릴 필요가 없는 밤, 그래서 아파트 벽이 온통 얼음장 같은 밤이었습니다.

사랑과 기침은 숨길 수 없다고 했던가요. 아무리 저라도 기침을 숨길 수는 없었습니다. 밤새 여기저기서 저를 향한 상욕이 터져 나오고, 싸늘한 벽에선 고무망치를 쳐대는 소리가 들려왔습니다. 그러나 301호 쪽에선 욕지기와 벽치기 대신에 보일러 돌아가는 소리가 나기 시작했습니다. 곧 301호와 맞댄 저희 집 벽이 따뜻해져왔습니다. 새벽 6시 20분, 301호가 외출한 뒤에도 보일러는 꺼지지 않았습니다.

저는 그때 처음으로 베란다로 나가 301호가 아파트 현관을 나서는 모습을 보았습니다. 301호에 사는 사람이 제 나이 또래 여자라는 것도 그때 처음 알았습니다. 사실 드물게 들리는 기척으로 보아 여자라고 짐작은 했으나 두 눈으로 확인한 것은 처음이었습니다. 301호와 눈이 마주쳤습니다. 그렇게 아름다운 미소는 태어나서 처음 보았습니다.

저는 301호가 외출하는 새벽 6시 20분까지 모든 준비를 마쳤습니다. 301호가 현관문을 열고 나가고 엘리베이터를 타고 내려가는 것까지 들은 뒤에야, 저는 행동을 개시했습니다.

천장에 스피커를 붙였습니다. 특별히 개조하여 바로 윗집에만 전달되게 하는 것도 잊지 않았습니다. 아파트 특성상 아예 영향을 안 주지는 않겠지만 303호가 시끄럽다고 이 추운 날 집을 비울 정도는 아닐 것입니다. 신나는 헤비메탈과 "이게 뭐야 씨발!"이라는 402호의 감상평을 뒤로하고 현관문을 닫았습니다. 저는 그날 저와 301호의 예의 없는 이웃들을 처리하러 집을 나섰던 것입니다.

그날 오전에는 어느 지방 마을회관에 있었습니다. 그 마을 사람들이 모두 이른 아침부터 마을 회관에 모여 있었기 때문입니다. 저희 아파트 이웃들과는 다른 이유로, 남의 집 숟가락 개수까지 알고 지내는 따뜻한 이웃들이 살고 있는 마을이었습니다. 402호 대학생의 이름을 부르자, 머리가 희끗한 노년으로 접어드는 남녀가 벌떡 일어나 보였습니다. 402호의 부모입니다. 따로 나가서 이야기하자는 저의 말에 따라 나오려는 그들을, 마을의 이장이 붙잡았습니다. 곧이어 제게 농사 빚이 어쩌고 하는 훈계를 늘어놓았습니다. 딱 떨어지는 블랙 슈트에 선글라스를 쓴 낯선 남자인 저를 사채업자라고 오해한 모양이었습니다. 저는 그냥 킬러일 뿐인데 말이죠. 첫인상이 좋지 않아도 괜찮습니다. 곧 잊힐 테니까요. 저는 선글라스를 벗으며 그린 듯이 웃었습니다.

"K대학교에서 나왔습니다."

저는 402호의 부모와 마을 사람들에게…… 일렀습니다. 402호가 부모에게 한 번도 보여주지 않은 성적표, 부모가 등록금이라고 보내준 돈을 어떻게 썼는지, 그가 학교에 다니지 않는 동안 집구석에서 뭘 하고 지내는지 등, 그의 호로 짓을요.

프락치 경력이 얼만데, 사람들에게 제가 402호와 개인적으로 친분 있는 교직원이라는 말을 믿게 하는 건 일도 아니었습니다. 402호의 걸음걸이, 버릇, 습관, 말투, 취미, 특기, 역사 등 그의 큰 사건부터 아주 사소한 정보까지 제가 너무나 잘 알고 있기도 했고요. 교직원 행세를 위해 위조한 신분증 같은 것은 들여다보지도 않았습니다.

"오늘 당장 그놈의 새끼를 여기로 끌고 와 다리몽둥이를 분질러 놓겠습니다."

402호에게 전화를 걸어 소리를 지르기 시작하는 그의 어머니를 뒤로하고 그의 아버지께 굳은 다짐을 받았습니다. 어떻게 다리몽둥이를 분지를지, 한 마디씩 거드는 마을 사람들을 뒤로하고 402호의 따뜻한 고향을 벗어났습니다.

오후에는 물론 401호의 회사에 갔겠지요.

"빨리빨리 좀 못합니까? 곧 주요 임원들까지 다 참관하는 프레젠테이션이 있단 말입니다."

물론 그의 괴상한 성적취향 덕분에, 저도 알고 있었습니다. 저희 집 왼쪽 천장에서 401호의 그 짓거리가 안내방송 수준으로 울려 퍼지는데 모를 수가 없었습니다. 이것이 401호 성 대리의 승진이 달린 중요한 일이라는 것도요. 그래서 오후에 갑자기 회의실의 프레젠테이션을 위한 전자기기, 빔이며 스크린, 스피커 할 것 없이 모두 고장이 났던 것입니다. 고장 신고를 받고 온 수리 기사는 화장실 가장 구석 칸에 재워두었습니다. 저는 반 치수 큰 작업복을 입고 제가 고장 낸 것들을 손보며 401호와 회사에서 가장 큰 회의실에 있었습니다.

"다 됐으니 확인해보세요."

401호가 회의실 노트북에 자신이 가져온 USB를 연결하여 스크린에 PPT로 된 발표 자료를 띄웠습니다. 그리고 다음 페이지로 넘기는 순간,

401호가 상대의 직함을 부르며 절정에 오르는 소리가 회의실 사방에 달린 최고 사양 스피커를 통해 짱짱하게 울리기 시작했습니다.

"어, 어떻게 끄는 거야 이거!"

"401호 선생님이 이사 가기 전까진 안 꺼져요."

"뭐?"

401호가 USB를 떼어내고 노트북을 부수고 눈에 보이는 전기 코드를 모두 뽑아버렸지만, 그래도 스피커의 소리는 꺼지지

않았습니다.

“너 302호지? 내가 계속 얘기했잖아, 내가 내 집에서 섹스하는데 뭐가 문제냐고! 안 된다는 법 있어?”

“401호 선생님. 저도 제 집에서 나는 소리를 제 집에서 합법적으로 녹음했습니다. 401호 선생님과 그 일행분 몰래 녹음하지도 않았고요. 401호 선생님 일행들께서도 제가 녹음하는 걸 알고 계셨고, 심지어 녹음해 배포해달라고 제게 특별히 부탁까지 하셨어요.”

“여긴 내 직장이라고!”

“이건 제 직업입니다.”

회의실 바깥에서 슬슬 사람들이 몰려오는 소리가 들려왔습니다. 401호는 회의실 문을 잠갔습니다.

“너, 너 경찰에 신고할 거야!”

저는 대답 대신 스피커의 볼륨을 더 키웠습니다. 401호 선생님 제발 조용히 좀 해달라고, 벌써 여러 번 부탁드리지 않았냐고, 401호 때문에 잠을 못자 참다못해 지금 저희 집에서 녹음하고 있다고, 그만 두시지 않으면 녹음을 계속할 것이며, 그걸 가지고 경찰이든 직장이든 신고할 거라는 저의 처절한 외침이 울려 퍼졌습니다. 이어 그래서 더 짜릿하다며, 제발 그렇게 해달라는 대답과 함께 하던 일에 박차를 가하는 401호와 그 파트너의 적극적인 긍정의 답변도 같이 울려 퍼졌습니다. 사람들이 회의실 문을 두드리기 시작하자, 401호가 제 앞에 무릎을 꿇었습니다.

“내가, 내가 잘못했습니다. 방음이 안 되는 줄 알면서도 내가 더 크게 그걸 해서 302호가 밤잠을 못 주무시고……."

저는 또 대답 대신 스피커의 볼륨을 더 키웠습니다. 문 밖의 사람들이 웅성거리며, 문을 열어줄 경비를 찾기 시작했습니다.

"302호 선생님! 오늘 당장 이사 가겠습니다! 제발 저것 좀 꺼주세요! 제발!"

윗집 둘을 이사 보내고 나니 저녁이 되었습니다. 18시. 대한민국의 공무원들이 퇴근하는 시간입니다. 제가 이 나라에서 알고 있는 유일한 사람이자 유일한 친구 역시 공무원입니다. 그의 직장 앞에 서 있으려니 18시에서 단 1초도 지나지 않아 그가 터덜터덜 나오는 것이 보였습니다. 20년 만인데도 저는 그를 한눈에 알아보았습니다. 그도 저를 한눈에 알아보았습니다.

"최 형사님."

그는 바로, 20년 전에 저를 미국에 팔아 버린 남자입니다.

누가 처음부터 이따위 일이 장래희망이겠냐 마는, 처음 사람을 죽일 때까지만 해도 저 역시 제가 이런 직업을 가질 줄은 상상도 하지 못했습니다. 절 몹시도 학대했던 양아버지를 죽인 것이 첫 살인이었다면, 그걸 눈치챈 신참 형사가 그의 사수를 죽여 달라 부탁한 것이 저의 첫 의뢰였습니다. 그때 저는 돈 대신 제 살인을 눈감아 주는 것과 미국 입양을 대가로 받았습니다. 그리고 지금까지 이어지는 약간의 우정도.

"형사님도 많이 늙었네요."

아는 데라곤 그동안 들락거렸던 편의점이 전부라 여기로 데리고 와서 좀 미안했는데, 삼각김밥을 일 초에 하나씩 입에 까넣는 걸 보니 안심이 됩니다.

"뭐 이 새끼야? 내가 너 진짜 감방에 처넣는다."

사수를 죽이고, 사수의 아내가 이제 그의 아내가 된 지 어느덧 20년째입니다. 최 형사는 남편에게 학대당하던 꽃 같은 첫사랑을 구해냈습니다. 그는 제가 아는 한 첫사랑을 이룬 유일한 사람입니다.

"그래서 그냥 옆집 여자 하나 때문에 네가 그 지랄을 한다고?"

"네."

"아서라. 내 퇴직금 걸고 장담하는데, 그거 다 헛지랄이야."

"형사님도 형수님 구해줄 때 있었잖아요."

최 형사 이마에 어마어마하게 굵은 핏줄이 섰습니다. 그의 입에 가득한 삼각김밥이 제 얼굴로 마구 튀기 시작했습니다.

"그거 다 환상이야. 그걸 제일 후회해, 알아? 그 사랑이 식고 연민 나부랭이 같은 것도 식고, 나한테 남은 건 너 같은 살인자 새끼 하나야, 알아? 친구도 없고 동료들이랑 마음 편히 소주 한 잔 못 해봤어."

가끔 통화는 했었는데. 저를 직접 보니까 색다른 기분인 건지, 그가 입 밖으로 삼각김밥을 질질 흘리며 웁니다.

"퇴근하신 거 아는데요. 그래도 오늘 안에 부탁할 게 있어요, 형사님."

최 형사를 보내고 302호로 돌아왔습니다. 아직도 헤비메탈을 뿜어대는 스피커를 끄자, 302호에 적막이 찾아왔습니다. 그것도 잠시. 아래층에서 최 형사의 목소리가 들렸습니다.

"경찰입니다. 아동학대 혐의로 당신을 체포합니다."

증거 있냐고 바락바락 소리를 지르는 202호의 목소리가 잘도 들렸습니다. 증거는 저에게 아주 많이 있었습니다. 202호 통장 아줌마의 의붓아들은 네 살이었습니다. 202호의 남편이자 아이의 친아버지는 집을 나가버리고 없었습니다. 저도 비슷했습니다.

'숨소리만 들려도 죽여 버린다!'

아파트 바닥에 귀를 대고 있노라면, 20년 전 양아버지의 목소리가 들려왔습니다. 매일매일 들으니까, 정말로 그때로 돌아가는 것 같았습니다.

그의 아래서 10년을 숨죽여 살던 어느 날 그가 정말로 저를 죽여 버리려하자, 저도 모르게 그를 죽이게 되었습니다. 사고사로 위장했는데 감쪽같아서 아무도 눈치채지 못했습니다. 당시 막 발령 받았던 최 형사만 빼고요.

사실 그 날 이후로 최 형사만 친구가 없고 술 마실 동료가 없는 것이 아니었습니다. 옆집에서 보일러 좀 돌렸다고 사랑에 빠지는 외톨이는 세상에 저밖에 없을 겁니다. 부디 202호의 의붓아들은 제대로 된 장래희망을 가졌으면 좋겠습니다.

쿵쿵.

"선생님."

303호의 문을 두드렸습니다. A 건설 김 과장에게 전화가 오고 있었지만, 재촉 전화인 것 같아서 받지 않았습니다. 303호가 문을 열었습니다. 족히 120키로는 될 듯한 거구에 목덜미에 살찐 용이 꾸물거리고 있는 험악한 인상의 사내입니다.

"넌 뭐야?"

303호는 기생오라비 같은 저를 보더니 말을 함부로 했습니다. 역시 예의가 없습니다. 저는 대답했습니다.

"옆집입니다."

"이, 이사 가겠습니다. 꼭 갈게요. 지금 당장 가겠습니다. 제, 제발 사, 살려주세요."

저는 303호를 재빨리 죽여줄 생각은 조금도 없었기 때문에, 303호 사내는 여기저기 구석구석이 피투성이가 되고 말았습니다. 303호는 바닥을 벌벌 기다 저의 다리에 매달렸습니다. 그러거나 말거나, 저는 구둣발로 그의 면상을 찍어버릴 참이었습니다. 김 과장에게 또다시 전화가 오지 않았다면 말이죠.

"여보세요."

—혹시 303호 벌써 죽였어요?

"아뇨, 아직."

—그래? 잘됐다. 아, 저기 그게 말이야. 좀 착오가 있었던 것 같아요. 그 새끼가 303호에 살고 있는 게 아니라고 하네?

수화기 너머 소리를 들었는지, 303호의 피투성이 얼굴에 화색이 돌았습니다. 그러거나 말거나, 저는 그의 희망 가득 찬 얼굴을 힘껏 까버렸습니다.

"그래도 이사는 꼭 가세요, 선생님."

303호를 나서니 저녁 8시가 넘은 시간, 옆집 여자가 돌아와 있을 시간이었습니다. 301호 앞에서 몇 번을 머뭇거리다 결국 302호, 저희 집 도어락 비밀번호를 눌렀습니다. 그러나 다 누르기도 전에 문이 열리며 저는 현관문 안으로 빨려 들어갔습니다.

쿵!

301호, 옆집 여자가 제 어깨를 찍어 누르며 이마엔 총구를 들이댔습니다. 이렇게 가까이서 보게 될 줄은 꿈에도 몰랐는데요. 어쨌거나 서로의 얼굴을 가까이 마주 댄 아주 긴장감 넘치는 순간이었습니다. 그런데.

—좀 조용히 해주세요!

오른쪽 천장, 403호에서 소리를 질렀습니다.

"실내화…… 신으실래요?"

301호는 신발을 벗고 제가 권하는 층간 소음 방지용 실내화로 갈아 신었습니다. 총으로는 여전히 제 머리를 겨누고 있었습니다.

"저도 좀……."

301호는 대답 대신 한 발짝 물러났습니다. 저 역시 층간 소음 방지용 실내화로 갈아 신…… 는 척하면서 301호의 총을 쳐서 치워냈습니다.

탕탕!

—시끄럽다니까요!

결국 여차저차해서 총은 날아가 방구석에 처박히고 말았지만, 그 전에 총알이 천장에 박히면서 소음을 만들고 말았습니다. 저와 301호는 어깨가 잔뜩 오그라들었습니다.

오늘 301호를 위해 '그 지랄'을 했지만, 알고 보니 301호는 타깃이었습니다. 심지어 총까지 쓰는 걸 보니 평범한 산업 스파이도 아닌 것 같았습니다. 하긴, 이렇게 방음이 안 되는 아파트에서 평범한 사람이 그렇게까지 조용히 살 수 있을 리 없었습니다.

저는 실내화를 마저 신고 집 안으로 발을 들였습니다. 비무장 상태로 대치중인 킬러와 스파이가 서로에게서 눈을 떼지 않은 채로 좁은 방안을 빙글빙글 돌았습니다. 그런데 방안이 너무나 좁은 나머지 그것마저 쉽지 않았습니다. 자꾸 의자며 서랍에 몸이 툭툭 부딪히곤 했으니까요. 그러자 가구 끌리는 소리에 시끄러웠던지, 이번엔 대각선 방향의 아랫집들에서 좀 조용히 해달라는 소리가 올라왔습니다. 301호와 저는 이러지도 저러지도 못한 채 그 자리에 우물쭈물 서고 말았습니다.

저는 책상에 있던 머그컵을 집어 들어 301호를 향해 던지려다 아차, 했습니다. 깨지기라도 하면 시끄러울 테니까요. 다시 살살 내려놓았습니다. 301호 역시 저를 향해 주먹을 날려보았지만, 제가 피해버리는 바람에 애꿎은 벽을 쳐서 403호의 호통만 듣고 말았습니다. 그래도 뭐라도 해봐야겠다는 생각인 건지, 301호는 제 어깨를 툭 쳤습니다. 밀려난 저도 가만히 있을 수는 없어, 301호의 어깨를 꼬집었습니다. 비명을 꾹 삼키며 301호가 제 머리채를 잡았습니다. 저 역시 비명을 삼키며 301호와 함께 방바닥을 굴러다녔습니다. 전문적인 킬러와 스파이의 격투라고는 믿을 수 없는 치사한 싸움이 이어졌습니다.

결국엔 제 이부자리에서 베개 싸움을 하는 지경까지 이르렀습니다. 총칼 대신 베개와 쿠션이 오고갔지만 진지하고 치열한 격투였습니다. 서로의 이마엔 땀이 송골송골 맺히고, 악문 잇새로 통증을 삼키고 있었습니다. 얼마 지나지 않아, 301호가 베개로 제 얼굴을 후려갈긴 순간, 베갯속이 터져 솜털이 온 방안에 흩날렸습니다. 저 역시 쿠션으로 반격하자, 쿠션 속이 터지며 솜털이 솟구쳤습니다. 눈앞이 부옇게 솜털들로 흐려진 사이로, 저는 301호의 아름다운 미소를 볼 수 있었습니다.

결국 방구석에 처박혀있던 총을 집은 건 저였습니다. 저는 총을 301호의 머리에 겨누었습니다. 301호는 순순히 양손을 들어 올렸습니다. 301호는 곧 죽을지도 모르는데도, 실내화를 잊지 않고 고쳐 신었습니다. 저는 총을 다시 고쳐 쥐었습니다.

탕탕탕탕!

저는 탄창이 깨끗이 빌 때까지 천장을 향해 총을 쏘았습니다. 아랫집들이 고무망치로 천장을 치고, 위층도, 그 위층들까지도 고무망치로 바닥을 치며 항의해왔습니다. 403호에서는 지금 쳐들어 갈 거라는 경고를 해왔고요.

왜 A 건설의 비자금 기밀을 빼돌린 산업 스파이가 위험과 불편을 감수하면서까지 A 건설의 임대 아파트에 숨어있었던 건지, 그러거나 말거나 저는 왜 301호를 살려주는 건지 아무것도 알 수 없었지만, 저 역시 총을 버리고 양손을 들어 올렸습니다.

곧 저는 마지막 질문의 답을 알게 되었습니다. 301호가 다시 그 아름다운 미소를 보여주었던 것입니다.

"저 403혼데요. 문 좀 열어 봐요. 너무 시끄러워서요."

어지간히 화가 난 모양인지, 문을 세게도 두드렸습니다. 여전히 위아래 집들도 고무망치로 바닥과 천장을 두드리며 항의를 멈추지 않았습니다. 온 집안이 박살이라도 날 듯 울리고 있었습니다. 총알구멍이 숭숭 나버린 천장은 거의 무너질 것 같았습니다.

"있는 거 다 알아요! 문 열라니까요!"

쾅!

정말로 천장이 무너져 내렸습니다. 저와 301호의 머리 위로 **'무언가'**가 우르르 쏟아져 내렸습니다.

6. 지원동기 및 포부 (1,000자 내외)

아시다시피 그 날 자정 직전에 제 윗집의 옆집, 403호 기자는 이사를 갈 수 있게 되었습니다. 드디어 특종을 터트렸지요. 이 15층짜리 임대 아파트 전체가 A 건설의 비자금 창고였다는 뉴스 말입니다. 아파트 벽이며 바닥, 천장에 방음 자재 대신에 지폐를 채워 넣는 바람에 방음이 그토록 형편없던 것이었어요.

이후 다른 회사가 오만 원 권 대신에 제대로 된 방음 자재로 재공사를 했고, 김 과장을 비롯한 A 건설 사람들은 감옥으로 이사를 하게 되었습니다.

그러나 그게 제가 당분간 이곳에 남기로 한 이유는 아닙니다. 최 형사에게는, 형사님이 불쌍하게 그 나이 먹도록 술친구 한 명 없기 때문이라고 말했지만 물론 빈말이었습니다.

저 역시 지금이라도 제대로 된 장래희망을 가지고 싶기 때문입니다. 곰곰이 생각해봤는데 제가 되고 싶은 건 지금은 딱 하나밖에 없습니다. 저처럼 이곳에 남은, 301호집 여자의 좋은 이웃이 되고 싶습니다. 처음엔 모른다는 이유로 위안이 되었지만, 이제는 모른다는 것으로는 어떠한 위로도 받을 수 없습니다. 산업 스파이에 대해 아는 것이 쉽지는 않을 것입니다. 이제 이 아파트의 방음 수준이 훌륭해지는 바람에 옆집 소리를 듣기 위해선 미 국방성에 납품하는 최첨단 도청 장치가 필요하게 되었지만, 그런 걸 쓰고 싶진 않습니다.

아무래도 301호의 문을 두드려야 할 텐데 도무지 명분이 없었습니다. 킬러의 방문은 아무리 산업 스파이라도 부담스러울 테니까요. 이사 온 지가 언젠데 새삼스럽게 떡을 돌릴 수도 없는 노릇이고요. 고무망치로 벽에 모스부호를 칠까, 문에 쪽지를 붙일까, 엘리베이터에 공개편지를 쓸까 별 생각을 다하다가, 마침 엘리베이터에 붙은 통장 모집 공고문을 보고 이거다 싶었습니다. 합법적으로, 공식적으로 301호의 문을 두드릴 수 있는 방법이 드디어 생각난 것입니다.

물론 제가 다소 개인적인 이유로 통장에 지원하긴 했지만, 제가 통장이 된다면 이 아파트에도 꽤나 도움이 될 것입니다. 저는 이 아파트의 경비, 관리사무소, 심지어 이 나라의 경찰과 법마저도 해결하지 못한 층간 소음 문제를 완벽히 해결한 경험이 있습니다. 그것도 완전히 합법적인 방법으로 말이죠.

통장의 연봉은 240만 원, 회의 수당은 1회 2만 원, 명절상여금은 설·추석을 모두 합쳐 40만 원. 장담하지만, 이 금액으로 저를 고용할 기회를 놓치는 것보다 240만 원을 아파트 벽에 넣고 발라 버리는 게 덜 멍청한 짓이라는 것을 말씀드리고 싶군요.

제가 우리 아파트의 통장이 된다면, 저의 경험을 살려 배려 없는 이웃, 예의 없는 이웃들을 반드시 처리하겠습니다. 진상 제로, 민원 제로 아파트 만들겠습니다. 그러니 저에게 301호의 좋은 이웃이 될 기회를 주시면 감사하겠습니다.

TUESDAY

당신의 여덟 번째 삶

노희준

노희준

2006, 제 2회 문예중앙소설상. 범죄역사스릴러 『킬러리스트』
2016, 한국 SF 어워드 대상. 2017 황순원 소나기 마을 문학상. SF, 『깊은 바다 속 파랑』
두 편의 창작집과 다섯 권의 장편소설을 출간했다.

아홉 번째 우주

노인 앞에 노인이 섰다. 계산대 안에 있는 노인은 계산대 밖에 있는 노인을 바로 알아보지 못했다. 알아보고 나서는 주변을 휘둘러보았다. 편의점은 비어있지 않았다. 젊은 애들이 맥주나 라면을 사가는 시간이었다. 왜 아무도 이상하게 생각하지 않지? 혹시 오늘이 죽는 날인가? 벌써? 노인은 자신이 헛것을 보고 있기를 바라며 물었다.

뭘 드릴까요?

노인이 노인에게 대답했다.

그건 내가 해야 할 말인 것 같네.

그렇게 말하며 자신의 손목시계를 들여다보았다. 화요일이 십오 분 사십오 초 남아있는 시간이었다.

반년 전, 일곱 번째 우주

뭐지? 복제인간인가?

저에 대해서는 궁금해 하지 않으시는군요.

나와 똑같은 사람이 왔다는 것보다 이곳의 보안을 통과한 게 확률적으로 더 낮은 일인데?

그렇지요. 당신은 세계 최고의 갑부고, 이곳은 당신 재산의 절반이 들어간 연구소니까요.

연구소라. 그렇게 볼 수도 있겠군. 어떻게 하면 더 철저하게 혼자가 될까 연구 중이니까.

부럽군요. 저는 혼자일 수도, 혼자가 아닐 수도 없는 인생을 살아왔는데 말이죠.

인생? 복제인간 아니었던가?

그랬으면 여기까지 못 들어왔죠. 최고의 보안을 자랑하는 곳 아닙니까? 복제인간도 지문이 똑같지는 않죠.

지문은 성형하면 그만이지. 어떻게 늙은이를 복제했지? 빨리 늙도록 설계한 건가?

하하. 신이 있다면 그럴 수도 있겠네요.

혹시 오늘이 무슨 날인가? 누가 이렇게 돈 많이 드는 장난을 하는 걸까?

이렇게 나오실 줄은 몰랐는데.

그럼 뭐 기절이라도 할 줄 알았나?

당신이 쉽게 놀라는 성격은 아니죠. 복제인간으로 몰릴 줄 몰랐다는 뜻입니다.

어쨌든 앉게. 복제인간도 손님은 손님이니까. 나와는 달리 수염을 기르지 않았군. 옷도 애들처럼 입었어. 똑같이 보이려고 노력하지 않은 건 마음에 드는군. 누군지 모르지만 머리가 좀 굴러가는 모양이야.

누구 말입니까?

당신을 보낸 사람 말이야. 태어난 지 얼마 안 됐을 텐데 벌써 노인네라니 억울하지 않나? 가만 보자. 가만 보니 나보다 더 늙은 것 같군?

당신보다 절망적이었나 보죠.

복제인간은 절망적이지.

왜 복제인간이라고 생각하는 거죠?

하나의 우주에 두 명의 내가 있을 수는 없으니까.

다른 우주에서 왔을 수도 있죠.

술 한 잔 하겠나?

아니요. 저는 술을 마시는 데 익숙하지 않습니다.

이거 좀 싱거운데? 원하는 게 뭔가? 혹시 킬러인가?

이렇게 늙은 킬러가 어디 있습니까?

노인에 대한 오해야. 살인은 노인이 더 잘 할 수 있지.

킬러라면 무기가 있었겠죠.

나와 똑같은 DNA를 갖고 있으면 AI가 못 죽일 것 같나? 그런데 어쩌지? 나의 AI는 나와 똑같은 생각을 갖고 있다네. 하나의 우주에 두 명의 내가 있을 수는 없다고 생각하지. 확률적 사고를 하는 것도 똑같지. 나라는 확률이 조금만 낮아도 그 사람을 죽일 거야. 조금의 망설임도 없이.

확률적 사고를 하신다면 믿지 못할 일도 없을 텐데요. 존재하지 않을 확률이 아무리 높다 해도 그것이 존재할 확률까지 사라지는 것은 아니죠.

물론이지. 자네가 십 수 개의 벽을 관통해서 이곳에 들어왔을 확률도 있지. 그런데 모션 트래킹[1]은 어떻게 통과했을까. 그건 오랫동안 훈련받지 않으면 불가능할 텐데.

저도 모르게 훈련됐나보죠. 꽤 오랫동안 당신을 지켜봤거든요.

저들이 무슨 제안을 하든가? 생명을 가지고 장난치는 게 괘씸하지도 않나? 아무리 돈을 많이 준다한들 당신은 나보다 훨씬 빨리 죽을 텐데? 당신의 노화를 늦춰줄 기술이라도 만들어냈다던가? 하긴, 당신 같은 존재는 엉뚱한 곳에 분노를 쏟게 돼있지. 당신은 얼마 못 살았는데, 나는 정상적으로 오래 살았으니 불공평한 거 같지? 고작 이십년 산 사람이 십년쯤 더 살겠다고 팔십 노인을 죽이는 게 뭐가 나빠, 그런다 해도 당신보다 훨씬 더 오래 사는 셈인데, 안 그래?

대체 나를 복제인간으로 생각하는 근거가 뭡니까?

당신이 나한테 존댓말을 하니까.

존댓말이 뭐가 어때서요? 반말이 문제 아닙니까?

당신이 복제인간이라는 증거지. 원본에 대한 어쩔 수 없는 존경심.

흐음, 이거 생각보다 얘기가 쉽게 풀리지 않겠군요.

어려울 것도 없어. 당신이 이곳의 벽을 십 수 개나 통과해서 이곳에 올 정도의 확률이라면 다중우주쯤은 공기 입자만큼이

---

1 Motion-Tracking. 움직이는 각도 및 패턴 등을 분석하여 인물을 판독하는 시스템. 공항 등의 공공시설에서 테러리스트를 식별하기 위한 방법으로 처음 도입되었다.

나 많을 테니까. 얘기해보시게.

무슨 얘기를 하죠?

당신 얘기를 해보시게. 나로 하여금 당신이 조로증 복제인간이 아니라고 믿게 해보란 말이야. 물론 그럴 확률은 거의 없을 것 같지만.

*

우리 집은 대대로 과학자 가문이지요. 증조할아버지는 로봇 공학자였고, 아버지는 분자 생물학자였고, 나는 양자 물리학자죠. 증조할아버지는 꽤 큰 부자였지만, 아버지는 할아버지의 유산을 탕진했고, 나는 성인이 된 이후로 줄곧 가난했죠. 세상은 더 이상 과학자들을 대우하지 않았고, 나는 거의 최저임금을 받다시피 했죠. 심지어 세상은 최저임금을 넘어 기본소득사회로 가고 있었어요.

세상이 다 아는 얘기를 하는군.

기본소득사회가 실현됐다면 어떻게 됐을 것 같습니까?

나한테 묻지 말고 당신 얘기를 하라니까.

우리는 부자가 될 수 없었겠죠. 인생을 즐길 수도 없었겠죠. 하루 종일 AI 앞에 매달려 허탕만 치다가 늙어버렸겠죠.

그건 모를 일이지. 성공은 확률이니까. 아무리 어렵다 해도 해내는 사람은 반드시 있게 마련이니까.

그렇게 생각하시는 분이 혁명에는 왜 참여했습니까?

내가?

많은 사람들이 유토피아의 시대가 도래한 것처럼 열광했습니다. 하루 여덟 시간을 일하고 최저임금을 받느니 아무 일도 하지 않고 기본소득을 받는 편이 낫다고 생각했습니다. 기본소득을 받아도 일하고 싶은 사람은 하면 되니까. 우리에게는 무궁무진한 기회가 열려있는 것처럼 보였습니다. 누구든 AI를 이용해서 무슨 물건이든 만들 수 있는 세상. 개인이 아이디어를 내면 나머지는 AI가 전부 다 계산해주죠. 스마트공장은 AI의 입력 값대로 물건을 만들어내고요. 거대 기업이 해체되고, 개인과 AI와 스마트공장만 남는 거죠. 누구든 자동차 회사 사장이 될 수 있고, 누구든 콘텐츠 제작자가 될 수 있는 거예요. 이 얼마나 평등하고 획기적인 세상입니까? 하지만 우리는 다르게 생각했습니다. 한 명의 개인이 AI를 사용해서 성공할 가능성이 얼마나 되겠습니까? 블랙홀에서 빛이 새어나올 확률만큼 낮지요. 하지만 일부는 반드시 튀어나오게 마련이고, 그것만 상대해도 이미 형성된 자본이 돈을 버는 데는 문제가 없겠죠. 자본의 소유는 극소수의 사람들에게만 허용되겠지만. 결국 노동이 사라진 게 아니라 임금이 사라진 거였습니다. 예전에는 임금을 받고 일하던 사람들이 공짜로 일을 하게 된 거죠. 자본은 AI와 스마트공장만 소유하고 있으면 돼요. 양쪽을 쥐고 있으면 절대로 망할 일이 없지요.

그렇군. 혁명가들의 생각이 항상 궁금했는데 설명해줘서 고맙네.

우리는 스마트공장에 악성코드를 심었습니다. 위험한 물질을 다루는 공장에서 폭발이 잇달았지요. 제일 큰 건수는 소형

원자로를 생산하는 라인이었고요. 국민들은 더 이상 AI 사회를 신뢰하지 않게 되었습니다. 건전한 노동과 사람이 책임지는 사회를 지지하게 되었죠.

그건 기계들의 오작동이었을 뿐이야.

의도된 오작동이었죠.

어쨌든 내 의도는 아니지.

참으로 아이러니하지 않습니까? 기본소득사회가 도래했더라면 우리는 클라라를 살릴 수 있었을지도 몰라요.

기본소득사회가 무슨 도깨비 방망이인가? 그렇게 많은 병원비를 대줄 기본소득사회는 없어. 그리고 클라라라는 이름 함부로 들먹이지 마, 이 자식아. 여기서 그 이름을 말할 수 있는 사람은 나뿐이야.

물론 당신이 돈을 많이 벌어 타임머신을 만드는 일도 없었겠죠. AI가 모든 것을 결정하는 기본소득사회였다면 타임머신 같은 비효율적인 아이디어는 절대로 허용되지 않았을 테니까. 결국 역사를 바꾸는 건 AI의 방대하고 정확한 계산이 아니라 인간의 무모하고도 맹목적인 의지지요.

무슨 말인지 도통 모르겠군.

당신은 타임머신이 생기기 이전의 시간으로는 갈 수 없다는 백 년 전의 추론이 틀렸다는 것도 증명했습니다. 그런데 당신의 시간여행이 왜 번번이 실패할 수밖에 없는지 아십니까?

이제 알겠군. 이제야 알겠어.

뭘 말입니까?

이건 가상현실이야. 누군가 나를 가상현실에 접속시킨 거야.

너는 내 얼굴을 쓰고 나타난 정보도둑이고 말이야.

복제인간이 나은 건지 정보도둑이 나은 건지 도통 모르겠군요.

나쁜 놈들의 수하라는 건 똑같지.

어떻게 하면 저를 믿으시겠습니까?

다중우주가 가능하다는 걸 믿게 만들면?

인공블랙홀은 믿으십니까?

그럼. 물론이지. 내가 직접 만들었으니까. 모든 것은 확률이지만 일단 현실로 나타나면 그때부터는 1의 사건이지. 하지만 인공블랙홀을 만들었다고 해서 시간여행을 할 수 있는 건 아니야. 그런 건 없었네. 그러니, 쓸데없이 시간낭비하지 말고 나를 가상공간에서 내보내주겠나? 진짜 내 집으로 돌아가고 싶군.

모든 것은 확률이라면 이곳이 가상현실이 아닐 가능성도, 블랙홀을 통해 시간여행을 할 가능성도 존재하는 것 아닌가요?

충분히 크다면. 하지만 그 정도 규모라면 지구를 집어삼키겠지.

당신은 강력한 반(反) 중력 장치를 만들었습니다. 반 중력 장치는 블랙홀을 확장시킬 뿐 아니라 블랙홀의 강한 인력을 상쇄할 수도 있었죠.

그런 장치로는 실험실 안에서 잠깐 뜰 수 있을 뿐이야. UFO처럼 자유자재로 날아다니거나 시공간을 건너뛸 수는 없어.

공중부양을 했다는 인도의 옛 선지자들은 예지 능력을 갖고 있었죠.

공중부양 안하고도 어마어마한 예언 남긴 사람들도 많다네.

대체 뭐가 두려우십니까?

대체 뭐에 홀려 이러는 건가?

당신의 시간여행에는 '할아버지의 역설'이 존재하지 않았습니다. 과거로 돌아가 젊은 나를 마주치게 되는 일은 없었다는 것이죠. 시간여행은 과거의 내가 되는 일이었습니다. 당신이 한 우주에 내가 두 명 존재할 수 없다는 확신을 가지게 된 이유죠.

이거 봐.

네.

그 얘기는 내가 인생을 다시 살았다는 말인가?

네.

그런 얕은 수에 내가 넘어갈 것 같나?

네?

당신들 수법은 익히 알고 있지. 가상현실 접속을 무한정 유지해서 상대방이 지치게 만든다며? 가상현실인지 현실인지 헷갈릴 정도로. 결국에는 현실로 돌아가고 싶어서 뭐든 털어놓게 된다더군. 나는 아니야. 이 안에서 죽어도 아무 여한이 없는 노인이라네. 포기하시게. 결국에는 시간이 아까운 사람이 지게 돼 있으니까.

정말 자신의 믿음을 철저하게 믿으시는군요.

당신의 어리석은 믿음을 믿을 생각은 없으니까.

클라라, 모두의 우주

노인이 서른 살일 때였다. 서른 살의 클라라를 만났다. 만나자마자 사랑에 빠지게 만드는 여자는 처음이었다. 열렬히 사랑에 빠지고 나서 일주일 만에 헤어지자고 한 여자도 처음이었다. 왜 헤어지냐고 했더니 사랑해서라고 했다. 사랑에는 사랑이 아닌 다른 목적이 있어야 한다고 했다.

오직 정치만 하려는 정치가와 같아. 정치가가 권력만 얻으려고 하면 세상이 어떻게 되겠어?

클라라가 처음 헤어지자고 했을 때에는 심장이 지구 중심으로 빨려 들어가는 것 같았다. 두 번째로 헤어지자고 했을 때에는 심장과 몸의 끈이 툭, 끊어져 버렸다. 심장이 사라져버렸는데도 사라진 심장이 아팠다. 그런 기분이 들게 한 여자도 처음이었다.

그때, 헤어졌더라면…….

클라라는 어떻게 됐을까?

그는 클라라를 잃고 나서야 운명에 대해 믿게 되었다. 운명이 항상 나와 너의 행복을 위한 것만은 아니라는 것을. 예정된 불행으로 향하기 위한 운명도 있다는 것을. 그렇지 않은가? 모든 것이 나의 행복을 향해 있다면, 다른 사람의 삶은 어떻게 되는가?

클라라는 그의 연인이자, 아내이자, 동지였다. 클라라는 혼자만의 행복은 존재하지 않는다고 믿었다. 모든 사람은 연결되어 있어서, 모두가 모두를 위해서 살지 않으면 아무도 행복해질 수 없다고 믿었다. 믿음일 뿐이었다. 어떤 일을 벌일 수 있는 사람은 아니었다.

클라라는 온건한 사람이었다. 작은 것에 행복을 느낄 줄 알았다. 바람을 느끼고 싶다며 아침마다 수십 층 위의 옥상에 올라갔다. 창가에 곤충이라도 하나 붙으면 한참동안 곤충을 바라보았다. 도시 위에 다시 도시가 있는, 평생 동안 밖에 안 나가고도 살 수 있는 스카이시티에서, 바람이나 곤충 같은 것에 관심 갖는 사람은 본 적이 없었다.

하지만 클라라는 한 번도 울지 않았다. 한 번도 울지 않던 클라라가 그날 저녁 울었다. 집에 들어오자마자 울음을 터뜨리더니 그의 품에 파고들었다.

미안해.

뭐가?

여친이 이런 사람이어서 미안해.

무슨 말이야?

클라라는 잠시 더 울더니 말했다.

오늘 우리가 내린 결정 때문에 수십만 명의 노동자가 잘리게 될 거야.

클라라는 냉철하고 현명한 사람이었다. 정치계와 경제계 사이를 잇는 회사에 근무하고 있었다. 그는 클라라의 감정이 가라앉기를 기다려 말했다.

어쩔 수 없는 결정이 아니었을까? 우리 모두 기본소득사회로 가려면….

그렇지 않아.

클라라가 풀이 죽은 표정으로 말했다.

열심히 산 사람들이야. 애를 가진 사람이 70퍼센트나 돼. 그들 중 대부분이 기본소득대상자가 될 때까지 전 재산을 까먹게 될 거야. 아무것도 안한 사람들보다 나빠지는 거지.

잠시 그는 자신의 우울한 처지를 생각했다. 평생을 죽도록 공부했지만 변변한 직장 한번 가져본 일이 없는.

그들만 열심히 산 것은 아니야.

클라라는 눈이 동그래져서 말했다.

그들도 열심히 산 사람들이야.

클라라는 그에게 회사의 기밀문서를 보여주었다. 기밀문서를 보여주려면 AI를 사용해야 했고, 특정 내용에 대한 AI 사용은 사찰 대상이었다. 그녀는 자신도 해고될 것을 알면서도 그렇게 했다. 그에게 동의를 구했고, 그는 몇 분간의 생각 끝에 고개를 끄덕였다.

세상의 통계가 그들의 작은 홀로그램 모니터 위에 모였다. 그의 뇌는 수많은 생각들로 분열되었다. 기본소득사회를 실행시키자 국민에게 가야할 돈이 절반 이하로 줄어들었다. 자본은 그 돈을 남김없이 빨아들였다. 자본과 자본 사이의 거래가 더 빠른 속도를 만들어냈다. 개인과 개인 사이의 흐름은 호수처럼 잦아들었다.

통째로 속임수야. 지금까지 말하지 못해서 미안해. 하지만 더는 못하겠어. 이런 마음으로 평생을 살아갈 수는 없어.

회사를 그만둔 클라라는 냉철하고 현명한 사람이 아니었다. 매사에 열정적이고 충동적이었다. 그들은 그라운드시티로 집을 옮겼다. 바람도 많고, 곤충도 많은 곳이었다. 그곳에서 클라라는 요리를 하다가 냄비를 태워먹었다. 인형을 만들다가 뜻대로 안돼서 엉엉 울기도 하고, 인테리어를 한답시고 페인트를 바르다가 무지개 몸이 되기도 했다. 가난했지만 그와 그녀는 그곳에서 행복했다. 가난했지만 그와 그녀는 그곳에서 풍요로웠다. 기본소득대상자가 되기 위해 그 집을 세금으로 내놓기 전에는.

사기꾼들의 세상 망해버려라.
내가 망하게 해줄까?
응.
못할 것도 없지.
정말?

클라라는 농담인줄 알았지만 그는 농담이 아니었다. 그는 그 일에 자신의 모든 분노를 담았다. 직장을 구할 때보다도 열심히 노력해서 양자 칩을 해킹하는 방법을 알아냈다. 그의 평생에 걸친 공부가 처음으로 쓸데 있어진 순간이었다.

클라라가 엔터키를 눌렀다. 엔터키를 누르자마자 클라라는 그에게 열렬히 키스했다. 며칠이 지나자 AI들이 오작동을 일으켰고, 일주일이 지나자 AI와 연결된 공장들이 폭발하기 시작했다. 클라라의 작은 날갯짓이 바람을 타고 전해져 온 세상의 폭풍이 돼버린 것 같았다. 곧 시민 혁명이 일어났고, 아무도 그와 그녀의 공로를 알지 못했지만, 심지어 그와 그녀는 이전보다 더 가난해졌지만, 그와 그녀는 마침내 폭풍이 잦아진 곳에서 풍요로웠다.

그녀의 몸속에서 시작된 날갯짓이 그들의 삶에 또 다른 폭풍을 몰고 오기 전까지는.

다시, 일곱 번째 우주

저도 처음에는 당신과 똑같이 시간여행 연구를 했습니다. 완전한 진공상태의 탱크를 만들고 그 안에서 인위적인 중력을 만드는 연구를 했지요.

나는 시간여행 연구를 한 적이 없다니까.

알겠습니다. 어쨌든 결론부터 말하자면 나는 실패했습니다. 무언가를 만드는 데는 성공했지만 그게 무엇인지는 알 수 없었습니다. 그것은 강한 척력을 발생시켰습니다. 나는 탱크의 붕괴를 막기 위해 탱크를 물속에 넣었습니다. 수압과 척력이 균형을 이루는 상태를 조성할 수 있었습니다.

그것은 마치 영원한 침묵 같았습니다. 이 세계를 밀어내는 힘이 있는데 그 힘 안에는 아무것도 없었습니다. 중력에 저항하지만 자기장의 영향은 전혀 받지 않았습니다. 그것은 희붐하게 빛났습니다. 빛난다기보다는 빛이 고여 있는 것 같았습니다. 마치 물방울처럼 빛의 막이 그것을 감싸고 있었습니다. 빛을 가하면 사라지고, 불을 끄면 떠올라왔습니다. 하지만 AI는 그곳에 빛이나 에너지가 존재하지 않는다고 말했습니다.

처음에는 연구소에 악마를 들인 기분이었습니다. 불안해서 하루에도 수십 번씩 상태를 확인했습니다. 하지만 하나의 계절이 지나자 나는 그것에 익숙해졌습니다. 어쩌면 그것이 나에게 익숙해진 것도 같습니다. 어느 날 나는 그것을 더 가까이에서 보고 싶어졌습니다. 한번 보고 나니, 하루라도 보지 않으면 잠들 수 없었습니다. 밤마다 슈트를 입고 탱크 속에 들어갔습니다. 산소가 다 소진될 때까지 그것을 하염없이 바라보았습니다. 어쩌면 그것이 나를 바라본 건지도 모르겠습니다. 어느 날, 그 빛 속에 나의 모습이 비치기 시작했거든요. 그것은 나의 극장이 되었습니다. 나를 주인공으로 한, 다양한 꿈들이 펼쳐지는 극장. 하지만…….

다른 우주에 있는 당신을 보게 되었다는 말인가?

아마도요.

그 우주들은 그럼 어떤 모습이었나? 여기와 같은 삼차원 우주였나?

네, 확실히.

말도 안 돼. 사차원에 있는 사람만이 삼차원을 엿볼 수 있지. 삼차원에 있는 상태로 어떻게 다른 우주의 삼차원을 바라볼 수 있지?

처음으로 웃으신 것 같군요.

당신의 체험이 참으로 그럴듯해서? 무언가에 집착하게 되면 그런 증상이 생길 수 있지. 그게 인간의 한계야. 인간의 믿음만큼 리얼한 현실은 없으니까.

그들은 DNA만 같을 뿐 모두 다르게 살고 있었습니다. 한 명은 모든 재산을 버리고 종교에 귀의했으며, 또 한 명은 오직 돈을 버는 데에만 혈안이 돼 있었죠. 당신의 얘기는 빼겠습니다. 어떤 '나'는 새로운 여자를 만나 젊은 시절의 아내를 잊었고, 또 어떤 '나'는 여자들과 노는 것에 재산을 탕진하기로 결심한 것 같았습니다. 정신이 이상해져서 이미 육십삼 세에 병원에서 죽은 '나'도 있고, 어려운 사람들을 돕는 것에 인생을 바치기로 결심한 '나'도 있었습니다.

육십삼 세에 병원에서 죽은 '나'도 있다?

어떻게 보면 가장 행복한 삶이지요.

자네 말의 요지는 평행우주를 봤다는 것인가? 하나 둘도 아니고 여섯 개씩이나?

당신의 우주까지 총 일곱 개. 네, 그렇습니다.

평행우주 얘기가 농담이 아니었다? 그럼 당신은 평행우주를 건너뛰어서 이곳에 왔다?

물론이지요.

어떻게?

그것에 접근했지요. 아주 가깝게. 안겼다고 해야 할까요? 아니면 스며들었다고 해야 할까요? 들어갔다고는 할 수 없습니다. 나는 어떤 힘에 의해 밀려났으니까요. 정신을 차려보니 나는 날고 있었습니다. 막과 막 사이를 빠른 속도로 돌고 있었죠. 엄청나게 빠른 속도로 돌다가 막 사이의 어떤 틈으로 끼어 들어갔습니다. 타이어 사이로 야구공이 발사되는 옛날 기계 생각나십니까? 꼭 내가 그 야구공이 된 기분이었지요.

반물질에 접촉을 했다? 그럴 리가. 그랬다면 당신은 폭발해서 입자 단위로 찢겨졌을 텐데?

네, 그럴 수도 있다고 생각했지만 그런 일은 벌어지지 않았습니다. 오히려 그것은 무언가의 거대한 품처럼 아늑했어요. 빛의 속도로 내던져지고 있는데도 내가 다치거나 하는 일은 없을 거라는 확신을 주었지요. 내가 이곳에 온 건 처음이 아닙니다. 나의 우주보다 다른 우주를 떠돌아다닌 시간이 더 길지요. 이 얘기는 내가 갔던 모든 우주에 다중우주장치를 만들 시간이 충분했다는 뜻이기도 하지요. 물론, 이 우주에도 말이죠.

언제든 나를 다른 우주로 데려갈 수 있다?

눈치 빠르시군요.

왜 하필 나인가? 여섯 명이나 더 있다면서? 여섯 명한테 다 거절당하고 이제 나 하나 남은 모양이지?

그렇지 않습니다. 내가 찾아온 것은 당신 한 명 뿐입니다. 다른 사람들은 지켜보기만 했지요.

나만이 타임머신을 만들었다는 판단이 들어서인가?

그렇지도 않습니다. 타임머신은 모두 만들어졌습니다. 제가 있는 우주만 빼고 말이죠.

내가 있는 우주에서도 안 만들어졌네. 더 시간 낭비하지 말고 다른 우주로 가보시게.

그럴 필요는 없습니다. 저들이 곧 당신이고, 당신이 곧 저들이니까요. 나만이 당신들과 다른 삶을 살았을 뿐입니다.

아까는 모두가 다르게 살고 있었다더니? 거짓말이 너무 서툰 것 아닌가?

그건 타임머신을 만들고 나서죠. 그 이전에는 모두들 비슷비슷하게 살았습니다. 조금의 시간 차이가 있을 뿐, 사실상 똑같은 삶을 산 것이나 마찬가지죠.

조금의 시간 차이?

이를테면 타임머신을 만든 시기가 조금씩 달랐습니다. 생을 다시 살 때마다 약간씩 느려지는 것 같았습니다. 이전 삶의 기억을 잃는다고는 하지만, 무의식은 무언가를 보존한다는 걸 알 수 있습니다. 이 경우에는 아마도 좌절의 기억이겠지요. 아무도 클라라를 살려내지는 못했으니까요.

그 이름 들먹거리지 말라니까 이 자식아.

아, 네, 죄송합니다.

한번만 더 그 이름을 발음하면 AI한테 당신을 죽여 버리라고 하겠어.

아, 네, 알겠습니다.

어디까지 얘기했지?

아무도 크….

타임머신이 있다 해도 클라라를 살릴 수는 없어. 다중우주가 아무리 많이 있다 해도 그건 마찬가지야.

이유가 뭘까요?

클라라가 살아 있다면 타임머신을 만들 이유가 없으니까. 거꾸로 타임머신이 없으면 클라라를 살릴 방법이 없지. 안 되는 건 안 되는 거야.

그렇군요.

더구나 기억을 잃은 채로 과거에 간다면, 과거의 어느 시점으로 갔는지 어떻게 아나? 처음부터 다시 태어날 수도 있고, 타임머신을 타기 직전으로 돌아갔을 수도 있지. 타임머신을 탄 기억도 없는데, 대체 다시 살았다는 걸 무슨 수로 증명한단 말인가? 다시 살고 있지 않은 사람을 구별할 방법도 없지. 기억을 못할 뿐, 모두가 타임머신을 탔을 가능성이 있으니까.

당신은 그걸 이미 계산했습니다. 기억을 남기는 방법을 찾아냈다는 말이지요.

너처럼 멍청한 인간이 내 얼굴을 하고 있다니 정말 불쾌하군. 타임머신을 타야만 시간여행이 과거의 나로 돌아가는 것임을 알 수 있는데, 어떻게 아직 겪지도 않은 일에 대해 대비책을 세우지?

당신 말대로 당신은 처음에 기억을 잃게 된다는 걸 몰랐습니다. 다만 과거로 가는 중에 죽을 수 있다고 생각했습니다. 혹은 돌아오지 못할 경우, 세상에 자신의 기억을 남길 방법을 생각한 것이죠. 당신이 아까 전, 반물질에 접촉했다면 분자 단위로 으깨졌을 거라고 말한 이유죠.

말도 참 잘 돌리는군. 대체 그 방법이 뭔가?

당신은 블랙홀의 사건지평선에 작은 양자 칩을 심었습니다. 당신의 전인생과 타임머신에 대한 모든 정보를 담은 양자 칩이었지요. 당신이 돌아오지 못한다 해도 누군가 블랙홀을 발견한다면 양자 칩을 꺼낼 수 있을 거라고 생각한 거지요.

정보야 AI에 남기면 그만인데 왜 그런 복잡한 방법을 쓰나?

세상에는 알리고 싶지 않았으니까요. 당신은 지금도 저에게 타임머신의 존재를 숨기려고 하지 않습니까. 당신이 정보를 남기고 싶었던 사람은 과거의 당신입니다. 당신이 죽는다 해도, 과거의 당신은 살아남아 당신의 연구를 계속해야 하니까요.

하하. 정말 미치겠군. 미래에 내가 만든 블랙홀을 과거의 내가 무슨 수로 발견한단 말인가?

당신이 죽는다 해도 과거의 당신은 여전히 살아남아 블랙홀을 만들어낼 테니까요. 당신은 당신이 만든 블랙홀과 과거의 당신이 만들어낼 블랙홀이 같은 블랙홀일 것이라고 가정했습니다. 블랙홀에는 시제가 존재하지 않지요.

내가 지금까지 들어본 얘기 중 제일 황당한 얘기군.

저도 처음 알아냈을 때는 그랬습니다만.

대체 누구한테 그런 터무니없는 걸 알아냈다는 말인가?

당신한테서요. 당신은 틀렸지만, 틀리지 않았습니다. 당신은 인생을 다시 살았고, 다시 블랙홀을 만들어 냈으며, 그것을 스캔하는 과정에서 양자 칩을 발견할 수 있었죠. 그곳에는 당신보다 먼저 산 당신의 삶이 기록되어 있었습니다.

이제 알겠군. 이제 알겠어.

이제 좀 이해가 가십니까?

당신은 정보도둑이 아니야.

네, 그렇습니다.

당신은 나의 또 다른 자아야.

네?

프로그램 짠 놈들이 나를 나와 붙여놓은 거라고. 그러면 너의 입을 통해서 나의 생각이 말해질 수도 있지. 한마디로 나를 안심시킨 다음, 나도 모르는 사이에 진실을 누설하게 설계한 거야. 지능적이군. 이제야 좀 안심이 돼. 내가 아주 바보들과 상대하고 있는 건 아니었어.

제가 지금까지 한 말이 맞다고 인정하시는 겁니까?

그럴 리가. 그건 아니지. 또 다른 자아는 언제든지 헛소리를 할 수 있으니까. 그런 생각을 해본 적은 있지. 하지만 그런 바보 같은 짓을 해본 적은 없어. 같은 블랙홀이라니. 왜, 아예 내가 먹은 스크램블이 다 똑같은 달걀에서 나온 거라고 해보지 그래.

그건 다르죠. 세상에는 무수히 많은 달걀이 있으므로 지금까지 당신이 먹은 달걀과, 과거의 당신이 앞으로 먹을 달걀은 다를 확률이 그렇지 않은 경우보다 훨씬 높죠. 하지만 당신이 만든 블랙홀은 지구 상에 단 하나밖에 존재하지 않습니다. 과거의 당신이 두 개로 분리될 수 없는 당신인 것처럼, 블랙홀도 마찬가지죠. 똑같은 '나'가 두 명 존재할 수 없듯이, 똑같은 블랙홀이 두 개 존재할 수도 없는 거죠.

듣기 싫네. 그만 돌아가게.

가상현실이라더니 돌아가라고 하시는군요.

가상현실에 혼자 남아 있다가 죽어버리겠다는 뜻이네. 날 오래 살려두려면 돈 많이 들겠군. 내가 접속 상태인 이상 내 돈은 한 푼도 못 가져갈 것이고.

복제인간을 사용할지도 모르죠.

미안하지만 나의 AI는 복제인간을 알아본다네.

그럼 저도 이미 알아봤을 텐데 왜 아무 반응이 없지요?

이곳의 AI는 너희가 만든 가상공간의 AI이니까.

우리의 생각이 틀렸다고 생각하지 마. 그건 우리의 사랑을 부정하는 일이야. 우리는 충분히 행복했어. 그게 우리의 정의였지.

왜 이러나? 대체 뭐하는 짓인가?

내 아내가 나에게 남긴 말입니다. 당신의 아내가 당신에게 남긴 말이기도 하지요.

내 아내 들먹거리지 말라니까, 이 자식아.

내가 헛소리를 하고 있는 거라면 당신의 아내와 나의 아내는 서로 다른 사람이겠지요.

이십년 전, 거의 모든 우주

클라라가 죽고, 그는 돈을 버는 일에 모든 시간을 바쳤다. 그의 목적은 돈을 버는 데 있었으므로, 오직 돈이었으므로, 그는 재미나 승부욕이나 명성 같은 목적을 더 갖고 있는 사람보다 훨씬 돈을 잘 벌 수 있었다. 클라라가 죽은 뒤로 그는 언제나 부족한 인간이었다. 무엇으로도 채울 수 없는 사람의 욕망을 이길 수 있는 자는 없었다.

그는 혁명을 일으킨 시민들이 자신의 아내를 죽인 거라는 망상에 빠졌다. 아무도 그와 클라라의 공로를 모른다는 사실이 망상의 연료가 되었다. 너희들은 너희가 스스로 행복을 쟁취했다고 생각하지. 그게 너희에게 지금의 삶을 누릴 자격이 없는 이유야. 하지만 나에게는 얼마든지 자격이 있지.

그는 사람들의 잠재성을 흡수하는 AI를 만들었다. 어쩌면 미래를 예측하는 AI랄까? 어느 날 어떤 사람이 기발한 아이디어를 내면 그건 이미 그의 AI가 특허를 낸 아이디어였다. 누군가 무언가를 발명하면 그의 AI가 이미 발명한 것이었고, 어떤 작품을 창작하면 그것 역시 마찬가지였다. 그는 그의 AI에게 '클라라'라는 이름을 붙이고 '라'라고 불렀다. 지금의 모든 것을 있게 한 여신. 그녀는 어느 날 인간의 거만함에 실망하며 그들의 모든 것을 회수하기로 결심했지. '라'는 세상의 거의 모든 특허와 발명을 휩쓸었다. '라'는 누가 무엇을 상상하건 한발 빠른 AI로 유명해졌다. 아무도 '라'가 자신들의 아이디어를 갈취하는 존재임을 상상하지 못했다. 아무도 그들의 혁명이 클라라로부터 유래된 것임을 알지 못했듯이.

'라'는 엄청난 돈을 끌어 모았고, 그는 그 돈으로 인공블랙홀 연구를 했다. 처음에는 양자 단위의 작은 블랙홀이었으나, 해가 갈수록 크기가 커져서 마침내 육안으로 볼 수 있게 되었다. 그가 블랙홀의 크기를 더 키우지 않은 것은 돈이나 기술이 없어서가 아니었다. 크기가 더 커지면 반 중력 장치가 감당할 수 없을 정도의 중력이 발생하기 때문이었다. 지구본 정도의 크기가 한계였다. 그 정도 크기면 충분하기도 했다. 반 중력 장치의 봉인만 풀면 블랙홀은 스스로 커지기 시작할 테니까. 지구를 전부 다 먹어치울 때까지. 그리고 그는 특수한 캡슐 안에 실린 채로 과거를 향해 날아갈 거였다. 지구야 멸망하건 말건 그의 클라라를 살리기 위해서.

그 즈음 그는 클라라가 했던 말을 까맣게 잊은 후였다.

모든 사람은 연결되어 있어서, 모두가 모두를 위해서 살지 않으면 아무도 행복해질 수 없어.

그를 가로막은 것은 블랙홀이었다. 블랙홀이 품고 있는 미지의 존재였다. 그는 캡슐을 제작하기에 앞서 블랙홀과 블랙홀의 주변을 면밀히 분석하다가 그것의 존재를 발견했다.

사건지평선(Event-Horizon). 시간여행이 일어나는 바로 그 장소. 블랙홀에 접근할수록 중력은 무한대로 커지고, 시간은 무한대로 느려지게 된다. 블랙홀 안으로 빨려 들어가는 사람에게는 정상적으로 시간이 흐르는 것처럼 느껴지지만, 밖에서 관찰하는 사람에게는 그 사람이 사건지평선에 멈춰있는 것처럼 보이게 된다. 바로 그곳에 이해할 수 없는 존재가 하나 숨어 있었다. 누군가가 의도적으로 심어놓은 것으로 보이는 양자 칩. 그가 만든 창조물에 그가 만들지 않은 물건이 포함되어 있었던 것이다. 심지어 그것은 사라졌다가, 나타났다가 했다. 쉽게 말해서, 느리게 '깜박'거리고 있었다.

노인은 오래 고민했다. 양자 칩을 사건지평선에서 건져내면 블랙홀 전체, 아니 우주 전체가 사라질지도 모른다는 망상에 빠졌다. 하지만 다음날에는 양자 칩이 클라라에게서 온 메시지처럼 여겨졌다. 어쩌면 다시 살아나 나와 함께 평생을 보낸 미래의 클라라가, 내가 죽고 난 뒤 과거의 나에게 보낸 편지일지도 모르지. 그제야 그는 클라라가 죽기 전에 했던 말이 떠올라서 두려워졌다.

나를 살리려고 하지 마. 나를 살리면, 다른 누군가가 죽게 될 거야. 어쩌면 나는 누군가를 살리기 위해 죽는 건지도 모르지.

만약 클라라의 편지가 타임머신을 중지하라는 내용이라면? 당신과 평생을 살았지만 조금도 행복하지 않았다고 말하려는 거라면?

설사 그보다 더 나쁜 경우라 해도 그는 양자 칩을 꺼낼 수밖에 없었다. 시간여행을 하려면 사건지평선에 무언가가 있어서는 곤란했다. 밖에서는 멈춰 있는 것처럼 보이지만 양자 칩은 블랙홀의 궤도를 빠른 속도로 회전하고 있을지도 몰랐다. 아니, 대부분은 그런 식으로 회전하게 되지. 캡슐도 마찬가지야. 같이 회전하면서 빨려 들어가다가 충돌하게 될지도 몰라.

결국 그는 사건지평선에서 양자 칩을 건져냈다.

양자 칩에 있는 정보를 열람한 다음 그는 양자 칩 안에 자신의 정보를 덧붙였다. 그리고 양자 칩을 최대한 빨리, 도로 사건지평선 안에 집어넣었다.

그에게 시간여행을 포기하게 만든 건 클라라가 아니었다.

양자 칩이었다.

양자 칩의 존재 자체였다.

양자 칩은 그에게 시간여행이 불가능하다고 말하고 있지 않았다.

양자 칩은 그가 이미 시간여행을 했다고 말하고 있었다.

그것도 여섯 번씩이나.

클라라가 없는 그의 삶이 벌써 일곱 번째라는 얘기였다.

일곱 번째 우주, 혹은 첫 번째 우주

저는 당신을 도우러 왔을 뿐입니다.

당신이 무슨 수로 나를 도와. 당신처럼 멍청한 자가.

내가 멍청하다면 당신의 또 다른 자아는 아니겠군요.

누구나 멍청한 자아를 갖고 있지.

이제 그만 인정하시죠?

뭘 말인가?

당신이 일곱 번을 살았다는 사실 말이죠.

이런. 미치겠군. 넌 정말 그걸 믿는 건가? 아, 일곱 개의 우주를 보았다는 말이 그래서 나온 건가?

이제 뭔가를 좀 눈치채신 것 같군요.

너는 나의 또 다른 자아가 아니라 나의 무의식이군. 아무리 무의식이라지만 내 욕망이 이렇게 순진하다니 실망스럽군. 이것 봐, 밖에 있는 양반들, 잘 들어. 열 살짜리도 알아들을 수 있게 설명해줄 테니.

뭐든 말씀해보시죠.

타임머신을 만들었는데 그들은 왜 아직 남아있지? 그들은 시간여행을 하는데 모두 실패한 게 아닌가? 그런데 그들이 어떻게 나의 일곱 번에 걸친 삶일 수 있다는 거지? 타임머신을 타야 인생을 다시 살 수 있는데?

핵심을 아주 잘 짚으셨습니다.

시간 끌지 말고 곧바로 해명해봐.

시간여행에 실패한 게 아니라 시간여행을 하지 않기로 결정한 것입니다. 그래서 당신을 포함한 그들은 모두, 아 한 명만 빼고요. 나와 마찬가지로 여든세 살이 되었습니다. 하지만 시간여행을 떠나버린 '나'도 있지요. 과거로 사라져버린 나 말이에요.

무슨 말인가? 그럼 내가 시간여행을 떠날 때마다 우주가 분리된다는 말인가?

네, 그렇습니다. 당신의 말대로 어떤 사람이 오십대 초반에 과거로 돌아가는 일을 무한히 반복한다면 이곳의 우주는 어떻게 되나요? 갑자기 시간을 멈추고 그가 더 이상 타임머신을 타지 않을 때까지 기다려주나요? 아니면 당신은 실종 처리되고, 이곳의 우주는 당신 없이 흘러가는 걸까요? 당신은 쉰한 살에 타임머신을 탔을 수도 있고, 내일에서야 타임머신을 탈 수도 있습니다. 그럼 당신이 여든세 살까지 살았던 지금의 우주는 어디로 갑니까? 아니, 어디로 가버렸습니까?

너는 아까, 내가 타임머신을 탔다고 말했잖아.

그렇게 말하지는 않았지만, 그렇게 말해도 맞습니다. 당신은 타임머신을 타기도 했고, 타지 않기도 했으니까요. 아까도 말했지만 당신들의 삶이 달라진 건 타임머신을 만들고 나서부터였습니다. 정확히 말하면 시간여행을 포기했을 때부터 달라진 거지요. 과거로 간 당신들의 삶에는 이렇다 할 차이가 없었습니다. 당연한 일이죠. 타임머신에 오르는 순간, 또다시 타임머신을 만들어야하는 무한루프에 빠지게 되니까. 중요한 것은 타임머신을 구상하기 전의 삶은 한 치의 오차도 없이 똑같았다는 겁니다. 클라라 때문이 아니에요. 타임머신은 타임머신이 구상되기 이전의 삶을 바꿀 수 없는 것 같습니다. 이것은 우리의 의식과 우주에서 일어나는 사건들이 연결….

잠깐만. 내가 일곱 번에 걸쳐서 살아온 삶을 당신이 동시적으로 보았다면 그건 이미 내가 매번 예정된 삶을 살았다는 얘기가 되지 않나?

당신이 타임머신을 타지 않기로 결정한 순간부터는 아니지요. 이미 말했지만….

오, 맙소사. 그거였군. 그게 아니야, 이 멍청아.

조금만 생각을 열어보시면 이해가….

이해를 못하는 건 내가 아니라 너야. 내 얘기부터 들어봐. 당신이 블랙홀을 만들었는데 그 안에 양자 칩이 들어있다면 무슨 생각을 하겠나? 그건 누군가가 보낸 메시지고, 결맞음 상태[2]의 양자 칩이 있다고 가정하게 되지. 그렇지 않을 가능성도 있지만 그럴 가능성도 있는 거지.

블랙홀이 두 개 이상 있다고 가정한다는 건가요? 저쪽 양자 칩의 내용을 바꾸면 이쪽 양자 칩의 내용도 바뀐다?

그럼 이쪽에서는 어떻게 해야겠나. 양자 칩을 꺼내 읽고서 다른 양자 칩을 집어넣어도 되겠나?

아니죠. 그렇게 하면 결맞음 상태가 아니어서 저쪽 양자 칩의 내용이 바뀌지 않겠죠.

블랙홀에서 양자 칩을 꺼내어 읽은 다음 정보를 덧붙여서 다시 넣어야한다는 말인데 그런 경우 관건이 뭐겠나?

블랙홀의 사건지평선에서는 시간이 거의 흐르지 않지만 밖에서는 빨리 가죠. 속도겠군요. 최대한 빨리 쓰고 빨리 돌려놓

2 미시세계에서 일어나는 양자 파동의 간섭현상. 결맞음 상태에 있는 양자 A와 B가 있을 때, A에 일정한 변화를 일으키면 멀리 떨어져 있는 B에도 똑같은 변화가 일어난다는 사실이 실험을 통해 증명되었다.

는다. 다른 조건에서 오래 있게 되면 결맞음 상태가 깨질 확률이 높아지니까.

이게 뭘 뜻하는지 아직도 모르겠나?

잘 모르겠습니다만….

아까 당신이 말했잖아. 삶이 거듭될수록 타임머신을 발명하는 속도가 느려졌다고? 느려진 게 아니야, 조금 빨리 발명한 사람도 있고, 조금 느리게 발명한 사람도 있는 거지.

…….

아직도 못 알아들은 눈치군. 복제인간도 당신보다는 똑똑하겠어.

…….

내가 일곱 번씩 살아온 게 아니라는 말이네. 과거로 간 '나' 같은 건 없어. '나'는 항상 이곳에 있었어. 당신이야말로 머리를 좀 열어 봐.

아, 이런….

당신 말대로 평행우주가 정말로 있다면, 일곱 개의 우주는 저 블랙홀을 공유하고 있었을 뿐이야. 지금도 공유하고 있겠지. 이제 좀 이해하겠나? 첫 번째로 블랙홀을 만든 사람이 양자 칩을 넣고 과거로 갔다고 치자. 그럼 그것보다 조금 늦게 블랙홀을 만든 사람은? 이미 양자 칩이 그 안에 들어 있으니 자신이 기억을 잃은 채로 한 번 더 살았다고 생각할 가능성이 높지. 아니. 그렇게 생각해버렸지. 거의 비슷한 삶을 살았지만 디테일은 조금씩 달랐으니까. 두 번째가 그렇게 생각해 버리고나면 세 번째는 자신이 세 번 살았다고 생각하게 되지 않겠나? 앞의 사람들이 이미 두 번의 삶을 기록해놓았으니까. 그 뒤는 말할 것도 없지. 일곱 번에 걸친 삶은 그런 식으로 만들어진 거야. 마치 가장 먼저 연 사람이 첫 번째 삶을 살고, 두 번째로 연 사람이 두 번째 삶을 산 것처럼. 하지만 다시 산 게 아니라, 사실은 블랙홀을 연 시간이 조금씩 빠르거나 느렸을 뿐이지. 서로 다른 우주에 동시적으로 존재하면서 차례대로 양자 칩을 열었을 뿐이란 말이야. 그래서 가장 늦게 연 나 같은 사람은 일곱 번을 살았다는 착각을 하게 된 거고.

하지만 그렇다 해도….

과거로 갔다는 사실은 마찬가지 아니겠냐고? 그래. 과거로 가지 않았다고 쓴 사람은 없었어. 그렇게 쓸 수 있는 사람이 어디 있겠나? 모두 한동안 고민했겠지. 아마도 평생 동안 고민했을걸? 그렇다고 양자 칩을 다시 꺼내서, 가지 않았다고 쓰기는 애매하지. 양자 칩의 수명은 매우 짧고, 그보다 더 짧은 내 인생은 아직 끝나지 않았으니까. 그런 거라면 시간이 거의 흐르지 않는 사건지평선에 양자 칩을 그대로 묻어놓는 편이 최선이지. 어쩌면 모두가, 자신이 가장 최근의 삶을 산다고 생각하고 있을걸? 지금이라도 양자 칩을 다시 꺼내볼까? 당신의 말이 정말 맞다면, 여덟 번째, 아홉 번째 삶이 없으리라는 보장이 어디 있나? 돌아가. 타임머신 같은 건 없어. 있다 해도, 처음부터 성공할 수 없는 프로젝트야. 함수가 붕괴한 건, 우리가 서로의 존재를 알았기 때문이야. 평행우주의 가능성을 인지한 그 순간부터 우리들의 인생이 서로 달라진 거라는 얘기네.

설사 그렇다 해도….

빨리 말하게.

잠시만, 잠시만 기다려보세요.

*

아직 당신에게 말하지 않은 게 있습니다.

빨리 말하게.

내 얘기를 하기에 앞서 물어볼 게 있습니다.

물어보게.

당신이 과거로 가지 않은 이유는 뭡니까?

말했지 않나. 논리적으로 클라라를 살려낼 방법이 없다고.

그래도, 한번쯤 시도해볼 수는 있잖습니까?

그랬다가 이 반복되는 삶이 끝나면 어쩌고? 내가 다시 살아서 클라라도 못 살리고 타임머신도 못 만들면 모든 게 끝날 텐데?

그냥 이렇게 끝나면 일말의 가능성마저 없잖아요. 내가 평행 우주를 발견한 게 아니라 타임머신을 개발했다면….

당신의 생각처럼, 이미 과거로 간 내가 있을 수도 있다고 생각했지. 그가 성공했다 해도, 내가 또 가면 결과가 바뀔 수도 있잖아.

*

당신의 말대로 한 명이 더 있습니다. 저까지 포함해서 여덟 개의 우주가 있으니, 아홉 번째 우주라고 말할 수 있겠죠. 당신의 여덟 번째 삶이라고 말할 수는 없겠군요. 아닌가요. 결국에는 그렇게 되는 걸까요? 설명하기가 어려운데….

설명할 필요 없네. 별로 놀라운 일도 아닌걸.

아니요. 설명이 필요합니다. 그는 우리와 다르거든요. 어쩌면 새로운 첫 번째 우주라고 해야 할지도 모르겠습니다.

대체 뭐가 다르기에 그렇게 거창한가?

우리와 다르죠. 그는 타임머신을 만들 생각 자체를 하지 않았습니다. 처음부터 포기했지요.

그렇다면 할 얘기가 없지 않나?

그렇지 않아요. 다른 평행우주들은 처음부터 있었는데, 그의 우주는 최근에야 나타났어요. 내가 당신을 찾아오게 된 이유죠.

그래서, 클라라가 살아있나? 살아있다면 당신이 나를 찾아오지는 않았겠지.

나는 그렇게 생각합니다. 우리의 의식과 우리가 속해있는 우주가 연결돼 있다는 내 추론이 맞는다면, 그는 우리와 달리 자유롭지요. 우리가 사로잡힌 역설에서 그는 예외라는 이야기입니다. 그가 늦게 나타난 이유는 평행우주 사이에 어떤 연관이 있기 때문이라고 생각합니다. 이를테면….

알겠으니까 핵심만 얘기하게. 이러다가 우리 둘 다 늙어죽겠네.

그는 내가 당신을 만나야겠다는 결심을 하고 나서 나타났습니다. 그 전에는 존재하지 않았어요. 그 전에는 존재할 수가 없었던 겁니다.

내가 이미 말했을 텐데. 무언가에 집착하면 생기는 증상이라고. 모든 건 당신의 환상이야. 환상일 가능성이 훨씬 더 높지.

당신은 우리가 서로의 존재를 알게 되면서 함수가 붕괴했다는 말도 했죠. 그건 서로의 연관관계를 인정하는 말이 아닌가요?

그래서?

그에게는 우리의 존재를 알 기회가 없었어요. 함수가 붕괴할 일이 없었던 거죠.

그건 연관관계가 없다는 뜻이겠지.

모든 게 확률이라면, 있는지 없는지는 확인해봐야 알 일이지요.

어떻게 확인을 하지? 이번에는 둘이서 그를 찾아가기라도 해야 하나?

아니, 당신 혼자 찾아갈 겁니다. 당신이 동의한다면, 내가 당신을 그의 우주에 데려다주겠다는 이야기입니다.

이런….

당신이 맞는지 내가 맞는지 내기를 해보자는 겁니다. 물론, 두 사람 다 틀릴 수도 있죠. 틀려서 더 잘될 수도 있고요.

당신은 나를 그에게 데려가고, 나는 그를 과거로 보낸다는 건가?

바로 그겁니다.

그는 아무것도 만들려고 하지 않았으니, 나와 같은 역설에 빠지지 않을 것이다?

어때요, 한번 해보겠습니까? 당신이 말한 것처럼 나도, 더 이상 삶에 여한이 없으니까 말입니다.

당신이 가면 될 일이지. 나를 보내는 이유가 뭔데?

그럼 내가 갈 테니, 시간여행하는 방법을 알려주든지요. 나를 과거로 보내주면 내가 거기서 그를 찾아가는 방법도 있고요. 하지만 과거로 가면 기억을 잃게 되는 게 사실이라면요? 나는 더 이상 우주를 건너뛰는 방법을 모를 텐데?

만약 내 말대로 시간여행이 불가능하다면?

그럼 아무 일도 안 일어나겠지. 그는 그대로 살고, 당신은 당신대로 돌아오겠죠. 그 이전에 당신 말대로 평행우주가 나의 망상일 수도 있잖습니까? 당신은 이래저래 손해 볼 게 없는 거죠.

내가 클라라를 다시 볼 수는 없는 거잖나.

평행우주를 통해 볼 수 있겠죠. 우리의 클라라는 아니겠지만. 어쩌면, 우리 모두의 클라라가 될지도 모르죠.

*

나도 물어볼 게 하나 있네.

얼마든지.

당신은 나를 믿나?

무한대로.

당신이 믿는 나는 우리가 겪은 일이 시간여행이거나, 다중우주이거나, 둘 중 하나라고 말하고 있는데? 어떻게 당신은 그 두 가지 다가 동시에 가능할 거라고 믿는 거지?

우리의 아홉 번째 우주를 믿는 거지요. 우리가 만나지 않았다면 존재하지 않았을 새로운 우주. 우리와는 달리, 그는 클라라를 살려낼 수 있을 것입니다.

아홉 번째 우주, 혹은

노인은 노인 앞에 섰다. 계산대 안에 있는 노인이 계산대 밖에 있는 노인을 알아보자, 두 사람은 동시에 사라졌다.

노인들이 있던 곳에는 전혀 다른 사람들이 나타났으나, 사람들은 아무도 그것을 이상하게 생각하지 않았다.

화요일이 십오 분 오십이 초 남아있는 시간이었다.

WEDNESDAY

박 과장 죽이기

신원섭

글 쓰는 엔지니어. 2018년 장편소설 『짐승』 출간 및 영화화 진행 중.
단편 앤솔러지 『카페 홈즈에 가면?』, 『괴이 도시』 등에 작품을 실었다.

1

몇 주 전 수진은 박 과장을 죽이고 싶다고 고백했다.

"남편이 죽으면 내 앞으로 돈이 나오거든. 원래 고액 생명보험 가입자는 남들보다 사망률이 6배 높대. 알고 있었어?"

깔깔 웃는 수진을 보며, 민은 짓궂은 농담이라고 생각했다. 한편으론 한 사람의 죽음이 그렇게나 무거운 일인가 싶기도 했다. 민이 알던 한 남자는 감기약 때문에 죽었다. 한밤중에 남의 집 옥탑방 계단을 내려오다가, 약 기운에 발을 헛디뎌 실족했다. 4층 높이에서 떨어진 남자는 일주일을 앓다 죽었다. 그 얘기는 옥탑방에 살던 친구에게 들었다. 이별 후에도 그 남자에게 종종 매를 맞던 여자였다.

뭘 하든 들키지 않는 게 어려운 거지.

민과 수진, 수진의 남편인 박 과장 모두 산업용 가스 압축기를 만드는 작은 회사, ㈜하나파워시스템의 직원이었다. 민의 보직은 프로젝트 매니저로, 일정과 비용을 관리했다. 수진은 제어시스템, 박 과장은 설치시운전 담당이었다.

"청부살인이라도 하게?"

민의 질문에 수진이 되물었다.

"요즘 세상에도 킬러가 있나?"

"전업 킬러가 아니라도 보험금에서 몇 억 떼어준다면 하겠다는 사람이 줄을 설 거야."

문득 깨달은 것처럼, 수진이 말했다.

"그러고 보니 다음 달이 가양 FGC 시운전이지? 너, 나, 우리 남편까지 셋이 동반 출장이잖아?"

FGC[1]는 말 그대로 연료 가스를 고압으로 압축하는 장비다. 그렇게 압축된 연료 가스로 발전소의 터빈을 돌려, 전기를 생산한다.

민이 장난스럽게 떠벌렸다.

"흔치 않은 기회네? 정말 박 과장을 죽이고 싶으면 차라리 그때 처치해버려. 내가 모른 척 눈 감아 줄 테니까."

"그거 네 담당 프로젝트잖아? 거기서 무슨 일 생기면 너도 시말서 써야 할걸?"

"보험금 받으면 나 1억만 떼 줘. 시말서 한 장에 1억이면 개이득 아니야?"

민의 말에 두 사람은 누가 먼저랄 것도 없이 키득대다가, 이내 섬뜩한 농담이라는 걸 깨닫고는 어색하게 입을 다물었다. 등줄기에 식은땀이 맺혔다. 다행히 주변에 듣는 귀는 없었다.

생각해보면 어려울 게 없었다. 높은 곳에서 밀어버리거나, 머리 위로 공구를 떨어뜨리면 된다. 공사현장에서 그 정도 사고는 딱히 의심을 살 만한 일도 아니다. 수진이 일을 꾸미는 동

1 Fuel Gas Compressor : 가스연료압축기

안 민은 그저 지켜보고, 묵인하면 된다. 수진은 지긋지긋한 남편을 현실에서 지워버리고, 민은 돈을 번다. 그 돈이면 회사 근처로 전셋집을 옮길 수도 있을 것이다. 죽는 건 오직 박 과장뿐. 그가 죽으면 수진은 자유다.

박 과장의 죽음을 상상하는 민의 입꼬리에 미소가 걸렸다. 박 과장은 민의 오랜 연적(戀敵)이었으니까. 괜스레 가슴이 뛰고 얼굴이 발그레해졌다. 학부시절 동아리에서 수진을 처음 만났을 때와 마찬가지로.

수진은 민의 첫사랑이었다. 지금도 민은 수진을 사랑한다.

수진의 몸에선 늘 좋은 향기가 났다. 어깨를 맞대면 달큼한 살 냄새에 머리가 어질어질했다. 두 사람은 새 학기마다 시간표를 맞췄고, 4년 내내 자매처럼 붙어 다녔다.

그렇게 몇 년이 흘렀다. 수진이 남자친구와 결혼한다 했을 때 민은 비로소 깨달았다. 둘이 함께일 때 설레던 사람은 그녀 혼자였다는 걸. 수진은 민을 사랑했던 적이 없었다. 그저 우정이었을 뿐이었다. 그래서 민은 절망했다. 소중히 간직했던 추억이 사랑의 증거가 아니었다니! 자괴감이 종종 혜성처럼 날아들었고, 민은 중력처럼 고통을 느꼈다.

결혼식 후 몇 주 만에 걸려온 수진의 전화. 그녀는 펑펑 울고 있었다. 남편과 심하게 다퉜다고 말했다. 민은 왈칵 소리를 지를 뻔했다.

왜 맞지도 않는 구두를 신고 피를 흘리지? 왜 다리를 절면서 먼 길을 에둘러? 나는 언니가 어떤 사람인지 잘 알아. 그러니 지금이라도 언니를 사랑해주는 사람을 찾아.

진짜로 그런 말을 했더라도 수진은 민을 이해하지 못했을 것이다. 수진에겐 속내를 털어놓을 친구가 필요했다. 그러나 수진을 향한 민의 사랑은 그보다 노골적이고 뜨거웠다.

그 뒤로도 수진은 행복하지 않았던 모양이다. 마침내 남편을 죽이기로 마음먹기까지, 그 보드라운 마음에 얼마나 많은 고민을 덧칠했을까? 퇴색한 더께가 버짐처럼 일어난 그 흉한 속내를 민은 못내 안쓰러워했다.

그래서 민은 박 과장이 측은하지 않았다. 수진이 박 과장을 죽이고 싶다 고백했을 때는 기꺼이 응원하고픈 마음이었다. 수진이 자신에게 비밀을 털어놓았다는 사실이 오히려 뿌듯하기까지 했다.

2

가양 열병합발전소 증설현장 인근에는 출장자를 위한 모텔이 몇 있었다. 애플호텔도 그 중 하나였다. 따로 예약할 필요도 없고, 10만 원짜리 특실에는 안마의자와 욕조까지 구비되어 있어 현장직 엔지니어 사이에 인기가 많았다. 무엇보다 애플호텔은 쿠폰 도장을 찍어줬다. 1박에 도장 하나. 도장 10개를 모아오면 현금 5만 원을 지급했다. 법인카드를 쓰는 직장인에게는 최고의 유인책이었다. 민과 수진, 박 과장도 큰 고민 없이 애플호텔에 짐을 풀었다. 카운터에서 각자 방 하나씩을 결제하려는데, 수진이 당황한 듯 얼굴을 붉혔다.

"나 카드지갑 두고 왔나봐."

박 과장이 불쑥 짜증을 냈다.

"법인카드가 없다고?"

"미안해. 개인카드로 결제하고 따로 품의 올릴게."

수진은 허둥대며 가방을 뒤졌다. 박 과장이 목소리를 높였다.

"카드지갑 두고 왔다며? 네 신용카드도 그 안에 있는 거 아니야?"

"맞네. 나 오늘 진짜 왜 이러지……"

"정신 좀 차려. 내일 시운전인데 벌써부터 오락가락하면 어떡해? 그러다가 사고 나."

박 과장의 타박에 수진의 표정이 딱딱하게 굳었다. 동그란 이마 위로 잔머리 몇 가닥이 어지러이 흩어졌다.

수진이 말했다.

"오늘은 오빠랑 2인실 써야겠다. 장비 관련해서 물어볼 것도 좀 있고."

박 과장은 별로 내키지 않는 듯 툴툴거렸다.

"뭘 또 물어봐? 피곤한데 얼른 쉬고 일찍 자야지."

민은 뭔가 이상하다고 생각했다. 수진의 연간 출장일수는 100일이 넘었다. 그런 그녀가 소지품에서 법인카드를 빼놓고 다닐 리 없었다. 문득 몇 주 전 수진과 나누었던 대화가 민의 머릿속에서 뒤죽박죽이 되었다.

남편이 죽으면 내 앞으로 돈이 나오거든. 우리 셋이 동반출장이잖아? 요즘 세상에 킬러가 있나? 몇 억쯤 떼어준다면 하겠다는 사람 줄을 설 텐데.

어쩌면 수진은 모텔 방에서 박 과장을 죽이려는 건지도 모른다고, 민은 생각했다. 그렇게 생각하니 가슴이 두근거렸다.

박 과장이 통명스럽게 쏘아붙이는 소리에, 민은 이내 정신을 차렸다.

"출장일수랑 숙박비 내역이 안 맞으면 나중에 재무팀이 딴지 거는 거 알지? 출장비 정산할 때 네가 해명해."

수진은 시무룩한 얼굴로 말없이 고개를 끄덕였다. 박 과장이 카운터에 법인카드를 내밀었고 모텔 주인은 9만 원을 결제했다.

"평일이니까 만 원 빼드릴게요."

"안 빼주셔도 되는데요. 어차피 법인카드라."

박 과장은 홀쩍 돌아서서 방으로 먼저 들어가 버렸다. 민은 남편을 따라나서는 수진의 손목을 붙잡았다. 돌아보는 수진의 찌푸린 얼굴. 민은 자기도 모르게 손아귀에 힘이 들어갔다는 걸 깨닫고 얼른 놓아주었다.

민이 속삭였다.

"계획은 내일이지?"

"무슨 계획? 시운전 얘기 하는 거야?"

수진은 민과 눈을 맞춘 채 웃었다. 민은 혼란스러웠다. 돌아서는 수진의 어깨가 유난히 작아 보였다.

민은 고개를 돌려 카운터 옆 전신거울에 비친 자신의 모습을 바라보았다. 부스스한 머리. 핏발이 선 두 눈. 며칠이나 잠을 자지 못한 몰골이었다. 흐릿한 눈동자가 위태롭게 흔들렸다.

남편의 방문을 두드리던 수진이 어깨너머로 민을 흘끔거렸다. 거울로 보니 다 보였다. 민은 거울 속 수진을 향해 손을 흔들었다. 수진은 황급히 방으로 들어가 버렸다.

민도 제 방으로 들어왔다. 멍하니 침대에 누워 공상에 잠겼다. 눈을 감아도 잠이 오지 않았다. 요즘은 수면제도 듣지 않았다. 머릿속은 여전히 뒤죽박죽이었다.

세상에 킬러가 어디 있담? 그냥 언니가 직접 해. 머리 위로 공구만 떨어뜨려도 박 과장은 끝이야. 내가 모른 척 눈 감아 줄게. 시말서 쓰고 1억이면 개이득이지. 박 과장이 죽으면 언니는 자유야.

자정을 알리는 벨이 울렸다. 민은 취침 알람을 2시간 뒤로 미루고 책상 앞에 앉았다. 아침이 올 때까지 도면과 절차서를 검토하며 시간을 보낼 생각이었다.

그때, 옆방에서 어렴풋한 비명이 들렸다. 다투는 소리 같기도, 신음소리 같기도 했다. 어쩌면 혈기왕성한 연인의 교성(嬌聲)인지도. 민은 소음의 진원지가 수진 부부의 객실임을 깨닫고 미간을 찌푸렸다. 옆방의 소음은 점차 격렬해졌다. 색이 바란 벽지에 뺨을 기댔다. 방음은 형편없었다. 벽 너머로 낯 뜨거운 리듬이 고스란히 전해졌다. 민은 마음을 추스르며 절망하지 않기 위해 애썼다.

아마 TV소리일 거야. 야한 영화라도 나오는 모양이지?

그러나, 무슨 생각을 해도 위로가 되지 않았다. 가슴 한편이 축축해지는 기분이었다.

오래 전의 일이 떠올랐다. 수진의 결혼식을 일주일 앞둔 주말이었다. 수진은 호텔방을 잡아 조촐한 축하파티를 열었고, 민도 그 자리에 있었다. 아무렇지 않은 척 어울리지 않으면 수진과 멀어지게 될까봐 겁이 났었다. 모두가 만취해 널브러진 새벽, 민은 잠든 수진에게 충동적으로 입을 맞추었다. 수진의 잇새로 조심스레 혀를 밀어 넣었다. 입천장을 간질이자 수진이 몸을 움찔했다. 민의 심장이 빠르게 요동쳤다. 수진은 자는 척을 하고 있을 뿐이라고, 민은 생각했다.

나, 사실 언니를 좋아해.

목덜미에 코를 부비며, 민은 수진의 귓가에 그렇게 속삭였었다. 기대가 없었다곤 말 못하지만, 어떤 답이 돌아오건 겸허히 받아들이리라 마음먹었다.

수진은 끝내 아무 말도 하지 않았다. 필름이 끊긴 사람처럼 다음날도 아무렇지 않게 자신을 대하는 수진을 보며, 민은 부대끼는 속을 깨끗이 게워냈었다.

3

먼발치에서 손을 흔드는 수진과 박 과장을 보며 민은 얼결에 한숨을 내쉬었다. 기대감은 하얀 입김이 되어 허공으로 흩어졌다. 새벽 공기가 쌀쌀한 탓이었다.

세 사람은 모텔 앞 편의점에서 아침밥을 먹기로 했다. 어위크라는, 처음 보는 프랜차이즈였다. 어쩐지 지쳐 보이는 알바생이 인사를 건넸다. 민은 별 생각 없이 빵과 우유를 집어왔다. 배가 고프지는 않았다. 몸을 뒤채다 새벽녘에 잠깐 눈을 붙였기 때문에, 식사보다는 잠이 간절했다.

한동안 냉랭한 침묵이 이어지자 민은 어쩐지 조바심이 들었다. 괜히 박 과장을 추켜세우며 너스레를 떨었다.

"사람들 말이, 과장님이랑 출장 오면 일이 술술 풀린다던데요? 오늘 저 좀 빨리 퇴근시켜주세요."

박 과장도 싫지 않은 눈치였다.

"시운전 짬밥만 8년째인데요. 수진이도 제어 쪽으로는 베테

랑이고. 그런데 어제 보니까 당신도 기계에 관심이 많던데? 언제부터 기계 쪽에 관심이 생겼어?"

수진이 대답했다.

"계속 프로그램만 만지다 보니까 반쪽짜리가 된 것 같아서. 기계도 다룰 줄 알면 커리어에 도움이 되지 않을까 싶었지."

"너 하는 일에나 집중해. 괜히 욕심 부린다고 회사생활이 잘 풀리냐?"

박 과장의 말에는 어딘지 모르게 가시가 돋쳐 있었다. 수진이 과장 진급에서 누락된 게 불과 몇 달 전이었다. 상처가 아물기엔 짧은 시간이었다. 그걸 아무렇지 않게 쑤셔대는 박 과장이 얄미웠다.

수진은 무표정한 얼굴로 창문 너머 먼 곳을 응시하고 있었다. 그녀의 흐릿한 눈동자에 회백색 먹구름이 맺혔다. 라디오에서는 기상캐스터의 낭랑한 목소리가 흘러나왔다. 오후에는 비가 올지도 모른다고 했다.

문득 생각나는 게 있었는지, 가방을 뒤지던 박 과장이 수진에게 물었다.

"내 포스터 흡입기 못 봤어? 어제 분명히 앞주머니에 넣어놨는데."

"여기 있잖아."

수진은 박 과장의 백팩으로 손을 뻗었다. 파란색 플라스틱 흡입기를 꺼내어 남편에게 건넸다. 박 과장은 여전히 못마땅한 얼굴이었다.

"이거 벤토린인데? 파란 거 말고 보라색 없어?"

고개를 갸우뚱하며, 수진이 되물었다.

"둘이 달라? 똑같은 게 두 개나 있어서 내가 하나 빼놨는데……"

쾅-.

박 과장이 손바닥으로 테이블을 내려치며 쏘아붙였다.

"파란 거는 발작 때나 쓰는 기관지 확장제고, 매일 흡입하는 건 보라색이잖아. 어떻게 그걸 헷갈려?"

"색깔만 다른 줄 알았지. 종류가 다를 줄은 몰랐어."

"천식 흡입기가 무슨 패션소품이야? 내가 괜히 색깔별로 들고 다니겠어? 전에도 몇 번이나 설명했잖아. 나 코맹맹이 되는 꼴이 보고 싶은 거야?"

박 과장은 오래전부터 가벼운 천식을 앓고 있었다. 주기적으로 약을 복용하지 않으면 덩달아 비염이 심해진다고 했다. 점심, 저녁 두 번씩 사용하던 보라색 흡입기. 박 과장과 친분이 있는 사람이라면 누구나 알고 있는 사실이었다. 그런데 3년을 같이 살면서 그걸 몰랐다고? 민은 수진의 말을 믿지 않았다. 그녀의 거짓말에는 어떤 목적이 있는 게 틀림없다고, 민은 생각했다.

"쓸데없이 이런 건 또 왜 챙긴 거야?"

박 과장은 곁에 놓인 수진의 가방에서 향초를 꺼내 흔들었다. 포장도 까지 않은 새것이었다.

수진이 변명하듯 웅얼거렸다.

"머리맡에 켜두면 잠이 잘 와서……"

"평소엔 이딴 거 안 켜도 잘만 자잖아? 사람 엿 먹이는 것도 아니고."

박 과장은 자리를 박차고 일어서며 방염작업복 상의 주머니에서 전자담배를 꺼냈다. 편의점을 나서는 박 과장의 뒤통수를 향해, 수진이 혼잣말을 중얼거렸다.

"천식 앓는 새끼가 담배는 죽어도 안 끊지."

민은 멍하니 수진을 바라보았다. 수진의 눈은 깊이를 알 수 없는 어둠이었다. 그 안에서 소용돌이치는 분노. 민의 시선을 느꼈는지, 수진은 별 일 아니라는 듯 웃어보였다. 꿈틀대던 악의도 어느새 어둑한 눈동자 너머로 자취를 감췄다.

"내가 자꾸 뭐라고 하니까, 작년부터 전자담배로 바꾸더라고."

민은 대답 대신 고개만 끄덕여보였다.

그녀에게는 도대체 무슨 일이 있었던 걸까? 무엇이 그녀를 이렇게 만들었을까? 찬란하던 수진은 존재조차 흐릿한 유령이 되어버린 것 같았다. 세월에 마모되어 바스러진 사람처럼.

4

가양FGC는 발전소 증설 프로젝트로, ㈜하나파워시스템의 연료가스압축기(FGC)와 제너럴일렉트릭사(社)의 가스터빈을 설치해 발전용량을 늘리는 사업이었다. 증설공사는 어느덧 막바지였고, 민이 납품한 장비는 시운전만을 남겨두고 있었다.

현장 작업자인 박 과장이 안전교육을 받으러 간 사이, 민과 수진은 회의실로 향했다. 가양발전 측과 시운전 일정을 협의하기 위해서였다. 가양발전 공무팀의 김 부장이 두 사람을 맞았다. 김 부장은 이래저래 서두를 필요가 없다는 입장이었다. 중요한 장비이니만큼 시간이 걸리더라도 꼼꼼하게 진행하고 싶어 했다.

김 부장이 난처하다는 듯 물었다.

"원래 2주 뒤에 오시라고 요청 드리지 않았나요? 나도 이 바닥에 거진 20년 있었는데, 업체가 먼저 일정 당기자고 보채는 건 처음 보네요."

"준공식 임박해서 서두르는 것보다는 미리 끝내는 편이 좋으니까요. 저희도 빨리 마무리해야 잔금을 받죠."

"그쪽 사정은 알겠는데, 가스터빈 시운전은 한 달 뒤예요. 굳이 이번 주에 FGC를 살려야 될 이유가 있습니까?"

"그래도 가능하면 빨리 진행하시는 게……"

김 부장은 시큰둥한 표정으로 민의 말을 잘랐다.

"이번 주는 어려워요. 지금 공무팀에 사람이 없어서. 승압동 준공검사 준비 때문에 다들 난리거든요. 아마 오늘 FGC 돌린다 해도 CCR[2]에서 제대로 지원을 못해줄 겁니다."

김 부장은 가양발전 직원의 입회 없이 FGC 시운전이 진행되는 상황을 달가워하지 않았다. 혹시라도 현장에 문제가 발생할 때를 대비해 누군가는 중앙제어실에서 상황을 지켜봐야 하기 때문일 것이다. 물론 민은 이 사람들이 바쁠 줄 알고 있었다. 날을 오늘로 잡았던 건 그 때문이었다. 준공검사가 끝나면 모두의 관심이 FGC에 쏠릴 것이고, 보는 눈이 많아지면 박 과장을 죽이기가 어려울 테니까. 민은 최대한 수진의 부담을 줄여주고 싶었다. 그래서 속으로는 바짝바짝 애가 탔다. 수진이 새 인생을 시작할 기회를 놓칠까봐 겁이 났다.

김 부장이 말했다.

"승압동 가스유출 감지시스템이랑 화재경보기는 다음 주나 되어야 설치될 거예요. 만에 하나 가스가 새도 저희 쪽에서 알 길

2 Central Control Room : 중앙제어실

이 없다고요. 그래서 오늘 FGC를 돌리는 건 위험하다 이겁니다."

민이 자신 있게 대답했다.

"그건 걱정 안하셔도 돼요. 저희가 가스디텍터를 챙겨왔습니다."

수진은 박 과장의 짐을 맡아두고 있었다. 민이 박 과장의 백팩에서 휴대용 가스디텍터를 꺼내어 김 부장에게 보여주었다. 가연성 가스를 포함해 20여종의 가스를 검출할 수 있는 배터리 충전식 가스측정기였다. 이번 시운전을 위해 프로젝트 비용으로 구입한 안전장비였다. 어젯밤부터 박 과장이 가지고 있었으니, 배터리는 모텔 방에서 충전했을 것이다.

민이 덧붙였다.

"부장님, 냉각수랑 IA(Instrument Air) 들어오잖아요? 메인 모터 파워만 넣어주시면 오늘 안에 끝낼 수 있습니다."

"진짜 하루 만에 되겠어요? 괜히 서두르다가 문제 생기면 골치 아픈데."

"서두르긴요. 기동 버튼만 누르면 바로 장비 돌릴 수 있는 상태예요. 지난번 SAT[3]때 저희가 다 점검했어요."

민이 팔꿈치로 수진의 옆구리를 찔렀다. 멍하니 허공을 바라보던 수진은 화들짝 놀라 민을 바라보았다.

민이 속삭였다.

"설명 좀 해드려."

수진은 시운전 절차와 FGC의 보호 로직, 기동 시퀀스를 전부 꿰고 있었다. 막힘이 없는 수진의 설명 덕에 완강하던 김 부장도 다소 누그러졌다.

---

3 Site Acceptance Test : 현장인수시험

"유량 전체를 리사이클 해도 문제없어요? 서지[4]나는 거 아니에요?"

"리사이클 배관 사이즈가 충분해서 문제없습니다. 사내시험 때 검증했어요."

"그럼 점심 먹고 오후부터 돌립시다. 문제 생기면 바로 무전 주시고. 가스 새면 절대 안 됩니다. 우리 직원들 바빠서 그쪽 들여다볼 시간 없어요."

"걱정 마세요. 저희가 잘 지켜보겠습니다."

"뭐, 압축기 전문가니까 알아서 잘 하시겠지. 대리님만 믿습니다."

발전소 직원들은 대개 가스누출에 민감했다. 열병합발전소는 특히 도심지 근처에 짓는 경우가 많아, 가스가 조금만 새어나가도 민원이 들끓었다. 동네에서 가스 냄새가 나면 누구라도 소방서에 신고를 하게 마련이니까.

김 부장이 떠나자 널찍한 회의실에 민과 수진, 둘만 남았다. 그제야 민은 긴장을 풀고 등받이에 몸을 묻었다. 그녀가 대답하기 어려운 질문을 수진이 잘 대응해준 덕분에 일이 잘 풀렸다. 수진 역시 아침에 비해 한결 밝아진 모습이었다. 그건 아마 박 과장의 부재 때문일 거라고, 민은 생각했다. 박 과장과 함께 있을 때면 수진은 눈에 띄게 움츠려들었고, 사소한 실수를 남발했다. 목소리가 작아지며 말끝을 흐리기 일쑤였다. 꼭 주눅이 들어 허둥대는 사람 같았다. 물론 둘 사이에 무슨 일이 있었는지는 아무도 몰랐다. 다만, 박 과장과 결혼한 뒤로 수진의 커리어가 꼬였다는 얘기

4 Surge : 원심형 압축기의 역류현상

는 개발센터의 공공연한 비밀이었다. 입사 초에는 대리 특진을 했던 수진이었다. 그런 그녀가 올해는 과장 진급에서 누락되었다.

민이 생각에 잠겨있는 사이, 수진이 안전모를 쓰며 말했다.

"나는 현장 좀 둘러보고 올게."

"곧 있으면 박 과장님 안전교육 끝날 텐데? 그때 같이 가자."

"됐어. 그냥 장비나 한 번 보고 싶어서 그래. 남편 오기 전에 금방 다녀올게."

돌아서는 수진을 향해 민이 말했다.

"밥 먹으러 가야 되니까 얼른 와."

5

세 사람은 공사장 인근 간이식당에서 함께 점심을 먹었다. 수진을 대하는 박 과장의 태도는 아침과 사뭇 달랐다. 살뜰한 모습이 의아할 정도였다.

민이 물었다.

"박 과장님, 안 그런 척하더니 수진 선배 엄청 챙기네요?"

수진이 끼어들었다.

"꼭 남들 앞에서만 이러더라."

"내가 언제? 회사 사람들한테 물어봐. 다들 남편 잘 만났다 그러지."

말마따나 객관적으로는 모자랄 데 없는 남편감이었다. 박 과장은 키가 훤칠해서 눈에 띄는 외모였다. 처음에는 민조차도, 수진과 박 과장이 잘 어울리는 한 쌍이라 생각했었다.

민이 장난스럽게 되받았다.

"우리 수진 선배도 어디 안 빠지죠. 학교 다닐 때 인기 많았다고요."

돌연 박 과장의 표정이 어두워졌다. 묵묵히 수저를 놀리던 수진은 불경한 말이라도 들은 사람처럼 곁눈질로 남편의 눈치를 살폈다.

박 과장이 이죽거렸다.

"좋겠네. 인기 많아서."

박 과장은 그 뒤로 말이 없었다. 수진도 마찬가지였다. 둘 다 숟가락으로 그릇 바닥만 따각따각 긁어댔다. 식탁 위에 무거운 침묵이 내려앉았다. 민은 돌연 냉랭해진 분위기가 의아할 따름이었다.

당황하는 민을 향해 웃어 보이며, 수진이 말했다.

"우리 남편, 질투하나봐."

"질투? 인기 많아서 좋겠다는데 그게 왜 질투야?"

"그러게. 내가 인기 많았던 게 질투할 거리가 되나?"

"넘겨짚지 마. 숙맥인 줄 알았더니, 순 여우같아. 속을 알 수가 없다니까."

박 과장이 알 수 없는 이유로 수진을 비난하기 시작하면서 균열은 걷잡을 수 없이 커져가고 있었다.

수진이 되받았다.

"내가 숙맥은 아니지. 나 좋다는 사람이 없었던 것도 아니고. 근데 그게 당신한테 그렇게 중요한 문제야?"

숟가락을 내려놓은 박 과장이 수진의 창백한 얼굴을 응시했다. 박 과장이 말했다.

"넌 날 사랑하지 않아. 눈을 보면 알 수 있지."

수진은 무표정한 얼굴로, 일말의 망설임도 없이 대답했다.

"사랑해."

"무슨 근거로?"

"당신이랑 결혼했잖아."

눈을 보면 안다고? 그럴지도 모르지. 저런 폐허에서 무슨 사랑이 자라겠어?

민은 생각했다. 그러나 박 과장은 그걸 몰랐다. 그는 수진의 마음에서 죽어버린 게 오직 자신을 향한 사랑뿐이라고 생각했다.

박 과장이 코웃음을 치며 빈정거렸다.

"졸업반 때 사귀었다던 의대생은 지금쯤 개업의가 됐겠네."

순간 민은 박 과장의 입을 틀어막고 싶은 충동을 느꼈다. 수진이 테이블 위에 수저를 내려놓았다. 단호한 딸그락 소리가 울렸다.

그녀가 되물었다.

"하고 싶은 말이 뭐야?"

"그냥 궁금해서 묻는 거야. 얼마나 대단한 사람을 만났었는지."

"그게 그렇게 궁금해? 내가 사랑했던 사람이 누구였는지, 정말 알고 싶어?"

갸웃거리는 수진의 얼굴에 이지러진 미소가 걸렸다. 그 노골적인 경멸에 민은 덩달아 몸이 뜨거워지는 것을 느꼈다. 달아오르는 불기운에 숨이 막혔다. 박 과장은 수진을 노려보았다. 수진은 남편의 시선을 외면한 채 밑반찬으로 나온 어묵볶음을 조각조각 찢어발겼다. 킥킥대는 박 과장의 웃음소리가 테이블 위로 너저분히 흩어졌다.

"하여간 웃겨. 가끔은 당신이 무섭다니까?"

"내가 이제 와서 걔랑 바람이라도 피울까봐 불안해?"

수진이 묻자 박 과장이 어깨를 으쓱 들어보였다.

"당신도 이제 삼십대잖아. 여자로서의 매력은 시들어갈 때지."

깔깔 웃는 소리가 전염병처럼 번져나갔다. 코를 훔치던 냅킨으로 눈물을 찍으며, 모두가 그렇게 웃고 있었다. 그러나 민은 이상하게도 눈물이 멈추지 않았다. 빨갛게 달군 악의로 상대를 겨눈 채 한칼 쑤시려는 의지. 화염과 연기를 가르고 불티가 솟구쳤다. 매캐한 적개심에 눈이 매웠다. 젓가락을 쥔 손이 벌벌 떨렸다. 머리가 깨질 것만 같았다.

이건 사람이 살 수 있는 온도가 아니야.

자리를 박차고 나온 민은 식당 앞 벤치에 걸터앉아 심호흡을 했다. 바람은 여전히 쌀쌀했다. 손바닥을 비벼 온기를 만들었다. 눈두덩에 손을 대자 남의 품에 안긴 듯 따스한 위안이 찾아왔다. 민은 무릎에 얼굴을 묻고 한동안 먼 바다로 노를 젓는 상상을 했다. 그리고 키잡이가 된 수진을 생각했다. 분명히 그녀는 지금보다 행복할 것이다. 미풍이 숨결처럼 뺨을 스치며 더운 땀을 식히는, 그런 바다가 삶이라면.

어디로든 떠나고 싶어. 뾰족한 어깨를 부비며 서로의 발등을 밟아대는, 이 지긋지긋한 지상을 떠나는 거야. 먼 바다의 어느 바닥에 가라앉아 서로의 살에 입을 맞추며.

그렇게 생각하니 두근대던 가슴이 조금은 가라앉았다. 그러나 나중 일이었다. 박 과장의 죽음 뒤에 생각할 문제였다. 민은 고개를 들어 식당 쪽을 바라보았다. 물때가 타 흐릿해진 전면

통유리 너머로 어렴풋이 박 과장과 수진의 모습이 보였다. 박 과장은 허리춤에 손을 얹고 서있었다. 내리꽂는 시선으로 수진을 짓뭉개고 있었다. 수진의 뺨은 빨갛게 상기된 채였다.

6

민은 두 사람에게도 좋은 시절이 있었음을 기억했다. 그 시절의 두 사람은 단단한 바위 같았다. 돌담 위의 넝쿨이었다. 어깨를 맞댄 둘의 모습이 너무도 자연스러워 어느 풍경에 두어도 어색하지 않았다. 사랑의 시작이 늘 그러하듯이.

간이식당 화장실에서 민과 수진은 나란히 이를 닦았다. 수진은 가벼운 수면장애가 있다고 했다. 결혼 후에 얻은 병증이랬다. 전에는 그저 막연히, 결혼생활에서 오는 스트레스가 심한 모양이라고 짐작할 따름이었다.

"향초라도 켜지 않으면 잠이 안 와."

수진의 말에, 민이 물었다.

"내가 모르는 무슨 일 있지?"

수진은 남 얘기하듯 무덤덤하게 대답했다.

"원래는 이혼하려 했어."

갈라서기로 마음먹은 건 2년 전이랬다. 박 과장은 의심도 많고 겁도 많은 사람이었다. 결혼 후에도 박 과장은 아내가 자신을 떠날까봐 항상 두려워했다. 수진을 붙잡고 싶다는 그 욕망이 되레 그녀의 마음을 떠나게 만들었다.

"내가 아직 전 남친을 못 잊었다고 생각해. 그 의대생 말이야."

"그 의대생? 대학 다닐 때 잠깐 사귀다가 헤어졌잖아?"

"맞아. 미래를 꿈꾸기엔 좋은 사람이었으니까. 근데 그 사람을 사랑한 적은 없었어. 그땐 나도 내 마음을 몰랐던 거지."

"따로 마음에 둔 사람이 있었던 거야?"

민의 질문에 수진은 아리송한 얼굴로 어깨를 으쓱 들어 보이며 말했다.

"나 좋다는 사람을 내가 모를 리 있겠니."

민은 양치질을 멈추었다. 어쩌면 수진은 민의 감정을 알고 있었는지도 모른다. 그녀가 어떤 마음으로 수진의 곁을 지켜왔는지. 그런 생각이 들자 기쁘기는커녕, 두려웠다.

언니는 나를 이해할 수 있을까? 여자를 사랑하는 여자를 받아들일 수 있을까?

해묵은 고민이 기름띠처럼 의식의 수면 위로 떠올랐다.

민은 수진이 자신을 혐오할까봐, 대놓고 뺨을 치거나 서서히 멀어질까 봐 덜컥 겁이 났다. 항상 그녀를 원했지만 한편으로는 두려움이 앞서 속을 끓였다. 그래서 수진의 제안이 오히려 반가웠던 거라고, 민은 생각했다. 박 과장을 죽이는 걸 돕는 대가로 돈을 주겠다고 했을 때, 민은 차라리 다행으로 여겼다. 돈은 가치중립적이니까. 이성애자에게나 동성애자에게나 1억은 납득이 될 만큼 큰돈이니까. 그만하면 수진도 민의 호의를 왜곡하지 않을 것이다. 그러므로 일이 어떤 식으로 흘러가건 민은 수진의 곁에 남을 수 있을 터였다.

한편으로 민은 궁금했다. 그 시절의 매순간이 자신의 짝사랑이었는지. 정말로 단 한 순간도, 언니는 나를 사랑한 적이 없느냐고 묻고 싶었다. 모를 일이다. 마음은 사람의 가장 닳기 쉬운 부분이니까.

박 과장도 처음에는 다정한 사람이었다. 모두가 축복한 결혼이었고, 누구도 두 사람의 행복을 의심하지 않았다. 둘의 관계가 속으로부터 썩어가고 있었을 줄은 아무도 몰랐을 것이다.

민은 손에서 물기를 털어내는 수진을 가만히 지켜보았다. 하고 싶은 말이 솟구쳐 구역질이 날 지경이었지만 한마디도 하지 않았다.

마침내 수진이 입을 열었다.

"우리 남편, 보기보다 섬세한 사람이야. 그만큼 예민하기도 하고. 어수룩한 사람 아니야."

"그런데도 할 수 있겠어? 박 과장이 이미 눈치챘으면 어쩌려고?"

민의 질문에 수진이 고개를 갸우뚱했다.

"뭘 눈치채? 무슨 말이야?"

민은 팔뚝의 털이 온통 곤두서는 기분이었다. 새삼 수진과 눈을 마주치기가 두려웠다. 스스로를 통제하지 못할 것 같아 들고 있던 칫솔을 움켜쥐었다. 손가락이 새하얘질 때까지.

기억 안나? 오늘이잖아. 우리가 박 과장을 죽이기로 했잖아!

하마터면 그렇게 소리칠 뻔 했다.

혼자만의 착각이었나?

그럴 리 없었다. 수진은 분명히 오늘이라고 말했다. 셋이 동반출장을 가는 날, 시운전 현장에서 남편을 죽이겠다고. 침묵의 대가로 민에게 보험금을 나눠주겠다고. 그게 두 사람의 약속이었다. 적어도 민은 그렇게 믿었다.

이런 것도 다 계획의 일부인가? 아니면 내가 뭔가 오해하고 있었나? 나 혼자 망상에 빠져서……

민은 거울에 비친 자신의 모습을 바라보았다. 핏발이 선 두 눈과 하얗게 일어난 입술. 어제도 밤새 잠을 설쳤다. 사실 잠을 못 잔지는 꽤 됐다. 모든 게 수진 때문이었다. 차라리 그녀 앞에 다시 나타나질 말았어야 했다. 수진을 만나기 위해 이 회사로 이직한 것부터가 실수였다. 남편을 죽이겠다는 수진의 말은 과연 진심이었을까?

양치를 마치고 나가려는 수진에게 민이 물었다.

"손목은 왜 다쳤어?"

수진은 걸음을 멈추었다. 고개를 돌려 민을 바라보았다.

"무슨 소리야?"

"많이 부은 것 같던데."

수진은 무의식적으로 손목을 감싸며 얼버무렸다.

"별 거 아니야. 어디 부딪혔나봐."

거짓말이었다. 수진이 세면대에서 소매를 걷어 올렸을 때, 눈썰미 좋은 민은 그녀의 손목에서 빨갛게 부어오른 손자국을 보았다. 그건 꼭 누군가의 손아귀에 붙잡혀 몸부림친 흔적 같았다. 수진의 목과 쇄골 언저리 역시 거친 키스마크와 잇자국으로 파랗게 멍이 들어 있었다.

7

FGC 기동 전 사전점검이 시작되었다. 박 과장은 장비 주변을 분주하게 오르내렸다. 장비의 기동 및 정지신호가 정상적으로 전달되는지, 밸브는 제대로 작동하는지, 센서류에 이상이 없는지 등을 마지막으로 확인하는 절차였다. 그 와중에 박 과장은 연신 코를 풀어댔다. 점심 무렵부터 증세가 심해지나 싶더니 어느새 코 밑이 빨갛게 부었다. 하루 종일 천식 흡입기를 사용하지 않은 탓이었다.

박 과장이 코를 훌쩍이며 물었다.

"보조오일펌프 돌려도 되지? 오일 온도 몇 도야?"

무전기 너머에서 수진의 목소리가 들려왔다.

"20도. 기동허가(Start Permissive) 뜨려면 30도까지는 올려야 돼."

박 과장이 불쑥 짜증을 냈다. 코가 막혀서 신경이 예민해진 모양이다.

"기동허가는 됐고. 오일펌프 동작하는지부터 확인해보자고."

수진이 원격으로 오일펌프를 기동했다. 나직한 진동음과 함께 윤활유가 순환하기 시작했다.

"탱크 온도 20도, 공급온도 19.8도. 오일 공급압력은 2.37barG."

박 과장은 윤활배관 주변을 돌며 사이트글라스(Sight galss)를 확인했다. 사람 손바닥만 한 유리창을 통해 배관 내부를 들여다볼 수 있었다. 윤활유가 제대로 순환하는지, 윤활유 온도와 압력이 정상범주인지 등을 점검하기 위함이었다.

오일탱크 옆에 서있던 민의 어깨 위로 물방울 같은 것이 떨어졌다.

비가 새나? 밖에 날씨 맑던데.

손가락으로 찍어보니 기름 냄새가 났다. 윤활유였다. 고개를 들어보니 오일 데미스터(Demister)에서 기름방울이 떨어지고 있었다. 데미스터는 오일탱크의 유증기를 빨아내 외부로 배출하는 장치로, 내부에는 필터가 달려 있다. 정상적인 경우라면 기름이 새어나오는 일은 없어야 했다. 뭔가 잘못된 게 틀림없었다.

생각보다 본능이 앞섰다. 민이 소리쳤다.

"과장님! 여기 오일 새는 것 같은데요?"

"뭐라고요?"

"데미스터에서 오일 흄[5]이 샌다고요."

박 과장이 종종걸음으로 달려와 누유상태를 확인했다. 방울져 떨어지는 기름 탓에 어느새 바닥이 흥건했다. 오일탱크 내부의 유증기를 정상적으로 걸러내지 못할 경우, 흔한 일은 아니지만 불이 붙을 우려도 있었다. 거기에까지 생각이 미치자 민은 오히려 불안해졌다.

만약 이게 수진언니의 계획이었다면? 내가 나서면 안 되는 상황이었나?

민은 혼란스러웠다.

괜한 짓을 한 걸까? 박 과장에게 알리지 말았어야 했나?

박 과장은 수진에게 급히 무전을 했다.

"정지! 정지!"

수진이 원격으로 프로그램을 조작해 오일펌프를 껐다. 박 과장은 상황을 살피기 위해 오일탱크 위를 기어올랐다. 데미스터 출구 쪽 배관은 양면테이프로 얼기설기 막혀있었다. 양면테이

5 Oil fume : 유증기

프에 응집된 유증기가 방울져 떨어지고 있었다. 확인해보니 역시나 필터가 빠져있었던 게 원인이었다.

박 과장은 무전기를 켜고 불같이 화를 냈다.

"도대체 데미스터 필터는 왜 뺐어? 어제부터 자꾸 이러는 거, 일부러 나 엿 먹이려는 거지?"

민은 핏대를 세우며 길길이 날뛰는 박 과장이 이상하다고 생각했다. 애초에 멀쩡히 달려있는 데미스터 필터를 빼놓을 이유가 없었다. 정상적인 경우라면 손을 댈 이유가 없는 부품이었다.

그런데 박 과장은 왜 수진언니가 그걸 빼놓았다고 생각하는 걸까?

민은 무전기를 향해 소리를 질러대는 박 과장을 진정시켰다.

"그만하세요. 고객이 들으면 어쩌려고요?"

"이대로는 오늘 안에 장비 못 돌립니다."

"수진 선배는 제어담당이잖아요. 왜 언니한테 화를 내세요? 설마 언니가 일부러 현장까지 내려와서 필터를 빼놨겠어요?"

그러나 민은 알고 있었다. 박 과장이 안전교육을 받는 동안, 민이 회의실에서 기다리는 동안, 수진이 압축기를 보고 싶다며 홀로 현장에 나가 있었다는 사실을.

박 과장은 안전모를 벗고 까치집이 된 머리를 거칠게 쓸어올렸다. 박 과장이 목소리를 낮추며 말했다.

"다 심증이 있어서 그러는 겁니다."

"심증이라뇨?"

"어젯밤에 와이프가 나한테 기계에 대해 이것저것 물어보더라고요. 데미스터 필터는 어디에 설치되어 있느냐, 탈착이 가능하냐. 제어 담당자가 그런 걸 왜 물어봤을까요?"

빌어먹을.

민은 식은땀을 흘리면서도 끝까지 수진 편을 들었다.

"궁금하면 그럴 수도 있죠. 왜 증거도 없이 사람을 몰아붙여요?"

언성이 높아지려는데, 옆 건물 렉룸[6]에 있던 수진이 승압동으로 건너왔다. 수진을 의식했는지, 박 과장의 목소리가 높아졌다.

"그걸 내가 빼놨겠습니까?"

"그럼 제가 빼놨겠어요?"

민이 대거리를 하자 박 과장이 코웃음을 쳤다.

"나도 안 했고 대리님도 안 했으면 누가 그랬을까요? 현장에 귀신이 돌아다니나?"

민의 얼굴이 새빨개졌다. 그녀가 박 과장에게 한 발짝 다가섰다. 이마로 들이받기라도 하려는 듯이.

만류하는 수진을 뿌리치며 민이 따져 물었다.

"박 과장님, 진짜 자신 있으세요? 수진 언니가 그랬다는 증거 있어요?"

"민아, 그만해."

수진이 끼어들었다. 싸울 듯이 덤비는 민을 밀어내며, 수진이 말했다.

"데미스터 필터 내가 뺀 거 맞아. 다시 끼워 놓는다는 게 그만……"

8

박 과장이 버럭 고함을 질렀다.

---

6 Rack room : 제어판넬이 설치된 공간

"당신 진짜 제정신이야? 그걸 왜 만져?"

"의욕이 과했어. 잘 하고 싶어서 그랬어. 미안해."

기세등등해진 박 과장은 여차하면 수진의 뺨이라도 칠 기세였다. 민이 없었다면 그러고도 남았을 것이다. 수진은 고개를 떨어뜨린 채 코를 훌쩍거렸다. 그녀의 안전화 앞코에 눈물 몇 방울이 떨어졌다.

민은 약간이나마 그런 수진을 이해할 수 있었다. 회사에서는 저성과자로 낙인찍히고, 남편에겐 구박이나 당하는 처지에 남들만큼 일해서는 설 자리가 없다고 생각했으리라. 진급을 앞둔 수진이라면 분명히 그랬을 것이다. 소프트웨어와 하드웨어를 모두 다룰 수 있는 엔지니어의 경쟁력은 부인하기 어려울 테니까. 수진은 자신을 향한 부당한 처사에 납작 엎드린 채 꼬리를 흔들려는 셈이었다. 그러나 수진은 결코 저들의 일부가 될 수 없었다. 민이 보기에 그것은 성과나 역량의 문제가 아니었다. 회사에서는 평판이 곧 인사고과였다. 기계쟁이 남자들만 드글드글한 이 조직에서, 수진은 절대로 박 과장처럼 될 수 없었다. 민은 수진에 대한 짜증이 솟구쳐 이를 악물었다.

조직에 순응해서 어떻게든 예쁨 받고 싶었니? 기왕에 개처럼 굴 거면 차라리 물지 그랬어? 도대체 박 과장은 왜 죽이자고 한 거야?

그런데 수진이 정말 그런 말을 했던가? 죽일 만큼 밉다는 얘기를 자의적으로 해석한 건 아닐까? 어쩌면 그럴지도. 질투에 눈이 멀어 이성을 잃었는지도. 따지고 보면 수진의 결혼 이후 민은 줄곧 제정신이 아니었다. 감정기복이 심해졌고, 수면장애가 생겼다. 짝사랑의 열병을 앓던 사람은 민이었다. 그녀 혼자

멋대로 수진을 사랑했다. 수진은 한 번도 민을 원한 적이 없었다. 그녀는 박 과장을 택했으니까. 민은 수진이 미워졌다. 그래서 더더욱 박 과장을 죽여 버리고 싶은 마음이었다.

드라이버로 울대를 찔러버리자. 빠루로 머리 뚜껑을 따고 턱을 부수자. 압축기 임펠러에 머리부터 쑤셔 넣고 갈아버릴 거야. 드레인 밸브를 열면 수도꼭지처럼 놈의 피와 살점이 쏟아지겠지.

그 순간 벼락같은 통찰이 찾아왔다. 박 과장의 죽음을 가장 간절히 바라는 사람은 수진이 아니었다. 그건 바로 민 자신이었다.

내가 정말 미쳐가는 걸까?

떨고 있는 민에게 박 과장이 쏘아붙였다.

"난 이제 손 놓겠습니다. 잘못한 사람이 수습해야죠. 오늘 안에 이거 못 끝내면 제일 곤란한 사람은 대리님 아니에요? 나는 일정 부러져도 상관없습니다."

박 과장은 안주머니에서 전자담배를 꺼내 물며 승압동 밖으로 훌쩍 나가버렸다. 기름 범벅이 된 뒷정리는 안하겠단 뜻이었다. 궂은 일이 있을 때면 매번 저런 식이었다.

민은 수진을 붙잡았다. 떨리는 목소리로 물었다.

"솔직히 말해봐. 데미스터 필터, 누가 빼놓은 거야? 진짜 언니가 그랬어?"

수진은 민을 뚫어져라 바라보았다. 수진의 까만 눈은 텅 비어 있었다. 겁에 질린 민은 수진에게 바짝 다가가 매달렸다.

"언니가 그랬을 리 없잖아. 멀쩡한 필터를 왜 빼?"

"어제 운전자 매뉴얼 읽다가 소모품 교체 항목이 있어서. 직접 한 번 해보고 싶었어."

"나한테까지 거짓말하지 마."

"……내가 마음이 급했나봐. 미안해."

수진은 승압동 구석에 놓여있던 대걸레를 가져와 묵묵히 기름을 닦기 시작했다. 민은 수진의 손에서 대걸레를 빼앗았다.

당황한 듯 올려다보는 수진에게 민이 말했다.

"이제 알겠어. 아까 그게 언니 계획이었구나?"

"계획?"

민은 답답한 듯 가슴을 두드렸다. 목소리를 낮추며 수진에게 한 걸음 다가섰다.

"정말 이렇게까지 하기야? 지금은 우리 둘만 있으니까 괜찮잖아. 박 과장은 여기 없어."

수진은 여전히 영문을 모르겠다는 듯 고개만 갸우뚱할 뿐이었다. 민은 고개를 떨어뜨리고는 양 손바닥으로 얼굴을 감쌌다.

"나 때문에 전부 망쳐버렸지? 기름 새는 거, 박 과장한테 말하지 말걸……"

"아까부터 무슨 소리야?"

수진이 떨리는 손으로 민의 어깨를 감쌌다. 그녀의 손은 얼음처럼 차가웠다. 깊이를 알 수 없는 두 눈은 냉정하고 단호했다. 민은 마치 입이라도 맞추려는 듯, 수진을 향해 천천히 몸을 기울였다. 두 사람의 코가 맞닿을 듯 가까워졌다.

민이 수진의 귓가에 속삭였다.

"데미스터 필터 빼놓은 거, 박 과장 죽이려고 그랬던 거지? 승압동에 불내려고 했던 거잖아."

수진은 한동안 대답이 없었다. 그저 멍한 얼굴로 민을 바라볼 따름이었다. 수진은 조용히 몸을 떨고 있었다. 두려움에 눈가를 일그러뜨린 채.

"민아. 오늘은 내 남편이랑 같이 있지 마."

"하지만……"

"둘이 또 싸울까봐 그래. 일 끝날 때까지 CCR[7]에 가 있어."

수진은 민의 손목을 거칠게 잡아끌었다. 승압동 밖으로 민을 밀어내다시피 했다.

"기름 샌 거는 내가 정리할 테니까 CCR에서 나오지 마."

수진은 승압동 문을 거칠게 닫았다. 육중한 철문이 민의 코 앞에서 멈췄다.

9

김 부장과 약속한 시간에 FGC를 기동했다. 보조오일펌프가 동작하고, 오일 공급압력이 1.63barG에 도달한 순간 굉음과 함께 메인모터가 돌기 시작했다. 박 과장은 승압동에서 다시 한 번 장비를 점검했다. 수진은 제어판넬이 있는 렉룸에 앉아 PLC[8]로 올라오는 데이터 값을 취득해 분석했다. 민은 CCR건물 모니터 앞에 외따로 앉아 무전내용에 귀를 기울이고 있었다.

FGC의 모든 데이터는 PLC를 거쳐 중앙제어실의 원격제어 시스템(DCS)으로 전달된다. 덕분에 민은 승압동에서 400미터 떨어진 CCR에서도 현장 상황을 실시간으로 확인할 수 있었다.

연료가스압축기(FGC)는 기동 후 10여 분 만에 무부하 상태

7 Central Control Room : 중앙제어실

8 Programmable logic controller : 로직제어기

에 도달했다. 오일 공급압력과 기어박스 진동, 모터 전류 등 모든 수치가 정상이었다. 장비에는 아무 이상이 없었다. 세 시간 내내 그랬다. 이제 민은 완전히 흥미를 잃어버렸다. 발전소 직원들은 시운전에 관심이 없었다. 다들 준공검사 준비로 분주했기 때문이었다. 원격제어시스템으로 올라오는 FGC데이터를 유심히 살펴보는 사람은 민뿐이었다. 민은 문득 외로워졌고, 그만큼 수진을 보고 싶었다. 그녀에게 무슨 말이든 건네고 싶었다. 한편으로 민은 따져 묻고 싶었다.

승압동엔 절대로 들어가지 말라고? 설마 내가 박 과장을 죽이기라도 할까봐? 먼저 박 과장을 죽이자던 사람은 언니였잖아.

수진이 대기하는 렉룸은 FGC가 돌고 있는 승압동과 벽 하나를 사이에 두고 있었다. 민은 조용히 CCR을 떠났다. 그녀를 눈여겨보는 사람은 아무도 없었다.

렉룸의 방화문은 굳게 닫혀있었다. 어지간한 폭발도 견뎌낼 만큼 두껍고 육중한 철문이었지만 다행히 잠겨있진 않았다. 민은 슬그머니 안으로 들어가 다시 문을 닫았다.

좌우로 늘어선 열댓 개의 제어 판넬들. 그 중의 하나가 FGC 제어반이었다. 수진은 그 앞에 쪼그려 앉아 노트북 모니터를 뚫어져라 쳐다보고 있었다. 민은 그런 수진이 낯설었다. 무릎을 끌어안고 턱을 괸 채, 텅 빈 눈으로 모니터를 응시하는 그녀의 창백한 얼굴은 기괴해 보였다. 웅송그린 그녀의 어깨에 팔을 두른 건 어떤 종류의 어둠일까?

수진이 손에 들고 있던 무전기에서 박 과장의 목소리가 흘러나왔다.

"조금만 더 돌려보다가 정지시키자. 지금부터는 장비 옆에 붙어있을게."

무전은 거기까지였다. 긴장이 풀렸는지, 수진이 몸을 일으켜 기지개를 켰다. 수진에게 다가간 민이 수진의 손에서 무전기를 낚아챘다. 무전기의 전원을 끄고 그녀 옆에 나란히 쪼그려 앉았다.

의아해하는 수진에게, 민이 말했다.

"아까부터 생각해봤어. 언니가 나한테 숨기는 게 뭔지."

"숨기는 거 없어."

"멍 자국이 있었잖아. 아까 양치할 때 봤어."

민이 대뜸 수진의 소매를 걷어 올렸다. 부어오른 수진의 손목에는 어느새 파란 멍이 들어 있었다.

수진은 민을 거칠게 뿌리치며 목소리를 높였다.

"부딪혔다니까?"

"정말이야? 그럼 목에 난 상처는 뭔데?"

민이 묻자 수진은 저도 모르게 옷깃을 여몄다. 쇄골 언저리의 상처는 분명 사람의 잇자국이었다.

보나마나 박 과장일 테지. 짐승 같은 새끼.

민은 속으로 이를 갈며 으르렁댔다. 그럴수록 이상하게도 가슴은 냉정해졌다. 민이 물었다.

"어젯밤 모텔에서 언니가 박 과장이랑 자는 소리를 들었어. 그거, 언니가 원했던 거 아니지?"

수진의 표정이 일그러졌다.

"엿듣고 있었던 거야?"

"아무리 부부간이라 해도 이건 범죄야. 어젯밤, 언니는 박 과장을 원하지 않았잖아."

"그만 해."

"나도 돕고 싶어서 그래. 언제부터야? 그 사람이 전에도 언니 때렸어?"

수진이 왈칵 소리를 질렀다.

"무슨 상관인데? 네가 뭘 어떻게 도울 수 있는데? 남의 집안 일에 신경 꺼."

10

처음에는 민 또한 그렇게 생각했다. 할 수 있는 게 없다고. 그저 남의 집 가정사일 뿐이라고. 그럴수록 민은 수진에게 부채의식을 느꼈다.

차라리 미안하다 말할까? 좀 더 일찍 용기를 냈더라면, 언니가 박 과장과 결혼하지 않았더라면……

민은 오래전 옥탑에서 떨어져 죽은 남자를 생각했다. 전여친의 자취방에 찾아와 주먹질을 하다가, 약 기운에 발을 헛디뎠던 남자.

언니에게도 그런 옥탑이 있었다면 좋았을 텐데. 원치 않는 누구든 허공에 내던질 수 있는 높고 가파른 옥탑이 있었으면.

"혼자 앓을 필요 없어. 내가 도와줄게. 내가 증인이 되면 되잖아? 지금이라도 박 과장 곁을 떠날 수 있어."

그렇게 말을 하긴 했지만, 민은 스스로도 그 말을 믿지 않았다.

박 과장과 이혼하면 언니는 정말 행복해질까? 박 과장이 가정 폭력으로 감옥에 간들 언니의 삶이 달라질까? 사람들의 시선으로부터 자유로울 수 있을까? 감옥에서 몇 년을 살다 돌아오면, 박 과장은 어떤 사람이 되어 있을까? 그를 감옥에 보낼 수는 있을까?

수진이 냉소했다.

"그렇게 간단한 문제가 아니야. 넌 내가 이혼하고 나서도 지금처럼 이 회사 계속 다닐 수 있을 것 같니?"

"못 다닐 게 뭐야? 그깟 남의 시선이 다 뭐라고."

"사람들은 그 사람을 좋아해. 나는 저성과자에 진급 누락자고. 게다가 기계 만드는 회사에 제어하는 사람 몇이나 돼? 이 회사 사람들 태반은 내가 하는 일이 뭔지도 몰라."

민은 수진이 답답하고 안쓰러웠다. 그렇다고 아주 틀린 말도 아니었다. 속눈썹에 무거운 눈물이 맺혔다. 수진은 두 손으로 민의 어깨를 감싸 쥐었다. 민이 수진을 마주보는 찰나, 수진이 민의 손아귀에서 무전기를 빼앗았다. 작은 체구에서 뿜어져 나오는 힘이라고는 믿기 어려운 악력이었다.

수진이 속삭였다.

"나한테 더 좋은 생각이 있어."

그때, 승압동에서 박 과장이 무전을 보내왔다.

"슬슬 장비 세우자."

박 과장은 심하게 코를 훌쩍거렸다. 무전기 건너편까지 코 삼키는 소리가 들렸다. 천식 흡입기가 없는 탓에 비염 증상이 악화된 것이다.

수진이 대답했다.

"이쪽에서 장비 정지할 테니까. 현장에서 리사이클 밸브(Recycle valve) 제대로 열리는지 좀 봐줘."

"오케이."

밸브 상태를 확인하기 위해, 박 과장은 압축기 스키드[9] 위를 기어 올라가고 있을 것이다. 그리고 얼마나 지났을까. 무전기에서 박 과장의 다급한 목소리가 흘러나왔다.

"여기 아무래도 가스가 새는 것 같은데? CCR에 연락해서 가스 디텍터 좀 확인해 보라고 해봐."

수진은 박 과장에게 회신하는 대신, 노트북 앞에 앉아 데이터를 가만히 지켜보았다. 수진의 어깨너머로 노트북을 건너다 본 민은 깜짝 놀랐다. 언제부터였는지는 몰라도, 수진은 현장에서 올라오는 데이터를 조작해 송출하고 있었다. 가스 누출여부를 확인할 수 있는 데이터는 DGS(Dry Gas Seal) 밴트량이었다. 이 값이 할당된 모드버스 통신주소에는 수진이 그럴싸하게 만들어낸 엉터리 값이 덧씌워져 있었다.

조금 전만 해도 민은 CCR에서 원격제어시스템을 통해 모든 데이터가 정상임을 확인했었다. 그러나 그것은 수진에 의해 조작된 가짜 데이터였다. 수진이 사람들을 속이고 있었던 것이다.

"어떻게 된 거야?"

민의 질문에 수진은 턱짓으로 모니터 한 쪽 구석을 가리켰다. 진짜 데이터는 거기에 표시되고 있었다.

"가스 샌지 좀 됐어."

시간당 수 톤에 달하는 도시가스가 대기 중으로 흘러나오고 있었다. 이 정도면 지금쯤 승압동 건물은 가스통이나 다름없었다. 정상적인 상황이라면 경보가 울리고 장비가 정지되었어야 했다. 그러나 승압동에는 아직 가스누출 감지시설이 설치되지 않았다.

9 Skid : 받침대

민과 수진 모두 알고 있는 사실이었지만, 박 과장은 그걸 몰랐다.

수진의 회신이 없자 박 과장은 무전으로 민을 찾았다.

"대리님, 지금 CCR이죠? 거기서 가스 누출 확인 돼요? 내가 지금 코가 막혀서 냄새를 잘 못 맡겠어요. 휴대용 가스 검출기는…… 이거 왜 전원이 안 켜지지? 한수진! 너 어젯밤에 이거 충전 안했어?"

수진이 대답했다. 아주 태연한 목소리로.

"휴대폰 충전하느라 빼놨었는데. 방전된 줄은 몰랐네. 미안."

"당장 장비부터 세워. 판넬 전면에 비상정지 버튼 있지?"

민은 반사적으로 몸을 일으켰다. 제어판넬의 아크릴 뚜껑을 열고 빨간색 비상정지 버튼을 눌러야 했다. 민이 손을 뻗으려는 찰나, 수진이 그녀를 막아섰다. 두 손으로 민의 손등을 감싸 쥐었다. 먼지투성이인 그녀의 손바닥은 화부(火夫)의 손처럼 뜨겁고 축축했다.

박 과장은 이제 무전기 건너편에서 소리를 지르고 있었다.

"정지, 정지!"

수진은 검지를 입술에 댄 채 천천히 고개를 저었다.

쉿-.

민은 비상정지 버튼에서 손을 떼고 머리를 끄덕여 보였다. 앞으로는 무슨 일이 벌어져도 놀라지 않기로 다짐했다. 모든 게 먼지가 되더라도, 세상이 산산이 가라앉아도. 민은 수진의 작은 손을 마주잡았다.

마침내 폭발음이 들렸다.

건물을 뒤흔드는 요란한 진동. 공조장치의 윙윙대는 소리가 잦아들고 짙은 어둠이 두 사람을 덮쳤다. 별빛 하나 없는 우주에 내던져진 기분이었다. 천장에서 떨어지는 먼지 탓에 기침이 나왔다.

어둠 속에서 민은 수진의 떨리는 목소리를 들었다.

"더 좋은 생각이 있다고 했잖아."

11

[앵커]

안타까운 사고소식 전해드립니다. 경기도 가양시 열병합발전소 증설현장에서 대형 폭발사고로 사망자가 발생했습니다. 박형민 기자입니다.

[리포터]

발전소 지붕이 폭격이라도 맞은 것처럼 날아가 버렸습니다. 외벽은 장난감처럼 무너져 내렸습니다. 폭발의 여파로 인근에 주차되어 있던 차량이 완전히 불탔습니다. 오늘 오후 4시 55분쯤, 경기도 가양시 청삼동 열병합발전소 공사현장에서 대형 폭발사고가 발생했습니다. 시운전 중이던 가스압축기가 갑자기 폭발한 겁니다. 준공검사를 앞둔 승압동 건물 일부가 무너졌고 근처에 있던 차량이 파손됐습니다. 이 사고로 시운전 담당자 박근윤(37) 씨가 사망했습니다.

[앵커]

피해 규모가 당초 알려진 것보다 크다고 하는데요.

[리포터]

그렇습니다. 이 사고로 가양시 일대의 전력 및 난방 공급 계획에 차질이 생기는 등 수십 억 원의 재산 피해가 예상됩니다. 현장을 조사한 소방당국은 가스압축기 시운전 과정에서 문제가 있었던 것으로 추정하고 관계자를 상대로 과실 여부를 수사하고 있습니다.

[김진명 (가양 열병합발전소 공무팀장)]

장비가 돌고 있는데 갑자기 쾅 소리가 들리면서 건물 전체가 흔들렸어요.

[한수진 (㈜하나파워시스텍 직원)]

가스 누설을 막아주는 실(Seal) 시스템이 있는데, 기계 담당자가 점검을 누락한 게 아닌가 생각합니다.

[리포터]

조사 결과 시운전 담당자였던 박근윤(37) 씨가, 가스 누설을 점검하지 않은 채 금연구역인 승압동 내에서 흡연을 한 것이 원인으로 지목되고 있습니다. 박 씨는 평소 전자담배를 피우던 것으로 알려졌지만 최근 들어 과도한 업무 스트레스로 인해 종종 궐련형 담배를 피웠다는 동료의 증언에 무게가 실리고 있습니다.

TV서울 뉴스, 박형민입니다.

*뉴스제보 : 이메일(tvseoul@tvseoul.com), 전화(1588-1119)

Copyrights © TV서울. 무단전재 및 재배포금지

#가양시 #발전소 #폭발사고 #안전불감증

12

참고인 진술은 오래 걸리지 않았다. 형사가 묻고 두 사람이 대답했다.

박 과장이 실제로 승압동에서 라이터를 켰을까? 민은 여태껏 박 과장이 궐련을 피우는 모습을 단 한 번도 보지 못했다. 박 과장은 언제나 전자담배를 피웠으니까.

그러나 형사 앞에서 그런 얘기는 하지 않았다. 뭐가 어떻게 된 일인지 내막을 알지 못하니, 사고경위를 설명할 수가 없었다. 자신은 그저 프로젝트 매니저일 뿐이라고. 기술적인 부분은 알지 못하며 일정과 비용만 관리했을 뿐이라고 증언했다. 사실이었다. 실언을 할 여지가 없었다.

이런 거였나? 언니가 내게 그토록 비밀이 많았던 것은. 결국 나를 지켜주기 위함이었나?

수진은 박 과장이 얼마나 유능한 직원이었는지, 또 얼마나 자상한 남편이었는지를 담담히 진술했다. 평소 남편의 업무가 과중했으며 그로 인해 큰 스트레스를 받아왔다고, 전날에는 잠을 못 자 주의가 흐트러진 상태였다고 말했다.

수진의 진술은 정돈되어 있었고 주장에는 일관성이 있었다. 치명적인 사고를 부른 남편의 흡연 습관을 덧붙이자 진술서는 민이 보기에도 제법 그럴싸해졌다. 꼭 미리 써둔 각본을 받아 적은 것 같았다.

그러니까, 수진의 계획이란 결국 이런 거였다.

FGC를 기동하는 날. 박 과장은 장비를 점검하러 현장에 나간다. 수진은 프로그램을 조작해 연료가스를 누출시킨다. 폭발사고가 발생하고, 박 과장은 죽는다. 안전사고로 위장한 완전범죄.

회사에서는 상황파악이 한창이었다. 파트장, 팀장, 개발센터장, 사업본부장이 돌아가며 전화를 걸어대는 통에 배터리가 간당간당할 지경이었다. 뒤이어 안부 전화와 문자메시지가 쇄도했다.

[가양FGC 사고 났다면서요?]

[왜 전화를 안 받아? 다친 데는 없어?]

[언니 잘못은 아니죠?]

[이러다 누나 회사 망하는 거 아니에요?]

[조졌다, 뉴스에서 온통 난리네.]

민은 쉴 새 없이 울어대는 휴대폰의 전원을 꺼버렸다.

참고인 진술을 마치고 나오니 하늘이 어둑어둑했다. 두 사람은 아침밥을 먹었던 편의점 간이의자에 걸터앉아 늦은 저녁을 먹었다. 지척에서 그 난리가 벌어졌는데도 알바생은 신경 쓰지 않는 듯 했다. 수진은 허기가 졌는지 삼각김밥과 컵라면, 삶은 계란까지 입 안으로 우적우적 쑤셔 넣었다.

지켜보던 민이 입을 열었다.

"나 언니한테 고백할 거 있어."

수진은 말이 없었다. 이미 다 알고 있다는 듯이. 민은 몸을 떨었다. 앙 다문 입술 사이로 차마 말이 되지 못한 숨이 간헐적으로 새어나왔다. 지난 세월 억눌렀던 감정이, 숨겨왔던 비밀이, 하고 싶은 말들이 울컥대며 치받쳤다.

"3년 전 언니 결혼축하 파티 때. 나, 취해서 그랬던 거 아니야."

언니는, 비겁하게 도망친 나를 이해해줄까?

"겁이 났었어. 해선 안 될 일을 한 것 같았으니까."

사랑이 아니라 죄인 줄 알았어.

"다시는 나타나지 않으려 했는데. 어쩔 수가 없더라."

정말이야. 나는 언니를 사랑하니까.

민은 펑펑 울었다. 뺨을 타고 흐른 눈물이 턱 끝에 방울졌다. 가슴이 텅 비어버린 것 같았다. 차라리 속을 다 게워냈으면. 빈 껍데기가 되어 진공의 우주를 쓸쓸히 떠돌았으면. 수진이 결혼하던 날에도 민은 그녀가 불행하길 바랐다. 박 과장과 헤어지기를 바랐다. 처음 자신의 감정을 확인하고 그녀에게 입을 맞추던 그 날로 돌아갈 수 있기를 바랐다. 언제나 그랬다.

수진이 민의 손을 붙잡았다. 뿌리칠 수 없는 차갑고 단단한 손깍지. 마음 깊숙이 손 하나가 들어왔다. 긴 세월 켜켜이 가라앉아 더께가 진 마음을 멋대로 휘저어 놓았다. 앙금처럼 부유하는 욕망에 눈앞이 흐렸다.

수진이 속삭였다.

"그 병신새끼, 완전히 헛짚은 거야. 내가 사랑했던 사람은 의대생이 아니라 너였어."

한동안 서로를 마주보던 두 사람은, 누가 먼저랄 것도 없이 환한 미소를 지었다. 혀끝에서 익숙한 감각이 꿈틀대기 시작했다. 불덩이처럼 뜨겁고 보드라운 몸. 찝찔하고 끈끈한, 땀에 젖은 몸 냄새.

두 사람은 편의점을 뛰쳐나갔다. 텅 빈 거리를 내리쬐던 보름달이 매섭게 쏘아보는 것만 같았다. 민은 수진의 손을 잡아끌며 숨이 턱에 찰 때까지 달렸다.

애플호텔로 뛰어 들어갔다. 수진이 지갑에서 카드를 꺼내 방을 잡았다.

"카드지갑 회사에 두고 왔다며?"

민이 묻자 수진이 코웃음을 쳤다.

"거짓말이야."

그럴 줄 알았어. 준비가 많이 필요했겠지.

민은 생각했다.

사라진 흡입기도, 방전된 가스디텍터도 수진의 의도였다. 오일탱크의 데미스터(Demister) 필터를 빼놓은 사람도 수진이었다. 귀찮은 일이 생기면 박 과장이 자리를 피하리란 사실을 그녀는 알고 있었다.

"시운전은 많이 다녀봤지만, 기계 쪽은 통 모르겠더라고. 도면을 봤는데도 막상 닥치니까 자신이 없더라. 필터 빼는 법을 그 사람한테 물어봐야 했어."

민이 물었다.

"박 과장이 의심하진 않았어?"

"의심할 게 뭐 있어? SCL-32[10]는 발화점이 섭씨 204도야. 불 잘 안 붙어. 그걸로는 사람 못 죽여."

수진에게는 어젯밤 박 과장과 같은 방을 써야만 했던 이유가 있었던 것이다. 박 과장과 보내는 밤이 몸서리치게 싫었을 테

10 압축기 윤활유 제품 중 하나

지만, 그녀는 끝내 자신이 해야 할 일을 해냈다.

"불은 어떻게 붙인 거야?"

"향초. 내가 기름 닦는 동안에는 승압동에 아무도 없었잖아. 그때 쿨러 밑에다 불붙인 향초를 숨겨놨었어. LNG는 공기보다 가벼우니까 천장에서부터 채우고 내려왔겠지."

우스갯소리가 현실이 되었다. 승압동이 시한폭탄이었던 셈이었다. 민과 수진은 누가 먼저랄 것도 없이 깔깔대며 웃었다. 어둠 속에서 서로를 끌어안았다.

수진은 밭은 숨을 내뱉는 민을 낚아 올려 욕망의 심연에 처박았다. 허리가 무너진 침대 위에서, 비밀을 공유하는 연인은 뺨을 맞잡고 서로에게 입을 맞췄다. 수진의 혓바닥은 마치 종마(種馬)의 자지처럼 굵고 뜨거웠다. 민의 사지말단이 불길에 휩싸여 오그라들었다. 뜨겁게 달궈진 욕망이 민의 몸 안으로 밀려들었다. 감내할 수 없는 불길이 치솟았다. 민은 벌겋게 익어버린 오장육부를 죄다 게워냈다. 흐물흐물해진 뼈마디가 동그랗게 말려들고, 척수가 풍선처럼 터져나갔다. 뒤집어진 눈깔은 피고름이 들어찬 눈두덩이 위로 불거져 나왔다. 비어진 혓바닥은 빨갛게 익어버렸고, 산산이 부서진 이빨은 허공에 흩어지고, 서로를 어루만지던 열손가락은 종양처럼 부풀어 촉수가 되었다. 끓어오른 뇌수가 증기가 되어 고막을 뚫고 터져 나올 때, 그것은 흡사 종말의 나팔소리였다. 마침내 하나가 된 두 사람은 이제 절대영도의 어둠을 유영하는 심해생물이었다. 한 마리 새빨간 문어가 되어, 멀어버린 두 눈을 끔뻑이면서, 탐욕스런 아가리로 서로를 집어삼키는.

창문을 열어젖히자 온 세상이 달빛에 잠긴 바다 같았다.

수진을 단단히 껴안은 채, 민이 속삭였다.

"이제 어떡하지?"

"뭐를?"

"죄를 지었는데 후회가 안 돼."

"민아. 사랑은 죄가 아니야."

"그게 아니라 우리, 사람을 죽였잖아?"

수진은 한동안 말이 없었다. 그저 떨고 있는 민의 손을 마주 잡은 채, 터질 듯 맥동하는 그녀의 심장에 가만히 뺨을 부빌 뿐이었다.

하긴, 무슨 상관이랄? 지옥에 떨어져도 우리는 함께일 텐데.

그거면 됐다.

박 과장은 죽었고, 수진은 이제 자유다.

THURSDAY

강지명

강지영

소설집 『굿바이 파라다이스』, 『개들이 식사할 시간』, 장편 『심여사는 킬러』, 『엘자의 하인』, 『프랑켄슈타인 가족』, 『어두운 숲속의 서커스』, 『페로몬부티크와 웹툰 스틸레토』 등을 집필했다. 유령과 뱀파이어, 킬러, 좀비, 그리고 수다스러운 비밀과 기품 있는 거짓말을 좋아한다.

아이들 사이에 유행은 들불처럼 번져나갔다. 선홍색 립 틴트, 존피터 크로스백, 나이키 에어맥스와 휴대폰 게임, 줄임말과 걸음걸이까지. 대개는 온라인 게임을 통해, 커뮤니티 게시판과 아이돌의 착장으로 시작하지만 아주 드물게 어디에서 유래했는지 알 수 없는 기묘한 현상도 있다.

러닝패밀리가 그랬다. 다영의 반 아이들은 틈만 나면 게임에 접속했다. 그 애들은 다양한 복장의 중년 부부 또는 노인 부부, 청소년과 유아, 여러 직업군 캐릭터 중 세 개를 골라 게임을 시작했다. 캐릭터들은 구름을 징검다리처럼 건너뛰기도 하고 어두운 하늘과 동굴 속을 헤매기도 했다. 점수를 내기 위해선 이동 구간 곳곳에서 반짝거리는 별을 수집해야 하기도 했다. 하지만 별이 놓인 위치는 대개 구름의 끄트머리나 동굴 안에 검게 팬 구멍 입구였다. 자칫 터치를 잘못하면 캐릭터는 어디가 끝인지 모를 곳으로 끝없이 추락하기 마련이었다. 그렇게 한 번 잃어버린 캐릭터는 유료로 판매하는 게임캐시를 지불하지 않고선 되살릴 수 없었다.

다영은 쉬는 시간마다 의자 끄트머리에 아슬아슬하게 엉덩이를 붙이고 게임에 몰두하는 아이들이 좀처럼 이해되지 않았다. 그 아이들이 살아가는 현실 세상이 모바일 게임보다 훨씬 치열하고도 가치 있다고 믿는 그녀였다.

“자, 이제 게임 그만 해. 폰 끄고 바구니에 담아서 앞으로 가져와. 오늘은 윤동주의 햇비로 시작할 거야.”

다영은 고등학교 1학년 국어교사였다. 그녀는 매 수업마다 시 한 편을 읽어주곤 했다. 큼큼, 목소리를 가다듬으며 ‘아씨처럼 나린다 보슬보슬 햇비’를 외려는 순간 누군가 울음을 터트렸다. 다영의 시선이 창가 끝자리에 앉은 주하로 향했다.

“김주하 왜 울어? 무슨 일이야? 일어나서 말해봐.”

주하가 설움에 복받쳐 턱을 호두처럼 일그러뜨린 채 자리에서 일어났다.

“러닝패밀리를 하는데요…….”

“그래, 하는데?”

다영이 느린 걸음으로 주하를 향해 다가갔다.

“쌤이 폰 끄라고 했을 때, 급하게 터치하다 캐릭터 세 개를…… 동시에 잃었어요. 이제 현질도 못하는데……. 불쌍해서…… 어떡해요.”

주하의 대답에 다영은 반사적으로 코웃음을 쳤지만, 아이들은 안타깝다는 듯 탄성을 내었다.

“고작 게임 때문에 울었다고? 너희 미래는 손바닥만 한 가상 세계가 아니라 책 속에 있어. 당장 다음 주가 진단평가인데 그렇게 한가하니?”

서른여섯, 다영은 교사 8년 차인 자신이 뱉은 말이 너무 권위적이고 구태의연한 게 아니었나 싶으면서도 이보다 더 현실적인 조언이 어디 있나 싶어 제 마음을 다독였다.

"쌤, 러닝패밀리 캐릭터가 죽으면 그 숫자만큼 사람이 사라진대요. 그거 때문에 우는 거예요, 주하."

주하 앞자리 굵은 헤어롤을 앞머리에 만 아이가 말했다. 아이들이 울상을 지으며 웅성거렸다.

"너희 그런 도시괴담 때문에 게임하는 거였니? 우리나라 한 해 실종자 수가 몇 명일까? 자그마치 십만 명이야. 너희가 그 게임을 하기 전부터 말이지. 매년 세종시 인구만큼이 사라졌다 대부분은 제자리로 돌아와. 웃음 밖에 안 나온다, 얘들아. 너희 중 이 게임 안 하는 사람은 없니?"

괴담은 어느 시대에나 존재했다. 다영 역시 어린 시절 빨간 마스크 쓴 입 찢어진 여자 이야기나 학교 전설 따위를 믿었다. 하지만 그 시절 괴담은 무해했다. 기껏해야 어린아이들을 일찍 귀가하게 만들고 이따금 악몽을 꾸게 하는 수준에 불과했다. 하지만 러닝패밀리는 내 손에 타인의 생명이 달려있다고 믿게 하니 아이들로 하여금 시도 때도 없이 사명감에 불타올라 게임에 달려들게 만들었다.

"쌤, 그거 안 하는 애는 선우밖에 없을 걸요. 걘 폰이 없으니까."

주하가 물티슈로 얼굴을 닦으며 빈 옆자리를 손가락으로 가리켰다. 선우는 사흘째 결석 중인 학생이었다. 다영이 기억하는 선우는 운동부 학생도 아닌데 얼굴이 검고 결석이 잦은 아이였다. 또래 남학생들과 교류가 없어 쉬는 시간이나 점심시간엔 책상에 엎드려 잠만 잤다. 우유 급식도, 동아리 활동도, 체험 학습도 신청하지 않는 유일한 학생인 선우가 진단평가까지 치르지 않으면 유급은 불가피했다. 휴대폰도 집 전화도 없으니 연락을 취할 방법이 없었다. 다영은 퇴근 후 학생기록부에 기재된 주소지로 찾아가 보기로 마음을 먹었다.

"쓸데없는 얘기로 시간 너무 까먹었다. 자, 윤동주의 햇비. 아씨처럼 나린다 보슬보슬 햇비……."

*

야간자율학습까지는 4교시의 시간이 남아 있었다. 다영은 학생기록부에서 선우의 주소를 휴대폰으로 옮겼다. 그녀는 모니터 사이로 맞은편 자리에 앉은 과학 선생에게 손짓을 했다. 뭔가를 열심히 타이핑하던 과학 선생이 입모양으로 '네?'라고 대답했다.

"정 쌤, 가정방문 가봤어요?"

다영의 말에 과학 선생이 고개를 가로저었다.

"아뇨. 다영 쌤 가시나 봐요?"

"우리 반에 결석 잦은 아이가 하나 있어서. 그 흔한 휴대폰도 없어서 연락이 안 되네요."

다영이 씁쓸하게 웃으며 손등에 핸드크림을 발랐다.

"폰 없으면 러닝패밀리도 못하겠네? 요즘 그거 안 하면 아웃사이더래요. 저랑 우리 신랑도 그 겜 땜에 폰에 붙어살거든요."

"혹시 그 괴담 때문 아니에요? 게임하다 캐릭터 죽으면 사람이 사라진다는?"

"애들은 귀가 얇으니까 믿을지도 모르죠. 그리고 게임 개발사가 리처드 파인만이라는 건 꽤 흥미롭기도 하고요."

리처드 파인만은 과학 선생에겐 익숙한 이름이지만, 국문학 전공자인 다영에겐 체첸식 만두나 백 년 전 죽은 심리학자의 이름을 딴 이론만큼이나 낯설었다.

"그게 누군데요?"

다영이 물었다.

"물리학 천재이자 괴짜요. 노벨상도 수상했고, 자기 이름을 단 이론도 여러 개예요. 그런 동시에 아주 유쾌한 사람이기도 했어요. 농담을 좋아하고 악기를 연주에도 일가견이 있었으니까요. 오래 전에 사망했지만 전 리처드 파인만이라면 어떤 방식으로든 지구에 존재할 거라고 믿어요."

과학 선생의 말에 다영이 곱게 눈을 흘겼다.

"뭐야, 정 쌤이 괴담에 한 술을 보태네? 죽은 사람이 게임을 만들었다고?"

과학 선생이 배시시 웃었다.

"리처드 파인만은 스스로 생각하는 양자 컴퓨터를 고안했어요. 차원에 통달했고, 지금으로부터 60년 전에 나노 로봇을 예견하기도 했죠. 그라면 다른 차원 어딘가에 자신의 지식과 의식을 백업해 놓고 죽었을지도 모르죠. 그것도 단순히 재미를 위해."

과학 선생의 대답에 다영이 웃음을 터트렸다. 둘은 싱겁게 대화를 마무리 짓고 서로를 향해 손을 흔들었다.

교문을 나서는 다영은 게임에 몰두하느라 멍하니 운동장 한

복판에 서 있는 아이를 보며 알 수 없는 불안을 느꼈다. 기실 다영이 느끼는 불안감은 과학 선생의 실없는 농 때문은 아니었다. 이대로라면 먼 훗날의 인류는 기형적으로 목이 앞으로 굽고 손가락 대신 가늘고 긴 촉수를 가진 벙어리 집단이 되지 않을까 하는 두려움이 마음 한 편에 고였다.

때마침 택시 한 대가 다영 앞에 멈춰 섰다. 그녀는 휴대폰에 옮겨놓은 선우의 주소를 택시기사에게 불러주었다.

"그 동네 사람 안 살 텐데요?"

미터기를 켜고 액셀러레이터를 밟은 택시기사가 룸미러로 다영을 힐긋 바라보았다.

"우리 지역에 사람 안 사는 동네도 있어요?"

다영의 물음에 앞니 사이가 벌어진 기사가 싱긋 웃었다.

"원래 그 동네가 박정희 때 실향민 살라고 공유지 풀어준 건데, 그 양반들 다 돌아가시고 후손들이나 외지인들이 세 들어 살았거든요. 우리 구 국회의원 공약이 그 동네 철거해서 도로 건설하고 LH에서 임대 아파트 짓는 거였다고 합디다. 이사 갈 사람들은 진즉에 갔고, 몇 집 안 살 거예요. 우리 누이가 그 동네 살았거든."

택시는 반듯하게 구역이 나뉜 시내를 가로질러 컬러강판으로 지붕을 씌운 공장과 축사, 실개천 위 낡은 교각을 지나쳤다. 희미하게 풍겨나는 거름 냄새에 다영의 미간이 구겨질 즈음, 천엽처럼 가느다란 골목이 뒤엉킨 산등성이 마을이 나타났다. 기사가 차를 세우고 미터기를 정지시켰다.

"길이 저래서 더는 못 올라가요. 저기 보이는 큰 전봇대 골목길로 쭉 올라가면 중턱쯤에 있을 겁니다."

기사의 말에 다영은 자신의 플랫폼샌들을 내려다보며 한숨을 쉬었다. 그녀는 만 오천 원의 택시비를 지불하고 보도블록이 빠져나가 검은흙이 드러난 인도로 내려섰다. 어느덧 해가 기울어 오렌지빛 노을이 낮은 지붕들 위로 쏟아지고 있었다. 다영은 깨진 창문과 곳곳에 쌓인 낡은 가구, 비썩 마른 더러운 발바리를 바라보며, 기사의 말마따나 이런 곳에 누가 살지 의문을 품었다.

빈손이 머쓱해진 그녀는 유일하게 사람 그림자가 보이는 편의점으로 걸음을 옮겼다. 어위크라 적힌 간판이 전구 불량으로 푸드득푸드득, 점멸했다. 음료수라도 살 요량으로 편의점 문을 열자, 입아귀가 산뜻하게 올라간 청년이 녹색 앞치마를 두른 채 목례를 했다.

"병에 든 음료수 세트 어느 쪽에 있나요?"

다영이 진열대를 눈으로 훑으며 물었다.

"아, 미닛메이드랑 델몬트 두 가지 있는데 어떤 걸로 드릴까요?"

청년이 계산대 아래에서 종이상자에 포장된 음료 세트 두 개를 들어올렸다.

"아무거나 주세요. 근데 이 동네 정말 사람이 살긴 해요?"

다영은 판매대에서 껌 한 통을 꺼내 계산대에 올렸다. 뽀얀 얼굴에 귓불과 입술, 눈초리가 발그레한 청년이 그녀의 질문에 해맑게 웃었다.

"그럼요. 그러니까 편의점이 유지되죠. 마트에 가려면 버스를 두 번이나 갈아타야 하니까 이 동네 사시는 분들은 거의 다 저희 편의점 단골이에요. 그래서 두부나 콩나물도 들여놓는 거고요."

다영은 고개를 돌려 삼각김밥과 샌드위치 사이에 당당히 놓인 두부와 콩나물, 시금치를 바라보았다.

"그럼 혹시 양선우라고 아세요? 훈민고등학교 교복 입고 얼굴 까만 애."

다영이 체크카드를 내밀었다. 그녀는 청년을 바라보며 선우를 떠올리자 심한 이질감을 느꼈다. 청년의 건강한 뺨과 단정하게 커트된 머리카락, 그리고 말끄트머리마다 습관처럼 섞는 미소는 말기암 환자의 혈관 같은 이 동네와 어울리지 않았다.

"잘 알죠. 여기 야간 알바도 했거든요. 폰 사고 싶다고 열심히 했는데 요즘 연락도 없이 안 나오네요."

"안 보인 지 얼마나 됐죠?"

"한 일주일 쯤?"

청년은 새로운 교대자를 찾지 못해 지난 일주일 간 편의점 점주가 야간 알바를 대신했다고 설명했다. 그는 선우의 행방을 묻는 다영을 바라보며 어쩌면 학교 선생이나 학원 강사일 거라 넘겨짚었다. 단정하게 오른쪽으로 타넘긴 단발머리에 초여름 무더위에도 갖춰 입은 칠부 재킷이 그 단서였다.

"혹시 선우네 학교 선생님이세요?"

청년은 선우를 만나면 전해주고 싶었던 것이 있었다.

"네. 선우 담임이에요. 결석이 잦아서 찾아왔어요."

청년은 담배 재고를 모아놓은 서랍을 열어 구형 스마트폰 하나를 꺼냈다. 고등학교 시절 그가 쓰던 거였다.

"그럼 이것 좀 전해주세요."

청년이 멋쩍은 얼굴로 다영에게 휴대폰을 건넸다.

"아……, 그러죠."

다영은 영수증을 재킷 호주머니에 구겨 넣고 껌과 과일주스 세트를 들고 편의점을 나왔다. 그녀는 택시기사가 일러준 전봇대를 향해 걸음을 옮겼다. 빨갛게 녹이 슨 세발자전거, 한 짝뿐인 분홍색 삼선 슬리퍼, 꼬리가 한 뼘도 되지 않는 노란 고양이를 지나쳐 굽이치는 골목길을 묵묵히 걸어 나갔다. 서른 걸음에 한번씩, 담벼락이나 다가구 주택 철대문 앞에 지번 주소가 붙어 있었다. 22-9는 아흔 걸음은 걸어야 도착할 만한 거리였다.

샌들 스트랩은 발등을 죄었고, 부윰한 공기에 잔기침이 쏟아졌다. 다영은 축축하게 젖어드는 겨드랑이를 느끼며, 자신의 몸에서 시금하게 상해가는 옥수수 냄새가 난다고 생각했다. 그녀는 청년이 전해준 휴대폰을 물끄러미 바라보았다. 선우도 이 휴대폰으로 러닝패밀리를 하게 되면 다른 아이들처럼 학교에 나올까, 실없는 생각에 헛웃음이 나왔다. 그렇게 걷다 쉬다를 반복하며 골목의 절반쯤을 걸어 올라왔을 때, 22-9가 적힌 암녹색 철문이 나타났다.

철문 안엔 삼 층짜리 다가구 주택이 병든 개처럼 가장자리 닳은 계단을 빼물고 있었다. 초인종은 붉은색 꼭지가 떨어져 나가 쓸모를 잃은 지 오래였고, 철문 또한 한쪽 경첩이 떨어져 나가 기우뚱한 모양새였다. 다영은 철문을 지나 계단 앞에 섰다. 주소대로라면 삼 층이 선우의 집이었다.

계단을 오르는 다영은 갑작스런 피로를 느꼈다. 만약 선우가 없다면. 아니, 있더라도 학교에 돌아올 생각이 사라진 뒤라면 어떻게 해야 할지 암담했다. 누군가 선우의 거취를 결정해서 휴대폰 메시지로 알려주었으면 좋겠다고 생각하며, 다영은 삼

층 섀시 문 앞에 섰다.

"계십니까? 저 양선우 담임입니다. 선우 있니?"

손가락 한 마디만큼 열린 문 안에선 인기척이 없었다. 다영이 불안한 표정으로 주먹을 말아 쥔 뒤 섀시 문을 두드렸다.

"양선우 학생 집 맞나요? 잠시 들어가도 되겠습니까?"

마지막이라는 생각으로 그녀가 목청을 높였을 때 섀시 문 너머에서 희미한 음성이 들렸다.

"저…… 있어요."

다영은 자신의 귀를 의심했다. 먼지 더께를 뒤집어 쓴 섀시 문 안에서 새어나오는 목소리는 금방이라도 꺼져버릴 것처럼 위태로웠다.

"선우니? 안에 선우 맞아? 선생님이야. 문 좀 열어줄래?"

헛걸음이 아니란 생각에 다영의 목소리에 생기가 돌았다.

"문…… 열렸어요. 선생님."

그녀가 섀시 문 사이에 귀를 바짝 들이대자 선우의 목소리가 조금 더 선명해졌다.

"그래, 선생님이 들어갈게. 너 어디 있어?"

다영이 섀시 문을 열고 현관으로 들어섰다. 잎이 마른 화분이나 스프링이 튀어나온 소파, 더러운 수건 따위가 널려 있을 줄로 상상했던 집안은 의외로 말끔했다. 크기가 다른 여러 켤레의 신발을 제외하곤 살림이 거의 없다시피 했다.

"안방이요. 저 안방에 있어요."

현관에서 마주 보이는 방문 안에서 선우의 목소리가 새어나왔다. 다영은 방석 두 개와 4인용 탁자, TV가 전부인 거실을 질러 안방으로 향했다.

"선생님이 방문 열어도 되지? 집에 부모님은 계셔?"

안방 문손잡이를 돌리는 다영의 마음이 꺼림칙했다. 왜 선우는 현관으로 나오지 않고 자신을 안방으로 부르는지 좀처럼 짐작할 수 없었다. 그 애의 깡마르고 검은 얼굴과 부스스한 머리카락, 마디가 굵은 손을 떠올리자, 다영의 손에 식은땀이 흘렀다.

"들어오시면…… 설명해 드릴게요."

쥐어짜는 듯한 선우의 목소리에 다영은 마음을 다잡고 어깨로 방문을 밀었다. 그러자 옆으로 드러누운 선우의 파리한 얼굴이 드러났다. 지독한 지린내가 훅 끼쳐 다영이 손등으로 코를 막았다.

"너, 왜 거기 그러고 있어?"

다영은 선우가 방밖으로 나오지 않고 누워 있는 까닭이 궁금했다.

"죄송해요."

선우는 어둡고 창백한 얼굴을 찌푸리며 자그맣게 사과했다.

"일단 일어나 앉아봐. 선생님이 자초지종을 들어야겠다."

다영이 음료 세트 상자를 내려놓고 선우의 곁으로 다가섰다. 회색 추리닝 바지가 소변으로 젖어 있었다. 안방엔 장롱과 일인용 이부자리, 그리고 달력과 시계, 약 봉지가 수북한 작은 탁자 뿐, 군더더기 살림은 보이지 않았다.

"일어설 수가 없어요."

선우는 오래 감지 않아 떡이 진 머리를 가로저었다.

"혹시 어디 다친 거니?"

다영은 좀 더 세심하게 선우를 관찰했다. 지난주보다 훌쩍

야윈 얼굴에 땀으로 젖은 몸, 바닥으로 향한 오른쪽 팔과 어깨는 마치 구들장에 몸을 담근 듯 가라앉아있었다.

"다친 게 아니라 구멍에 빠진 거예요. 혹시 마실 것 좀 주실 수 있어요?"

선우의 말에 다영은 얼굴에서 놀람을 지우지 못한 채 과일주스가 든 상자를 열었다. 그러고는 포도 주스 하나를 꺼내 허겁지겁 뚜껑을 열었다.

"왼손에 쥐어주시면 돼요."

선우는 얕게 숨을 헐떡이며 그녀를 향해 손을 뻗었다.

"안방에 왜 구멍이 생긴 거야? 너무 낡아서 문제가 생긴 거니?"

다영에게서 주스 병을 넘겨받은 선우는 입술을 동그랗게 모아 음료를 꼴딱꼴딱 마시기 시작했다. 바싹 말라 거스러미가 올라오고 푸르죽죽했던 입술이 연보라색으로 물들며 조금씩 생기를 찾아갔다.

"저도 잘 몰라요. 어느 날 갑자기 구멍이 생겼거든요."

"너 혼자 팔을 못 빼겠으면 119 부르자. 선생님이 불러줄게."

다영이 숄더백을 열어 휴대폰을 꺼냈다. 땀에 젖은 손 탓에 액정에 진득한 지문이 묻어났다.

"소용없어요. 다들 119부터 불렀거든요. 근데 구조대가 오기 전에 구멍 속으로 사라졌어요."

단숨에 주스를 비운 선우의 작은 눈에 물기가 어리었다.

"너무 어처구니없는 얘기다. 구멍이 살아 있기라도 하단 거야? 너 지금 나 놀리는 거니?"

다영은 선우의 말이 납득되지 않았다. 사람이 구멍 속으로 사라지다니. 그래봤자 아래층 천장을 통해 바닥으로 떨어졌을 뿐일 텐데 어째서 사라졌다고 표현하는지 이해할 수 없었다. 그녀는 아무 대꾸도 하지 않은 채 터치패드에 119를 힘주어 눌렀다.

"네, 119 상황실입니다."

벨이 울리자마자 구조대원이 전화를 받았다.

"상락동 22-9번지 3층인데요."

다영은 묘한 안도감을 느끼며 주소를 불러주었다.

"네, 어떤 일이십니까?"

"거주민이 안방 바닥에 난 구멍에 몸이 빠졌어요. 혼자 힘으로는 못 나오고 있는데, 출동 가능하시죠?"

다영의 말에 대답 대신 타닥타닥 자판 두드리는 소리가 돌아왔다.

"여보세요! 지금 와 주실 수 있나요?"

그녀가 조금 언성을 높여 대답을 독촉했다.

"거긴 이미 같은 요청으로 세 번이나 출동했던 집이네요."

"네?"

"안방에 구멍이 뚫려서 몸이 빠졌다는 신고가 세 차례 있었고, 저희가 출동했을 땐 아무 것도 없었어요."

구조대원의 말에 다영은 맥이 풀어졌다. 지금 그녀의 눈앞엔 소변과 땀으로 젖은 소년이 숨을 헐떡이며 고통스러워하고 있었다.

"이번엔 진짜예요. 구멍에 빠진 앤 제 제자예요. 저는 담임이고요."

"네, 지난번엔 요양보호사가 전화하셨고, 아래층 사시던 아주머니도 신고하신 기록이 있네요. 하지만 출동할 때마다 사고 당사자도 신고자도 계시지 않았어요. 그리고 비슷한 신고가 요즘 너무 많아요. 매일 수십 번씩 헛걸음하고 있습니다."

다영은 구조대원에게 그간 얼마나 많은 대형 사고들이 소방관과 경찰의 방관에 의해 벌어졌는지 날선 목소리로 늘어놓았다. '저 국민신문고에 정식으로 민원 제기할 겁니다.'라, 일갈한 그녀는 문득 자신 또한 선우 입장에선 방관자가 아니었을까 가슴이 뜨끔했다. 영양 상태가 불량하고 말이 없는 소년, 학기 초 학부모 상담에 아무도 찾아오지 않은 선우를 다영은 돌아보지 않았다. 그녀가 이토록 냉담했던 건, 소년에겐 정식으로 민원을 제기할 든든한 뒷배가 없다는 걸 본능적으로 알고 있었기 때문일지도 몰랐다.

"네, 선생님 말씀 잘 알겠습니다. 출동하겠습니다. 그런데 지금 대원들이 명신병원 화재 현장에 출동해서, 약 삼십 분 정도 시간이 소요될 거 같아요. 양해 부탁드릴게요."

구조대원이 눅은 목소리로 부탁했다. 씁쓸한 마음으로 전화를 끊어낸 다영이 고개를 들어 선우를 바라보았다. 암갈색으로 달아오른 얼굴에 밭은 숨을 헐떡이던 그의 검은 눈동자가 다영을 향했다.

"쌤, 안 온다고 하죠?"

선우의 메마른 물음에 다영이 고개를 가로저었다.

"아냐, 삼십 분 안에 도착한대. 조금만 더 참아보자. 내가 왼팔 잡고 당겨 볼까?"

"아뇨! 절대 안 돼요. 구멍을 자극하면 더 커지거든요. 그보다……."

선우가 말끝을 흐리고 얼굴을 찌푸렸다.

"그보다 뭐?"

"삼십 분이나 버틸 수 있을지 모르겠어요."

"편안하게 팔을 늘어뜨리고 있어. 몸에 힘을 풀고 심호흡 해 보자."

다영은 여전히 이 모든 게 꿈처럼 느껴졌지만, 구조대가 도착할 때까지 선우를 안심시키는 게 최선이라고 생각했다.

"그게 아니라…… 동생이요."

"동생? 동생이 어디 있는데?"

선우의 말에 다영이 안방과 거실을 눈으로 훑었다. 잘 정돈되어 있지만 사람의 흔적이 느껴지지 않는, 산악 대피소 같은 집이었다.

"구멍 아래요. 지금 제 손을 잡고 있어요."

선우가 어금니를 깨물며 대답했다.

"대체 이게 어떻게 된 일인지 설명해 줄 수 있니?"

그제야 다영은 어디선가 들려오는 가냘픈 여자 아이의 울음소리를 느꼈다. 마치 이명처럼 길고 날카로운 흐느낌이 이어지자 선우의 오른쪽 어깨가 구멍을 향해 기울었다.

*

최초의 구멍은 선우의 할머니가 발견했다. 오 년째 치매를 앓으며 안방을 벗어난 적 없던 할머니가 어느 날 동생 수현보다 늦게 등교 준비를 하던 선우를 불렀다.

"얘, 여기 개미집이 생겼나 보다. 집이 늙어서 그래. 나처럼 늙어 빠져서."

할머니의 말에도 선우는 태연했다. 치매는 엽렵하기 그지없던 할머니를 철부지로 만들었다. 종이를 오려 가짜 돈을 만들어 숨기고, 흉측한 벌레가 생겼다며 집안의 모든 화분에 락스를 퍼부었다.

"개미는 학교 갔다 와서 잡아줄게. 그러니까 너무 걱정하지 마."

선우가 백팩을 둘러멨을 때, 안방에 있던 속옷 차림의 할머니가 무릎걸음으로 기어 나왔다. 성긴 백발이 파뿌리처럼 뻗치고, 힘없이 쳐져 잇몸을 드러낸 아랫입술에선 묽은 침이 흘렀다.

"개미집이 내 리모컨을 가져갔어. 난 이제 무슨 재미로 살아?"

치매 노인의 말에 일일이 대꾸를 해주다간 오늘도 지각을 면치 못할 터였지만, 선우는 자신을 키워준 할머니를 모른 체할 수 없었다. 그의 엄마는 선우와 여섯 살 터울의 여동생 수현을 낳고 얼마 지나지 않아 이혼했다. 할머니의 말에 따르면 아빠는 결혼 전부터 애인이 있었다고 했다. 그 탓에 할머니는 어린 남매를 키워야 했지만, 집을 떠난 며느리를 손주들 앞에서 모욕할 수 없었다.

선우는 분명 리모콘이 할머니의 팬티나 베갯잇 속에 들어 있을 거라 추측하며 안방으로 들어섰다. 할머니는 다시 돌쟁이 아기처럼 빠른 무릎걸음으로 선우를 따라와 장롱 앞 방바닥을 손가락으로 가리켰다.

"보아! 정말 개미집이 생겼잖니. 저기 바늘구멍처럼 까만 점 말야. 개미가 얼마나 작은지 내 눈엔 보이지도 않아. 눈 좋은 넌 보이겠지?"

할머니가 구취를 풍기며 선우의 귀에 속삭였다. 정말 그녀가 가리킨 곳엔 검은 구멍이 뚫려 있었다. 원목 문양의 장판이 깔려있었지만 훼손된 흔적 없이, 마치 처음부터 구멍을 내 시공한 것처럼 홈타기가 매끈했다.

"진짜 개미집 같네. 아빠 오시면 말씀드려야겠다. 참을 수 있지?"

선우의 말에 할머니는 황급히 고개를 가로저었다.

"그럼 테레비는 어떻게 봐. 내 리모컨이 빠졌다니까."

"저렇게 작은 구멍으로 리모컨이 어떻게 빠져. 비켜봐. 이불 속에 있는 거 아냐?"

선우는 해당화가 조야하게 프린트된 극세사 이불을 털었다. 원래 색이 뭔지 가늠할 수 없는 누런 베갯잇 지퍼를 열어 보고, 할머니를 일으켜 세워 팬티가 묵직한지 관찰했다. 하지만 리모컨은 끝내 나타나지 않았다.

"진짜 없다니까. 나 지금 정신 말짱해, 실험해 볼래? 내말이 진짠지 가짠지."

할머니는 머리맡에 노상 놓아두던 작은 손거울을 들었다. 그러고는 작고 검은 구멍 앞에 서서 손거울을 떨어뜨렸다. 선우는 침을 꼴딱 삼키며 손거울과 검은 구멍이 만나는 순간을 지켜보았다. 거울이 구멍의 표면에 닿았다. 그러자 구멍은 마치 환형동물처럼 검은 운두를 넓혀 거울을 꿀떡 삼키고 본래 크기로 줄었다.

"거울은 어디로 간 거야? 아래층에 떨어진 건가?"

선우는 본능적으로 할머니를 구멍 멀리 밀어내며 물었다.

"그야 나도 모르지. 애비는 대체 언제 온다니? 분명히 저 구멍은 네 계모가 만든 거야. 생전 코빼기도 안 비치던 년이 엊그제 삐죽 찾아와서 식어빠진 가래떡 몇 줄 놓고 가면서 어찌나 혓바닥이 길던지."

할머니는 새며느리를 고깝게 생각했다. 순진한 당신의 아들을 충동질해 가정을 파탄내고, 천 원을 벌면 만 원을 쓰는 계집년이라고 욕을 했다. 그도 그럴 것이 선우의 새엄마는 처녓적부터 다단계에 빠져 버는 것보다 영업비로 쓰는 것이 더 많았고, 손톱만 한 부동산 사무실을 운영하는 아빠가 생활비를 대다 본처에게 관계가 들통 나고 말았다. 여전히 새엄마는 다단계를 끊지 못했고, 아빠는 치매 어머니와 사춘기 남매를 끊어낸 채 도심의 신축빌라에 살고 있었다.

"새엄마가 왜 온 건데?"

"느이 친엄마한테 양육비를 몰아서 받아내야겠대. 그래서 말을 맞춰야 한다고 선우, 수현이 당분간 데리고 있으면 안 되냐고 하더라. 그래서 내가 지랄육갑을 한다고 했어. 빈대도 낯짝이 있지, 그것들이 누구한테 양육비를 받아낸다는 거야. 그랬더니 저 구멍 난 자리에서 한참을 씩씩대다 가더라고."

말을 마친 할머니의 아랫입술은 고무줄이 풀린 것처럼 벌어졌다. 선우는 고개를 주억거리며 백팩을 내려놓았다.

"잠깐 앉아 있어. 아래층 내려갔다 올게. 가서 리모컨이랑 손거울 떨어졌는지 물어보게."

선우가 다정하게 두루마리 휴지를 풀어 할머니의 아랫입술에 고인 침을 닦아냈다.

"가지 마. 거기 뭐가 있을 줄 아니? 그냥 새로 사자. 나 사실 돈 많아. 볼래?"

할머니가 팬티에 달린 작은 지퍼를 열어 종이에 엉성하게 그린 만 원 권을 주섬주섬 꺼냈다. 선우가 돈을 받는 시늉을 하고 할머니의 창백한 뺨을 쓰다듬었다.

"부자 할머니 있어서 좋다. 근데 안 내려가 보면 아래층 아줌마가 화낼지 몰라. 천장에서 리모컨이랑 거울이 떨어졌는데 얼마나 놀랐겠어."

선우의 말에 할머니의 표정이 누그러졌다. 그를 학교까지 실어 나를 버스는 이미 떠났을 시각이었다. 벽시계를 확인한 선우는 불안함과 동시에 왠지 모를 안도감을 느끼며 현관을 나섰다. 그는 아래층 여자의 얼굴을 떠올렸다. 키가 작고 몹시 뚱뚱한 체격에 회색 푸들을 품에 안고 다니는 초로였다. 선우가 벨을 누르자 새시문 너머에서 느리고 무거운 발소리가 들렸다.

"누구요?"

여자가 문을 열지 않은 채 갈라진 목소리로 물었다.

"위층 선우예요. 죄송한데 혹시 안방 천장에 구멍 같은 거 있는지 알아봐 주실 수 있나요?"

선우가 대답을 기다리는 사이 여자가 현관문을 열었다. 여자는 지난겨울부터 항암치료를 받고 있었다.

"그런 거 없는데?"

성긴 머리를 감추려 눌러쓴 밤색 비니와 해쓱해진 얼굴이 선우는 낯설었다.

"아주 작은 구멍일 수도 있어요. 조금 전에 천장에서 손거울 하나 떨어지진 않았나요?"

"아니. 그런데 너흰 이사 안 가니?"

여자의 물음에 선우가 조용히 고개를 가로저었다.

"여긴 뭐든 사라지는 동네구나. 사람도 개도, 손거울까지. 그 구멍이란 거 나도 좀 보자. 너희 집 바닥이면 우리 집 천장이기도 하니까."

여자가 한숨을 내쉬며 맨발에 슬리퍼를 꿰어 신었다. 여자는 항암치료를 받으러 병원에 가면서 일주일 분의 물과 사료를 집

안 이곳저곳에 놓아두었다. 하지만 그녀가 수척한 몰골로 닷새만에 돌아왔을 때 사료와 물은 그대로인 채 애완견만 눈에 띄지 않았다. 스스로 잠긴 문을 열고 나간 게 아니라면 집 안에서 사라졌다는 이야기였다.

삼 층에 당도한 선우와 여자는 안방으로 향했다. 그리고 놀라운 광경이 그들을 맞이했다. 그건 구멍이 할머니를 집어삼키는 모습이었다. 할머니는 욕조에 몸을 담근 것처럼 나른하고 편안한 얼굴로 구들장에 목만 내민 채 선우를 바라보았다.

"할머니! 어쩌다 이렇게 된 거야?"

선우가 달려들어 할머니의 얼굴을 덥석 끌어안았다.

"그러게. 어쩌다 보니 이렇게 됐어. 나쁘지 않아. 아래엔 시원한 바람도 불고 애들 뛰어노는 소리랑 새소리도 들리거든."

선우는 할머니의 쇄골 부근에서 가볍게 움찍대는 구멍의 근육을 바라보며, 자신의 힘으로 돌이키긴 불가능하다는 걸 어렴풋 짐작했다.

"하이고, 아주머니! 이를 어쩐대. 내가 119 부를게요. 선우야, 할머니 꼭 붙잡고 있어. 응?"

놀라기는 아래층 여자도 마찬가지였다. 그녀는 휴대폰을 꺼내 119를 누르고 눈앞에 펼쳐진 상황을 두서없이 설명했다. 그러는 사이 구멍의 근육이 조금 더 벌어지며 할머니를 턱밑까지 집어삼켰다.

"할머니, 가지마아!"

선우가 온힘을 다해 할머니의 머리를 끌어안아보았지만, 구멍의 움직임은 멈추지 않았다. 할머니의 주름진 입술과 뺨, 주저앉은 코와 늘어진 눈꺼풀이 물에 녹듯 서서히 구멍으로 빨려 들어갔다.

"은진아! 너네 강아지새끼 저 아래 있다! 쟤가 왜 저기 있누?"

구멍 아래서 할머니의 말소리가 카랑카랑하게 들려왔다. 그때 휴대폰을 들고 초조하게 종종걸음 치던 여자의 눈이 화등잔만 해졌다.

"아주머니, 우리 개? 우리 순심이가 거기 있어요?"

여자가 바닥에 엎드려 고함을 내질렀다.

"그래, 너희 집 쥐색 개가 아래 있다니까. 나 보고 반갑다고 꼬리친다. 어머, 야!"

할머니의 말에 여자는 소리도 없이 울었다. 사람들도 개도, 손거울과 할머니마저 사라지는 동네에 혼자 남고 싶지 않았던 거였다.

"선우야, 내 내복 서랍에 농협 통장 있거든. 그게 우리 전 재산이야. 아껴 쓰면 너 고등학교 졸업은 할 수 있을 거야. 그럼 네가 수현이 공부 가르치고, 나중에 둘이 같이 벌면 살지 않겠니? 네 애비한텐 아무 기대도 마……."

할머니는 긴 여행을 앞두고 가족에게 남기는 안부 인사처럼 경쾌하고 활력 있게 마지막 당부를 남기고 사라졌다. 구멍은 마치 트림이라도 하듯 할머니의 체취가 섞인 시원한 바람 한줄기를 남기고 얌전히 닫혔다. 그제야 선우의 눈에서도 눈물이 쏟아지기 시작했다.

"아래……, 우리 순심이가 있다는 얘기 너도 들었지?"

아래층 여자의 차분한 목소리에 선우가 고개를 들었다. 여자의 창백했던 뺨에 발그스름한 홍조가 맴돌았다.

"아줌마, 곧 119 올 거예요."

선우는 앞으로 벌어질 일을 본능적으로 짐작했다. 여자는 점처럼 작은 구멍을 노려보며 손을 뻗기 시작했다.

"이 구멍 말이야. 아무나 집어삼키는 게 아닌지 몰라. 어느 날 갑자기 사라져도 표 나지 않을 사람만 고르고 있는 거 같잖아. 아냐, 이건 확실해."

여자의 눈동자가 초저녁 금성처럼 요요히 빛났다.

"하지 마세요! 제발 그만요."

위험을 느낀 선우가 아래층 여자의 어깨를 두 손으로 꼭 붙잡았다.

"선우야, 나 난소암 말기래. 집주인이 이사 나가란 말 한 거 알지? 난 이사 갈 집도 없고, 가족도 없어. 순심이가 전부야. 또 아니? 저 아래로 내려가면 너희 할머니도 검은 머리카락이 나고, 내 난소도 말짱해질지. 난 이 세상에선 버림받았지만 저 아래 세상에 선택 받은 사람이야."

그게 여자가 지상에서 남긴 마지막 말이었다. 그녀는 선우의 손을 뿌리치고 구멍을 향해 다이빙하듯 몸을 던졌다. 그때 선우는 구멍 아래를 잠시 훔쳐보았다. 하얀 구름 사이로 드러난 푸른 들판 위에 수백 명은 족히 넘은 사람들의 검은 정수리를. 사과나무엔 꽃과 열매가 동시에 맺혀 있고, 수정처럼 맑은 강엔 팔뚝만한 연어 떼와 벗은 아이들이 헤엄을 쳤다. 들판을 향해 팔을 벌리고 낙하하는 아래층 여자를 가장 반기는 건 그녀의 개 순심이었다. 검은 눈동자를 반짝거리며, 헤벌어진 입으로 꼬리를 치는 순심이를 향해, 여자가 기분 좋은 비명을 내질렀다.

선우가 멍하니 누워 천장을 바라보며 숨을 고르고 있을 때즈음, 구조대원들이 도착했다. 그들은 집안 어디에도 위기에 빠진 사람이 없다는 걸 확인한 후 신고자인 아래층 여자에게 전화를 걸었다. 당연한 일이지만 여자는 전화를 받지 않았다.

"학생, 사람이 구멍에 빠졌다고 하던데 봤어요?"

구조대원의 질문에 선우가 넋 나간 얼굴로 고개를 끄덕였다.

"여기……, 구멍…… 구멍으로."

선우는 방바닥에 난 구멍을 손가락으로 가리켰다. 구조대원 중 한 명이 피식, 헛웃음을 터트리며 구멍을 손가락으로 찔렀다.

"그러지 마세요. 위험해요!"

선우는 구조대원을 만류했지만, 그는 스스럼없이 구멍 위에 올라서 가볍게 두 번 점프까지 했다.

"학생, 혹시 신고하신 분 만나시면 우리 분명히 다녀갔고 이상 없었다고 전해줘요. 알았지?"

사십대 초반의 구조대원은 선우의 어깨를 토닥이며 돌아섰다. 선우는 시치미를 뚝 떼고 있는 구멍을 원망스럽게 바라보았다.

*

다영은 어디에서 유래했는지 알 수 없는 기묘한 현상 앞에서 어깨를 움츠렸다. 그녀의 발치에서 모로 누운 선우가 힘겹게 밭은 숨을 내쉬었다.

"구멍이 사람을 가린단 말이지? 그럼 언제 구멍이 다시 움직이기 시작한 거야?"

다영의 물음에 선우가 가까스로 고개를 끄덕였다.

"새엄마가 찾아 왔을 때요."

할머니와 아래층 여자가 구멍으로 떨어지자 공포에 질린 선우는 짐을 챙겼다. 그게 어디가 되었든 구멍이 없는 곳으로 도망칠 셈이었다. 그때, 동생인 수현과 새엄마가 현관문을 열었다.

“일주일만 와 있으라니까. 넌 억울하지도 않니? 너네 친엄마 부평에 다이소 차려서 돈 잘 벌고 산다더라. 집이 두 채래. 저는 호의호식하고 살면서 언제 너희 학원비를 한 번 보태줬어, 겨울에 점퍼 한 벌을 사줘 봤어? 우린 정당하게 받을 거 받자는 거야!”

새엄마가 수현의 가냘픈 손목을 움켜쥐고 발을 굴렀다.

“우리가 언제 아빠랑 아줌마한테 학원비 받아쓰고 점퍼 얻어 입은 적 있어? 친엄마가 양육비 줘도 그거 둘이 먹을 거잖아. 진짜 비굴하게 왜 이래?”

수현도 호락호락하지 않았다. 새엄마의 손을 야멸치게 걷어낸 그녀가 백팩을 메고 거실로 나온 선우와 마주쳤다. 깍쟁이 수현에겐 말이 안 통한다고 느낀 새엄마는 암범처럼 사납게 안방으로 돌진했다.

“어머니, 대체 애들한테 무슨 얘길 어떻게 했길래 이것들이 어미 말을 개밥에 콩처럼 여긴대요? 네?”

기세 좋게 안방으로 들어선 새엄마가 빈 이부자리를 보곤 고개를 돌렸다.

“오빠, 어떻게 된 건지 설명 좀 해봐. 할머니는 어디 갔어? 잃어버린 거 아냐?”

수현과 선우는 할머니가 집 밖을 배회할까봐 외출을 할 땐 늘 현관문을 밖에서 걸어 잠갔다. 그 탓에 할머니는 늘 집안에 있었고, 있어야만 했다. 당황한 수현과 달리 새엄마의 얼굴에 미소가 감돌았다.

"잘됐네. 할머니는 요양원 모시고, 너흰 나랑 가면 되겠다."

새엄마가 들고 있던 핸드백을 이부자리 위에 내려놓고 할머니의 옷장 서랍을 거칠게 열었다. 쌈짓돈과 노령 연금이 든 통장이 그곳 어딘가에 있을 거란 계산이었다. 하지만 그녀의 짐작과 달리 통장은 선우의 백팩 안에 있었다. 내복과 자질구레한 손수건 따위 밖에 없는 서랍을 몽땅 뒤집어 낸 새엄마는 주워 담을 만한 게 없다는 걸 깨닫자 얼굴이 불긋불긋 달아올랐다.

"할머니는 구멍으로 사라졌어."

선우가 수현이의 교복 소매를 잡고 조심스레 뒷걸음질 치며 말했다.

"그게 무슨 말이야? 이해 되게 설명해봐."

수현이 뜨악한 표정으로 물었다.

"그게…… 그러니까, 못 믿겠지만……."

선우가 입안에 담겨 좀처럼 뱉어지지 않는 말을 줘어짤 즈음, 안방에서 비명이 들렸다.

"선우야! 나 좀…… 나 좀!"

새엄마였다. 불뚝 성이 난 그녀가 철퍼덕 퍼더앉은 곳이 하필이면 구멍 위였다. 구멍이 엉덩이를 집어삼키느라 새엄마의 허리가 폴더폰처럼 접혔다. 놀란 선우와 수현이 안방에 도착했지만 선뜻 그녀를 향해 손을 내밀지 못했다.

"너희 뭐 하는 거야? 나 좀 꺼내 줘. 꺼내 달라고!"

선우는 수현에게 구멍에 대해 구구절절 설명하지 않기로 했다. 이미 눈앞에 펼쳐진 상황만으로도 영리한 수현은 모든 사실을 어림짐작할 수 있었다.

"저기로 할머니가 빠졌구나?"

수현이 선우에게 물었다.

"응, 아래층 아줌마도 빠졌고."

이제 곧 새엄마마저 구멍으로 사라질 거란 이야기는 생략했다.

"근데 오빠는 괜찮은 거야?"

"난 잘 모르겠지만 아까 구조대 아저씨들은 안 빠졌어."

두 아이는 새엄마가 어떻게 되든 상관없었다. 그저 이 수수께끼 같은 일이 왜 그들 앞에 벌어졌으며, 구멍이 원하는 사람들의 조건이 뭔지 궁금할 뿐이었다.

새엄마는 욕을 퍼붓고 애 낳듯 소리를 내질렀지만, 할머니의 입 속처럼 휑뎅그렁한 동네에서 도움을 구할 수는 없었다. 하지만 악착스럽게 팔을 휘젓고 허리를 튕겨대는 통에 구멍은 좀처럼 그녀를 한 입에 집어삼키지 못했다.

시간은 가난한 사람들의 공과금처럼 차곡차곡 쌓여갔다. 새엄마를 외면한 남매는 저녁밥 대신 컵라면 한 그릇을 나눠먹은 뒤 각자의 잠자리로 파고들었다. 그리고 자정을 넘긴 시각, 남매의 아버지가 돌아오지 않는 아내를 걱정하며 현관을 열었다. 그는 침침한 거실에 불을 밝히고 기묘한 신음이 흘러나오는 안방으로 걸어갔다. 물론 그곳엔 무릎이 이마와 맞닿은 아내가 시커멓게 질린 얼굴로 남편을 맞이했다. 남매의 아버지는 엉덩방아를 찧곤 휴대폰을 꺼내려 호주머니를 더듬거렸다. 그러나 불행히도 부부에겐 휴대폰이 없었다. 버는 족족 다단계 구렁텅이에 돈을 밀어 넣다 보니 발신이 정지된 지 오래였다. 어찌할 바를 몰라 끙끙대던 남매의 아버지 눈에 낡은 폴더형 2G폰이 들어왔다. 아래층 여자가 놓치고 사라진 그것이었다. 아버지는 간단없이 떨리는 손으로 휴대폰을 열어 119를 눌렀다.

구조대원들이 도착해 현관문을 두드리는 소리에 선우와 수현은 선잠을 깨고 말았다. 현관에는 남매의 운동화와 아버지, 그리고 새엄마가 벗어놓은 구두 두 켤레, 아래층 여자의 슬리퍼로 발 디딜 틈이 없었다. 그제야 남매는 아버지마저 구멍에 빠졌을지 모른다는 생각을 했다. 그들의 염려는 사실로 확인되었다. 안방은 방금 물 내린 변기처럼 솨아, 하는 바람 소리 한 줄기 뿐 사람의 흔적은 없었다. 허탈한 표정으로 남매를 바라보던 구조대원들이 들고 온 구급상자를 옆구리에 끼고 등을 돌렸다.

"다음날 우리가 이 집에서 도망치려고 했을 때 요양보호사 아주머니가 찾아왔어요. 그 아주머니도 119를 불렀지만 결과는 같았죠."

선우는 노인처럼 느리고 숨 가쁘게 말했다.

"그럼 동생은? 실수로 빠진 거야?"

다영이 물었다.

"아뇨. 그 앤 일부러 뛰어들었어요. 어쩌면 구멍은 출구가 아닌 입구일지 모른다고요. 세상 밖으로 밀려나는 게 아니라 새로운 세상에서 다시 태어나는 거라면 손해 볼 것도 없다고."

그런 수현의 손목을 낚아챈 선우는 수없이 갈등했다. 정말 수현의 말이 맞다면 다행이지만 그게 아니라면 돌이킬 방법이 없었다. 선우는 아무런 대책도 없이 그저 자신의 악력이 갈등을 해결해주기만을 기다렸다.

다영은 흥건하게 젖은 선우의 겨드랑이 아래로 설핏 비치는 또 다른 세계를 훔쳐보았다. 몸을 축 늘어뜨린 잠옷 차림의 소녀가 오빠의 손 매듭을 풀기 위해 손목을 비틀고 있었다.

"이제 그만 놔줘, 오빠. 부탁이야."

수현은 자신의 발밑에 펼쳐진 흰 구름과 푸른 들판이 더 이상 두렵지 않았다. 그녀의 눈에 저 멀리 할머니와 아래층 여자, 그리고 회색 푸들의 모습이 보인 덕이었다. 그들도 아무렇지 않게 착지했다면 자신도 실패할 리 없다고 생각한 수현이었다. 하지만 수현의 부탁은 선우의 귀에 닿지 않은 채 공기 중으로 흩어졌다. 차라리 이렇게 된 거, 오빠와 함께 뛰어내리는 것도 나쁘지 않을 것 같았다. 그러다 수현은 문득 깨달았다. 구멍이 무슨 기준으로 사람들을 선별해 집어삼켰는지를.

그 순간 발 밑 세상에 변화가 일어났다. 굉음과 함께 바람이 몰아치며 들판이 뒤틀리기 시작한 거였다. 파란 하늘이 순식간에 어두워지고 하얀 구름 대신 가장자리가 바늘처럼 뾰족한 별과 초승달이 허공에 맺혔다. 굉음은 일정한 리듬을 가지고 있다 어느새 그럴듯한 멜로디로 변했고, 꽃술처럼 화려한 폭죽과 함께 몇몇 사람들이 공중으로 부양하고 있었다. 겁을 집어먹은 수현이 자신과 어깨를 나란히 한 사람들을 바라보다 울음을 터트리고야 말았다.

발밑의 세상이 만화경처럼 움직이던 그때, 오빠 선우의 어깨와 목덜미, 그리고 얼굴이 구멍 안으로 빨려들었다.

"진수현, 나 너랑 같이 가려고."

남매는 서로를 잠시 일별하다 결심을 한 듯 고개를 끄덕이곤 눈을 감았다. 구멍의 근육이 서서히 이완되기 시작했다. 이윽고 서로의 손을 마주잡은 남매가 검은 슬라임처럼 출렁대는 또 다른 지상으로 낙하했다.

*

다영은 옅은 현기증을 느끼며 선우의 집 현관 앞에 섰다. 그녀는 편의점 알바생이 전한 휴대폰을 문 앞에 놓고 골목으로 걸어 나왔다. 그 곁을 냇내 풍기는 구급대원 둘이 지나쳐갔다. 그곳엔 이미 아무도 없을 터였다. 누가, 왜, 무슨 이유로 그들을 집어삼켰는지 알 수 없지만 다영은 한시라도 빨리 이 섬뜩한 동네를 빠져나가고 싶을 뿐이었다.

선우가 구멍으로 빠져들던 순간 그녀는 좀 더 선명히 발밑 세상을 훔쳐보았다. 요란한 음악과 번쩍이는 별, 그리고 끈적한 어둠에서 끄집어낸 세 명의 사람들. 그건 게임 러닝패밀리의 실사판이었다. 아이들의 어깨너머로 바라봤던 러닝패밀리는 유저가 세 명의 캐릭터를 골라 장애물을 뛰어넘어 최종 목적지에 도착하는 단순한 규칙이었다. 낮에는 푸른 하늘을 달렸고, 밤에는 별이 쏟아지는 어두운 하늘을 달렸다. 그때마다 변함없는 건 백그라운드 음악으로 올드팝 'I WILL SURVIVE'가 흘러나온다는 거였다.

다영은 자신이 본 게 진짜 러닝패밀리 속 세상이라면, 과학선생이 한 말이 어쩌면 사실일지 모른다는 생각마저 들었다. 그리고 한 가지 추측을 보탰다. 지금까지 구멍에 빠진 사람은 모두 휴대폰이 없거나, 있더라도 2G폰을 썼다. 러닝패밀리를 하고 싶어도 할 수 없는 이들이었다. 살기 위해선 게임을 해야 한다는 게 다영의 결론이었다.

그녀는 플레이스토어를 열기 위해 휴대폰을 꺼냈다. 남편과 친정엄마의 부재중 전화 두통, 그리고 해외결제 내역 구글 메일 한 건이 도착해 있었다. 29.9 달러가 대체 어디에 쓰였는지 알 수 없었지만, 지금 가장 급한 건 러닝패밀리를 깔아야 한다는 사실이었다. 그러나 스토어 어디에도 러닝패밀리라는 게임은 없었다. 포털 사이트에서 러닝패밀리로 검색을 시작했다. 게임 링크가 담긴 블로그에 들어가 다운로드를 시도했지만 이미 삭제된 파일이라는 메시지가 떴다. 다른 링크도 마찬가지였다. 다영의 마음이 조급해졌다.

골목을 내질러 편의점 앞에 다다른 그녀는 때마침 그 앞에서 담배꽁초를 신발바닥에 문질러 끄는 택시기사를 발견했다. 기사가 택시에 오르기도 전 그녀가 뒷좌석에 앉아 식은땀을 닦았다.

"어디로 모실까요?"

택시기사가 텁텁한 담배냄새를 훅 끼치며 운전석에 앉았다.

"훈민고등학교요."

다영은 땅거미가 내려앉은 변두리의 살풍경을 바라보며, 학교로 돌아왔다. 그녀는 정수기 앞에서 석 잔의 찬물을 거푸 마시고도 몽혼한 정신으로 자신의 자리에 앉았다.

"학생은 만나봤어요?"

마주 앉은 과학 선생이 손가락 사이로 볼펜을 돌리며 물었다.

"그보다 정 쌤, 러닝패밀리 설치파일이 삭제됐던데 신규는 안 받아주는 건가요?"

다영의 엉뚱한 대답에 과학 선생이 볼펜 돌리기를 멈췄다.

"그럼 아마 기존 사용자만 할 수 있을 거예요. 뭐든 유행이 있기 마련이니까요."

과학 선생의 말에 다영이 얕게 한숨을 내쉬었다.

"정 쌤, 러닝패밀리 괴담 말인데요. 리처드……, 그러니까 아까 말한 천재 물리학자 그 사람이라면 게임과 사람들의 실종을 어떻게 연관 지었을까요? 사라진 사람들은 어디로 가는 거고?"

다영이 물었다.

"그라면 0과 1로 나눴을 거예요. 특정한 조건이 성립되면 자동적으로 분류 되도록 프로그래밍했겠죠. 근데 그 특정한 조건 값이 뭔지는 짐작도 안 되네요. 그리고 분류된 사람들은 아마……."

"아마?"

"데이터화돼서 어딘가에 모아두지 않았을까요? 아니면 다른 차원으로 격리했을지도 모르고."

과학 선생은 자신이 한 말이 스스로도 허무맹랑해 조용히 웃음을 터트렸다. 하지만 다영은 얼굴에서 핏기가 가셨다. 과학 선생의 추측이 맞다면, 그들은 구멍 밖으로 돌아올 수 없을 터였다. 단지 러닝패밀리를 하지 않는단 이유로 사라진 사람들이었다. 그리고 그게 자신이 될 수도 있단 사실에 아연실색했다.

그녀는 문득 10년 전, 자신의 외할머니가 위독했던 여름날을 떠올렸다. 곶감처럼 쪼그라든 얼굴의 구순 노인은 죽음 앞에서 의연했다. 할머니의 부윰한 눈동자가 곁에 병풍처럼 선 자손들을 고루 훑었다. 그러고는 놀랍도록 맑은 목소리로 말했다. 왜들 그러고 있니. 누구든 구멍에서 나와 구멍으로 들어가는 걸.

며칠 뒤 할머니는 구멍으로 들어갔다. 자손들의 이름이 새겨진 비석이 동그란 봉분으로 덮은 구멍 앞에 세워졌다. 장례식 내내 할머니의 말을 곱씹은 다영은 그리 슬프지 않았다. 사람들이 늙거나 병들거나, 혹은 운이 없어 자신이 나온 구멍으로 들어가는 일이 뭐 그리 대수인가 싶어졌다. 선우가 구멍에 잡아먹히는 걸 보고도 도망치듯 떠날 수 있었던 건, 살면서 구멍으로 빠져 사라진 이들을 이미 여러 번 겪어온 탓이었다.

다영은 사라진 사람들이 할머니의 말처럼 구멍으로 들어갔을 거라 짐작했다. 하지만 그들은 되돌아올 수 없다. 무덤을 헤치고 나오는 건 괴기영화 속 좀비뿐이니까. 다영의 귓가에 익숙한 멜로디가 흘렀다.

*

세율은 마음이 조급했다. 엄마가 데리러 오기 전에 할머니의 휴대폰으로 러닝패밀리를 해야 했다. 초등학교 2학년인 세율이의 친구들 모두 러닝패밀리를 한다. 유행에 뒤처지는 것도 싫지만, 무엇보다 가장 아끼는 캐릭터를 잃지 않기 위해선 매일 미션을 수행하고 레벨 업을 시켜야 한다.

"너희 에미는 수업 시간도 아닌데 왜 전화를 안 받는다니. 하여간 팔자 편하게 살아."

외할머니가 된장찌개에 가스 불을 올리며 혀를 찼다. 고등학교 국어 선생인 딸과 무역회사 과장인 사위는 제 자식을 맡겨놓고도 툭하면 전화도 없이 늦었다.

"할머니, 그럼 나 여기서 저녁 먹고 가는 거지?"

세율이 할머니를 등 뒤에서 끌어안으며 바지 주머니에 든 휴대폰을 꺼냈다.

"먹고 가야지, 어쩌겠누. 계란프라이 해서 한 그릇 먹어."

"나 그럼 겜 한 판만!"

세율이 휴대폰을 들고 거실 소파에 벌렁 누웠다. 할머니가 눈을 흘겼지만 아이는 개의치 않았다. 어른들의 역정이나 서운함은 대개 이튿날이면 리셋 된다는 걸 잘 알기 때문이었다. 어린 죽순처럼 보얀 아이의 손가락이 능숙하게 액정을 터치했다. 그 사이 새로운 캐릭터가 업데이트 되었다. 서른 개가 넘는 새 캐릭터 조합 중 세율이 고른 건 교복 차림의 남매와 허리가 굽은 할머니였다. 다른 캐릭터는 부모와 자녀, 또는 노인이나 중년들의 조합이 많았는데 이렇게 교복을 입은 누나와 형은 처음이었다.

세율이 세 명의 캐릭터 중 얼굴이 검고 어딘가 침울한 표정의 형을 선택해 스타트 버튼을 터치했다. 캐릭터는 긴 팔다리를 휘저으며 별이 빛나는 밤하늘을 내달렸다. 별과 달, 박쥐와 솟아오른 성탑을 지나 이번엔 동굴로 향했다. 세율이 자신만만한 표정으로 종유석과 웅덩이를 피하며 점수를 올렸다. 하지만 얼마 지나지 않아 난관이 찾아왔다. 동굴이 끝나갈 즈음, 바위인 줄 알았던 검은 물체가 캐릭터의 앞길을 막아섰다. 트롤이라 불리는 장애물이었다. 검은 물체는 보글거리는 파마머리의 중년 여자와 가죽점퍼 차림의 중년 남자로 세율의 캐릭터를 압도했다. 종료 시간까지는 채 5초도 남지 않았지만 캐릭터는 한 자리에 서서 줄곧 점프만 할 뿐, 강력한 트롤을 격파하지 못했다. 세율의 입에서 낮은 한숨이 터져 나왔다. 도전 실패라는 메시지와 함께 형 캐릭터가 사라졌다.

이번엔 누나 캐릭터 차례였다. 언제 트롤이 나타날지 모른다는 생각에 바짝 긴장한 세율은 게임을 시작하자마자 터치를 실수했다. 눈이 크고 얼굴이 동그스름한 누나 캐릭터는 가뜩이나 작은 입술을 앙다물며 두 팔을 벌린 채 추락했다. 왜였을까. 세율은 누나 캐릭터가 사라진 검은 하늘을 물끄러미 바라보다 코끝이 매워졌다. 엄마가 육아휴직을 마치고 학교에 복귀하던 날, 어린 세율이 할머니 집 현관에서 바라보던 엄마의 긴 모직 스커트 자락이 떠올랐다. 그때 만약 자신이 가지 말라고 울며 엄마의 모직 스커트에 매달렸다면 엄마는 무어라 대답했을지, 세율은 아직도 궁금했다.

"세율아, 와서 밥 먹어."

할머니의 목소리에 세율의 손길이 다급해졌다.

"응, 1분만!"

세율은 마지막 캐릭터인 허리 굽은 할머니 캐릭터를 터치했다. 진짜 노인이라면 걷는 것조차 쉽지 않을 것처럼 보잘 것 없었지만, 캐릭터는 제법 날렵하고 노련했다. 별과 달을 건널 땐 지팡이를 걸어 몸을 붕 날렸고, 성탑에선 예상치 못한 선물 상자도 발견했다. 동굴에 들어갔을 땐 선물 상자에서 꺼낸 삽으로 종유석을 부수며 달려 나갔고, 웅덩이에서 기습한 트롤들을 향해 비녀를 날려 공격하기도 했다. 요란스런 효과음과 함께 도전 성공이라는 메시지가 떴다.

"어머, 할머니 데이터 별로 없어, 얘! 늬 에미가 요금 내주는데 한 소리 듣게 생겼네."

할머니의 잔소리가 이어졌지만, 세율은 러닝패밀리를 종료하지 않았다. 캐릭터 지갑을 열어 허리 굽은 노인 캐릭터와 검은 그림자로 남은 형, 그리고 누나를 바라보았다. 노인 캐릭터의 머리 위로 레벨 업을 상징하는 왕관이 생겼다. 이윽고 이벤트 알림 팝 업이 올라왔다.

잠깐! 소중한 캐릭터를 포기하지 마세요.
지금 부활 버튼을 터치하면
캐릭터가 진정한 자유를 얻습니다.

아이들 사이에서 러닝패밀리 괴담이 떠도는 이유였다. 러닝패밀리에 나오는 캐릭터는 모두 진짜 사람들이고, 실수로 캐릭터가 추락하면 현실에서도 그들이 영영 사라지고 만다는 이야기. 하지만 그들을 다시 현실로 돌릴 수 있는 방법이 하나 있었다. 캐릭터가 추락한 뒤 5분 안에 게임 머니를 결제하고 부활 버튼을 누르면 됐다.

세율은 다른 아이들과 달리 게임 괴담을 진지하게 믿지 않았다. 하지만 아이의 눈이 자꾸만 검은 그림자로 남은 소년과 소녀로 향했다. 그리고 설핏, 엄마의 모직 스커트 자락을 본 것만도 같았다. 잘 갔다 올게, 라며 돌아서던 엄마의 뒷모습. 만약 잡는다면 잡혀 주었을까. 엄마에게 자신이 일이나 10년 20년 단위로 꾸려진 계획보다 소중할까 가늠하기 힘들었다.

"게임 그만하고 밥 먹으라니까. 할머니 힘들게 한 거 늬 엄마한테 다 얘기할 거야."

할머니가 세율의 겨드랑이 사이로 손을 집어넣어 일으켜 앉혔다. 세율이 할머니 얼굴을 힐긋 바라보곤 부활 버튼을 터치했다.

"얘, 너 지금 뭐 눌렀어? 응? 뭐 누른 거냐고?"

부활 버튼을 누르자마자, 결제 내역이 문자메시지로 날아왔다.

"잡아준 거야."

세율이 편안한 얼굴로 대답했다.

“잡긴 뭘 잡았다는 거야? 어머, 얘 뭐 결제했구나. 한국도 아니고 미국인가 봐. 이거 취소 어떻게 하는 거야?”

할머니가 호들갑스럽게 세율에게서 휴대폰을 낚아챘다.

소년과 소녀가 그림자로 존재했던 자리가 깨끗이 비워졌다. 그리고 트롤로 등장했던 중년 캐릭터 둘이 그 자리를 메웠다. 세율은 허둥대는 할머니를 뒤로한 채 식탁으로 달려가 숟가락을 쥐었다.

“괜찮아. 내가 했다고 엄마한테 얘기해도 돼. 나 용돈 모은 거 반납할 거야.”

세율이 계란프라이를 씹으며 히쭉 웃었다.

“말이나 못하면!”

거실에 켜 놓은 TV에서 오늘 낮에 불이 났던 명신병원 호스피스 병동에서 수십 명의 사람들이 실종되었다는 뉴스가 흘러나왔다. 할머니의 손에 사로잡힌 휴대폰에서 러닝패밀리 업데이트가 시작되었다.

그리고 이 도시 한 귀퉁이, 허름하기 짝이 없는 다가구주택 현관 앞에 센서 등이 켜졌다. 곤충의 날갯짓처럼 파닥거리는 조명 아래 얼굴이 검은 소년과 눈이 큰 소녀가 서로의 손을 잡은 채 살며시 눈을 떴다. 둘 앞에 미세한 흠집이 가득한 구형 갤럭시A가 놓여 있었다. 이제 소년의 것이다.

FRIDAY

아비

소현수

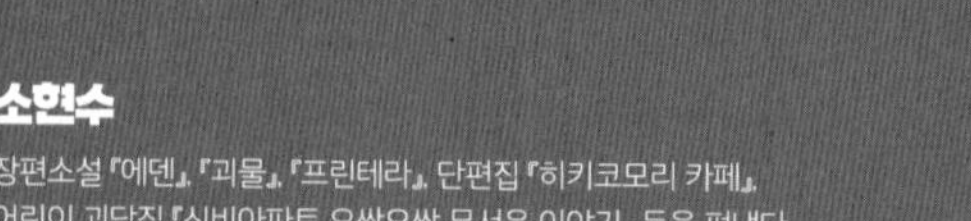

소현수

장편소설 『에덴』, 『괴물』, 『프린테라』, 단편집 『히키코모리 카페』,
어린이 괴담집 『신비아파트 오싹오싹 무서운 이야기』 등을 펴냈다.
방송작가로서도 활동. <바람의 집>과 <제노사이드-학살의 기억들>이 EBS 다큐프라임을 통해 방송되었다.

아비지옥(阿鼻地獄)은 불교에서 말하는 8대 지옥 중 여덟째로, 고통이 가장 심한 지옥이다. 괴로움 받는 일이 순간도 쉬지 않고 끊임없다 하여 무간지옥(無間地獄)이라고도 한다.

0. 악몽

까만 어둠 속, 보영은 맨발로 서 있다. 사위는 귀를 틀어막은 듯 적막하여 보영은 몇 번인가 귀를 후빈다.

여긴 어디일까? 익숙한 곳 같기도 하고. 아니, 알 것 같다. 길의 구조나 눈에 익은 건물들의 위치는 분명 보영의 아파트 근방인 것 같다. 그런데 좀 이상하다. 낡고 허물어져 있다. 폐허에 가깝다. 문득, 멀리 주위를 두리번거리는 사람이 보인다. 어디서 불쑥 튀어나온 건지 모르겠다.

"오빠?"

알아보지 못할 리 없다. 남편, 병철이다. 그런데 몰골이 말이 아니다. 얻어맞은 건지 눈은 퉁퉁 부어있고, 갈기갈기 찢긴 셔츠와 바지 곳곳에 피가 굳어 말라붙은 흔적이 있다. 순간, 병철이 화들짝 놀라더니 뒤로 물러선다. 맞은편 건물에서 누군가 걸어 나온다.

"헉!"

보영은 헛바람이 새는 입을 틀어막는다. 사람, 여자다. 생전 처음 보는 기괴한 모습을 한 여자다. 두 팔을 축 늘어뜨리고 맨발로 섰는데 머리칼이 새하얀 백발이다. 얼굴은 그보다 더 하얗다. 초상이라도 치른 듯 까만 소복 차림에 팔은 기형적으로 길어 소매 밖으로 한참 비어져 나와 하얀 손이 거의 무릎에 닿아 있다. 손톱은 송곳처럼 뾰족하다. 까만 치마 아래로 제 얼굴처럼 하얀 두 발, 발톱도 손톱만큼 날카롭다. 그뿐이 아니다. 쫙 째진 입술, 입이 이만저만 큰 것이 아니다. 입꼬리는 잡아당긴 듯 위로 치켜 올라가 있다. 코는 콧구멍이 아주 작은 것이 꼭 없는 것 같다. 알 수 없는 건 그 눈이다. 꽉 감겨있기 때문이다.

번쩍, 여자가 감은 눈을 떴다.

보영은 재차 경악한다.

뜨인 눈이 기형적으로 크다. 멀리 떨어져 있는 데도 바로 코 앞인 듯, 또렷하다. 실핏줄이 몽땅 터져나간 검붉은 눈동자.

무섭다. 기괴한 겉모습 때문만은 아니다. 여자가 내뿜는 기운이 불길하다. 그것이 품고 있는 것이 살의와 증오라는 것도 쉽게 알 것 같다. 여자가 천천히 손을 앞으로 뻗는다. 놀랍게도 육식동물의 그것처럼 손톱이 길게 튀어나온다. 동시에 입을 쫙 벌린다. 입안 곳곳에 이빨이 삐죽삐죽 솟아있다. 끔찍한 형상, 더는 두고 봐줄 수 없을 정도다.

뭐라 표현할 수 있을까? 요괴, 요괴다.

병철은 혼비백산하더니 도망친다. 여자는 기괴한 소리를 내며 병철의 뒤를 쫓는다. 보영도 엉겁결에 뛰기 시작한다.

"오빠!"

쫓고 쫓기는 이들은 보영의 목소리가 들리지 않는 모양이다. 아무리 뛰어도 가까워지는 것 같지 않고, 멀어지는 것 같지도 않은, 묘한 감각. 마치 무대 위 연극처럼 추격전을 벌이는 둘의 모습이 펼쳐진다.

여자가 훌쩍 뛰어오른다. 병철을 덮친다. 한 덩이가 되어 바닥을 구른다. 여자가 병철의 위에 올라탄다. 병철이 몸부림치지만, 여자는 꿈쩍도 하지 않는다. 여자가 손을 뻗는다. 날이 바짝 선 칼끝 같은 엄지손톱이 병철의 두 눈을 쑤신다. 처절한 비명이 적막을 찢는다. 보영의 입에서도 비명이 터진다. 뛰고 또 뛰지만 역시 다가갈 수는 없다. 여자가 손톱을 빼낸다. 새까만 동굴이 돼버린 눈에서 화산이 터지듯 피가 뿜어진다. 병철은 악을 쓰지만, 여자는 멈추지 않는다. 손을 뻗어 병철의 목을 잡는다. 손톱에 찔린 목에서도 피가 줄줄 흐른다. 여자가 고개를 확 수그린다. 콱! 코를 문다. 쫙! 뜯어낸다. 퉤! 잘린 살점을 뱉는다.

너무 잔인하다. 끔찍한 고통 속에 몸을 떠는 남편을 보며 보영은 울며불며 발만 동동 구를 뿐이다.

여자는 한참을 그렇게 손톱과 이빨로 병철을 뜯고 저민다. 언젠가부터, 아마도 혀를 잘린 뒤부터, 병철은 소리 없이 경련할 뿐이다. 그리고 어느 순간, 떨림이 멎는다. 죽었다. 죽은 거다. 여자는 하늘을 올려다보며 깔깔깔, 소름 끼치는 웃음을 터트린다.

"그만! 그만해!!"

1. 사고

퍼뜩, 보영은 눈을 떴다.

응애응애, 아기가 우는 소리. 천천히 몸을 일으켰다. 곁에 있는 침대에서 아이를 안아 올려 젖을 물렸다. 눈가와 볼을 쓰다듬어봤다. 축축했다. 보영의 입에서 긴 한숨이 샜다.

똑같은 꿈. 벌써 일주일째다. 요괴의 형상을 한 여인에게 남편이 죽임을 당한다. 달라지는 것도 있다. 이날은 손톱과 이빨로 저미듯 당했는데, 전날엔 목이 잘렸다. 팔, 다리를 잘린 날도 있고. 어쨌거나 마지막은 같다. 남편, 병철의 죽음.

왜 이토록 끔찍한 악몽을 꾸게 된 걸까? 역시 그 때문일까?

보영의 생일을 하루 앞둔 날, 갑작스러운 남편의 죽음, 충격은 여전히 가시지 않았다. 교통사고였다. 병철이 몰던 차는 터널을 빠져나와 횡단보도를 건너던 아이를 치고, 그대로 내달려 건물 벽에 충돌했다. 아이와 병철 모두 현장에서 즉사했다. 밝혀진 사고의 원인은 참으로 절망적이었다. 그것은, 병철의 음주운전.

완벽하진 않을지언정 크게 모자라지 않은 남편이었다. 배려가 깊고 모나지 않은 성격, 타고난 근면함, 보영을 아끼고 사랑하는 마음이야 두말할 것이 없었다. 반파된 차의 트렁크 안에는 보영과 아이에게 줄 생일선물과 인형이 들어있었다. 아이가 태어난 뒤 병철은 더욱 지극정성, 열심이었다. 최근 야근이 잦아진 것도 자처한 일이었다. 아무래도 가족이 늘어난 만큼 경제적 부담이 있던 것이다.

한 가지 문제가 있다면 술, 아니 술버릇이었다. 술을 마시고도 운전대를 놓지 않는다는 것. 결혼 전까지 보영은 전혀 몰랐던 사실이다. 그도 그럴 것이 보영은 원체 술을 입에 대지 않는지라 연애 시절 함께 술자리를 가진 적이 없었고, 병철도 애주가나 폭음과는 거리가 멀었다. 술에 취한 모습을 본 적도 없었다. 결혼하고 나서도 한참 뒤에야 남편의 악취미에 관해 알게 됐다. 그것도 아주 우연히. 회식이 있다고 했던 날, 베란다로 나가 밖을 보던 보영은 아파트 진입로 위 익숙한 승용차 한 대를 보았다. 병철의 차. 보영은 반가운 마음에 그를 지켜보았다. 그런데 차가 주차장에 멈추어 서더니 운전석에서 병철이 내리는 것이 아닌가?

'회식이라더니 술은 마시지 않았나?'

잠시 뒤, 보영은 현관 앞에 선 병철에게서 풍기는 술 냄새에 아연했다. 당연, 크게 화를 냈고, 병철은 백배사죄하며 다시는 그런 일이 없을 거라 맹세했다. 그리고 몇 번인가, 병철이 술자리가 있다고 하면 돌아오는 시간에 맞춰 베란다에 나가 감시했다. 병철 아닌 대리기사가 운전석에서 내리는 걸 보았다. 보영은 남편을 믿었다.

그만큼 비보를 전해 들었을 때의 충격, 절망, 배신감은 이루 말할 수 없었다. 아무리 되새겨 보아도 병철의 행동을 설명할 길이 없었다. 보영에게 어쩌다 한번 발각된 것만으로는 그 몹쓸 버릇을 고치기에 부족했던 것일까? 모르겠다. 음주운전의 변명 따위는 알고 싶지도 않다. 이미 끝장이 나버렸으니까.

그나마 흐트러지는 정신을 부여잡고 다시 삶으로 눈을 돌릴 수 있었던 것은 아이 때문이었다. 이제 태어난 지 막 한 달이 지난, 아빠 없이 살아가야 할 딸아이. 엄마만은 남아 아이를 지켜야 했다. 보영은 그렇게 다시 일어섰다. 하지만 반드시 짚고 넘어가야 할 문제가 남아 있었다. 남편의 죄로 비롯된 타인의 죽음. 그것도 어린아이. 그 때문에 보영은 경찰서와 보험사를 몇 번이나 오갔다. 그런데 아직 죽은 아이 측에서는 아무것도 요구하지 않았고, 보영을 만나려고 하지도 않았다.

사고로 희생된 아이의 이름은 임민영, 고작 8살이었다. 보호자는 할머니로 임태령, 유명한 무속인이라고 했다. 어머니와 아버지는 없고, 성도 할머니를 따른 것을 보니 부모를 여의거나 한 것 같았다. 경찰에선 그 할머니가 일절 연락이 되지 않고 있으며 아이의 시신을 수습한 건 이모라는 사람이었다고 했다. 조금 이상한 건, 사고를 목격하고 신고한 도로 앞 편의점 아르바이트생의 말이다. 당시 그 아이의 할머니로 보이는 사람이 현장에 있었고, 차도에 피투성이로 쓰러져 있는 아이를 인도로 옮긴 뒤, 반파된 차에 갔다가 그대로 사라졌다고 했다. 보영은 시신을 수습했다는 이모란 사람에게 몇 번이나 경찰과 보험사를 통해 연락을 시도했지만 허사였다. 매우 완강하다고 했다. 경찰에서는 피해자에게 마음을 추스를 시간을 주자고 했고, 보영도 그에 응했다. 사죄도 하지 못하고, 현실적인 사고 처리 비용에 관한 합의도 이뤄지지 않아 내내 마음이 편치 않았다.

악몽은 병철이 죽은 날로부터 시작됐다.

아직 피해자 측에 사과 한마디 건네지 못했으니 죄책감을 덜어낼 기회조차 얻지 못한 데다 남편에 대한 원망이 더해져 보영의 무의식이 그런 이미지를 만들어내는 것은 아닐지? 하지만 그러기엔 너무 잔인하다. 보영은 상상도 못 할 극악함이다. 만약 그런 것이 진짜 보영의 안에 있다면 그 또한 놀랄 일이다. 아무리 밉다 한들 사람, 그것도 제 남편을 저리하다니 있을 수 없는 일이다. 충격으로 마음이 다치니 마구 뭔가가 나오는 걸 거다. 영화에서 스치듯 봤던 그런 장면들일 거다.

실상 진짜 악몽은 따로 있다. 홀로 남겨져 아이를 키워야 하는 보영에게 닥친 현실은 꿈과 달리 깰 수도 없다. 얼마나 잘 버텨낼 수 있을지 모르겠다. 그런 생각에 보영은 품 안에서 쌔근쌔근 잠든 아이를 보며 다시 한번 눈가가 뜨끈해진다.

강해야 하는데, 강해져야 하는데, 그게 쉽지가 않다.

2. 아비

가혹한 삶은 일자리를 구하는 것으로 시작됐다. 병철도, 보영도 부모님은 모두 돌아가셨고 가까운 친척도 없었다. 정말이지 세상에 단 둘뿐이었다. 병철은 정말 몹쓸 짓을 저지른 거다. 죽은 아이는 물론, 제 아내와 자식의 삶마저 하루아침에 풍비박산 낸 거다. 저축한 돈이 있다 한들 얼마나 버티어낼 수 있을지 몰랐다. 음주운전을 했음에도 사망보험금이 지급되지만, 크게 감액이 되고 사고 처리 비용은 그보다 클 것이다. 아이는 하루가 다르게 커가고, 필요한 것이 생겼다. 살아가기 위해선, 당장 벌이가 있어야 했다.

보영은 아이를 가진 뒤 하던 일을 그만두었다. 병철이 권했고, 보영도 원했다. 오롯이 아이에게 집중하고 싶었다. 형편이 어렵지 않다면 육아에 전념하고 싶었다. 병철은 안 하던 야근까지 하면서 무던히 애를 썼다. 풍족하다 할 수 없으나 큰 어려움은 없었다. 그런데 날벼락이 떨어진 거다.

다니던 직장에는 빈자리가 없었다. 비슷한 직종의 다른 곳을 찾았지만 쉽지 않았다. 매번 연락을 주겠다는 말을 들었을 뿐이었다. 대단한 기술이 요구되는 일이 아닌 일반사무직이라 더 그런 것 같았다. 언제든 대체할 사람이 넘쳐나고 매년 더해졌다.

보영은 이날도 이른 아침부터 면접을 보았다. 인사담당자가 일찍 보자니 어쩔 수가 없었다. 면접을 마치고 집으로 돌아가는 길, 버스에서 내려 터덜터덜 걷는데 휴대폰이 진동했다. 혹, 출근하라는 연락인가 싶어 얼른 휴대폰을 꺼내 들었다.

-언제 돌아오세요?

돌보미의 연락. 아직 3개월이 안 된 아이인지라 국가에서 지원해주는 돌보미를 신청할 수도 없어, 인력업체를 통해 겨우 구했다. 아직 갓난아이, 엄마의 사랑과 관심을 받아야 할 시기다. 밖으로 도는 보영의 마음이 편치 않은 건 더 말할 필요가 없었다.

-지금 가는 길이에요. 곧 도착해요.

얼른 답을 하곤 휴대폰을 주머니에 집어넣는데, 퍼뜩 묘한 느낌. 몸이 근질근질, 뒷머리가 뜨끈했다. 뭔가 있다. 뒤에 뭔가가 있었다. 불길한 무언가. 훤한 대낮, 사람들은 아무렇지 않게 지나고 있다. 별거 아닐 거다. 착각일 거다. 하지만 너무 뚜렷했다. 확인을 해봐야 할 것 같았다. 보영이 홱 몸을 돌렸다.

있다. 한눈에 보였다. 묘한 기운의 정체. 저 멀리 버스정류장 벤치에 앉아 보영을 가만히 응시하는 중년의 여인. 새하얀 얼굴, 빨갛게 칠한 입술, 짙은 눈썹, 위로 솟은 눈꼬리, 뒤로 바짝 당겨 쪽진 머리와 긴 비녀에 하얗고 붉은 치마저고리. 무엇보다 그 눈빛이 예사롭지 않았다. 크게 치켜뜬 것도 아닌데 불꽃이 튀었다. 거기에 뭔지 모를 이질감. 인간 아닌 짐승, 육식동물의 눈을 마주한다면 이럴까? 보영은 못 본 척 고개를 돌렸다. 이상한 사람. 요즘 저런 사람이 많다더라. 괜한 시비를 만들고 싶지 않았다. 이미 지칠 대로 지쳐있다. 보영은 다시 발걸음을 서둘렀다. 그렇게 조금 걷다가 슬쩍 다시 뒤를 돌아봤다. 없다. 어느새 여자는 사라지고 없었다. 왠지 모르게 몸이 떨려왔다. 보영은 도망치듯 집으로 향했다.

딩동-

막 아이를 재운 보영이 인터넷의 구인란을 검색하고 있는데, 누군가 초인종을 눌렀다.

'찾아올 사람이 없는데.' 보영은 현관으로 나갔다.

"누구세요?"

답이 없었다. 외시경에 눈을 갖다 댔다.

"헉!"

보영은 깜짝 놀라 뒤로 물러났다.

그 여자, 아까 그 여자였다. 렌즈 속 왜곡된 여인의 모습은 더욱 기괴했다. 크게 부풀어 오른 새하얀 얼굴과 대비되는 빨간 입술을 혀로 핥으며, 예의 강렬한 눈빛으로 문에 찰싹 달라붙어 외시경을 노려보고 있었다. 문 너머에서, 착 가라앉은 목소리가 들려왔다.

"당신 남편, 얼마 전에 죽었죠."

"……네?"

"전병철. 그게 당신 남편 아닌가요?"

"그런데, 누구세요?"

보영의 목소리가 떨려왔다. 조용했다. 역시 신고를 해야 할까? 그러자 기다렸다는 듯 문 너머의 여자가 쏘아붙였다.

"이것 봐요. 나는 당신 남편이 치어죽인 민영이 이모 되는 사람이에요."

아찔했다. 이제 알겠다. 멀리서 지켜보던 그 눈빛, 이곳에 찾아온 이유. 그럴 법했다. 늦었지만, 가해자 측에 사죄를, 보상을 요구하려는 거다. 언제든 원한다면 그럴 수 있다. 그래야 한다. 그래도 홀로 그런 상대를 맞자니 겁이 나는 것은 어쩔 수가 없었다. 하지만 도망칠 수는 없었다. 저 여자의 말 그대로였다. 남편은 사람을 죽였다. 그것도 어린아이를. 술에 취한 채 운전대를 잡고서.

보영은 한차례 심호흡을 하고 문을 열었다. 여자가 가만히 서 있었다. 가까이 마주하니 더 했다. 본능적으로 느껴지는 불쾌감이랄까?

여자는 보영을 가만히 주시하며 물었다.

"들어가도 될까요?"

가뜩이나 죄책감에 마음이 무거운 보영은 아무 말 없이 옆으로 비켜섰다. 여자는 제집인 양, 성큼성큼 안으로 들어왔다. 그리곤 거실과 주방 사이에 우뚝 서더니 고개를 돌리며 관찰하듯 집안을 살폈다. 크게 숨을 들이마셨다가 뱉었다. 현관문을 닫고 온 보영이 조용히 입을 뗐다.

"저기, 저쪽으로."

여자는 보영을 따라 주방으로 갔다. 그렇게 식탁을 가운데 두고 보영은 여자와 마주 앉았다.

"차라도 하시겠어요?"

"됐어요."

"아. 네."

무슨 말부터 꺼내야 할지 알 수 없었다. 여자의 눈을 마주하기 어려웠다. 불편할 따름이었다. 잠시 정적이 흐르고, 여자가 먼저 입을 열었다.

"저는 최호희라고 해요."

"네. 저는 진보영……"

"알고 있어. 그런 것도 모르고 여긴 어떻게 찾아왔겠어요?"

호희가 보영의 말을 자르며 쏘아붙였다. 순간 느껴지는 불편한 감정조차 죄스러웠다. 보영은 차마 그대로 앉아 있을 수가 없었다. 벌떡 자리에서 일어섰다. 허리를 수그렸다.

"죄송합니다. 정말 죄송합니다."

호희는 말이 없었다. 보영은 허리를 수그린 채 답을 기다렸다. 한참을 그대로 있었다. 별의별 생각이 다 든다. 보영의 눈에 조금씩 눈물이 고였다. 아아- 울면, 안 되는데 이 눈물이란 것이 좀체 마르질 않는다. 똑, 보영의 눈에서 눈물 한 방울이 식탁 위로 떨어졌다. 그제야 호희의 입이 떨어졌다.

"뭘 잘했다고 울어요?"

폐부를 찔러오는 날카로운 말투. 눈물이 쏙 들어갔다. 보영은 천천히 허리를 폈다. 여전히 눈은 맞추지 못한 채 연신 고개를 수그렸다.

“정말…… 정말 죄송합니다.”

“원하면 계속 그러고 있던지요. 나는 그 알량한 사과나 받자고 여기 온 게 아니니까.”

“합의금이라면 제가 무슨 일이 있어도……”

“그깟 돈!”

호희가 버럭 소리쳤다. 보영은 깜짝 놀라 입을 닫았다. 호희는 한차례 숨을 고른 뒤 차분히 말을 이었다.

“필요 없어. 남편도 죽고 없으니 당신도 돈이 필요할 것 아니야? 속에 없는 소리 하지 마요.”

호희의 말이 다시금 보영의 속을 뒤집었다. 사과도 싫다. 돈도 싫다. 그럼 무얼 원한단 말인가?

호희가 분을 삭이듯, 재차 숨을 몰아쉬더니 입을 열었다.

“단도직입적으로 물어볼게요. 최근에 헛것을 본다든가. 그런 일 없나요?”

“네?”

“아니면 똑같은 꿈을 계속 꾼다든가?”

보영의 표정이 바뀌었다. 당연, 악몽이 떠올랐고, 여자는 그걸 읽어냈다.

“꿈, 꾸는군요?”

보영은 잠시 머뭇거리다 조용히 “네.”라고 답했다.

“그 꿈. 얘기해 봐요.”

“네?”

“빨리.”

왜 이런 대화가 오가는지 알 수 없으나 보영에겐 선택지가 없었다. 그저 묻는 말에 답이나 할 밖에. 보영은 호희의 추궁에 조심스럽게 입을 열었다. 남편의 죽음 이후에 반복되는 악몽에 관하여. 보영의 이야기를 듣는 호희의 표정이 점차 굳어져 갔다. 보영이 말을 마치자 호희는 큰 한숨을 토해내더니 또 한참을 아무 말이 없었다. 보영은 가만히 호희의 입이 떨어지길 기다렸다. 마침내 호희가 다시 말을 시작했다.

"잘 들어요. 당신 남편의 영혼은 지금 천도하지 못하고 고통받고 있어요."

"네?"

보영의 멍한 얼굴에 호희가 표독스레 쏘아붙였다.

"내가 하는 이야길 당신이 믿든 말든 중요하지 않으니까 듣기나 해요. 헛소리나 하려고 온 건 아니니까. 매일 밤, 죽는 모습이 달라지는 건 당신 남편이 매번 고쳐 죽는다는 의미에요. 당신이 본 그대로, 아주 잔인하게, 가장 고통스러운 방식으로."

"고쳐…… 죽어요?"

"그곳에서 당신 남편은 안식에 들 수 없어요. 끔찍한 고통 속에 죽음을 맞이하고 되살아나 그게 반복됩니다. 기한은 없어요."

"네?"

호희가 잠시 말을 멈추고 보영을 똑바로 봤다.

"영원히. 당신 남편은 거기 갇혀서 그렇게 고통받는 거죠. 무간지옥, 아비. 우리는 그곳을 그렇게 불러요."

3. 제안

호희가 계속 말을 이었다.

"당신 남편이 사고를 낸 날, 금요일 밤이었죠? 나는 전화를 한 통 받았어요. 어머니였죠. 내게 손녀, 민영이의 마지막 가는 길, 천도의 제를 부탁했어요. 목소리가 심상치 않았어. 충격을 이기지 못했을 거예요. 신내림 받는 와중에 남편도 잃었고, 민영이는 집 나갔던 딸이 데려온 아이인데, 그 딸이 몇 년 전에 죽었으니까. 유일한 가족이었어. 천지신명도 무심하지. 뭔가 잘못된 걸 알고 달려갔지만, 어머니는 사라지고 없었어. 민영이의 시신을 수습하고 어머니의 신당에 가봤어요. 몇 가지 물건이 사라졌더라고요. 오래 묵은 악귀들이 봉인된 신물도 없었어. 어머니가 무슨 일을 벌였는지 알 수 있었죠."

호희가 멍한 표정의 보영을 흘끔 보더니 말했다.

"쉽게 말해. 내 어머니가 당신 남편에게 복수한 거예요. 손녀의 억울한 죽음에 대한 복수."

"복수요?"

"육신은 명이 다했으니 그 영혼을 붙든 거야. 신력이 강한 무당이 목숨을 걸어야만 하는 주술이에요. 무도한 악귀의 힘을 빌려서. 이런 일이 없었다면 어머니가 그런 주술을 감히 상상이나 할 수 있었을지. 껍데기만 남은 육체를 아비의 옥으로 삼고 저주하려는 영을 거기에 가두는 술수에요. 당신 이야기를 듣고 나서야 확신했어. 어머니가 악귀로 환생해 직접 복수를 감행하고 있다는 것도."

보영은 혼란할 따름이었다. 도대체 이 사람의 말을 어디까지 수긍해야 할지 모르겠다. 얼토당토않은 소리가 아닌가? 남편은 죽었다. 끝이다. 하지만 꿈속에 고통받는 남편이 등장하는 것은 사실이었다. 그리고 죽은 민영이란 아이의 할머니 태령은 유명한 무속인, 무당이라고 하지 않았던가? 이 호희라는 여인도 그럴 테고.

"가만히 두면 그 꿈, 아니 악몽이 계속될 거야. 그 저주의 고리를 끊지 않는 한. 내가 여기 온 이유가 그거야. 그 저주를 끝내는 거지. 그러려면 당신의 도움이 필요해요."

"제 도움이요?"

역시, 미심쩍다.

보영의 속내를 읽기라도 한 듯 호희가 품을 뒤져 사진 한 장을 꺼내 식탁 위에 탁 내려놨다. 사진 속엔 한복을 입고 머리를 쪽진 한 여인이 밝은 표정으로 웃고 있었다. 사진을 들여다보던 보영의 눈이 크게 치켜떠 졌다. 호희가 그럴 줄 알았다는 듯 말했다.

"어디서 많이 본 얼굴이죠?"

호희의 말대로였다. 사진 속 여인의 얼굴, 꿈속에 보았던, 남편의 뒤를 좇던 여자의 얼굴이었다. 꿈속의 여자는 요괴의 형상이었으나 충분히 알아볼 수 있었다. 이 여자다. 보영은 그제야 조금 겁이 나기 시작했다. 호희의 말대로라면 남편은 죽어서도 고통 받고 있다는 거다. 영원히 저며지고, 썰리고, 갈리면서. 보영이 저도 모르게 몸을 부르르 떨었다.

호희는 득의만만하게 말을 이었다.

"사자들과 직접적인 영적 교류가 있었던 사람은 이제 당신

뿐이죠. 쉽게 말해 남은 가족."

"……아까 어머니라고 하지 않으셨나요?"

호희가 고개를 저었다.

"낳아준 어머니가 아니라 신내림을 받을 때 내림굿을 해주신 신어머니죠. 함께 지냈다면 또 모르겠지만, 오랫동안 서로 떨어져 있었고. 그래서 당신의 도움이 필요하다는 거예요."

"제가 뭘 어떻게?"

"저주를 푸는 의식에 동참하는 거야. 쉽게 말하면 그 꿈속에 당신이 들어가야 해요. 오직 당신만 들어갈 수 있으니까."

보영은 또 이해가 가질 않았다. 호희의 말이 전부 사실이라고 치자. 하지만 신어머니의 저주를 풀어 그 손녀를 죽인 원수, 병철을 구해줄 이유가 어디 있다는 말인가?

"저 그런데 그럼 저를, 아니 제 남편을 도와주시려는 이유가……"

보영의 말이 끝나기도 전에 호희는 기가 찬다는 듯 "참나." 하더니 인상을 잔뜩 구겼다. 그리곤 말을 쏟아냈다.

"내가 지금 당신 남편을 구하려고 이러는지 알아? 우리 어머니를 찾으려는 거야! 나도 여기 오고 싶지 않았어! 당신 같은 부류? 치가 떨려! 진절머리가 나요. 반성하고 뉘우치는 척하지만, 사실 속으론 겁이 나겠지? 큰돈이라도 요구하지 않을까? 주위에 떠벌리고 다니지는 않을까? 그런 짓을 벌여놓고, 그대로 죽어버렸으니 그걸로 됐다고 생각했나? 염치가 없다니까. 어머니가 자비를 베푼 걸 감사히 여겨요! 남편만 잡아 가뒀으니까! 그게 지금 당신과 당신 아이가 멀쩡하게 살아 숨 쉬고 있는 이유니까!"

보영은 가슴이 찢어지는 듯, 당장 다시 눈물이 쏟아질 것 같았지만, 그럴 염치도 없었다. 누구도 보영의 편을 들어줄 수 없다는 것, 한마디 대꾸할 수 없다는 것, 원망할 사람은 제 남편뿐이며 그 또한 이미 이 세상에 없다는 것, 참말로 고역이었다.

아, 참으로 잔인한 여자다.

보영은 한참이나 다시 머리를 조아리며 사죄를 했다. 터져 나오는 눈물을 겨우 참아내면서. 온갖 말로 보영의 속을 헤집어놓던 호희가 조금 진정이 된 듯 말했다.

"그러니까, 당신 남편이야 어찌 되든 관심 없어. 그래. 내가 원치 않는다고 한들 결과적으로 살인자를 구하는 일이 되겠지. 하지만 난 그보다 내 어머니의 영혼이 악귀로 환생해 아비를 헤매는 것을 원하지 않는단 말이에요. 어머니의 육신이 옥으로 쓰이는 것도 싫어. 찾아서 장례를 치러주고 싶어. 그리고 그게 다가 아니에요."

이제 보영은 더는 뭐라 답도 못 하고 꼬리를 만 강아지처럼 풀이 죽어 있을 뿐이었다.

"민영이의 영혼이 사라졌어요. 천도한 것도 아니고 악귀로 화한 것도 아닌데, 없어. 껍데기뿐이에요. 어머니의 마지막 부탁이 천도재인데 그걸 못하게 됐다는 말이야. 그 불쌍한 것을 달래주지도 못하게 된 거지. 그래서 말인데 혹 꿈속에서 아이는 못 봤나요?"

보영은 잠시 기억을 더듬었다. 아이는 없었다. 보영은 고개를 저었다.

"그렇군요. 자유롭게 다니지는 못하는 건가, 어머니가 피하는지도, 그렇겠지……"

호희는 잠시 그렇게 혼잣말하더니 다시 보영을 향해 말했다.

"내 생각에는 민영이가 할머니를 따라간 것 같아요. 점괘가 그래. 그러니까 그 아비 어딘가에 민영이도 있을 거야, 그 말인 즉슨 악귀로 화했지만, 어머니의 영혼 혹은 그 일부가 남아 있다는 거예요. 민영이는 거기에 이끌린 거죠. 어떤 물건의 형태로 존재할 가능성이 커요. 그걸 찾으면 어머니와 민영이의 영혼을 아비에서 나오게 할 수 있어요. 저주를 건 사람이 사라지니까 당신 남편도 풀려나겠죠? 정리하면 우선 어머니의 시신을 찾아야 하고, 그다음 의식을 치러서 당신이 아비로 들어가야 해요. 다음 할 일은 그때 가서 알려줄게요."

잠깐 말을 멈춘 호희는 보영의 어두운 낯빛을 살피더니 말을 이었다.

"다시 돌아오는 건 걱정하지 않아도 돼. 당신은 산 사람이잖아요? 언제든지 쉽게 돌아올 수 있어. 꿈에서 깨는 거나 똑같아. 매일 밤, 그래왔잖아요? 자, 내가 할 얘기는 이게 다예요. 쉬운 일이라곤 못 해도 당신에게 손해날 일은 아니야. 선택해요. 날 도울지 말지. 아니 이렇게 묻죠. 당신 남편, 이대로 내버려 둘 건가요?"

보영에게 선택지가 존재하긴 할까? 호희가 하는 말이 전부 헛소리라 한들, 거절할 수 있을까? 어쨌거나 뭐든 피해자 측이 원하는 걸 들어주는 것이 순리일 거다. 단순히 보영을 겁주려고 찾아왔을 리도 없었다. 중요한 건, 보영도 호희가 하는 말이 마냥 허언으로 들리지는 않는다는 거다. 밉고 또 밉다. 참말로 원망스럽다. 병철은 절대 해서는 안 되는 행동으로 무고한 아이를 죽게 했다. 하지만 영원히 고통받으며 고쳐 죽어야 한다는 건 너무 가혹하다. 한때 누구보다 사랑했던 사람이니 어쩔 수가 없다. 악몽 속 고통받는 모습을 보면 어떻게든 구해주고 싶다는 생각이 드는 것도.

이제 의논할 상대는 없다. 스스로 결정해야 한다. 아이를 가지고 난 뒤, 병철에게 더 많이 의존했던 것 같다. 원체 드세지는 않지만, 전보다 더 나약해지고 우유부단해진 것 같다. 닥쳐올 삶을 버텨내려면 그래선 안 된다.

보영은 결심한 듯, 말했다.

"할게요. 뭐든."

호희의 입가에 가벼운 미소가 맺히는가 싶더니 이내 사라졌다. 방에서 아이가 보채는 소리가 들려왔다. 그러자 호희가 조금 누그러진 듯한 말투로 물어왔다.

"아들?"

"딸이에요."

"아이가 몇 살이죠?"

"이제 한 달 좀 넘었어요."

"그래요. 점심 먹을 시간이네."

호희는 다시 연락하겠다며 자리에서 일어섰다. 어서 아이에게 가보라며 툭 내뱉더니 그대로 나가버렸다. 보영은 어안이 벙벙한 표정으로 있다가 재차 칭얼대는 소리에 얼른 방으로 달려갔다.

4. 추적

3시간쯤 뒤, 갑작스럽게 걸려온 호희의 전화에 보영은 사고 현장을 찾았다. 이렇게 빨리 연락이 올 줄은 몰랐다. 부랴부랴

아이 맡길 곳을 찾았는데, 그나마 이웃의 노부부가 몇 시간 정도는 흔쾌히 봐주겠다고 하여 집을 나설 수 있었다.

호희는 공손히 허리를 굽혀 인사하는 보영에게 고개만 까딱하더니 말도 없이 편의점 안으로 들어갔다. 보영은 영문을 모르고 그대로 서서 호희를 기다렸다.

사고가 나고선 처음 와봤다. 사실 집에서 가까운 곳이고, 편의점도 몇 번 이용한 적이 있었다. 하지만 사고 이후론 일부러 피해 다녔다. 현장은 아직 사고의 참상을 간직하고 있었다. 부서진 경계석과 차가 들이받은 건물 벽, 저 멀리 차도와 인도에 핏자국으로 보이는 흔적까지. 보영은 그만 눈을 감아버렸다. 왠지 속이 메스꺼웠다. 구역질이 나려고 했다.

이때 누군가 보영의 어깨를 툭 건드렸다. 숨을 훅 뱉으며 눈을 뜨자 호희가 종이컵을 하나 들고 서 있었다.

"마셔요."

보영은 종이컵을 받아들었다. 그냥 물이었다. 그런데 좀 더러웠다. 시꺼먼 잿가루 같은 것이 둥둥 떠다녔다. 보영이 머뭇거리자 호희가 말했다.

"독 안 탔으니까 마셔요. 그래야 어머니를 찾을 수 있으니까."

보영은 침을 한번 꿀떡 삼키곤 입으로 종이컵을 가져갔다. 쭉 들이켰다. 탄내가 조금 났지만, 그냥 맹물과 다를 것 없었다. 호희가 다시 입을 열었다.

"그게 당신의 영감을 예민하게 해줄 거예요. 당신은 산 사람이니까 민영이처럼 알아서 찾아갈 수는 없어. 가만히 눈을 감고 공기와 소리에 집중해 봐요. 당신 남편의 기척이나 목소리

같은 게 느껴지거나 들리면 말해요. 어느 방향인지도.”

믿거나 말거나. 딱히 어려운 일도 아니었다. 다만 편의점 앞 가로수 아래 서서 그러고 있자니 오가는 사람들의 눈길을 끌 것 같긴 하지만. 보영은 가만히 눈을 감았다. 귓가를 스치는 바람 소리, 차도를 오가는 자동차, 인도를 오가는 사람, 다를 게 없다. 남편의 기척이나 소리가 들리더라도 구분해낼 수나 있을지 모르겠다. 좀 더 집중하니 중얼거리는 호희의 목소리가 들려왔다. 주문이라도 외는 것 같았다.

얼마나 그러고 있었을까? 보영은 점차 집중력이 흐트러지는 걸 느꼈다. 소리든 기척이든 그러려니 싶다. 그저 이웃에 맡긴 아이를 떠올릴 뿐, 어서 집에 돌아가고 싶을 뿐.

그때였다. 오가는 자동차, 사람의 소리와는 사뭇 다른 잔향이 멀리서 들려왔다. 보영은 잘못 들었나 싶어 재차 귀를 기울였다. 들린다. 어디선가 들어본 적이 있다. 다름 아닌, 악몽 속에서, 지난밤에도 들었던 남편의 비명 같았다. 순간, 새까만 시야 저 멀리에 아지랑이 같은 빛무리가 나타났다가 사라지는 것도 보였다. 호희의 목소리가 그 사이를 비집고 들어왔다.

“들려요? 느껴져요? 어디죠? 방향을 손가락으로 가리켜 봐요.”

보영은 더욱 집중했다. 알 것 같다. 저기, 저기다. 천천히 손가락을 들어 방향을 가리켰다. 호희의 목소리가 재차 들려왔다.

“이제 눈 떠요.”

보영이 눈을 떴다. 호희가 홱 스쳐 지나갔다.

“따라와요.”

보영은 벌써 저만치 앞선 호희를 좇아 허둥지둥 발걸음을 옮겼다. 그리고 몇 번인가, 호희의 지시에 따라 멈춰 서서 눈을 감고 귀를 기울였다. 그렇게 한참을 갔다. 그리고 도달한 곳은 우습게도 보영이 사는 아파트였다. 호희는 고개를 끄덕거리며 다시 한번 보영의 눈을 감게 하고 주문을 외웠다. 병철의 비명이 이제 더욱 가까이 들려왔다. 보영은 수월하게 방향을 가리켰고, 그렇게 계속 갔다.

아파트 후문 쪽 산책로에 진입했고, 또 한참 걸어 등산로에 도달했다. 이때부턴 툭하면 멈추어 방향을 잡았다. 등산로를 벗어나 산속으로, 산속으로 들어갔다. 그리고 어느 순간, 들려오던 병철의 비명이 뚝 끊겼다. 호희가 말했다.

"이제 됐어. 어디인지 알 것 같아. 따라와요."

호희가 앞장섰다. 울창하게 자란 나무 사이, 풀숲을 헤치고 더 깊은 산속으로 들어갔다. 호희는 거침없이 산을 탔다. 나이도 많아 보이는데 어찌나 체력이 좋은지, 보영은 겨우 놓치지 않고 따를 수 있었다.

우뚝, 호희가 멈춰 섰다. 눈을 가늘게 뜨고 정면을 뚫어져라 보았다. 보영이 뒤늦게 호희의 곁에 섰다. 헐떡이는 숨을 골랐다. 호희가 조용히 말했다.

"저기예요. 어머니가 저기 있어요."

호희의 시선이 향한 곳. 멀찌감치 움푹 파인 작은 분지를 커다란 소나무가 둘러싸고 있는 장소가 보였다.

저기? 아무것도 없는데?

보영은 저도 모르게 자꾸만 눈을 비볐다. 볼수록 이상하다. 기분 탓인지, 진짜 그런 것인지 광각렌즈로 찍은 사진처럼 공간이 일그러져 보였다. 호희가 몇 걸음 더 다가섰고, 보영이 뒤를 따랐다. 순간, 차가운 바람이 훅 불어와 호희와 보영을 때려댔다. 호희가 번쩍 손을 들었다.

"그만! 이 이상 다가가지 말아요. 이제 됐어요."

"네?"

"이 정도면 됐어. 여기서 의식을 치르면 될 거 같아요. 어머니는 저 안에 있어요. 눈에 보이지 않을 뿐이야. 이 이상 함부로 발을 들이면 안 돼. 숲에서 빠져나가지 못하게 돼버려. 산 사람은 여기 들어갈 수 없어요."

"그럼 어떻게?"

"말했잖아요. 내가 당신 영혼을 여기 들여보낼 거야."

"그다음은요?"

"그건 나중에 알려줄게요. 오늘 밤, 11시까지 등산로 입구로 나와요."

"네? 오늘? 그렇게 늦게요? 그럼 아이는 어떻게……"

"돌보미라는 게 있다면서요?"

"늦은 밤에는 맡겨본 적이 없어서요."

"구하세요. 돈을 더 얹어주면 되잖아요. 혹시 그게 문제에요?"

"아니 저 그런 건……"

"의식은 아침까지니까, 알아서 해요. 돈이 필요하면 말하고."

말을 마친 호희는 더 들을 것도 없다는 듯, 그대로 왔던 길을 되돌아갔다. 보영은 헐레벌떡 뒤를 따랐다. 슬그머니 고개를 돌려봤다. 조금씩 어둠이 내리기 시작한 산속의 작은 분지는 어딘지 모르게 음산한 기운을 뿜었다.

등골이 서늘해진다. 불길한 곳이다. 영혼을 저기에 밀어 넣는다? 말만으로도 겁이 난다. 아이도 걱정이다. 병철의 음성을 듣고 여기까지 왔건만, 아직 미심쩍기도 하다. 지금이라도 다 그만두고 싶다. 하지만 이제 와 돌이키기엔 늦은 것 같다. 더하여 이는 피해자가 원하는 속죄의 길이기도 하고, 합당한 응보이긴 하나 끔찍한 고통과 악몽 속에서 병철을, 자신을 구하는 길이기도 하다. 어쩌면 직접 물을 수 있을지도 모르겠다. 왜냐고. 왜 그런 짓을 해야만 했냐고. 싸늘하게 식어버린 시신이 아닌 살아 숨 쉬는 병철에게.

5. 의식

이날 밤, 보영은 아침 일찍 돌아오겠다는 약속과 함께 보수를 두 배나 더 주고서야 돌보미에게 아이를 맡기고 집을 나설 수 있었다. 노부부에게 밤새도록 아이를 봐 달라 부탁할 염치는 없었다.

늦은 시간이지만, 이제 봄이 가까워진 만큼 산책로에는 드문드문 오가는 사람이 있었다. 하지만 등산로에 가까워질수록 사람은 없어지고, 어둠만 짙어졌다. 그렇게 보영은 등산로 초입에 도착했다. 호희는 아직이었다. 보영은 가만히 서서 호희를 기다렸다. 밤이 깊어가며 싸늘해지는 공기에 보영은 옷매무새를 추슬렀다. 온통 어둠뿐인 산 아래 홀로 있자니 무섭기도 하고, 한심하기도 했다. 호희에게 홀리기라도 한 것 같았다.

잠시 뒤, 멀찌감치 희끄무레한 형체가 휘휘 다가오는 것이 보였다. 보영은 눈에 힘을 주었다. 호희였다. 평소와 조금 다른,

훨씬 화려한 느낌의 소매가 긴 색동저고리와 품이 큰 치마를 입고 있는데 한 손에는 큼지막한 가방도 하나 들려있었다. 저런 차림이라면 분명 사람들의 이목을 많이 끌었을 터였다. 물론 호희는 별로 신경 쓰지 않았겠지만.

호희가 다가오자 보영이 꾸벅 인사를 했다. 호희는 그런 보영을 휙 지나쳐갔다. 낮에 왔을 때와 같았다. 호희는 거추장스러운 복장에 짐까지 들었지만 걸음이 아주 빨랐다. 보영은 거의 뛰다시피 따라야 했다. 달이 보름에 가까웠지만, 밤의 산속이다. 어둡기도 하거니와 빽빽한 나무와 풀까지. 낮과 밤의 산은 완전히 달랐다. 하지만 호희는 거침이 없었다. 보영은 도통 어디가 어딘지 분간이 되질 않는 가운데 길을 제대로 찾아가는 것인지 의심마저 들었다.

그렇게 얼마나 산을 올랐을까? 갑자기 으슬으슬 추위가 느껴졌다. 조금 전까지만 해도 산을 빠르게 타느라 몸에 열이 나 땀이 났는데, 나중에는 한기에 이빨이 딱딱 부딪히는 소리가 날 정도였다. 이상했다. 요즘 같은 날씨에 아무리 밤의 산속이라 한들 이렇게 추울 리가 없는데.

앞서가던 호희가 걸음을 멈추었다. 한참 뒤에야 보영이 호희의 곁에 와 섰다.

그곳이다. 소나무에 둘러싸인 분지. 맞게 찾아왔다. 하지만 한겨울 칼바람 속 같은 한기, 음산하고 불길한 기운이 밝을 때 왔을 때와는 비교조차 할 수 없다. 마치 경고를 보내는 것 같다. 다가오지 말라고.

호희는 가방을 툭 내려놨다. 작은 돗자리를 꺼내 바닥에 펼치더니 툭 내뱉었다.

"여기 앉아요."

보영은 쭈뼛거리며 시키는 대로 했다. 호희는 작은 향로를 꺼내 흙을 퍼 담은 뒤 보영의 앞에 두고, 향도 한 다발 꺼내 놨다. 다음엔 칼자루에 오색 천과 방울이 다발로 붙어있는 기다란 칼을 꺼내 보영의 곁에 내려놓고 몇 마디 웅얼거리더니 가방을 뒤쪽으로 던져버렸다. 그리곤 눈을 꽉 감고 서서 또 뭐라 중얼중얼, 잠시 그러고 있던 호희가 번쩍 눈을 떴다. 보영은 영문을 몰라 가만히 눈만 껌벅이고 있었다. 호희가 보영을 내려다보며 말했다.

"지금부터 내 설명을 잘 들어요. 실수가 있어서는 안 돼. 당신, 당신 남편, 어머니, 민영이 모두가 위험해질 수도 있으니까."

보영은 고개를 끄덕였다.

"당신이 할 일을 알려줄게요. 세 가지예요. 하나, 민영이를 찾는다. 둘, 신물을 찾는다. 셋, 신물을 찾아 민영이에게 건네준다. 신물에는 어머니의 영혼이 봉인돼 있고, 그걸 좇아 민영이가 아비로 들어간 거죠. 민영이의 원은 할머니를 만나는 것이고, 원이 풀리면 천도하게 돼요. 자연스럽게 어머니의 영혼도 천도하게 되고, 저주를 건 당사자가 사라지니까 당신 남편도 아비에서 풀려나게 되는 거예요. 이해되죠?"

보영이 고개를 갸웃하며 물었다.

"그 아이와 신물이라는 건 어디 있죠?"

"그게 문제예요. 아마 민영이는 쉽게 찾을 수 있을 거야. 완전히 이질적인 공간이 보이거나 느껴질 거예요. 그게 민영이가 있는 곳이죠. 문제는 신물이야. 나도 도저히 어디 있을지 감이 오질 않으니까. 그게 뭔지도 모르고. 하지만 아마 신칼이나, 거기 달린 방울,

혹은 오색천 같은 무구의 모습을 하고 있을 가능성이 커요."

호희가 품을 뒤져 작은 복주머니를 하나 꺼냈다.

"아비란 공간과 악귀로 화한 어머니는 분명한 목적이 있으니까 당신 남편 외의 존재에게 해를 끼치려 하지는 않을 거예요. 하지만 그 목적에 방해가 된다는 걸 알면 공격할 수도 있죠. 혹 그런 일이 생기면 이 주머니 안에 든 부적을 씹어 삼켜요. 당신의 냄새도 모습도 사라져 손을 대지 못할 거야. 석 장뿐이니까, 어지간하면 들키지 않도록 해요. 아비에 도착하면 이 주머니가 허리춤에 달리게 될 거예요. 공격을 받아 다치지 않도록 하세요. 당신은 산 사람이잖아. 저주에 걸려있지도 않고. 그 공간에서 곧바로 쫓겨날 수도 있어요. 왜 꿈에서도 죽을 것 같으면 깨잖아요? 쉽게 돌아올 수 있다고 했다고 했죠? 이런 의미에요. 날이 새도 마찬가지고."

보영이 고개를 끄덕였다. 호희가 말을 이었다.

"의식에 적합한 길일은 많지 않아. 그래서 서두른 거예요. 또 같은 사람을 두 번은 못 들여보내요. 당신 아이를 들여보내지 않는 이상은. 의식 이후엔 공간이 변형되거나 아예 어디론가 사라져 버릴 수도 있어. 그러니까 처음이자 마지막 기회라고 생각해요."

보영이 꿀꺽 침을 삼켰다.

"집중해요. 더 중요한 건 당신 남편의 눈에 띄면 안 된다는 거야. 그게 제일 위험해. 저주에 걸린 당사자니까. 설령 눈이 마주치거나 하더라도 도망쳐! 만약 서로 몸이 닿으면 끝장이야. 당신 영혼도 동화돼서 갇힐 위험이 있어요. 당신도 저주에 걸릴 수 있다는 거야."

"네? 남편을 보고도 피해야 한다고요?"

보영의 풀죽은 물음에 호희는 단호하게 답했다.

"그 무간지옥에 영원히 갇히고 싶다면, 그러던지요. 당신 남편은 저주에 걸려있다는 것, 또 거기 있는 모두가 사자들이고 당신만 산 사람이라는 것, 그걸 잊지 말아요."

보영이 힘없이 고개를 끄덕였다. 멀쩡히 살아있는 남편을 보고도 쉽게 외면할 수 있을지 모르겠다. 호희가 말을 이었다.

"무사히 일을 마치면 저주가 풀리면서 아비가 사라지고 여기서 다시 눈을 뜨게 될 거예요. 그럼 준비됐나요?"

"네."

"내 목소리는 똑같이 들릴 거야. 나랑은 그냥 대화하듯 말하면 돼요. 가자마자 있는 곳이 어딘지, 풍경을 말해줘요. 어디로 가서 어떻게 할지 알려줄 테니."

"네. 알겠어요."

호희가 고개를 끄덕하더니 향을 하나 꺼내 불을 붙여 향로에 꽂았다.

"날이 새기 전에 의식을 끝내야 해요. 잊지 말아요. 기회는 한 번뿐이란 걸."

그리곤 보영의 곁에 놓인 칼을 주워들었다. 자루에 달린 방울에서 딸랑딸랑 소리가 났다. 호희가 길게 숨을 들이마시더니 천천히 뱉어냈다.

"시작할게요. 가만히 집중해요. 머리칼을 조금 잘라내야 하는데, 괜찮죠?"

보영이 고개를 끄덕였다. 호희는 들릴 듯 들리지 않는 나지막한 소리로 덧붙였다.

"조심해요."

그리곤 칼을 보영의 얼굴 가까이 갖다 대는가 싶더니 머리칼 끝을 조금 잘라냈다. 손에 칼과 머리칼을 같이 쥐고 위로 쳐들더니 빙빙 돌면서 칼춤을 추기 시작했다. 향에서 피어오른 연기가 지독하게 보영의 코를 찔렀다. 숨을 참았다 쉬었다 하며 호희를 보았다. 어둠 속 칼춤을 추는 호희의 모습은 기괴하기 그지없으나 좀 우습기도 했다. 긴장이 조금 풀리는 듯했다. 그나저나 이게 다인가? 꿈은 잠들어야 꾸는 것 아닌가? 생각의 와중에 호희가 손바닥 위의 머리칼을 분지 쪽을 향해 훅 불었다. 그러자 신기하게도 날아가던 머리칼에서 타다닥 불꽃이 튀더니 연기를 뿌리며 타들어 갔다.

우뚝, 호희가 멈춰 섰다. 칼을 하나 던져버리고 남은 칼로 제 손을 확 그었다. 촥! 피가 튀었다. 보영에게 다가오더니 다짜고짜 이마에 손을 문질러 피를 묻히곤 뒤로 물러나 휘이- 휘파람을 불었다. 보영은 몸이 움찔거리는 것을 겨우 참아냈다. 뒤이어 느닷없이 졸음이 몰려왔다. 눈앞에 불투명한 유리라도 갖다 댄 듯 시야가 흐려지는가 싶더니 불쑥, 큼지막하게 호희의 얼굴이 다가왔다.

"어?"

일그러진, 새하얀 호희의 얼굴 속 두 눈이 고양이의 그것처럼 세로로 째져 있었다.

눈앞이 캄캄해졌다.

6. 아비

'꿈?'

보영이 눈을 떴다.

어둠 속 맨발, 익숙하다. 이젠 안다. 이건 꿈이다. 꿈속이다. 하지만 다르다. 발바닥에 닿는 감촉이 더욱 생생하다. 몸으로 느껴지는 감각도 그렇다. 보영은 이제 제삼자가 아니다. 이곳에 속해있다. 그게 느껴졌다.

그때 목소리가 들려왔다.

"보영 씨."

"네?"

"저예요. 호희."

"아. 네!"

신기하다. 종이컵 전화기로 말을 하듯 들린다. 정말로 주술인지 뭔지가 작동하는 모양이다. 꿈, 아니 아비란 곳에 들어왔나 보다. 덜컥 겁이 난다. 괜히 청을 들어주었나? 하는 때늦은 후회도. 하지만 이제는 정말 돌이킬 수 없다. 보영은 용기를 냈다.

"어디인지 설명해 봐요."

보영은 주위를 둘러봤다. 역시 아파트 주변인 것 같았다. 심하게 낡고 반쯤 무너져 폐허가 된 건물들이지만. 보영은 주변을 세세히 묘사했다. 호희의 목소리가 계속 들려왔다.

"어머니가 충동적으로 건 저주라 단순히 주변에 보였던 풍경이 그대로 녹아 들어간 것 같아요. 아비는 무한한 시간 속에 있지만, 공간은 그렇지 않아. 어렵지 않게 지형지물을 파악할 수 있을 거야. 가장자리엔 저주를 도운 악귀들이 친 결계가 있어 빠져나오지 못하게 돼 있을 거고. 우선 민영이를 찾아요. 뭔가 좀 다른 장소가 있을 거야. 신물이 있는 곳도. 아마 그러다 보면 어머니에게 쫓기는 남편을 만나게 될 거예요. 그럴 땐, 알죠?"

보영은 잠깐 뜸을 들이다 답했다.

"네. 들키지 않도록, 조심할게요."

"그래요. 주머니는 잘 붙어있나요?"

"아참."

보영은 허리춤을 살폈다. 과연, 복주머니가 매달려 있다. 참으로 신기할 따름이었다.

"있어요."

"좋아요. 혹시 나한테 먼저 연락을 하고 싶으면 그 복주머니 붙잡고 문질러요. 그럼 내가 답할 테니. 시간이 별로 없으니까 서둘러요."

"네."

"행운을 빌어요."

호희의 말이 툭 끊겼다. 뭐랄까? 전화가 끊기는 것과 비슷했다. 동시에 주변을 둘러싼 어둠과 적막이 피부에 저릿하게 느껴져 오싹 소름이 돋았다. 보영은 움츠러드는 몸을 폈다. 별거 아니다. 아닐 거다. 호희도 그리 말했지 않은가? 이건 꿈속이다. 그래, 자각몽 같은 거다. 일단 움직이자. 보영은 애써 기운을 냈다. 걸음을 옮기기 시작했다.

보영은 한참을 그렇게 주변을 걸었다. 으슬으슬한 추위, 물속을 걷는 듯 갑갑한 공기와 적막감, 달도 별도 없는 까만 하늘, 걷기만 할 뿐인데도 숨이 턱턱 막혀왔다. 불안과 긴장이 갑갑하게 목을 죄었다. 차라리 악귀든 뭐든 튀어나왔으면 하는 생각마저 들었다. 보영은 힘겹게 어둠과 적막 속 폐허를 탐험했다.

그렇게 살펴본 결과, 보영의 아파트 근방을 어둠 속 폐허로 재구성해놓은 건 맞는 것 같았다. 하지만 온전한 것은 아니었다. 무너진 건물들은 모두 구조가 아주 단순했다. 높은 건물도 없고, 길은 뒤죽박죽이었다. 아파트가 가장 높은 건물인 것 같은데, 그것도 가까이 가보면 말 그대로 성냥갑 같았다. 창도 없고 횅한 직사각의 구조물일 뿐이었다. 아파트 뒤쪽의 산은 유난히 짙고 검은 어둠에 묻혀있어 보이지 않았다. 먼 풍경도 마찬가지였다. 아마 '결계'라는 걸 거다. 호희는 분명 시간은 무한하나, 공간은 유한하다고 했다. 추측건대 이 아비라는 공간은 아마도 넓게 잡아야 보영이 사는 '동이나 구' 정도의 크기인 것 같았다.

그나저나 병철은 대체 어디 있는 걸까?

보영은 아파트의 아래쪽 주택가로 이어지는 도로를 걸으며 주변을 계속 살폈다. 좀처럼 적응이 되질 않는다. 공포가 가시질 않는다. 하지만 분명 느껴지는 현실적 감각과 달리 보영의 이성은 이런 공간이 존재할 리 없다는 것을 확신하며 계속 움직였다.

그때였다. 멀리서 흐느끼는 소리가 들렸다. 작지만 또렷했다. 적막한 곳인지라 쉽게 방향을 잡을 수 있었다. 보영은 얼른 소리가 들리는 곳을 향해 갔다. 소리는 점점 가까워졌다. 말라버린 개천 위, 반쯤 부서진 다리 너머 낮은 건물들이 옹기종기 모여 있는 곳, 울음소리는 그곳에서 들려오고 있었다. 보영은 근처 건물의 벽 뒤에 몸을 숨겼다. 눈에 힘을 주고 소리가 나는 곳을 살폈다. 보영의 눈이 치켜떠졌다. 어두침침한 비좁은 골목 사이, 한 남자가 바닥에 몸을 작게 말고 있었다. 갈가리 찢기고 피에 절은 셔츠와 바지, 헝클어진 머리칼, 퉁퉁 부은 얼굴.

"아."

보영은 저도 모르게 신음이 새는 입을 틀어막았다. 남편, 병철이었다. 정말이지 비참한 모습에 왈칵, 눈물이 솟았다. 그때였다. 몸을 웅크리고 있던 병철이 번쩍 고개를 쳐들었다. 몸을 부르르 떨며 자리에서 일어섰다. 눈을 부릅뜨고 주위를 마구 둘러보았다.

'왜 그래? 무슨 일이야?'

순간, 홱 까만 그림자가 보영의 눈앞을 스쳤다. 깜짝 놀라 뒤로 넘어질 뻔했다. 나왔다! 그 여자, 꿈속의 그 여자다. 호희의 신어머니, 악귀로 환생한 태령.

태령이 풀어헤친 백발을 휘날리며 병철을 향해 달린다. 쏜살같이 다리를 건넌다. 병철은 혼비백산 골목을 나와 뛰지만, 태령은 병철보다 훨씬 빠르다. 이내 병철을 따라잡는다. 손을 홱 휘젓자 병철의 등짝에서 피가 튄다. 병철이 비명을 지르며 바닥을 뒹군다. 곧바로 태령이 덮친다. 한참 병철을 고문하던 태령이 곁에 있는 돌을 주워든다. 병철의 머리를 내려찍는다. 병철의 몸이 축 늘어진다. 태령이 일어선다. 가만히 죽어버린 병철의 시신을 내려다본다. 홱 뒤로 돌아선다. 어디론가 걸어간다.

보영은 입을 틀어막고 눈물을 줄줄 흘리며 그 광경을 처음부터 끝까지 지켜봤다. 꿈보다 훨씬 생생하고, 처절한 병철의 고통과 죽음을. 당장 뛰어나가 태령을 밀치고 남편을 돕고 싶은 충동을 겨우 이겨냈다. 보영은 훅 작은 숨을 뱉으며 마음을 다잡았다.

호희의 부탁, 불운한 아이를 구제하고 속죄하는 일도 중하지만, 당장 눈앞에서 죽어가는 남편의 모습을 더는 보고 싶지 않다.

7. 탐색

병철의 시신이 어둠 속에 스미듯 사라져갔다. 이것이 고쳐 죽는다는 것인가? 병철은 이곳 어딘가에서 다시 태어날 것이다. 또 한 번 죽음에 이르는 끔찍한 고통을 위해.

보영은 이제 태령의 뒤를 밟기 시작했다. 그리 멀리 떨어지지 않은 자그만 2층짜리 건물로 들어가는 것을 확인했다. 발각된 기미는 없었다. 이 시점에서 보영은 복주머니를 문질렀다.

"민영이를 찾았나요?"

호희가 대뜸 물어왔다.

"아니요."

보영은 자신이 본 것을 그대로 설명해주었다. 호희가 말했다.

"음. 신물이 그 건물 어딘가 있을 수도 있겠네요. 안에 들어가 볼 수는 없어요?"

"안에요?"

"문이 잠겨 있거나, 그래요?"

"그런 건 아니에요."

"좋아요. 아마 잠들어 있을 거예요. 당신 남편이 다시 환생하면 깨어날 거야. 그게 언제인지는 알 수 없으니까 당장 들어가 봐요."

보영은 머뭇거리다 물었다.

"확실, 한가요?"

"가보면 알 거예요. 혹시나 깨어 있으면 주머니 안에 부적. 알죠?"

“네. 그래요. 알겠어요.”

다시 적막. 보영은 크게 한숨을 쉬었다. 내키지 않지만 어쩔 수 없는. 필요한 일이다. 해야 했다. 보영은 천천히 걸음을 옮겼다.

가까이 다가가 본 건물은 역시 아주 단순한 형태로 낡은 벽이 있고, 가운데 뻥 뚫린 입구가 있었다. 그게 끝이었다. 문도 없고, 창도 없었다. 보영은 입구의 벽에 기대섰다. 슬그머니 안쪽으로 고개를 넣었다. 짙은 어둠뿐이었다. 아무도 없는 듯, 비어 있는 것 같았다. 조용했다. 보영은 한차례 심호흡을 했다. 조심스럽게 안쪽으로 발을 들였다.

바깥보다 심하다. 숨이 턱턱 막히는 적막감은 물론 너무 어두워 좀처럼 시야를 확보할 수 없다. 보영은 머리를 썼다. 들어가자마자 한쪽 벽에 붙어 한 바퀴를 돌고, 가운데를 가로지르는 거다. 넓지는 않으니 무언가 있다면 발견할 수 있을 것이다. 그렇게 한참을 걸려 탐색을 마친 뒤 알아낸 것은 이곳은 텅 비어 있다는 것, 그리고 반대편 벽 쪽에 2층으로 통하는 계단이 있다는 것. 즉 신물은 물론 태령도 2층에 있을 가능성이 컸다.

‘혹시 잘못 본 것은 아닐까? 애초에 이리로 들어오지 않은 건 아닐까? 아니면 다른 곳으로 통해있을까?’

어쨌거나 2층에 올라가 보면 확실해질 터였다. 보영은 그렇게 2층으로 향했다. 여기저기 부서진 계단은 위태롭기 그지없었으나 오르지 못할 정도는 아니었다. 그렇게 2층에 발을 들이자마자 알 수 있었다.

‘있다.’

기척. 무언가 있다. 보영은 천천히 1층과 같은 방식으로 살피기 시작했다. 몸이 근질근질, 호희의 눈에서 느껴지던 이질감, 불쾌감이 들었다. 보영은 2층 벽을 따라 한 바퀴를 돌았지만, 역시 아무것도 없었다. 그렇다면 이제 가운데를 가로지르는 거다. 보영은 천천히 한쪽 벽 가운데서 반대편을 향해 천천히 발을 내디뎠다. 한 걸음, 한 걸음 신중하게 바닥을 밀 듯 걸었다. 분명 뭔가 있다는 확신, 연신 몸을 근질이는, 숨 막힐 듯한 긴장감, 그 뿌리에 자리한 보영이 애써 무시하고 있는 공포. 정말이지 못 할 짓이었다. 뇌리를 스치는, 고통에 몸부림치는 병철이 아니었다면 당장에 돌아나갔을 것이다.

툭.

보영의 발에 뭔가 차였다. 발, 발이다. 핏기없이 새하얀 발. 갈고리처럼 끝이 구부러진 발톱이 보인다. 보영은 턱 숨이 막혔다. 으슬으슬 몸이 떨려왔다. 발을 따라 천천히 고개를 들어보았다.

있다. 태령이다. 까만 소복 위 가슴에 모은 두 손이 보인다. 날카로운 손톱도. 그 위로 새하얀 목, 거의 귀까지 째진 입술, 작게 뚫린 콧구멍, 감긴 눈. 호희 말대로다. 잠들어 있다. 다행이다. 그런데, 신물은? 신물은 어디 있다는 말인가? 어쩌면 다른 곳에 있는지도 모른다. 여긴 그저 악귀가 잠시 안식을 취하는 곳인지도. 아니 좀 더 찾아보자. 어딘가 있을지도? 저 검은 소복 아래쪽에.

보영은 몸을 좀 더 낮추었다. 차마 손을 대진 못했지만, 좀 더 가까이 태령을 관찰하기 시작했다. 아직 깨지 않았다. 이내 더욱 용기를 냈다. 치마폭 아래를 살펴보려 손을 가져갔다. 찌릿, 빰으로 전기가 통했다. 보영은 고개를 슬쩍 돌렸다.

눈! 태령이 눈이 부릅떠져 있다!

"헉!"

보영이 재빨리 뒤로 구르듯 물러났다. 복주머니 주둥이를 열고 부적을 꺼내 막 입에 집어넣는 찰나, 어느새 어둠 가운데 똑바로 서서 주위를 두리번거리던 태령이 보영 쪽으로 고개를 홱 돌리며 입을 쩍 벌렸다. 보영을 향해 달려들었다. 보영은 얼른 옆으로 넘어지며 바닥을 굴렀다. 동시에 부적을 씹어 삼켰다.

정신이 하나도 없었다. 탁! 탁! 탁! 탁! 탁! 바닥을 이리저리 뛰는 소리가 들려왔다. 가쁜 숨소리, 빠드득빠드득 이를 가는 소리, 그르렁대는 울음소리도.

보영은 공포에 질려 벌벌 떨면서도 얼른 벽으로 몸을 딱 붙였다. 태령의 기척은 계속 주위를 맴돌았다. 하지만 그뿐, 부적이 효과가 있는 것 같았다. 정말 보영이 어디 있는지 모르는 것 같았다. 보영은 슬그머니 몸을 일으켰다. 어둠을 헤치고 움직이는 태령이 보였다. 보영은 조금씩 태령을 피해 움직였다. 그리고 어느 순간, 기척이 멀어지는가 싶더니 이내 사라졌다. 보영은 안도하며 참았던 숨을 길게 뱉었다. 아마 병철이 다시 환생했을 거다. 그를 좇아갔을 것이다. 어쨌거나 이곳 어디에도 '신물'로 보이는 물건 따위는 없었다.

멀리서 병철의 비명이 들려왔다. 서둘러야 했다. 벌써 꽤 시간이 흐른 것 같은데, 이대로 날이 새면 큰일이었다. 보영은 또 복주머니를 문질렀다. 태령과 마주친 일을 말하고, 이곳엔 아무것도 없다는 것, 도무지 감을 잡을 수 없다며 호소했다. 호희가 답했다.

"그냥 가버린 것을 보면 당신의 존재를 눈치채지 못했을 가능성이 커요. 그건 걱정하지 않아도 될 거 같아. 부적은 이제 두 장뿐이니까 조심해요. 달리 묘책은 없어. 지금처럼 남편과 어머니를 쫓는 것. 수상한 점을 발견하면 말해줘요. 민영이를 찾을 단서도 있을 거야. 그래서 말인데, 너무 자주 연락하지는 말아요."

"네? 그건 왜요?"

"그쪽 세계와 이쪽 세계는 시간이 달리 흘러요. 그쪽에서 일주일이 흘러도 여긴 고작 한 시간 정도죠. 그러니까 좀 더 여유를 가져도 돼요. 하지만 나와 이렇게 연락을 하는 동안에는 시간이 함께 흘러가게 돼. 순리에도 어긋나고, 여러모로 손해야. 그러니까 중요한 일이 있을 때만 연락해요."

보영은 안도했다.

연락만 하지 않으면 며칠 정도는 시간이 있다는 말이다. 하지만 이곳은 해도, 달도, 별도 없다. 시계도 먹통이다. 시간의 흐름을 정확히 알 수 없다. 아무튼, 좋다. 이제 이 공간에 대해서도 좀 더 알 것 같고, 앞으로는 더욱 그럴 것이다. 시간은 충분하다. 힘이 나는 것 같다.

보영은 호희와 연락을 끊고 난 뒤, 건물을 나섰다. 멀리서 들려오는 비명을 향해 빠르게 걷기 시작했다.

8. 사죄

보영은 몇 번이나 병철이 고문을 받다 살해당하는 걸 지켜봤다. 늘 같았다.

태령이 병철을 쫓는다. 얼마든 잡을 수 있지만, 도망치게 둔다. 공포에 질려 허둥대는 모습을 만끽한다. 병철을 덮친다. 고

문한다. 숨통을 끊는다. 그것이 반복된다.

끔찍한 고통에 몸부림치는 남편의 모습을 지켜보는 건 참으로 힘겨운 일이었다. 그나마 다행스러운 건 호희의 말대로 태령이 보영의 존재를 인지하진 못한 것 같았고, 열심히 둘을 쫓은 덕에 새로운 사실을 하나 알아냈다는 거다.

보통 때와 달리 병철을 곧장 죽여 버리거나 길목을 막아 다른 방향으로 가게 하는 지점이 있었다. 더하여 태령도 그곳엔 발을 들이는 걸 본 적이 없었다. 아파트에서 한참 떨어진, 언덕을 조금 올랐다가 아래로 난 내리막길.

이를 호희에게 알리자 반색하며 답하길, 민영이 그곳에 있을 것 같단다. 태령은 악귀가 된 모습을 내보이기 싫을 것이고, 병철은 민영을 죽게 한 당사자이니 절대로 보이고 싶지 않은 거다. 그럴듯했다. 수긍한 보영은 직접 그리로 가보겠다고 하고 연락을 끊었다.

보영은 조금이나마 아비에 적응이 되는 것 같았다. 시간이 흐르다 보니 익숙해진 것도 있겠지만, 저주에 걸리지 않은 제삼자이기 때문일 터다. 언제든 돌아갈 수 있으니까. 무엇보다 반드시 해야 할 일이 있다는 것이고, 그것은 보영만이 할 수 있는 일이다. 호희도 보영만 바라보고 있으며, 남편 또한 그렇다. 강해져야 하는 것이 아니라 이미 강해진 것 같다.

보영은 다시 모습을 드러낸 태령과 병철을 쫓았다. 이젠 꽤 능숙하게 거리를 두고 따라붙을 수 있었다. 그렇게 또 병철이 죽어가는 모습을 봤다. 쉽진 않으나 이젠 울지 않고 견딜 수 있었다. 병철이 죽고 태령이 사라졌다. 여유 시간이 생긴 거다. 보영은 곧바로 예의 장소를 향해 갔다. 막아서는 것은 아무것도 없었다. 어둠과 적막뿐. 보영은 열심히 걸어 이내 예의 길목에 접어들었다. 잠깐 멈춰 귀를 기울였지만, 다행히 아무런 소리도, 기척도 없었다. 보영은 내리막길에 발을 들였다. 조금 걷다 고개를 옆으로 돌려보니 언덕에 난 터널 입구, 길게 도로가 나 있고 멀리 횡단보도가 보였다.

아! 알 것 같다! 이곳도 실제와는 조금 다르지만, 틀림없다. 사고현장이다. 보영 또한 민영이 이곳에 있으리라는 강한 예감이 들었다. 영혼이 최후를 맞이한 장소에 남는 건 흔한 일이 아닌가? 더욱이 할머니를 마지막으로 본 곳이다.

그렇게 보영은 마침내 횡단보도가 있는 곳에 도달했다. 과연, 이곳은 뭔가 달랐다. 한기가 덜하고, 공기도 좀 가볍게 느껴졌다. 또 주변 건물들이 좀 더 세세했다. 창도 있고, 문도 있었다. 순간, 밝은 빛이 보영의 눈을 향해 쏟아져 내렸다. 어둠에 익숙해진지라 시야가 하얗게 타오르며 통증이 느껴졌다. 보영은 얼른 손을 들어 눈을 가렸다.

빛? 처음이다. 이곳에서 이토록 밝은 빛은.

보영은 이내 시야가 정상을 되찾은 걸 느끼며 얼굴을 가린 손을 내렸다.

"어?"

어디서 이렇게 빛이 나오나 했더니 편의점이었다. 어위크 간판에 불이 들어와 있었다. 그게 다가 아니었다. 불 켜진 편의점 앞, 조그만 여자아이가 하나 서 있었다. 묻지 않아도 알 수 있었다.

"네가 민영이……구나?"

살짝 수그린, 창백한 얼굴, 거의 감은 듯 아래로 내리깐 눈, 음울한 표정에 아이다운 활기가 느껴지지 않아 선뜻 다가서기 어려웠다. 하지만 악의는 전혀 느껴지지 않았다. 보통의 아이에 가까웠다.

민영이 고개를 들었다. 오밀조밀 귀여운 얼굴, 아이가 보영을 향해 손을 내밀었다.

"응?"

아무 말이 없다. 그냥 손을 내밀고 서 있을 뿐이었다. 가만히 그런 아이를 보고 있자니 보영은 새삼 너무도 안타까웠다. 마음껏 뛰놀 나이, 가장 행복할 시기에 이게 대체 무슨 꼴인가? 죽어서도 편치 못하고 이런 곳에서 무얼 하고 있단 말인가? 그 모든 원흉이 남편, 병철이다. 도저히 가만히 있을 수가 없었다. 보영은 무릎을 꿇고 고개를 떨어뜨렸다.

"미안, 미안하다. 그 사람은 이곳에 오질 못하니까. 내 사과라도 우선 받아주지 않겠니? 정말…… 미안해."

민영은 역시나 말이 없었다. 가만히 손을 내밀고 있을 뿐이었다.

"뭘 달라는 거니? 원하는 게 있어? 말해봐."

보영이 다시 말을 거는 찰나 편의점의 불이 탁 꺼졌다. 어둠이 내림과 동시에 민영도 자취를 감추었다. 보영은 멍하니 서서 지금 무슨 일이 있었던 건지 곱씹었다. 그리곤 조용히 되뇌었다.

"미안해."

9. 단서

“수확이 없진 않아요. 신물이 손 위에 올릴 만한 크기의 물건일 수 있겠어.”

호희가 말했다.

“그럴까요?”

“손을 내밀었다면서요.”

“네.”

“민영이는 알고 있는 거예요. 할머니의 영혼이 어디에 갇혀 있는지.”

“그런데 통 말을 하질 않아서.”

“원래 자신이 있어야 할 세계가 아니니까 자유롭지 못하겠죠. 특정한 장소에서만 모습을 드러낼 수 있는 거고. 당신이 가지 않았다면 민영이도 거기에 영원히 갇혀있어야 했겠죠.”

“그 신물을 찾지 못하면 결과는 같은 거 아닌가요?”

“맞아요.”

보영은 순간 신물을 끝까지 찾지 못하면 어떡하냐는 물음이 떠올랐지만, 입 밖에 내지는 않았다. 호희가 말을 이었다.

“아직 시간은 있어, 이제 민영이가 있는 곳도 알았으니까, 신물만 찾으면 돼요. 계속 어머니와 남편을 좇으면서 주변을 잘 살펴요. 실마리도 있잖아요. 손바닥에 위에 올라갈 만한 것.”

말은 참 쉽다. 그렇게 작은 물건이라니, 보영은 더욱 막막해지는 느낌이다. 운이 따르지 않으면 절대 찾지 못할 것이다. 하지만 보영으로선 그냥 알겠다, 해보겠다, 답하는 수밖에.

보영은 또 되살아난 병철의 뒤를 밟았다. 이젠 익숙했다. 환생 장소는 늘 같았다. 아파트의 주차장. 매번 그런 병철을 지켜보며 알게 된 것은, 병철은 여러 차례 고통과 죽음을 반복하고 있다는 걸 인지하고 있다는 것. 그렇다. 자신이 곧 끔찍하게 찢겨 죽는다는 걸 앎으로써 환생하는 순간부터 공포에 떠는 것이다. 참으로 무시무시한, 깊은 원한이었다. 또 병철은 자신이 왜 이런 곳에 있는지도 모르는 것 같았다. 겁에 질려 도망치고, 죽어갈 뿐이었다. 당장 모든 걸 알려주고 민영에게 데려가 무릎을 꿇리고 사죄라도 시키고 싶었지만, 그럴 수 없어 참으로 안타까울 뿐이었다.

병철은 주변을 잔뜩 경계하며 걷고 있었다. 보영은 멀찌감치 떨어진 건물 안에서 그 모습을 지켜봤다. 순간, 병철이 홱 고개를 돌리더니 헐레벌떡 뛰기 시작했다. 태령이 나타났다. 예의 뾰족한 손톱을 세워 내밀고 병철을 쫓았다. 보영도 얼른 그들을 쫓아 뛰었다.

이것도 반복하다 보니 대강 태령이 어떤 방식으로 병철을 습격할지 알 수 있었다. 아마 뒤에서 밀거나 다리를 걸 거다. 넘어지면 할퀴거나 쥐어박고는 어디론가 가버린다. 그리곤 다시 나타나 또 공격하고 고문하다 종국엔 죽여 버리는 거다.

예상대로였다. 태령이 병철을 밀쳐 넘어뜨리더니, 발로 머리를 몇 번이나 걷어찼다. 병철은 코와 입에서 피를 줄줄 흘리며 축 늘어졌다. 죽진 않았다. 기절한 거다. 태령은 깔깔 웃더니 어디론가 가버렸다.

한참 뒤, 병철이 깨어났다. 비척비척 건물 사이로 걸어가더니 풀썩 주저앉았다. 한숨을 쉬면서 입과 코의 피를 훔쳤다. 처량하다. 불쌍하다. 보영은 또, 가슴이 저릿해졌다.

이때 병철이 퍼뜩 또 고개를 든다. 이번엔 위다. 위쪽에서 태령이 벽을 타고 슬금슬금 내려오고 있다. 병철은 도망치지만 어림없다. 태령이 훨씬 빠르다. 붙들리는 건 시간문제다.

잠깐, 둘의 모습을 눈으로 좇던 보영의 머리를 스치는 생각, 아무래도 이상하다.

'여태 수십 번이나 이런 모습이 반복됐는데, 왜 이제야 눈치를 챘을까?'

돌이켜보니 처음 이곳에 발을 들였을 때부터 그랬다. 불쑥 나타나 보영의 앞을 지나는 태령을 보고 놀랐던 것이 아직도 기억난다. 그렇다. 병철은 언제나 보영보다 앞서 태령의 등장을 알아채고 있다. 단순히 병철의 감이 좋은 건 아닌 것 같다. 혹 어떤 소리나 기척이 있고, 그것이 병철에게만 느껴지고 들리는 것은 아닐까? 별 것 아닐지 모르지만, 보영은 일단 호희에게 연락을 해보기로 했다.

병철이 죽고 난 뒤에.

굳이 더 지켜볼 필요는 없는 것 같아 물러섰다. 병철의 절규가 들려왔다. 보영은 얼른 귀를 막았다.

10. 신물

"다른 곳에는 특별할 게 없다는 거죠?"

"네. 아무것도."

보영이 답하자 호희가 잠시 생각하는 듯하더니 말했다.

"아무래도 무령이 아닌가 싶네요."

"무령이요?"

"무당방울, 그것도 어머니의 신당에서 사라진 물건 중 하나죠."

"그런데요? 그럼 그 방울 소리가 난다는 거예요? 그걸 듣고 남편이 알아챘다는 거예요?"

"쉽게 말하면 그래. 그게 신물일 수 있어요. 손 위에 올라갈 만한 크기니까."

"그럼 그게 어디서 소리는 내는 건데요?"

"그게, 문제예요."

"문제라뇨?"

"제 생각이 맞는다면 어머니의 몸 어딘가에 매달려 있는 거 같아요."

"네?"

호희가 말을 쏟아냈다.

"무령이 내는 소리는 당연히 저주에 걸린 당사자의 귀에만 들리겠지. 그것도 저주에 쓰인 무구니까. 급하게 이뤄진 주술이라 영혼의 조각을 담을 신물을 따로 숨기질 못하고 그리된 것 같아요. 그럼 이제 당신은 그걸 떼어내서 민영이에게 가져다주면 되는데."

"떼어……내요?"

"부적, 몇 장 남았어요?"

"두 장이요."

"좋아요. 그럼 다음번 어머니가 잠이 들었을 때 부적을 삼키고 몸을 뒤져봐요. 부적이 그쪽 시간으로 20분은 효력이 가니까. 어딘가 방울이 매달려 있다면, 앞뒤 볼 거 없이 곧바로 떼어내요. 그리고 도망쳐요. 민영이에게로.”

“그게, 가능한 일인가요?”

“불가능한 일은 아니죠. 어머니는 저주를 건 쪽이지 걸린 사람이 아니니까 몸이 닿는다고 당신에게 저주가 옮을 일은 없어. 자 이제 다 왔어요. 다 온 거 같아요.”

물론 보영이 알고 싶은 건 그런 게 아니라 위험하지 않냐는 거지만, 다시 생각하니 그건 너무도 당연한 얘기였다.

“시간은, 시간은요? 얼마나 남았죠?”

“저기 그게, 얼마 남지 않았어. 이 연락이 마지막이라고 생각해줘요.”

역시 선택의 여지는 없었다. 보영은 마지막 수긍과 함께 연락을 끊었다. 그나마 일보전진이다. 좋게 생각하자. 보영은 기운을 차렸다. 이마저 수포가 된다면, 그땐 꿈에서 깨는 정도일 뿐. 다시는 기회가 없다고 했지만, 그것도 아직은 모르는 거 아닌가? 호희가 다시 기회를 만들어줄 거다. 어쨌든, 할 일을 하면 되는 거다.

보영은 그렇게 같은 일을 반복했다. 환생한 병철의 뒤를 밟았다. 과연, 병철이 먼저 태령이 나타나는 쪽을 향해 고개를 돌렸다. 다음은 다를 것 없었다. 병철이 죽었다. 태령이 어디론가 갔다. 보영은 태령의 뒤를 밟았다. 태령은 어느 단층 건물 안으로 쏙 들어가 버렸다. 보영은 망설이지 않았다. 곧바로 건물 안에 발을 들였다. 역시 창 하나 없이 벽으로 둘러싸인 장소, 짙은 어둠과 적막뿐. 하지만 이제 보영도 이런 곳이 처음은 아니다. 전과 같다면 아마도 방 가운데 누워 있을 터, 예상대로였다. 태령은 공간의 중앙, 바닥에 누워 다소곳이 손을 모으고 눈을 감고 있었다. 지난번 태령이 눈을 뜬 것은 병철이 환생했기 때문이지 보영의 기척 때문은 아니었다. 즉, 어느 정도 시간은 있다. 물론 아주 길지는 않으니 서둘러야 한다. 일단 부적을 꺼내 바지 주머니에 넣었다. 부적은, 위험해지면 그때 삼켜도 늦지 않다. 무슨 일이 일어날지 모르니 최대한 부적을 아끼려는 심산이다.

보영은 천천히 몸을 낮추었다. 가까이서 보는 태령은 정말이지 무시무시하다. 도무지 익숙해지지 않는다. 눈을 감고 있기 망정이지 저것이 뜨였을 때 뿜어내는 살의는 정말이지 끔찍할 정도다. 물론 망설일 여유는 없었다. 보영은 작게 심호흡을 한 뒤 손을 뻗었다. 태령의 몸을 뒤적이기 시작했다.

손에 닿는 까슬까슬한 한복의 느낌이 불쾌하다. 어찌나 심장이 날뛰는지 쿵쿵 소리에 태령이 깰 것 같다. 공포가 스멀스멀 보영을 잠식해온다. 손끝이 덜덜 떨려온다. 안 될 것 같다. 이건 정말이지. 어서 빨리 손을 떼고 도망치고 싶다. 빨리. 제발. 뭐든, 손에 닿아라.

"허?"

보영은 저도 모르게 소리를 내곤 깜짝 놀라 입을 오므리고 태령의 눈치를 살폈다. 괜찮다. 아직 깨지 않았다. 태령의 왼쪽 팔 안쪽, 뭔가 만져졌다. 혹 같은 것, 무령, 방울, 딱 그런 느낌. 정말 저 안에 매달려 있나 보다. 그런데 끈으로 단단히 동여매두었는지 살짝 당겨봤지만 꿈쩍하지 않았다. 아무래도 소매 안에 손을 넣어봐야 할 것 같았다. 보영은 주머니 안의 부적을 한 차례 만지작거린 뒤 바닥에 납작 엎드렸다. 그리곤 펑퍼짐한 한복 소매 안으로 손을 집어넣었다. 천천히, 조금씩, 안쪽으로.

손에, 팔에 얼음장처럼 차가운 태령의 살갗이 스칠 때마다 온몸에 소름이 돋았다. 태령이 눈을 뜰까 노심초사, 극도의 긴장, 불안, 공포. 지금 이토록 애쓰고 있는 걸 병철은 알기나 할지. 서럽다. 꼼지락꼼지락 움직이는 보영의 눈에 어느새 눈물이 잔뜩 고였다. 헛수고는 아니었다. 태령의 겨드랑이 부근, 보영의 손끝에 딱딱하고 동그란, 이질적인 물건이 만져졌다.

'이거다.'

그때였다. 차가운 기운이 보영의 뒷덜미를 훑는 것이 느껴졌다.

"안 돼!"

태령이 슬그머니 고개를 들고, 눈을 똑바로 뜬 채 보영을 노려보고 있었다. 보영은 이판사판, 손에 닿은 걸 움켜잡았다.

"꺅!"

태령이 몸을 용수철처럼 튕기더니 보영의 위에 올라탔다. 보영은 남은 손으로 얼른 주머니를 뒤져 부적을 꺼내 입으로 가져갔다. 하지만 태령이 더 빨랐다. 부적을 확 낚아채더니 갈기갈기 찢어버렸다.

"컥!"

태령이 보영의 목을 조르기 시작했다. 날카로운 손톱이 목을 파고드는 것이 느껴졌다. 와중에도 보영은 손에 쥔 것을 놓지 않았다. 아니, 더 단단히 움켜쥐었다. 그리곤 그야말로 젖 먹던 힘까지 짜내 확 잡아당겼다.

우드득, 뭔가 뜯기는 소리와 함께 보영의 얼굴로 끈적한 것이 튀었다.

"꺄악!!!"

태령이 끔찍한 비명을 지르며 보영에게서 떨어져 나갔다. 제 머리를 붙잡고 데굴데굴 바닥을 굴렀다. 새하얀 피부 곳곳에 검푸른 멍이 번져갔다. 머리칼이 뭉텅이로 빠지고 그 자리에 작은 돌기가 솟는 것이 보였다. 그 과정이 못내 고통스러운지 경련하며 바닥을 구르던 태령이 벌떡 일어섰다. 그리곤 재차 악을 쓰며 건물 밖으로 뛰어나가 버렸다. 두 발이 아닌 네발로 기어서. 순식간의 일이었다.

보영이 기침하며 몸을 일으켰다. 꽉 쥐고 있던 손을 펴보았다. 정말 무령이었다. 그런데 방울을 묶는 매듭이 있어야 할 부위에 새하얀 살점이 뭉텅이로 붙어있었다. 축축한 얼굴을 쓱 훔치니 피가 묻어나왔다. 아마도 태령의 몸에 마치 신체 일부처럼 붙어있었던 모양이었다. 묘한 기운이 느껴졌다. 마치 살아있는 듯한 느낌이랄까? 보영은 이것이 바로 '신물'일 거라는 확신이 들었다.

그나저나 이상한 일이다. 태령의 모습이 왜 그렇게 변했을까? 아니, 생각은 그만두자. 돌아가서 호희에게 물어보면 될 일이다.

보영은 곧바로 건물을 나섰다.

11. 끝

아비가, 조금 달라졌다. 전보다 더 어두워졌다. 앞을 분간하기 어려울 정도로. 어쩌면 신물을 잃고 분노한 태령이 술수를 써 방해하는 건지도 몰랐다. 한시바삐 영혼을 천도시켜야 할 터였다.

덕분에 보영은 길을 찾는데, 애를 먹어야 했다. 상당한 시간을 이곳에서 보냈기 망정이지 아니면 더 어려웠을 것이다. 그렇게 보영은 겨우 익숙한 내리막길에 접어들 수 있었다. 멀리서 사람인지 짐승인지 모를 것이 울부짖는 소리가 들려왔다. 그럴 때마다 보영은 몸을 떨며 발걸음을 서둘렀다. 그렇게 도달한 어위크 편의점 앞. 불은 꺼져있었다.

혹시 민영이 나타나지 않으면 어쩌지? 보영은 안절부절, 주변을 배회했다. 이러다 태령이 불쑥 나타나기라도 하면 큰일이 아닌가? 호희는 태령이 이곳을 피할 거라 했지만, 모를 일이다. 하지만 민영이 나타나게 할 방법을 모르니 마냥 기다릴 수밖에 없었다.

얼마나 시간이 흘렀을까?

또 울부짖는 소리가 들려왔다. 이번엔 좀 더 가까워졌다. 잠깐 편의점 앞에 앉아 있던 보영은 벌떡 자리에서 일어섰다.

"제발."

그때였다. 등 뒤가 환해졌다. 보영이 화색을 띠고 얼른 뒤로 돌아섰다. 어위크 간판에 불이 밝혀졌다. 그리고 입구에는 그토록 기다리던 민영이 서 있었다.

"아! 다행이야! 정말 다행이야!"

보영은 거의 울 듯한 얼굴로 민영에게 갔다. 이번에도 민영은 가만히 서 있을 뿐 말이 없었다. 보영은 다그치지 않고 기다렸다. 그러자 이번에도 민영이 슥 손을 내밀었다. 보영은 그제야 안심한 듯 말했다.

"몇 번을 말해도 부족하겠지만, 정말 미안해. 진심으로 사죄하고 싶어. 네가 이걸로 원을 풀 수 있다면 좋겠어. 이제 다 잊고 영원히 행복하길 바랄게."

물론 이번에도 답은 없었다. 보영은 고개를 끄덕하고는 주머니에 손을 넣었다. 피투성이 방울을 꺼냈다. 살며시 민영의 손바닥 위에 올려놓았다. 민영은 방울을 손에 꼭 쥐었다. 내내 차갑고 무표정하던 입가에 희미한 미소가 머금어졌다. 그리고 말했다.

"할머니."

그를 지켜보는 보영의 얼굴에도 미소가 어렸다.

순간, 편의점 간판에 불이 꺼졌다. 동시에 민영도 흔적도 없이 사라져버렸다. 전과 같다. 아니, 같지 않다. 어느새 편의점이 더는 원래의 모습을 알아보지 못할 만큼 무너지고 낡은, 단층 건물이 됐다. 아니, 이 공간이 다 그랬다. 이젠 뭔가 다르다는 그런 느낌이 사라졌다. 순식간에 짙은 어둠과 불길한 적막만이 존재하는 죽은 도시, 아비의 일부가 돼버렸다.

'이게 다인가? 끝인 건가?'

보영은 얼른 복주머니를 마구 문질렀다.

얼른 대답해. 얼른.

그때였다. 뒤쪽에서 기척이 느껴졌다. 놀란 보영이 기겁하며 뒤를 돌았다. 병철, 어느새 병철이 보영의 뒤쪽에 다가와 서 있었다. 보영을 본 병철의 얼굴이 눈에 띄게 일그러졌다.

"안 돼!!!"

병철이 버럭 소리치더니 그대로 무너지듯 자리에 주저앉았다. 병철과 닿을까 싶어 얼른 도망치려던 보영은 그 모습에 덜컥 멈춰 섰다. 병철이 절규하며 바닥을 쳤다. 발작하듯 가슴을 쥐어뜯으며 울음을 터트렸다. 당황한 보영은 어쩔 줄 모르고 가만히 서서 복주머니만 문질러댔다. 한바탕 난리를 친 병철이 조금 진정이 됐는지 눈물을 훔치며 자리에서 일어섰다. 그리곤 대뜸 쏘아붙였다.

"네가 왜 여기 있어!? 보영이, 네가 도대체 왜!"

보영이 뭐라 답할 새도 없이 재차 빽 소릴 질렀다.

"네가 왜 여기 있는 거냐고!"

보영은 조금씩 부아가 치밀었다.

"내가 지금 누구 때문에 이러고 있는데? 죽으려면 혼자 죽지! 왜 그랬어! 왜! 왜!"

북받치는 감정, 눈물이 차오르기 시작했다. 병철을 향해 음주운전은 왜 했느냐? 어쩌려고 사람을 죽게 했느냐? 지금 왜 당신이 이런 곳에 있는 줄 아느냐? 내가 어쩌다 여기 온 줄 아느냐? 그간의 자초지종을 한풀이라도 하듯 쏟아냈다. 멍한 표정으로 보영을 말을 듣던 병철이 퍼뜩 입을 열었다.

"그 여자."

"그…… 여자?"

"그 여자야. 무당. 호희라는 여자."

덜컹, 가슴이 내려앉는 느낌, 병철이 호희를 알고 있다?

눈물이 쏙 들어갔다. 꼴깍 침을 삼켰다. 병철이 말을 이었다.

"몇 번이나 그 여자가 나타났었어. 내가 죽어가는 모습을 지켜보곤 했어. 그리고 부족하다. 이걸로는 부족하다면서."

병철은 잠시 뜸을 들였다. 그리곤 자포자기한 듯 내뱉었다.

"나는 어머니와 다르다. 진짜 고통이 뭔지 알려주마…… 라고."

떠올리는 것조차 끔찍한 가정. 어쩌면. 보영은 얼른 다시 복주머니를 문질러봤다. 몇 번이고 계속. 하지만 호희는 묵묵부답이었다.

아무래도 이건.

병철이 음주운전으로 사고를 냈다. 태령의 저주를 받아 아비에 갇혔다. 민영도, 태령도 이곳에 있었다. 여기까진 맞는 것 같다. 민영의 영은 할머니를 쫓아 흘러들었다. 제 발로 온 것이기에 원을 풀면 나갈 수 있다. 그 원은, 할머니다. 미소를 지으며 "할머니."를 부르던 민영의 목소리가 보영의 귓가를 맴도는 듯하다. 그리고 방울을 뜯어냈을 때, 악귀는 사라지지 않았다. 변했을 뿐이다. 더 끔찍한 모습으로.

그렇다면, 어쩌면 그 방울은 그저 악귀에게 남은 태령의 인간적인 부분일 수도 있겠다. "할머니."라 불릴 수 있는, 호희가 말한 '영혼의 조각', 그래 그걸 지도 모르겠다. 아- 어찌 이리 어리석을 수가? 애초에 이런 곳에 발을 들이는 게 아니었다. 호희, 그 여자는 사고처리를 위한 보영의 연락도 받지 않고 두문불출하다가 왜 갑자기 찾아왔단 말인가? 성큼성큼 집 안으로 들어와 주위를 둘러보던 그 눈빛, 작은 의문 하나 표하지 못할 만큼 고압적인 태도, 다짜고짜 쏟아낸 비수와 같은 말들. 아비에 관한 이야기. 돌이켜보면 어느 것 하나 정상적인 것이 없었다. 피해자에 대한 죄책감, 남편에 대한 한 조각 동정에 판단력이 흐려졌다. 호희의 제안은 충분히 의심스러웠다.

그녀가 원한 것은 태령과 다를 것이 없었다. 복수다. 제 신어미와 그 손녀를 죽게 한 자에게. 병철의 영혼만을 거둔 태령의 자비가 무색해지는 참으로 잔악한 복수. 가족을 벌하는 것.

그래, 그럴지도. 그의 죄는 그만큼 무거운지도. 그 사고 이후, 피해자들의 삶은 돌이킬 수 없게 되어버린 것이니까. 애초부터 이것이 마땅한 일이었는지도. 사고를 딛고 일어서 아이와 함께 남은 삶을 준비하려던 보영의 의지는 애초부터 허망한 것이었는지도.

그렇지만. 그렇지만.

보영의 얼굴이 하얗게 질려갔다. 손은 멈추지 않고 복주머니를 문질러댔다. 이내 보영의 머릿속은 한 가지 생각으로 차오르기 시작했다. 막으려 해도 막을 수 없었다. 언제든 돌아갈 수 있다는 확신으로 어떻게든 무시하고 억눌렀던 그것.

'아이. 내 아기는.'

떠올리는 순간, 쿵-하고 무거운 추가 보영의 머리와 가슴 위로 떨어져 충격을 안긴다. 두피가 벗겨져 나갈 만큼 뒷머리를 세게 잡아당기듯 아찔한 느낌. 긴 이명이 귀를 찌른다. 숨이 턱 막힌다. 눈앞이 까매진다. 아니, 이것은 환상이다. 이런 곳이 존재할 리 없다. 꿈이다. 병철이고, 호희고, 아비고 무엇이고 간에 전부 허상이다. 조금 길어지는 꿈일 뿐이다. 곧 깨어날 것이다. 아이가 칭얼대고 있을 거다. 하하, 그럼 그렇지. 웃으며 안도할 거다. 배고팠지? 달래고 어르고. 엄마가 늦잠을 잤구나. 그래, 늦잠을 좀 잔 것 같네? 하하. 그래 진짜 현실은 그렇지. 그런 법이지. 부드럽고 뽀얀 아기의 살결에 볼을 문대는 감촉이 현실이고, 악몽에 시달려 푹 잠을 못 자 피곤한 것이 현실이지.

그런데.

이성의 애타는 부르짖음과 정반대로 눈앞에 보이는 것들이 야말로 지독하게 현실적이지 않은가? 분명 죽었을진대 살아서 저기 서 있는 병철, 이질적인 어둠과 진득한 대기, 단조로운 폐허가 피부와 폐부에, 뇌리에 몇 번이고 각인시킨다.

현실. 이것이 현실. 지옥, 아비. 이것이 현실.

아무리 눈을 깜빡이고 도리질을 치고 얼굴을 문지르고 가슴을 때려대고 머리를 벅벅 긁어 봐도 달라지질 않는다.

어찌해야 하나? 무엇을? 이제 어찌해야 하나? 모르겠다. 모르겠다.

지독한 현실이 보영의 안에서 메아리치듯 퍼져나간다. 몸부림치던 보영의 이성이 환상과 현실의 완전한 전복을 실감하며 마침내 깨닫고야 만다.

돌아갈 수 없다.

갇혀버렸다. 이 몹쓸 곳에.

다시는, 아이를 볼 수 없을 거다.

다시는. 다시는. 내 아이를. 내 남은 삶을.

이때 아주 가까이 흉포한 울음소리가 들려왔다. 그 안에 악의는 없었다. 사냥감을 찾는 짐승의 굶주림만이 느껴졌다. 태령의 남은 조각이 떨어져 나간, 감정도 사고도 말살된 맹목적인 살의에 날뛰는 실로 괴물 그 자체인.

놀란 병철이 다가와 얼른 보영의 손을 잡아끌었지만, 보영은 매섭게 손을 뿌리쳤다.

"당장 도망……"

병철은 말을 맺지 못했다. 보영의 등 뒤쪽으로 무시무시한 괴물이 모습을 드러냈다. 푸르스름한 몸통, 머리칼이 뽑혀나간 자리에 뿔이 솟아있고, 네 발로 움직인다. 더는 인간이라, 여인이라 할 수 없다. 완연한 괴물의 모습. 입을 쩍 벌리자 톱니 같은 이빨 사이로 기다란 혀가 뱀처럼 기어 나왔다.

병철이 경악하며 뒷걸음질 쳤다. 괴물 때문만은 아니었다. 보영이 미친 듯이 복주머니를 문지르고 있다. 마구 찢긴 마지막 부적 조각이 벌려진 입구로 우수수 떨어져 내린다. 그리고 병철을 똑바로 노려보는 크게 치켜떠진 두 눈에서 줄줄 흘러나온다. 검붉은 피눈물이.

보영에게서 마치 태령의 그것과 흡사한 증오와 악의가, 거친 목소리가 흘러나왔다.

"네가…… 네놈이 무슨 짓을…… 한 건지 똑똑히 봐 둬."

사납게 목을 울리던 괴물이 다가오기 시작했다.

에필로그

미진은 겨우 아이를 재웠다. 연신 투덜대면서 다시 한번 휴대폰을 들었다. 역시 전화는 받지 않았다. 미진은 타닥타닥 메시지를 보냈다. 이것도 벌써 세 번째 연락인데, 역시 감감무소식이었다. 오후에는 다른 곳에 일이 있다. 가봐야 한다. 그렇다고 아이를 버려두고 갈 수도 없고, 난감했다. 미진은 거실 소파에 털썩 앉아 조용히 욕지거릴 뱉었다.

이때 기다렸다는 듯 딩동- 초인종이 울렸다. 미진이 얼른 일어나 현관으로 뛰다시피 갔다. 문을 벌컥 열고, 신경질적으로 얼굴을 내밀었다.

"아니, 왜 이렇게 늦었어요? 어? 누구?"

"돌보미분 맞으시죠?"

"네, 그런데."

"수고하셨어요. 이제 가셔도 돼요."

미진이 수상쩍다는 듯 눈을 가늘게 뜨며 물었다.

"아이 엄마는요? 엄마는 어디 가고, 그쪽이 찾아왔어요?"

"일이 바빠서요. 아무래도 좀 더 걸릴 것 같아서 제가 대신 왔어요. 혹시 괜찮으시면 더 맡아주셔도 돼요. 저도 그래 주시면 고맙고요."

미진은 잔뜩 뿌루퉁한 얼굴로 잠시 머뭇거리더니 알았다는 듯 고개를 끄덕였다.

잠시 뒤, 미진이 집을 빠져나왔다. 연신 시계를 확인하며 서둘러 복도를 지났다. 그리고 한 시간쯤 뒤, 다시 현관문이 열렸다. 그리고 칭얼대는 아이를 어딘지 부자연스럽게 품에 안은 여인, 호희가 걸어 나왔다.

호희는 천천히 아이를 안고 엘리베이터 앞에 섰다. 물기 없이 바짝 마른, 바둑알 같은 눈으로 아이를 내려다보며 씩 웃었다.

"참 귀엽다. 우리 민영이."

SATURDAY

씨우세 클럽

정해연

정해연

2013년 장편소설 『더블』을 발표하며 추리소설 작가로 활동을 시작했다. 장편소설 『악의-죽은 자의 일기』, 『지금 죽으러 갑니다』, 『봉명아파트 꽃미남 수사일지』, 『지금 죽으러 갑니다』, 『유괴의 날』을 발표했고, 앤솔러지 『한국 추리 스릴러 단편선 5』, 『그것들』, 『카페 홈즈에 가면?』에 참여했다.

2019년 8월 17일 토요일 저녁 7시.

경기도 영인시의 외곽인 은파면에 위치한 거대한 별장 앞에 한 여자가 서 있었다. 잘록한 허리까지 내려오는 긴 흑발, 하얀 피부, 총명해 보이는 눈빛과 고집스러움이 엿보이는 붉은 입술, 검은 스키니진에 흰 셔츠의 꾸민 듯 꾸미지 않은 멋스러움, 지나가는 누가 보아도 반드시 한번은 돌아볼 듯한 외모를 가진 유연서였다. 그녀는 가느다란 손목에 걸린 스위스제 명품시계를 보며 시간을 확인했다.

"늦었어. 이 시계가 지금 틀린 시간을 가리키고 있는 것이 아니라면."

유연서는 날카로운 눈빛을 빛냈다. 지금 자신이 왜 그들을 기다리고 있어야 하는가? 연서는 그들이 나타나야할 길을 유심히 보면서 수많은 의혹을 떠올렸다.

오늘의 이 모임은 강제로 추진해 만든 것이 아니다. 그들이 스스로 오겠다고 하였다. 그런데도 왜 오지 않는 것인가?

이렇게 세워뒀다가 오늘의 '의뢰'를 무산 시키려는 음모는 아닐까?

일부러 혼자 세워두고 어디선가 보고 있는 것은 아닐까?

애초에 그들은 왜 이 클럽에 가입한 거지?

그때 저 멀리에서 그녀가 기다리고 있는 네 명의 사람들이 동시에 모습을 드러내었다. 세 명은 남자, 한 명은 중년의 여성이었다. 연서는 절대 만만히 보이지 않겠다는 듯 팔짱을 낀 채 턱을 당당히 들고 힘 있는 목소리로 말했다.

"당신들은 왜 이 클럽에 든 거지?"

"느닷없이 뭔 소리고. 니가 같이 하자 안했나."

걸어오느라 지친 듯 숨을 몰아쉬며 이기식이 강한 경상도 억양으로 말했다. 연서는 고개를 끄덕였다. 물론 자신이 같이 하자고 말해 모이게 되었다. 그러나 인간은 스스로의 욕망이 큰 동물. 원하는 바가 있지 않고서는 남의 말을 괜히 따를 이유가 없다.

연서는 이기식의 옆에 서 있던 중년의 천숙자를 검지로 가리켰다.

"원하는 게 뭐야?"

천숙자는 몸에 짝 들러붙는 새빨간 미니 원피스에 검은 망사 스타킹, 새빨간 하이힐을 신고, 어깨에는 흰 스카프를 두른 채 담배를 피워 물고 있었다. 그녀는 눈 하나 깜짝 않고 날카롭게 뻗은 연서의 검지를 잡아 치켜들었다.

"어디서 본데없이 손가락질이야. 이게 하자는 대로 해주니까 머리까지 기어 올라오네. 음모놀이는 네 집 가서해."

아직 의혹은 풀리지 않았지만 연서는 기가 센 천숙자의 옆을 지나쳐 서석권에게로 갔다. 마흔 넷의 그는 충청도에서 올라온 남자로, 기운이 빠진 듯 살짝 처진 어깨에 느릿한 움직임이 특징이었다.

"그런데 어째서 늦은 거지?"

"니 시계 오 분 틀려유."

서석권이 연서의 흥분에는 별 관심 없다는 듯 지나치며 말했다.

"그럴 리가 없어! 이 시계는 스위스제 명품 브랜드 미닷의 100주년 기념 특별한정판이란 말야!"

"아, 그 시계는 특성상 매일 흔들어주지 않으면……."

뭔가 기운 빠진 소리가 들려왔지만, 연서는 미처 그 목소리를 듣지 못하고 자신을 스쳐 지나가 일렬로 서있는 사람들을 향해 홱 돌아섰다. 특유의 무존재감으로 연서의 관심조차 받지 못한 김병천은 조용히 다른 사람들 옆에 가서 섰다.

유연서, 이기식, 서석권, 천숙자 이렇게……. 아차, 김병천까지 '씨우세' 다섯 명이 모두 모였다. 발음도 참 뭣한 '씨우세'의 정식 명칭은 'CEO리스크를 대처하는 우리들의 자세'이다.

그들은 모두 세븐위크유통 그룹의 편의점 체인인 '어위크'의 편의점주들이었다.

사실 유연서로 말할 것 같으면, 32년 전 서울에서 태어나 초등학교를 졸업할 때까지 영재, 천재 소리를 놓치지 않고 들어왔고, 모 방송사 주최 장학퀴즈에도 나가 우승한 전력이 있는 여자였다. 한국대학을 차석으로 입학, 수석으로 졸업했고, 그것도 모자라 미모까지 받쳐주니 대기업인 S그룹, L그룹 어디든 마음만 먹으면 입사 가능하고, 아나운서든 기자든 하고 싶은 일을 선택만 하면 된다는 평가를 엉덩이에 꽂힌 두루마리 휴지처럼 줄줄 달고 다녔다. 하지만 정작 취업전선에 뛰어들자니 이상한 현상이 벌어졌다. 1차 서류전형은 프리패스인데, 왜 최종면접에만 가면 뚝뚝 떨어지는지.

하지만 유연서를 잘 안다는 사람이라면, 그 이유를 모를 리가 없다. 그것은 바로 유연서의 뼛속에 박혀있는 음모론 때문이었다.

"자네는 이 회사에 들어오고 싶은 이유가 뭔가?"

"그런 걸 물으시는 이유는 뭐죠? 제가 이 회사에 들어오고 싶은 이유를 알면 심사에 어떤 영향을 미치는 겁니까? 혹시 저를 타 회사의 스파이로 생각하시는 건 아닌가요? 그게 아니라면 질문이 이상하군요. 회사에 들어오고 싶은 이유라……. 그럼 이 회사를 왜 들어오고 싶게 만드신 거죠?"

탈락.

"만약 고객이 컴플레인을 제기한다면, 어떻게 응대할 것인가?"

"저는 고객지원팀이 아니라 기획전략부에 지원한 것인데요? 아니, 잠깐만……. 컴플레인이라면 정확히 어떤 거죠?"

"예를 들면 청소기가 잘 작동이 안 된다거나?"

"그렇다면 기술팀에 전화를 해야 하는 것이군요. 아니, 애초에 디자인 자체가 결함을 유발한 것일 수도 있지 않나요? 그럼, 고객지원팀인가? 콜센터 대표번호인가? A/S팀? 아니, 이 모든 것을 최종 결제한 회장님한테 전화를 돌려야 하는 것 아닌가요? 왜 이렇게 복잡한 거죠? 설마, 고객의 컴플레인 자체를 일부러 힘들게 하려는 음모가 숨어있는 건가요?"

탈락.

대부분 그런 식이었다.

아무튼 수없는 탈락의 이유가 입방정이라는 것을 안다면 그녀의 아버지는 당장에라도 서른둘에 부모 등골 빼먹는 고학력 캥거루인 그녀를 주머니 밖으로 던져 버릴지도 모를 일이었다. 어쨌거나 오늘도 너무 잘나 내 자식이 맞나 싶은 유연서가 왜 취직을 못하고 있는지 도무지 알 수 없는 아버지는 어위크 편의점 가맹점주 모집 책자를 딸의 얼굴에 집어 던졌다. 유연서는 한낮의 해가 휘영청 중천에 떠오를 때까지 자느라 얼굴에 모아진 개기름에 붙은 책자를 떼며 멍하니 아버지를 바라보았다.

"도저히 취직은 안 되고, 나도 이제 그만 등골 빨리고 싶다! 너 공부 말고는 할 줄 아는 것도 없어서 내가 고르고 고른 거야. 안 한다 소리 하면 그 입을 찢어놓을 거다! 어차피 이미 가맹점 계약하고 왔으니까!"

유연서는 생각했다. 한두 번 빨린 등골도 아니고, 서른 두 해를 빨린 등골인데 왜 이제 와서 더 이상 안 된다고 하시는 걸까? 그 배후에 어떤 음모가 있는 건 아닐까?

아무튼 유연서는 입이 찢어지기는 싫어 어느 날 느닷없이 어위크 편의점주가 되었다. 편의점의 위치도 나쁘지 않았고, 연서의 외모도 한몫을 한 덕에 장사는 꽤 안정권이었다. 그렇게 유연서의 편의점과 가정에 평화가 찾아올 때 즈음, 일이 터졌다.

[세븐위크 유통체인 회장, '여직원의 주 업무는 커피 심부름과 웃는 얼굴' 발언 논란]

[백광우 회장, 운전사에게 서류 던진 적도……]

[온라인서 세븐위크관련 회사 제품 불매운동 벌여……. 전국 가맹점 피해 우려]

어위크의 편의점은 세븐위크 유통의 자회사 중 한곳이었다. 신문에서 말하고 있는 '전국 가맹점'에는 당연히 유연서의 어위크 편의점도 포함되어 있었다. 세븐위크 유통체인의 가장 큰 수익을 내는 자회사가 어위크 편의점 라인이었기에 불매운동의 집중적인 포화를 맞았다. 처음에는 며칠 지나면 다시 괜찮아질 줄 알았다. 그러나 그녀의 예상은 빗나갔다. 들어오던 손님도 "아, 여기가 거기지?"하고는 나갔고, 사람들은 수군대며 지나갔다. 매출이 당장에 절반으로 뚝 떨어졌지만 본사에서는 아무 공지도 하지 않았다. 그 와중에 백광우 회장의 입지랄이 포텐을 터뜨렸다.

[아니, 여직원들이 하두 뚱해 있길래, 딸 같아서 한말이죠.]

[운전기사한테 뭘 던졌다고요? 손이 미끄러져서 스친 거라고요.]

덕분에 네티즌들은 기다렸다는 듯 반응했다. **[딸 같으면 유산이나 물려주던가.]** 라는 말은 그 달의 최고 '뿜 댓글'로 뽑혔고, 개그 프로그램에서는 '아이쿠, 손이 미끄러져서 회장님 싸대기를 때렸네.' 같은 풍자개그가 인기를 끌었다.

그럴 때 즈음, 어위크 편의점주 대책회의가 열렸다.

말이 좋아 대책회의였지, 한숨과, 한숨과, 한숨. 그리고 회장에 대한 욕설과, 욕설과, 욕설로 회의장이 가득 찼을 뿐이었다. 본사에서 나왔다는 정책기획실장과 홍보실장마저도 제대로 된

대책을 가지고 있지는 못했다. 거기서 연서는 다른 네 사람과 만났다.

그것이 '씨우세클럽'의 시작이었다.

"자, 이제 시작해요."

연서가 긴장된 얼굴로 고개를 끄덕이며 말했다. 씨우세클럽의 네 명은 연서를 보며 힘 있게 고개를 끄덕인 후, 비장한 얼굴로 주머니에서 라텍스 장갑을 꺼내 손에 끼었다. 연서 역시 장갑을 낀 후 미닷의 100주년 기념 특별 한정판 시계를 확인했다. 그녀가 모르는 사이 5분 느려진 시계의 초침이 정각을 가리키는 순간, 철컥 하는 소리와 함께 정문의 문이 열렸다.

검은 정장, 흰 셔츠, 검은 넥타이, 흰 피부에 검은 머리, 커다란 눈은 호수 같고 오똑한 코 아래로 시크해 보이기까지 하는 얇은 입술이 미모를 완성시키는 남자가 나왔다. 연서는 생각했다. 대체 이건 누구의 음모이기에, 이런 자리에서 자신의 이상형과 만나야 하는가.

"코 좀 그만 벌름거려."

천숙자가 쯧, 혀를 차며 말한 순간 연서는 본연의 임무를 떠올림과 동시에 정신을 퍼뜩 차렸다. 그녀는 곧 아무 일도 없었다는 얼굴로 돌아왔다.

"준비되었습니다. 따라오시죠."

남자가 묵례를 하고는 문 안으로 들어갔다. 다섯 명은 최대한 몸을 낮추어 그의 뒤를 따랐다. 내부로 들어서자 엄청난 정원이 있었다. 사람 키 두 배는 되는 담장 너머로도 보일만큼 큰 소나무와 이름 모를 나무들이 잘 관리되어 있었고, 정원의 정중앙에는 연못이 자리하고 있었다. 운동장만한 정원을 지나쳐 드디어 그들은 별장 건물의 중앙에 도달했다.

"2층 방입니다."

목소리를 낮춘 남자의 말에 연서는 고개를 끄덕거렸다. 저음의 목소리도 상당히 매력적이었다. 연서는 슬쩍 웃으려는 자신의 입술에 벌을 주듯 힘을 꽉 주고는 아랫입술을 살짝 깨물며 그 뒤를 따랐다.

다섯 사람은 남자를 따라 2층의 방으로 올라갔다. 계단은 건물의 가장 오른쪽 편에 있었다. 2층으로 올라가니 나란히 방 세 개가 있었는데 그들이 안내 받은 방은 정중앙의 것이었다. 남자는 이 방이라는 듯 살짝 고개를 숙이고는 주머니에서 열쇠를 꺼내 손잡이에 꽂아 넣었다.

덜컥.

문이 조심히 열리자, 다섯 명의 씨우세 멤버들도 완전히 숨을 죽였다. 방 하나만 해도 소형 아파트 하나만큼은 될 만한 위용에 자신도 모르게 '와' 소리를 내려는 서석권의 입을 이기식이 간신히 막았다. 방에는 고급 가구들이 세워져 있었고, 천정 정중앙에 달린 샹들리에가 창에서 들어오는 빛에 보석처럼 반짝였다. 둥근 원탁에는 마시다 만 샴페인이 있었고, 두 개의 잔이 빈 채 올려져 있었다.

그리고 그들의 목표, 침대 위의 남녀는 옷을 입은 채 나란히 누워 깊은 잠에 빠져 있었다. 연서는 이상형의 남자를 돌아다보았다. 그가 고개를 끄덕거렸다. 씨우세 멤버 다섯 명이 신호를 주고받듯 서로를 향해 눈짓을 했다. 그러자 자세를 낮춘 이기식이 두 손을 뻗어 잠에 빠져 있는 여자의 목을 향해 손을 가져갔다.

순간 턱, 하고 이기식의 어깨를 잡는 손이 있었다. 바로 천숙자의 손이었다. 그녀는 돌아보는 이기식의 빰따귀를 조금의 주저함도 없이 내리쳤다. 철썩 하는 소리와 함께, 서석권이 달려들어 비명을 지르려는 이기식의 입을 막았고, 연서는 자신의 입을 막았다.

"여자 몸에 니가 왜 손을 대."

"나, 나도 모르게."

침대 위에 누워있는 것은 요즘 가장 핫하다는 여배우 이체리였다. 2·30대 남성들의 워너비 이체리, 여성들이 가장 닮고 싶은 얼굴 1위 이체리, 얼마 전 성공리에 방영을 마친 드라마 '바람의 천사'의 히로인, 바로 그 이체리였던 것이다. 서석권은 이해한다는 듯 이기식의 어깨를 토닥거렸다.

천숙자가 두 남자를 밀어 버리고는 앞으로 나섰다. 그녀는 살짝 이체리의 이불을 걷었다. 천숙자의 어깨가 흠칫 하는 것이 느껴졌다. 그녀는 고개를 갸웃하고는 이체리의 잠옷 목둘레를 살짝 들어 보았다. 돌아보는 천숙자의 얼굴이 어두웠다. 그녀는 연서를 향해 고개를 가로 저었다.

"그럴 리가."

연서가 앞으로 나서서 이체리의 목을 확인했다. 그들이 목표로 했던 목걸이가 없었다.

그때였다. 이체리가 눈을 번쩍 떠올렸다. 덕분에 놀란 연서는 나가자빠질 뻔했다. 그러나 눈앞의 다섯 명이 자신을 들여다보고 있음을 알게 된 이체리의 놀람과는 비교할 바가 못 되었다. 이체리는 지금 이것이 무슨 상황인지 파악하려는 듯 눈을 깜박거렸다. 그리고는 떨리는 손으로 자신의 목을 확인했다. 순간 아름다운 그녀의 얼굴이 일그러졌다.

"꺄아아아아악! 도둑이야!"

그녀의 길고 긴 비명이 별장 안을 가득 메웠다.

"당신들 때문에 되는 일이 없어!"

백광우가 인상을 쓰고 소리쳤다. 그렇다. 지금 씨우세 멤버 5인 앞에서 잠옷 바람으로 난리를 치고 있는 인물은 세븐위크 유통그룹의 회장 '그' 백광우다.

"그렇게 말씀하시면 섭하지, 종류도 다양하게 사고치는 게 누구신데."

소파에 다리를 꼬고 앉은 천숙자가 비아냥거렸다. 그녀의 짧은 치마가 올라갈 데까지 올라가 있어 보이지 말아야 할 라인까지 보일 것만 같았다. 서석권이 옆에 있던 소파의 방석을 그녀의 치마 위로 휙 던졌지만 천숙자가 귀찮다는 듯 걷어 버렸다.

"어휴, 당신들 믿고 부탁한 내가 병신이지."

"자아탐구는 그쯤 하시고, 대체 이게 무슨 상황인지 저희한테 먼저 설명 좀 하시죠."

연서가 앞으로 나섰다. 백광우 회장은 자신보다 한참이나 나이가 어린 연서를 씹어 먹을 듯 노려보았다.

"설명은 그쪽에서 해야지!"

"회장님."

그때 목욕탕에서나 들을 수 있을 법한 낮은 음의 목소리가 두 사람 사이로 끼어들었다. 씨우세 멤버들이 들어올 수 있도록 문을 열어준 백광우의 비서였다. 연서는 그 목소리만으로도 얼굴께의 열기를 느끼며, 그가 말을 할 수 있도록 살짝 몸을 틀어 주었다.

"이분들께서 오셨을 때는 이미 이체리 씨의 목에 목걸이가 없었습니다."

"뭐? 말도 안 돼! 잠들기 전에 목에 차고 있는 걸 분명히 내가 봤단 말이야!"

연서는 재빨리 상황 파악을 했다. 그리고는 뭔가 확신한 듯 백광우 회장을 향해 말했다.

"모든 사람들을 불러 모아요. 우리는 지금 음모에 빠졌어요."

백광우의 별장은 총 두 개 층으로, 각 층별로 세 개씩 여섯 개의 룸으로 구성되어 있었다. 조사를 위해 씨우세클럽에게 배정된 방은 2층의 맨 오른쪽 방이었다.

"우리가 지금 여기서 뭐 먹고 살 일 났다고 이카고 있는지 모르겄네."

이기식이 한숨을 내쉬며 말했다.

"갈차줘?"

서석권이 특유의 느릿한 말투로 물었다.

"지금 몰라서 그카나?"

"그렇게 아는 늠이 남 엎어지면 코 닿을 데에 가게를 내냐아?"

"또 그 소리여? 본사 규정이 그런 걸 왜 나한테 지랄이냐, 지랄이!"

"그려. 본사 규정 지켜서 251 미터에 내셨지."

본사 규정은 250 미터 이상만 떨어지면 가맹점을 열 수 있게 되어있다.

"지금이 싸울 때예요?"

연서의 날카로운 목소리에 두 사람의 목소리가 사그라들었다. 그래도 한곳을 보기는 싫은지 서로 고개를 팩하니 반대쪽으로 돌렸다. 김병천을 보게 된 서석권은 그렇다 치고, 천숙자는 자신을 향해 이기식의 얼굴이 돌아오자 거의 때리듯이 이기식의 얼굴을 밀어 정면을 보게 했다.

연서 역시 낮은 한숨을 쉬며, 일이 왜 이 지경까지 됐는지 생각했다.

사실 씨우세클럽을 창단하기는 했지만 계획이라곤 이렇다 할 만한 것이 없었다. 그 와중에도 전 국민의 어위크 불매운동은 멈추지 않았고, 본사에서도 항의 전화를 처리하느라 정작 가맹점주들의 피해는 체크조차 못하고 있었다. 그래서 머리를 짜낸 끝에 첫 활동을 개시했다.

그들의 첫 활동은 김병천 편의점주의 가맹점 건물 지하에서 이루어졌다. 김병천이 지하로 내려가는 계단 앞 셔터를 촤르륵 열자 계단이 나왔다. 100평은 넘는 건물 지하에 문 닫은 PC방이 있었다.

"여, 여길 써도 돼?"

"어차피 제 거예요."

연서는 자신보다 두 살이나 나이가 어린 김병천의 전직이 궁금했지만, 길게 묻지 않았다. 지금 중요한 것은 김병천의 전직이 아니라 그들의 타깃이었다.

유연서가 씨우세클럽의 첫 작전을 지시했다.

"우리는 지금부터 댓글부대가 될 겁니다."

다섯 명은 나란히 앉아 백광우로 검색되는 모든 뉴스에 댓글을 달기 시작했다. 당연히 무조건 선플이었다.

[옛날분이라 요즘 얼마나 예민한 시대인지 놓치신 것 같네요.]

[잠깐 실수로 안타깝게 됐네요. 소문으로는 좋은 분이신 것 같던데.]

[언젠가 넘어졌을 때 일으켜 주신 분이 있었는데, 알고 보니 백광우 회장님이었어요. 자세한 내막은 모르지만 한 면만 보고 판단하지 말았으면 좋겠네요.]

**[피해자분들의 마음의 상처가 빨리 나으셨으면 좋겠습니다.
백광우 회장님께서도 사과하셨으니 이제 이런 일은 없겠죠?]**

**[백광우 회장님의 사과에서 진정성이 느껴집니다.
괜한 2차 피해자가 없었으면 좋겠네요.]**

[다른 가맹점주들은 무슨 죈가요?]

대체로 이런 댓글들이었다. 다섯 명은 부모, 형제, 사촌, 오촌, 오촌의 팔촌, 팔촌의 친구, 친구의 사촌, 친구의 사촌의 형제까지, 알아낼 수 있는 개인정보들을 모두 끌어 모아 댓글을 다는데 시간을 보냈다. 아르바이트생과 교대해야 하는 점주들이 자리를 비울 때는 다른 사람들이 더 열심히 댓글을 달았다. 댓글을 다는 순간, 악플이 빠르게 밀고 올라왔지만 그들은 포기하지 않았다.

그러나 선플 달기로는 백광우의 이미지를 포장하기 역부족이라고 판단한 유연서는 두 번째 행동 개시에 나섰다. 수소문하여 백광우의 자택 주소를 알아낸 것은 이기식이었다. 그는 서울이든 전국 어디에서건 세 명만 거치면 그 집 화장실 위치까지 알아낼 수 있다며 자신 있게 가슴을 두드리더니 정말로 백광우의 자택 주소를 알아온 것이었다.

"전직이 의심스럽네."

서석권이 눈을 가늘게 뜨고 또 심사를 살살 긁으려 했지만, 이기식은 웬일인지 킁, 하고 헛기침만 할뿐이었다.

다섯 명은 차를 몰고 아침 일찍 백광우의 자택으로 향했다. 운전자는 이기식이었다.

"이거 할 사람이 나밖에 없제? 고마 쌔리 나없으면 어떻게 할 뻔 했노!"

그는 으쓱해진 어깨만큼이나 목소리를 높이며 자동차를 몰았다. 사실 모든 것은 유연서의 음모와 계획 아래에 서 있음을 이기식은 물론이고 그 차에 탄 모두가 알고 있었다. 그들은 백광우의 자택에서 조금 떨어진 곳에 차를 세우고 백광우가 나오기를 기다렸다.

기다린 지 20여분이 지날 때쯤 운전기사가 캐딜락CTS-V를 끌고 정문 앞에 대기했고, 5분쯤 지나자 백광우가 나와 그 차의 뒷자리에 앉았다. 백광우의 얼굴은 인터넷으로 하도 노려봐서 KTX를 타고 시속 150km으로 달리다 스쳐봐도 알아볼 수 있었다. 그의 캐딜락이 천천히 출발했고 이기식도 자신의 2009년형 모닝을 타고 그 뒤를 좇았다.

차가 도로로 진입했다. 서울의 출근시간엔 언제나 그렇듯 차가 많았다. 옆도, 뒤도, 앞도 차로 가득했고, 그 차안에는 당연히 사람들이 타고 있을 것이다.

이른바 목격자다.

이기식은 캐딜락의 뒤를 쫓다가 순간 액셀러레이터를 밟았다. 모닝이 문제가 아니라 모닝에도 나이트에도 열어야 하는 편의점을 내놓아야 수리비를 물어줄까 말까 한 캐딜락을 쿵, 하고 박았다. 사람이 다치지 않을 정도, 그러나 소리는 엄청나게 커서 이목을 한 번에 받을 수 있을 정도의 선을 이기식은 신이 내리기라도 한 것처럼 기가 막히게 유지했다.

순간, 주변에 있는 차들과, 횡단보도에서 대기하던 목격자들의 시선이 이쪽으로 몰렸다. 더러는 이 안타까운 상황에 휴대폰을 들고 사진을 찍기도 했다. 얼굴엔 그들이 자신의 SNS에 뭐라고 올릴지가 그대로 써져 있었다.

[모닝 좆됨.jpg ㅋㅋㅋ]

이기식은 차에서 내렸다. 캐딜락 쪽에서도 운전자가 내렸다. 하지만 이기식의 목표는 그가 아니었다. 이기식은 운전자에게 괜찮으시냐며 정말 죄송하다고 고개를 숙인 뒤 재빠르게 차 뒷문을 벌컥 열었다.

"뭐야?"

인상을 구기며 KTX 안에서도 알아볼 백광우가 소리를 질렀다. 이기식은 백광우의 얼굴에 자신의 얼굴을 바짝 대며 조용히 멱살을 잡았다.

"내려."

사람들에게는 아마 이기식이 허리를 숙여 사과를 하는 것으로 보였을 테지만, 백광우는 거의 겁에 질려 끌려 내렸다. 백광우가 내릴 때는 이미 이기식이 그의 멱살을 놓고 허리를 숙인 뒤였다.

"이거 정말 죄송합니다. 아이구, 이렇게 비싼 차를……. 나는 망했네. 어머니 요양원비도 벌써 일 년이나 밀렸는데……."

이기식은 백광우의 한쪽 손을 잡고 이미 20년도 더 전에 사고로 돌아가신 어머니를 부르짖었다. 백광우는 어리둥절해했다. 그런 백광우의 허리춤을 잡고 이기식은 눈을 치켜 올렸다.

"어깨 두드려. 괜찮다고 해. 걱정 말라고 하라고."

이기식의 힘이 얼마나 센지 백광우는 숨도 쉬지 못했다. 하지만 그 와중에도 백광우는 손끝을 파르르 떨며 이기식의 한쪽 어깨를 두드렸다. 그는 사람들의 휴대폰이 어디를 향하고 있는지를 확인하고는 나직하게 물었다.

"다, 당신 누구야?"

"나? 나 니 덕분에 망하기 직전인 명천점 점주다."

어디서 못 배워먹은 버르장머리인지 직원에게 하는 갑질에, 여성비하까지 하는 백광우도 본디 영재소리 깨나 듣던 뇌를 굴려, 지금 상황을 파악하는 데까지는 그리 오래 지나지 않았다. 백광우는 이 더러운 세상에 내려오신 부처와도 같은 미소를 지으며 저 멀리 100km도 더 떨어진 곳까지 들릴 정도의 목소리로 말했다.

"걱정 마세요. 사람 안 다친 게 어딥니까? 수리비는 걱정 마세요. 제가 알아서 하겠습니다."

모닝에 타고 있던 씨우세클럽의 천숙자는 펙트를 꺼내 화장을 고치면서 픽, 하고 웃었다.

"쇼들 하고 있네."

물론 직원에게 갑질하고, 여성을 비하하는 백광우는 천하의 나쁜 놈이 맞다. 아무 상관이 없다면 유연서를 비롯한 씨우세클럽 모두들 맨 앞줄에 나서 백광우에게 돌이 아니라 철퇴라도 내리칠 수 있었다. 그러나 문제는 저 지랄 맞은 개새끼 백광우가 그들의 목숨 줄이 걸린 편의점의 얼굴이라는 것이었다.

[시민들에 의해 알려진 백광우의 선행]

그날 검색어 1위에 오른 뉴스기사의 헤드라인은 그림같이 멋지게 빠졌고, 슬슬 어위크 편의점에도 파리가 아닌 손님들이 문턱을 넘기 시작했다. 그러나 그 평화는 오래 지나지 않았다. 저 백광우는 언제고 또 사고를 칠 것이다, 라는 의심을 놓지 않은 유연서에게는 큰 한방이 필요했다.

그 와중에 백광우에게서 만나자고 연락이 온 것은 의외였다.

"이체리한테 준 목걸이가 있어. 시가 3억짜리. 이번 주말, 내 별장에 이체리를 초대할 거야. 그때 그 목걸이를 훔쳐 내줘."

"뭔 미친 소리고?"

연서는 서석권의 말을 막긴 했지만 똑같은 생각이었다. 갑자기 다섯 사람을 불러 그런 부탁을 하는 백광우가 미쳐버린 게 아닌가 생각했다.

백광우가 설명했다.

"아무 생각 없이 목걸이를 선물했는데, 이체리가 조금 후에 있을 서울 디자인위크 패션쇼에서 그 목걸이를 차겠다잖아."

"그 목걸이가 백광우 회장님 소유인 걸 아는 사람이 있군요."

연서가 예리하게 지적했다. 백광우가 살짝 고개를 끄덕였다.

"게다가 그 목걸이 가짜야. 잘못하면 온 동네에 망신 떨게 생겼다고."

어이가 없다는 듯 천숙자가 피식 웃었다.

"이쁘다 이쁘다 하니까 아주 머리 꼭대기까지 올라온다더니. 미담 좀 만들어줬다고 해서 아예 부려 드시려고?"

"하지만 이거 터지면 당신들도 곤란하잖아."

"곤란하지! 그러니까 왜 그런 짓을 해!"

"그러니까 도와줘. 그럼 나도 원하는 것을 해주도록 하지."

백광우의 미담 조작이 어느 정도 먹혀 대대적인 불매운동은 사그라졌다고 해도 세븐위크 편의점들의 매출은 평소의 절반 이하로 떨어졌다. 멀쩡한 곳이 한군데도 없었다.

이런 놈의 뒤를 봐주는 짓은 구리다. 연서는 개인적으로 이런 구린 놈은 천벌을 받아도 싸다고 생각했다. 그러나, 지금은 다 같이 살아야 했다. 여기가 아니라 어딘가에서 천벌을 받길 바라며 연서는 제안을 받아들였고 나머지 네 사람을 설득했다.

"전 국민 앞에 진심을 다해 사과하시고 피해자들에게도 직접 만나 사과하세요. 그리고 피해를 본 가맹점주들에게 피해보상 약속하시고요. 이 모든 게 목걸이 사건이 해결된 이후 한 달 이내에 전부 이뤄져야 합니다."

그렇게 씨우세 멤버 5인이 오늘 이곳에 오게 된 것이었다.

그런데 목걸이가 없어지다니. 일이 어그러져도 아주 이상한 방면으로 어그러졌다. 그때 노크 소리가 들리고 검은 눈썹의 현빈 같은 그 남자가 들어왔다.

"준비되셨으면 사람들을 들여보내도 될까요?"

"네. 그런데 저기요."

남자가 연서를 보았다.

"성함이 어떻게 되세요? 자꾸 저기요라고 부르기에는 좀 그렇잖아요."

"회장님 비서 김후재입니다. 김 비서라고 부르시면 됩니다."

"네. 김후재 비서님, 모두 들어오시라고 해주세요."

김후재가 바른 자세로 묵례를 하고 방을 나섰다.

"입 찢어진다, 이년아."

천숙자가 유연서의 등을 찔렀지만, 연서는 처음으로 맡은 썸의 향기에 정신을 잃어가는 중이었다.

잠시 뒤 사람들이 방 안으로 들어왔다. 계속 헛기침을 하는 백광우와 울 것 같은 이체리 외에도 사람은 두 명 더 있었다. 바로 스타일리스트 최소연과 이인경이었다. 그리고 김후재 비서님. 총 다섯 명이었다.

"말씀드린 대로 이 다섯 분은 백광우 회장님의 개인 친분이신 분들이고, 모두 형사 출신이시거나 현직 형사십니다. 마침 백광우 회장님을 만나러 오신 중에 사건을 들으시고 저희를 도와주신다고 했으니 가감 없이 모두 질문에 대답해주시면 됩니다."

역시 김후재 비서님은 철저해, 라고 생각하며 연서가 훗, 웃었다.

"그럼 제 목에 손대려고 했던 거는요?"

오, 이체리 주제에 나름 예리하다. 연서는 얼른 대답했다.

"오해에요. 깨우려 했던 것 뿐. 그리고……."

연서는 김후재 비서만큼 확실한 변명을 생각해 내고 싶었지만 말이 잘 나오지 않았다. 그러나 더 이상 아무 말도 하지 않아도 되었다.

"이 사람들 다 뭐죠, 여보?"

순간 백광우의 얼굴이 하얗게 질렸다. 오 마이 갓! 백광우 회장의 아내 마윤진의 등장이었다. 이체리는 다른 사람들의 뒤로 숨느라 제정신이 아니었다.

1층의 제일 첫 번째 방에는 손님들의 짐이 몰려 있었다. 귀중품이 있을 수도 있어서 문을 잠갔다. 이 집의 열쇠는 전부 백광우와 비서인 김후재가 한 벌씩 가지고 있었다. 하지만 누구도 열쇠가 필요하다고 두 사람에게 받아간 적은 없었다.

정원 쪽으로 창문이 있었지만 방범창이 설치되어 있어서 누가 그쪽으로 들어갈 수는 없었다. 왜 짐을 그 방에 넣은 것인지 이해가 갔다. 가방을 그 방안에 넣고 잠근 것은 이체리가 목걸이를 잃어버리기 전이었다. 사라진 이체리의 목걸이가 스스로 날아 들어간 것이 아니라면 그 방의 짐가방 안에 있을 확률은 없었다. 사생활 침해 문제도 있고, 가방 검사는 불필요하다고 판단되어 그만두었다.

1층의 두 번째 방은 굉장히 넓었는데, 정재계의 손님을 초대하거나 파티를 할 때는 연회장으로 사용한다고 했다. 이번엔 아주 비밀스런 손님이어서 그 방을 쓰지는 않았다고 했다.

세 번째 방은 일인용 침대가 하나 놓여 있는 방이었는데 난방시설이 망가져 아무도 쓰지 않았다. 결국 1층은 사람들의 짐가방이 차지했을 뿐 아무도 이용하지 않았다.

2층의 제일 오른쪽 방 역시 비어 있었다. 지금 씨우세클럽 파이브에게 배정된 방이기도 했다. 오래 비어 있어 퀴퀴한 냄새가 나는 것을 제외하면 씨우세클럽 파이브가 면담의 장소로 사용하기에 적절했다. 백광우와 이체리의 밀회 장소로 쓰인 가운데 방은 들어가고 싶지도 않았고, 이체리의 스타일리스트인 최소연과 이인경이 쓰는 여성의 방에 남자들이 마구 들어가는 것은 어불성설이었기 때문이었다.

"이거예요, 없어진 목걸이."

이체리가 휴대폰을 내밀었다. 선물을 받았을 때 찍은 것일까. 오프숄더 원피스를 입은 이체리의 목에 화려한 다이아몬드 목걸이가 걸려있었다. 아름다운 그녀의 쇄골라인을 더욱 빛나 보이게 하려는 듯 굵은 백금 링이 연결된 목걸이 줄이 가슴께까지 내려와 있었고, 작은 다이아몬드가 촘촘히 역피라미드 모양을 이루더니 가장 아래쪽에 커다란 다이아몬드 하나가 그 정점을 찍으며 달려 있었다.

"시가로 3억쯤 된댔어요."

진지한 이체리의 목소리에 이기식이 풋, 하고 웃으려다 천숙자의 매서운 눈초리를 받아야 했다. 이체리는 가짜인 줄 모르고 있으니 행동을 조심해야 했다. 유연서가 평정을 지키며 고개를 끄덕였다.

"오늘 여기는 어떻게 오신 거죠?"

"오빠가 초대했어요. 이 목걸이는 곧 있을 쇼에서 차려고 했는데, 오빠가 자기한테 가장 먼저 보여줘야 하는 거 아니냐고, 꼭 보재서 온 거예요."

그 '오빠'인 백광우 회장은 올해 61세, 환갑이다.

"이런 자리에 스타일리스트를 데리고 오나요?"

이런 자리란 당연히 버젓이 아내가 있는 61세 '오빠'와 밀회를 즐기는 자리를 말하는 것이다. 유연서의 질문에 이체리의 얼굴이 벌겋게 달아올랐다.

"그거야, 파파라치들 붙어서 잘못 루머라도 나가면……. 스텝들이랑 다 같이 있었던 자리라고 하면 되니까요."

루머는 근거 없는 소문을 말할 때 쓰는 단어라고 고쳐주고 싶었지만, 유연서는 꾹 참았다.

"목걸이는 어디다 뒀었지요?"

"당연히 제가 차고 있었어요. 그리고 오빠랑……."

이체리는 돌연 말을 멈췄다. 천숙자가 눈 하나 깜짝 않고 말했다.

"잤구만."

"정말 잠만 잤어요!"

번개에 맞기라도 한 것처럼 이체리가 화들짝 놀라며 손을 내저었다. 천숙자가 히죽 웃으며 콧방귀를 꼈다. 어디서 이도 안 들어갈 소리를 하고 있냐는 듯한 얼굴이었다.

"정말이에요. 갑자기 너무 졸려서. 간신히 씻기만 하고 나갔는데 오빠 기다리다가 잠이 들어 버렸어요. 깼더니 목걸이가 없어졌단 말이에요."

"문은요?"

"당연히 잠갔죠."

이체리는 자신은 알고 있는 게 이것밖에 없다며 꼭 목걸이를 찾아달라고 했다. 그리고 이 사실이 절대 밖으로 새나가지 않게 해달라고 부탁했다. 그것은 씨우세클럽 파이브도 바라는 바였다.

"그럼 그 입술은 왜 그렇죠?"

연서가 이체리의 입술을 가리켰다. 아래쪽 입술이 눈에 띄게 부어 있었다.

"입술 안쪽이 좀 까졌어요. 그래서 부은 거예요."

이체리의 얼굴이 빨갛게 달아올랐다. 천숙자가 꺄악! 하며 불그레해지는 볼을 감쌌다. 서석권과 이기식도 큼큼, 헛기침을 하며 다른 쪽을 보았다. 김병천만 알아듣지 못하는 것 같았다.

이체리가 나가고 서석권이 다가왔다.

"좀 알겠어?"

유연서가 눈을 게슴츠레하게 떴다. 그녀는 한쪽 입술만 끌어올려 히죽 웃었다.

"음모가 있네요."

그녀는 이기식에게 백광우를 데리고 오라고 했다.

"나까지 왜 불러들여!"

"회장님과 면담을 안 하면 다들 이상하게 생각할걸요. 여쭤볼 것도 있고요."

연서의 대답에도 백광우는 이 상황이 전혀 마음에 들지 않는다는 얼굴로 앉아 있었다. 하지만 그러면서도 지금 이 상황을 타개해줄 수 있는 것은 씨우세클럽 파이브밖에 없다는 것 역시 알고 있었다. 지금 이 방을 나서면 그는 여론이 문제가 아니라, 자신의 와이프와 마주서야 했다.

조금 전 이기식이 백광우를 데리고 올 때 이기식은 백광우의 아내인 마윤진이 '그 방' 안을 보는 것을 목격했다. 흐트러져 있는 침상을 보며 그녀가 무엇을 떠올릴지는 뻔했다.

"그런데 말이야."

백광우가 말했다.

"누가 가져갔든 없어졌으니 다행인 거 아닌가?"

"시가 3억짜리가 사라졌는데 이체리 씨가 그냥 넘어가겠어요? 경찰에 알려져도 괜찮으세요? 게다가 훔쳐간 사람이 누군지도 모르는데 가짜인거 들통 났다가 무슨 문제가 생길지 알 수도 없다고요."

"안 돼!"

백광우는 머릿속에 불미스러운 뉴스들이 떠올랐는지 고개를 좌우로 흔들며 소리를 질렀다. 한심하다는 듯 보며 연서가 물었다.

"이체리 씨 말로는 자신이 회장님께서 씻고 나오는 동안 너무 졸려서 잠이 들었다고 하던데 사실입니까?"

흠, 하고 백광우가 헛기침을 했다.

"뭐, 이불 안에 들어가 있었으니 그랬겠지."

"회장님은요?"

유연서가 대답을 원하듯 백광우를 보았다.

"근데 나도 좀 이상하게 졸렸어. 씻고 나서 그런지. 그래서 그냥 침대로 기어 올라갔어. 그리고는 끝이야. 나도 잤다고."

"진짜 잠만 잤다고요? 이체리가 옆에 있는데?"

이번엔 이기식의 목소리가 튀어 올랐다. 그는 완전히 말도 안 된다는 얼굴이었다. 천숙자와 이기식의 시선이 동시에 백광우 회장의 아래쪽으로 내려갔다. 백광우가 펄쩍 뛰듯이 목소리를 높였다.

"정말 그랬다고! 난 기억도 안나!"

"기억도 안 난다라……."

연서가 무릎을 손가락으로 톡톡 두드렸다. 난다, 어디선가 음모의 냄새가.

"혹시 점심에 뭘 드셨죠?"

"요리사가 점심용으로 만들어놓고 간 뷔페가 있었어. 그걸 다 같이 나눠먹었지."

뷔페식으로 있는 음식에서 각자 접시를 들고 음식을 담았다고 했다. 접시도 쌓여있는 곳에서 무작위로 집었고, 음식을 뜨는 것도 마찬가지였다.

"다른 사람들과 달리 드신 건요? 방에 샴페인 병이 있던데."

백광우가 잠시 생각하더니 말했다.

"체리랑 둘이서 샴페인을 마셨어. 그건……. 맞아, 둘만 마신 것 같아."

"그럼 거기에 들었었겠군!"

이기식이 황급히 옆방으로 들어가 샴페인 병을 들고 왔다. 그리고는 곧장 멤버들을 둘러보았다. 그때 전혀 존재감이 없던 한 사람의 존재감이 빛을 발한 모양인지, 모두의 시선이 한곳으로 향했다. 알겠다는 듯 이기식이 고개를 끄덕거리더니 곧장 김병천에게 샴페인 병을 내밀었다. 김병천이 고개를 절레절레 흔들었지만, 아무도 시선을 거두지 않았다.

"이익!"

김병천은 할 수 없다는 듯 두 손으로 샴페인 병을 꾹 쥐고는 인상을 쓴 채 샴페인을 벌컥벌컥 들이켰다.

그리고 삼십분 뒤.

"헤에, 이 쉐귀드롸! 나 김병천이야, 히키코모리 아니라 김병춴! 나 여기 있다! 여기 있다구! 니 안에 나 있다, 우화화화!"

그는 취할 뿐 잠들지 않았다. 차라리 잠드는 것이 나을 뻔했다.

그렇다면 정말 두 사람은 수면제를 먹지 않은 것일까? 우연히 잠이 든 것일까? 일단 그 문제는 차치해두고 연서는 목걸이에 집중하기로 했다.

"이체리 씨는 분명 목걸이를 걸고 있었나요?"

"그건 확실해. 내가 봤어."

"방문은 잠갔고, 바깥에서 열 수 있는 열쇠도 회장님이 갖고 계셨다는데, 맞나요?"

"그것도 맞아. 방문도 내가 잠갔고, 열쇠도 내 바지 주머니에 있었지. 하나는 김 비서가 가지고 있었지만 그는 절대 아니야. 어차피 가짜인 걸 알고 있었거든."

게다가 그는 절대 도둑질할 얼굴이 아니다. 연서는 확신했다.

어쨌든 백광우의 말에 따르면 방은 밀실이었다. 절대 목걸이가 사라질 수 없는. 연서는 그 방을 직접 보아야 할 것 같았다.

"방을 한번 보죠. 회장님께서 직접 안내해주세요."

"그러지."

연서가 일어났고, 동시에 회장도 일어났다. 구석에 처박혀있는 김병천을 제외한 세 명도 연서의 뒤를 따랐다. 복도로 나가던 연서가 문득 생각났다는 듯 뒤를 돌아보았다.

"아참."

그녀는 백광우를 향해 생긋 웃었다.

"반말은 삼가시죠. 저는 회장님을 먹여 살리고 있는 편의점 중 하나인 외서지점 편의점주입니다."

백광우의 입이 꾹 다물렸다.

2층의 가운데 방. 백광우와 이체리가 잠들었던 침대는 흐트러진 그대로였다.

"열쇠는 정말로?"

연서가 백광우를 돌아보자, 그가 주머니에 손을 넣더니 몇 개의 열쇠가 걸린 고리를 꺼내 보였다. 표정이 좋지 않았다. 조금 전 반말하지 말라고 했다고 토라진 것 같았다. 연서는 언젠가 어머니가 했던 말이 떠올랐다. 남자는 늙으면 애라고.

"모두 방 안을 확인해 주세요. 바깥에서 정말 들어올 수 없었는지, 혹시 강제로 들어온 흔적은 없는지."

우선 이기식이 창가 쪽을 확인했다. 창문에는 1층처럼 방범창이 설치되어 있지는 않았지만, 모두 잠금 쇠가 걸려 있었다. 안에서 열어줬다면 할 말이 없지만 2층인 이곳 창문으로 오려면 3층에서 로프를 연결해 내려오거나, 1층에서 기어 올라와야 했다. 하지만 2층과 3층 창틀에는 먼지가 한가득이었다. 로

프가 걸렸거나, 사람이 기어 올라왔다면 당연히 흔적이 남아야 하지만 그런 흔적은 전혀 없었다.

다음으로는 서석권이 침대 밑과 장롱 안을 들여다보았다. 두 사람이 들어가기 전 누군가가 숨어들었을 가능성을 떠올린 것이었다. 그러나 그 가설은 곧 무시되었다. 두 사람이 방 안으로 들어가기 전까지 스타일리스트 두 사람은 계속 같이 있었다고 백광우가 확인해 주었다.

천숙자는 바닥을 꼼꼼히 살폈다. 그리고 문 근처에서 뭔가 이상한 자국 하나를 발견했다. 그녀는 공들여 네일아트를 한 손톱을 유의하며 카펫을 손가락으로 문질러 보았다. 뭔가 끈적끈적한 것이 손가락에 묻어나왔다.

"꺄아아아아악!"

천숙자가 자신의 손목을 부여잡고 비명을 질러대었다. 연서가 가보니 그녀의 손끝이 빨갰다. 다친 줄 알았더니 아니었다. 카펫에 흘렀던 피가 그녀의 손가락에 묻어나온 것이었다.

"웬 피죠?"

백광우는 고개를 저었다. 연서는 아까 보았던 이체리의 입술을 떠올렸다. 그녀의 입술에서 나온 피일까? 그렇다면 왜 하필 문 근처에 떨어져 있을까? 아까는 대충 넘어갔지만 그녀는 왜 입술을 다친 걸까?

"일단 다른 사람들과도 더 만나봐야겠어요. 이 방은 아무도 못 들어오게 하시고 아까 그 방으로 다른 분을 불러주시죠. 이인경 씨라고 했나요?"

이인경은 이체리의 메인 스타일리스트라고 했다. 메인 스타일리스트라면 아무래도 이체리의 목걸이에 대해 가장 잘 알고 있을 인물이 아닐까 싶었다. 연서의 지시에 이기식이 즉각 대답했다.

"니가 불러와. 이게 자꾸 어른을 시켜."

'왜 말을 듣지 않는 거야, 뭔가 음모가 있어.'라고 궁얼대며 연서가 세 번째 방으로 향했다. 이인경 스타일리스트를 부르기 위해서였다. 그동안 머리는 자신이 쓰고, 힘은 나머지 사람들이 쓰기로 한 것은 거의 묵언의 약속이나 다름없었잖은가. 자신을 갑질 하는 백광우 회장 보듯 하다니 연서는 기분이 몹시 나빴다.

세 번째 방으로 가 노크를 하려고 할 때였다. 어디선가 소곤거리는 목소리가 들렸다. 연서는 발소리를 잔뜩 죽이고 소리를 좇아 귀를 쫑긋거렸다. 목소리는 1층으로 향하는 계단 중간쯤에서 들려오고 있었다.

"사진 지워."

분명 이체리의 목소리였다. 연서는 벽에 몸을 바짝 갖다 대었다. 자신의 몸을 완전히 숨기고 신경을 바짝 세워 목소리에 집중했다. 이체리와 대화하는 것이 누구인지 파악해야 했다.

"언니한테 전송하고 지웠어요."

"지우지 않았다는 거 알아."

잠시 이체리의 상대가 입을 다물었다. 무슨 생각을 하는 것인지, 무슨 소리인지 연서는 몹시 궁금했지만 고개를 빼 내밀어 상대를 확인하고 싶은 것을 꾹 참았다.

이체리의 상대가 돌연 태도를 바꿨다.

"아, 눈치 챘어요? 그럼 명령할 게 아니라 부탁을 해야죠."

연서는 목소리의 주인이 누군지 몹시 궁금했다. 분명 들어본 목소리였다. 그때 어디선가 시선이 느껴졌다. 화들짝 놀라 옆을 돌아보니 이체리의 스타일리스트 이인경이 뭐하고 있느냐는 듯 연서를 바라보고 있었다.

연서는 계단 쪽으로 홱 고개를 돌렸다. 이체리와 대화하고 있는 것은 이체리의 막내 스타일리스트 최소연이었다.

"뭐하고 있어? 궁금한 거 빨리 물어봐야지."

천숙자의 목소리에 연서는 정신을 퍼뜩 차렸다. 이인경을 앞에 앉혀두고 연서는 최소연에 대한 생각에 빠져 있었다. 사진이라니, 부탁이라니. 그게 다 무슨 소리인지 궁금하기 그지없었다. 하지만 지금 눈앞에 닥친 목걸이 도난 사건이 가장 중요했다. 유연서가 눈에 힘을 주고 물었다.

"이체리 씨와 최소연 씨와의 관계는 어떻게 되나요?"

역시 두 사람의 관계가 궁금했던 연서였다. 이인경은 무슨 뜻에서 그걸 물어보는지 헤아리기라도 하려는 듯 볼에 손바닥을 대고는 고개를 갸웃하며 연서의 얼굴을 보다가 대답했다.

"소연이는 입사한 지 5개월쯤 된 신입 스타일리스트예요. 나이도 체리보다 한참 어린 스물셋이고 사회초년생이라고 체리가 잘 챙기는 편이었어요. 그래도 스타일리스트로서는 제가 훨씬 더 체리와 많은 대화를 나누죠. 소연이는 지금 아티스트와 의견을 나누기보다는 제가 시키는 일을 더 많이 하는 편이고요."

쉽게 말하면 아직 짬(?)이 안 돼 심부름을 하고 있는 입장이라는 뜻이었다.

"사이라고 말할 것도 없어요. 그냥 일적인 관계죠. 체리가 귀여워하긴 하지만 격의 없이 지낼 정도는 아니에요."

연서는 순간 '아, 이 여자는 아무것도 모르는구나.' 싶었다. 당신이 지금 '귀엽다'라고 말하는 최소연이 이체리를 뭔지 모를 사진으로 협박하고 있음을 알리고 싶었다.

"하지만 소연이는……."

이인경이 말끝을 흐렸다. 뭔가 하고 싶은 말이 있는 것 같았다.

"소연이는 불평을 많이 하긴 했어요. 체리는 우리를 심부름꾼 취급이나 한다고. 나이도 어리면서 큰돈을 버니까 사람 알기를 우습게 안다는 말도 했고요. 백광우 회장과의 사이를 알고 난 뒤에는 가볍게 노는 여자라고 욕도 많이 했죠. 백광우 회장을 만날 때 우리를 방패막이로 쓰는 것에도 불만이 많았어요. 체리가 공식 스케줄이 없는 날이 저희는 휴일이거든요."

"그럼 이인경 씨는 이체리 씨를 어떻게 생각하셨죠?"

"저야 뭐……."

이인경은 잠깐 생각하고는 자신 있다는 듯 입을 열었다.

"저는 체리를 아티스트로서는 좋게 생각해요. 그리고 그런 체리를 빛내는 제 역할에 자부심도 가지고 있고요. 체리의 사생활이 어떻든 전 신경 안 씁니다. 그리고 사실 스타일리스트나 매니저들 같은 스텝들에게 따로 휴일이 어디 있겠어요. 딱히 불만이 없습니다."

연서는 이인경을 스캔하듯 그녀의 눈을 빤히 보았다. 자신을 이체리에게 아무런 불평불만이 없는 프로페셔널한 사람으로 평가하고 있다. 동시에 다른 사람은 아주 불만이 많은 사람임을 강조하고 있다. 상당히 교묘한 대화법이다. 혹시 이런 사람이 마음을 먹고 목걸이를 훔친 후 다른 사람에게 누명을 씌우고자 한다면 어떨까.

"혹시 이체리 씨가 겁낼 사진 같은 게 있나요?"

"네?"

이인경이 놀란 눈을 했다.

"아니, 아닙니다."

연서가 얼른 고개를 가로 저었다.

"이만 나가보셔도 됩니다."

네, 하고 일어서던 이인경이 고개를 갸웃하고는 다시 연서를 돌아보았다.

"그러고 보니 아침에 체리가 소연이한테 뭔가를 꼭 찍어줘야 한다고 말하는 것 같던데요."

연서는 서석권과 천숙자와 함께 정원 쪽으로 나왔다. 가벼운 두통이 일었기 때문이었다. 이기식에게는 아직도 취해 있을 김병천의 상태를 보고 오라고 했다.

세 명이 정원 쪽으로 나왔을 때, 마윤진이 건물 뒤쪽에서 정원 쪽으로 나오고 있었다. 연서는 마윤진을 향해 고개를 숙였다. 마윤진이 말했다.

"저도 조사하나요?"

그들에 대해서 마윤진은 이미 알고 있는 듯 했다. 김후재에게 이미 이야기를 들은 것인지도 몰랐다. 어쨌거나 남편의 외도 현장을 수많은 사람들 앞에서 목격했으니 불쾌지수가 남다를 텐데도 그녀는 우아함을 잃지 않고 있었다. 오너가의 사모님들은 다 이런 걸까.

"조사까지는 아니지만 궁금한 것이 있어서요."

"그럼 부르시지."

"방에만 갇혀 있었더니 답답해서요."

"그렇겠네요. 저희 남편 때문에 죄송합니다."

그녀는 살짝 고개를 숙였다.

"아뇨. 간단한 거니까 여기서 여쭐게요."

정원의 바람은 시원했다. 저 건물 안의 탁함 속으로 다시 들어가고 싶지는 않았다. 연서는 조금이라도 빨리 자신들이 여기에 온 목적을 달성하고 돌아가고 싶었다. 일이 왜 이렇게 틀어졌는지 모르겠다. 이 모든 게 백광우 때문이다.

"오늘 여기 어떻게 오신 거죠?"

목걸이가 사라진 다음에 온 씨우세클럽 파이브보다 더 뒤늦게 현장에 찾아온 마윤진에게는 딱히 혐의점이 없었다. 다만, 오늘 백광우가 이곳에 오는 것을 어떻게 알았는지가 궁금했다. 바람을 피우겠다고 공언하는 남자는 아마 없을 것이다. 뭔가 정보원이 있지 않았을까 싶었다.

그때 바람이 불었다. 마윤진이 입은 셔츠가 펄럭였다. 마윤진은 40대 후반으로 보기엔 상당히 젊고 미인이었다. 지금도 충분히 몸매에 탄력이 있었으며, 가슴은 이곳에 모인 누구 못지않게 풍성했다. 마윤진의 셔츠 깃이 펄럭이며 가슴골이 보임과 동시에 서석권이 획하니 고개를 돌렸다. 그의 귓불이 빨갛게 달아올랐다.

“쯧쯧. 남자들이란.”

천숙자가 혀를 찰 때 이기식이 김병천을 데리고 나왔다. 김병천은 아직도 눈이 풀려 있었다. 이제야 데리고 나오는 것을 보면 한참이나 정신을 못 차렸던 것 같았다. 김병천 뺨에 이기식의 손자국이 도장처럼 뻘겋게 박혀 있었다. 연서는 이기식의 어깨를 잡으며 그 너머로 김병천을 살폈다. 이기식이 연서의 손에서 빠져 나오며 김병천을 그녀에게 넘기려고 했다. 하지만 연서는 한 발짝 뒤로 물러나며 마윤진을 가리켰다. 이야기를 들어야 한다는 뜻이었다.

“칫.”

이기식이 입을 비쭉 내밀었다. 연서는 어깨를 으쓱하고는 마윤진을 보았다.

마윤진이 대답했다.

“저 사람, 이 별장은 자주 쓰지 않아요. 그런데 관리인한테 연락이 왔더라고요. 저 사람이 별장 쓴다고 했는데 아직 난방 시설을 다 고치지 못했다고. 저 사람이 갑자기 이 별장을 쓰는 이유가 궁금했어요. 그래서 오늘 와본 것뿐이에요.”

“네, 이제 알겠네요.”

연서가 활짝 웃었다. 마윤진이 당황한 듯 눈을 깜박거렸다. 자신의 말에는 지금 별다른 내용이 들어있지 않았다. 그런데 연서가 ‘알겠다’고 하다니 당황스럽고 이상했다. 그렇게 느끼는 것은 다른 사람들도 마찬가지였다. 서석권이 연서를 보며 말했다.

"혼자만 알면 다여?"

"들어가서 설명할게요."

천숙자가 말했다.

"와, 소름. 정말 다 알아 낸 거야?"

이기식이 말했다.

"여기서 '모르겠어요.'하면 개 쪽인 거 알지?"

김병천이 혀가 꼬인 채로 말했다.

"배꽝우 아즈씨 말만 들어두 다 아뤄~?"

연서는 어서 들어가자고 했다. 백광우의 진술만 듣고 술에 절어버린 김병천의 질문엔 대답도 하고 싶지 않았다.

연서가 씨우세클럽 회원들을 비롯하여 모두를 불러들인 곳은 다름 아닌 1층의 짐들이 보관된 방이었다. 방의 문은 백광우가 주머니에 든 열쇠로 열어주었다.

연서와 씨우세클럽 회원들은 창가에, 그리고 맞은편에는 백광우, 이체리, 최소연, 이인경, 마윤진이 서있었다.

"정말로 제 목걸이를 찾은 거예요?"

이체리의 질문에 연서는 고개를 끄덕였다. 그리고는 모인 사람들 중 '절도범'의 새하얗게 변하는 얼굴을 확인했다. 그녀는 한쪽 입술을 끌어올려 웃었다.

"지금부터 제 말을 끊지 말고 들어주세요. 이 일이 왜 벌어졌는지, 어떻게 잠긴 방에서 목걸이를 도난당했는지 알게 해드릴 테니까."

"정말 믿을 만한 거야?"

백광우가 투덜대듯 말했다. 하지만 돌아오는 것은 연서의 차가운 눈빛뿐이었다.

"말 끊지 말라고 했죠? 반말도 하지 말라고 했고요."

백광우의 입이 꾹 다물렸다.

"이 사진 속 목걸이는 가짜입니다."

"이봐!"

백광우가 연서의 팔을 잡아 젖혔다. 이기식과 서석권이 나서려고 하자 연서가 손을 들어 저지했다.

"어차피 들통날 거였어요. 차라리 여기서 까발리고 사정을 밝히는 게 옳다고 생각했습니다. 이체리 씨가 가짜인 걸 안다고 해서 세상에 떠벌리지는 못해요. 그녀도 평판이라는 게 있으니까요."

그 말에 반박할 수 없다는 듯 백광우는 힘없이 그녀의 팔을 놓았다.

"말도 안 돼."

사람들의 웅성임 속에서 단연 돋보이는 목소리는 이체리의 것이었다. 그녀는 지금 '오빠'의 와이프가 같은 공간에 있다는 것도 잊은 채 백광우의 팔을 잡고 "오빠, 정말 아니지? 그 목걸이 진짜지?"를 외쳐대었다. 백광우는 단 한마디도 하지 못했다.

"자자, 싸움은 나중에 하시고요."

백광우는 아니라고도, 맞다고도 대답하지 못한 채 흐흠, 목에 가시라도 걸린 사람 같은 소리를 내었다. 이체리의 얼굴이 일그러졌다. 당장 털썩 주저앉을 것 같은 얼굴이었으나 다행히 그런 일은 벌어지지 않았다.

"이체리 씨는 곧 열린 쇼에 그 목걸이를 차고 나가려고 했다고 했습니다. 세계적 명품 브랜드 '발몽'의 패션쇼더군요. 가짜 목걸이를 차고 나갔다가는 당장 걸릴 일이었죠. 그래서 백광우 회장님은 반드시 그 목걸이를 되찾아야 했습니다."

"그럼 회장님이 도둑이란 말이야?"

이체리가 물었지만, 연서가 손을 들어 질문하는 것을 제지하였다.

"그건 아닙니다. 회장님께서는 저희에게 이체리 씨의 목걸이를 훔쳐 내달라고 하셨습니다. 그런데 우리가 오기 전 그 목걸이가 사라진 것이고요."

다시 방 안이 조용해졌다.

"이체리 씨가 목걸이를 가지고 온 것을 확인한 백광우 회장님은 상당히 초저녁부터 이체리 씨를 방으로 데리고 가셨죠. 저희가 도착한 게 7시였는데 이미 목걸이가 없어졌으니 훨씬 일찍이라고 봐도 되겠죠?"

"그래서 그렇게 날 재촉을……."

이체리가 당장 물어뜯을 것 같은 얼굴로 백광우를 노려보았다. 정말로 백광우의 아내 마윤진이 여기 있다는 공포보다 자신의 목걸이가 가짜라는 것에 대한 충격이 더 큰 것 같았다. 묘한 것은 마윤진이 이야기를 듣는 동안 이체리가 무슨 소리를 해도 담담한 태도를 유지하고 있다는 것이었다.

"들어보니 이체리 씨가 너무 졸렸다는 이야기가 묘하더군요. 음식을 아무리 먹어 배가 부른 상태라도 그렇게 미칠 듯 졸린 경우는 거의 없어요. 회장님이 혹시 수면제를 먹이셨나요?"

"하지만 난 그런 걸 먹은 기억이……."

이체리가 고개를 저었지만, 백광우는 아래로 내린 시선을 들지 않았다.

"이체리 씨, 혹시 두 분만 드셨다는 그 샴페인, 백광우 회장님이 따라준 것 아니에요?"

"어, 맞아요! 그럼 그 샴페인에!"

이체리는 백광우를 잡아 뜯어놓을 듯한 눈으로 노려보았다. 하지만 연서가 고개를 저었다. 샴페인은 이미 병째로 김병천의 뱃속에 들어가 수면제가 들어있지 않음을 증명했다.

"샴페인을 따라 주면서 아마 잔에 몰래 넣었을 거예요."

유연서가 말했지만 이번에도 백광우는 아무 말도 하지 않음으로 긍정을 표했다. 아무래도 입이 달라붙은 것 같았다.

"그런데 문제는 여기부터입니다. 같은 증상은 백광우 회장님에게도 찾아왔어요."

백광우의 머리가 번뜩 들렸다. '맞아!'라고 말하고 싶은 듯했다. 동시에 전염이라도 되는 것처럼 이체리의 눈썹 끝이 파르르 떨렸다.

"그렇다면 니가……."

백광우가 이체리를 손끝으로 가리키며 부들부들 떠는 동안, 유연서는 자신의 손에 들린 이체리의 휴대폰을 조작하기 시작했다. 이체리가 놀라 소리를 질렀다.

"뭐하는 거예요?"

하지만 휴대폰을 빼앗으려는 이체리의 손보다 연서가 원하는 정보를 찾아내는 속도가 더욱 빨랐다. 연서는 고개를 끄덕였다.

"역시."

그녀는 휴대폰을 그대로 백광우 회장에게 넘겼다. 백광우 회장의 눈이 휘둥그렇게 떨리더니 온몸을 부들부들 떨었다. 이체리의 얼굴이 납빛이 되었다.

"두 분의 사생활 보호 상 사진을 여러분께 보여드리지는 않겠습니다. 하지만 이체리 씨 역시 오늘 모종의 계획을 갖고 있었습니다. 바로 백광우 회장님과 동침하는 장면을 사진으로 찍는 것입니다!"

"니, 니가 어떻게……."

백광우의 목소리가 떨렸다. 사색이 된 얼굴로 이체리는 고개를 들었다. 온 힘을 다해 자존심을 지키겠다는 듯 눈을 떠올리고 백광우를 보았다.

"회장님이 놀다 버린 애들, 어떻게 됐는지 제가 모를 줄 알아요?"

이체리는 언제라도 백광우가 등을 돌릴 것을 우려하고 있었다. 그래서 보험 하나는 마련해 놔야 한다고 생각했던 것이다.

"아까도 말씀드렸지만 싸움은 나중에 하시고요."

연서는 자신의 미닷 100주년 한정판 시계를 보았다. 이미 10시가 넘어서고 있었다. 12시에는 아르바이트생과 교대를 해야 했다. 12시 이후에는 전기료도 충당되지 않을 정도로 장사가 되지 않는다. 하지만 빌어먹을 계약서 때문에 편의점을 24시간 운영해야 했다. 편의점 계약서에는 24시간 계약조항이 들어있었다. 저 쥐어뜯어 놓아도 시원치 않을 백광우 때문에.

"자, 그런데 이 사진에는 곤히 잠든 두 분이 찍혀 있습니다.

그럼 이 사진은 누가 찍은 것일까요?"

아무도 말하지 않았다. 이기식이나 서석권, 천숙자 역시 짚이는 곳이 없는지 고개만 갸웃거릴 뿐이었다. 연서는 눈만 슬쩍 돌려 '그녀'를 보았다. '그녀'의 표정은 완전히 어두워져 있었다. 자, 이제 슬슬 '그녀'를 등판 시킬 차례다.

"부창부수, 아니 내연관계에는 어울리지 않는 단언가요? 아무튼 사람은 끼리끼리라서 그런지 이체리 씨 역시 수면제를 준비해왔습니다. 그리고 백광우 회장님의 잔에 몰래 넣었죠. 그래서 백광우 회장님 역시 잠이 든 것입니다. 그런데 이체리 씨는 자신도 수면제를 먹은 줄 모르고 이미 약속되어 있던 '그녀'를 기다렸습니다. 잠이 들지 않기 위해 갖은 애를 썼지만 이체리 씨는 점점 잠에 빠져들었을 겁니다. 수면제 드셔보신 분들은 아실 거예요. 수면제를 먹는다고 해서 누가 업어 가도 모를 정도는 아니거든요. 사람 상태에 따라 다시 깰 수도 있어요. 특히 이체리 씨 경우에는 절대 잠들면 안 된다고 생각했기 때문에 잠시 잠이 들었어도 밖의 노크소리는 들었겠죠. 그런데 문제가 생겼습니다. 이체리 씨는 일어나긴 했어도 수면제 때문에 너무 어지러워 그만, 방문 앞에서 넘어지고 말았습니다."

모두의 시선이 이체리의 아랫입술 쪽으로 향했다. 이체리가 고개를 숙였다. 아까 백광우 회장이 그랬던 것처럼 그렇게 대답을 대신하고 있었다.

"그래서 방문 앞에 피가 묻어있었던 거구나."

천숙자가 아직도 자신의 손끝에 피가 묻어있다는 듯 손가락을 흔들어 보이며 말했다. 연서가 고개를 끄덕였다.

"약속을 한 '그녀'는 안으로 들어와 상황을 보고 기가 막혔어요. 이체리 씨는 문 앞에서 넘어진 후 곧장 잠이 들어 버렸던 거죠. 약속을 이행하기 위해 이체리 씨를 침대로 옮기고 두 사람의 상반신 사진을 찍었습니다. 나갈 때는 안에서 문을 잠그는 버튼을 누르고 나가 문을 닫아서, 다시 문을 잠갔습니다. 밀실의 완성이죠."

"그녀라는 게 대체 누구에요?"

연서가 자꾸 '그녀'라고 하자 사람들의 시선이 힐끗 힐끗, 자신에게로 향하는 것을 참지 못했던 스타일리스트 이인경이 물었다. 유연서가 웃으며 휴대폰을 흔들었다.

"당연히 이체리 씨에게 사진을 전송해준 인물, 최소연 씨죠?"

사람들의 시선이 이번에는 최소연에게로 몰려들었다. 당혹감에 얼굴이 붉어지며 최소연도 고개를 숙였다. 유연서는 아까 자신이 본 상황을 떠올렸다. 최소연이 사진을 보내준 후 이체리에게 그 사진을 빌미로 협박을 하는 것 같았다. 하지만 이 자리에서는 그 이야기를 꺼내지는 않기로 했다. 두 사람의 일이기도 하고 이렇게 모두 모여 있는 공간에서 터뜨렸으니 그 사진으로 더 협박할 수는 없을 것 같았다. 남은 이야기도 있고.

"자, 우리는 이 방에 짐을 모두 넣어놓고 잠근 뒤, 목걸이가 없어졌고, 열쇠는 회장님만이 가지고 있었으니 아무도 이방에 들어올 수 없다, 는 사실을 전제로 하고 있었기 때문에 짐 검사는 하지 않았습니다. 그런데 상황이 달라졌죠. 이체리 씨가 자러 들어간 이후까지 목에 걸려 있던 목걸이를 손댈 수 있는 사람, 열쇠 꾸러미를 갖고 있었던 백광우 회장님의 바지 주머니에 손을 댈 수 있는 한사람이 생겼죠."

"소연이?"

이인경이 놀라 최소연을 보았다. 최소연이 아랫입술을 꾹 깨물었다.

"자, 그럼 최소연 씨의 짐을 볼까요?"

천숙자가 나섰다. 유연서는 이번엔 그녀를 말리지 않았다. 최소연의 얼굴이 백짓장처럼 하얗게 변했다.

"최소연 씨 가방이 뭐죠?"

최소연은 대답하지 않았지만, 이인경이 눈치를 보며 손가락질로 그녀의 가방을 가르쳐 주었다. 검은색 배낭이었다. 천숙자는 점점 하얗게 질려가는 최소연을 약 올리기라도 하듯 흥얼거리며 그녀의 가방을 집어 들었다. 배낭은 앞에 작은 주머니 두 개가 달려 있었고, 커다란 지퍼를 열면 물건을 담을 수 있게 되어 있었다. 천숙자는 작은 주머니 두 개를 열어보았고 이어 고개를 갸웃했다. 그리고는 큰 지퍼를 열었다. 안에 들어있는 화장품백과 액세서리백 등을 꼼꼼히 열어보고 다시 뒤져보고, 또다시 뒤져보고를 여러 번……. 천숙자가 유연서를 향해 고개를 들며 소리를 빽 질렀다.

"쪽팔리게 무슨 짓이야? 없잖아!"

최소연의 눈이 휘둥그레졌다. 본인도 당황한 것 같았다. 하지만 유연서의 얼굴에는 미동도 없었다. 그녀는 계속 여유로운 미소를 짓고 있었다. 최소연의 가방에서 목걸이가 나오지 않을 것임을 미리 알고 있었던 것 같았다.

"맞아요. 거기엔 당연히 없겠죠. 그럼 이번엔 제가 찾아볼까요?”

그녀는 누가 뭐라 말을 하기도 전에 몸을 휙 돌렸다. 순간 억! 하는 비명 소리가 들렸다. 무슨 상황이 벌어진 건지 사람들은 눈을 끔벅거렸다. 이기식이 정강이를 잡고 나동그라져 있었다. 순식간에 돌아선 연서가 이기식의 정강이를 걷어찬 것이었다. 연서는 단숨에 이기식에게로 가 나동그라져 있는 그의 어깨를 젖혔다. 그을린 그의 피부와는 어울리지도 않는 화려한 목걸이 줄이 걸려 있었다.

“뭐야, 이기식 니가 훔친 거여?”

황당하다는 듯 서석권이 소리쳤다.

“나는 아까 소연이가 훔쳤다고 하는 줄 알았는데…….”

스타일리스트 이인경이 말했다.

“최소연 씨가 훔친 것 맞아요.”

“네?”

이인경이 되물었지만 연서는 최소연에게서 눈을 떼지 않았다.

“전 그렇게 생각하는데 최소연 씨는요?”

그녀는 잠시 뭔가를 생각하는 듯 하더니 아랫입술을 깨물었다. 긴장되는 듯 침을 꿀꺽 삼켰다. 그리고는 눈을 꾹 감으며 고집스럽게 입을 열지 않았다.

“목걸이는 최소연 씨가 숨겼어요. 아까 말했던 대로 백광우 회장의 열쇠를 가지고 나와 이 1층 방으로 와서 목걸이를 숨겼죠.”

“아까 사진도 그렇고 니가 어떻게 나한테…….”

이체리의 말에 최소연이 고개를 치켜들었다. 도저히 참지 못하겠다는 듯한 움직임이었다.

"어떻게 나한테라고? 언니는 나한테 엄청 잘해준 줄 아나 봐요? 그래, 잘해줬죠. 사람들 있을 때만! 개인적인 스케줄에 다 달고 다니고, 언니 그 많은 스케줄 사이에 우리 휴식시간 한번 챙겨준 적 있어요? 같은 시간을 일해도 언니는 그렇게 큰돈을 벌고 우리는 최저시급 받으며 일하는데……. 이젠 이런 더러운 일까지 시키니까 내가 눈이 돌지, 안 돌아요? 그래서 목걸이도 훔치고 사진으로 협박하려고 했어요. 어차피 그런 돈 언니한테는 껌 값이잖아요!"

"최소연, 너 지금 범죄를 정당화하는 거 몰라?"

이체리가 따졌다.

"너도 범죄잖아 그럼."

이인경이 나섰다.

"소연이가 잘못한건 맞지만, 그렇잖아. 너도 애초에 그 사진 찍어서 회장님 협박하려 그랬던 거 아니야? 너만 깨끗한 척 하지 마. 그리고 나도……. 소연이 말이 다 틀렸다고 생각하지 않아. 연예인이라고 스텝들 마음대로 부리고, 우리는 네 맘에 들지 않으면 잘리니까 다 들어줘야 하고. 안 그래?"

이체리는 더 이상 반론하지 못했다. 지금껏 조용히 있던 이인경까지 나서니 할 말이 없는 것 같았다.

"그럼 넌 대체 언제 훔친 거여?"

서석권이 아직도 누워있는 이기식의 뺨따귀를 툭툭 때렸다. 부끄러움은 아는지 이기식이 얼굴을 가리며 일어나 목걸이를 풀었다. 연서가 대신 말해주었다.

"아마 김병천 씨를 깨우러 갔을 때 일거예요. 생각해보니 창문만 열리면 가방 안에서 뭘 훔칠 수도 있을 거라고 생각했을 거예요. 이기식 사장님도 아마 그때까지는 최소연 씨가 범인이라고 생각했을 테니까 그 틈으로 나뭇가지 같은 것을 이용해 가방을 창문 앞까지 가지고 왔겠죠. 방범창 사이로 팔은 들어가니까 팔을 집어넣어 뒤졌을 거고요. 근데 최소연 씨 가방이 그건 줄 어떻게 알았어요?"

"스타일리스트 막내 가방이야 뻔하지 뭐. 제일 큰 거."

연서가 혀를 찼다.

"그 좋은 머리 뒀다 뭐할래요, 정말."

"넌 어떻게 알았고?"

"난 아까 김병천 씨를 확인하려고 사장님 어깨를 짚었을 때요. 그때 목걸이가 만져지더라고요."

연서는 이를 갈 듯 말했다. 사돈에 팔촌에 친구의 선배의 친구의 후배의 친구쯤 되는 사이라 연서는 그의 전력을 알고 있었다. 그는 절도 전과가 있었다. 그러니 취직도 할 수 없어 온 가족이 돈을 모아 편의점을 차려줬던 것이었다.

인간은 참 고쳐 쓸 것이 못 된다, 고 생각하며 연서는 고개를 가로저었다. 하지만 그런 사정을 다른 사람들에게는 말하지 않았다. 다만 저 버릇은 언제고 뜯어고쳐 줄 것이라고 다짐했다. 연서의 손에서 이체리가 목걸이를 가져갔다.

"이게 가짜라니."

이체리가 망연자실한 표정으로 목걸이를 보며 말했다. 백광우가 인상을 찡그렸다. 이체리 앞에서 가짜 목걸이를 찾았으니 어쩔 거냐는 듯한 눈빛이었다. 씨우세 멤버들 역시 표정이 좋지 않았다. 이번 건은 백광우의 대국민 사과가 걸린 중요한 프로젝트였다. 많은 사람들 앞에서 가짜 목걸이를 찾을 것이 아니라 몰래 찾아서 없앴어야 하는 게 아닐까 하는 생각이 들었던 것이다. 하지만 연서의 얼굴만은 달랐다.

"사건은 여기서 끝난 게 아닙니다. 이체리 씨 가방을 좀 볼까요?"

"뭐? 내 가방을 왜?"

"한번 열어보세요."

천숙자가 이체리를 향해 어떤 가방이냐고 소리를 질렀다. 대단한 그녀의 기세 앞에서 이체리는 자신의 가방을 가르쳐줄 수밖에 없었다. 연약한 그녀의 손이 가리킨 것은 창문 바로 아래쪽에 있던 보스턴백이었다.

천숙자가 이체리의 가방을 연 순간 눈을 번뜩였다.

"이건!"

천숙자의 손에 의해 화려한 목걸이가 모습을 드러내었다. 이체리가 들고 있는 것과 완전히 동일한 것이었다. 이체리는 황당한 얼굴로 두 개의 목걸이를 번갈아 보았다.

"대체 이게 어떻게 된 거야?"

"아까 말했듯이 이체리 씨가 선물 받았던 그 목걸이는 진짜가 아니에요. 이체리 씨 가방 안에 들어있던 이 목걸이가 진품입니다!"

지금까지 없었던 소란이 일었다. 대체 어떻게 된 것인지 누구도 감을 못 잡는 것 같았다. 단 한 사람. 백광우가 떨리는 눈으로 내내 담담히 서있던 마윤진을 보았다. 연서는 그 시선만으로 자신의 추리가 맞았다고 생각했다.

"왜 진품이 체리 가방에 있어? 체리가 진품하고 바꿔치기 한 거야?"

이인경이 말했다.

"아냐! 난 모르는 일이야!"

이체리가 소리를 질렀다. 하지만 어느새 자신의 손에 있는 가짜 목걸이는 내려놓고 진품 목걸이를 향해 손을 뻗고 있었다. 연서가 천숙자의 손에서 진품 목걸이를 받아 들었다. 이체리의 손이 허공에서 휘적거리다 제자리로 돌아갔다.

"사모님, 말씀해주시죠. 이 목걸이는 사모님이 가지고 오신 진품이죠?"

"……네. 맞아요."

이체리가 양손으로 입을 가렸다. 사람들은 차마 숨도 쉬지 못하고 마윤진의 얼굴을 보고 있었다.

"남편이, 회장님이 이체리 씨와 만나고 있다는 사실은 이미 알고 있었습니다. 제 것과 똑같은 목걸이를 이미테이션으로 선물했다는 사실도요."

백광우의 얼굴이 하얗게 질렸다.

"회장님이 통화하는 것을 보고 알았어요. 이체리 씨가 '발몽' 쇼에 그 목걸이를 하겠다고 고집피우고 있다는 것을요. 분명 그 목걸이를 '발몽'측에서 보면 가짜인 것이 탄로 나겠죠. 그렇게 되면 이체리 씨한테 회장님 얼굴이 말이 아닐 거예요. 그래서 오늘 따라온 겁니다."

"하지만 1층 짐이 있던 방에는 방범창이……."

서석권이 물었다. 어떻게 잠긴 방안의 짐가방에 목걸이를 넣을 수 있었던 것일까. 연서는 고개를 돌렸다.

연서의 눈동자가 파르르 떨렸다. 묵묵히 서 있는 저 깊은 눈을 바라보니, 호감도가 10%쯤 상승하려고 했다.

"비서님께서 도와주셨겠죠. 열쇠는 백광우 회장님과 김후재 비서님만이 가지고 계셨으니까요."

들어갈 방법이 없다면 누군가에게 도움 받는 방법 밖에는 없다. 백광우 회장이 아닐 터이니 분명 김 비서일 것이었다. 이곳에 왔을 때도 김 비서가 그들에게 문을 열어주지 않았던가. 마윤진은 말하지 않고 있지만 그녀의 정보원 역시 김후재일 것이다.

"맞습니다. 죄송합니다, 회장님."

"아뇨. 김 비서님은 잘못이 없어요. 제가 부탁을 드린 겁니다."

마윤진이 후, 하고 웃었다.

"회장님이 가짜 목걸이를 훔쳐내시면 당연히 난리가 나겠죠. 하지만 이체리 씨 가방에서 진짜가 발견되면 모든 문제가 없어질 거라고 생각했어요. ……그나저나 어떻게 눈치를 채신 거죠?"

마윤진이 연서에게 물었다.

"처음엔 몰랐어요. 그런데 아까 정원에서 사모님을 뵙고 확신했습니다. 바람이 불었을 때."

무슨 이야기를 하는지 모르겠다는 듯 마윤진이 눈을 둥그렇게 떴다가, 바람 이야기를 듣자 아, 하고는 고개를 끄덕이며 웃었다. 그녀의 셔츠 자락이 펄럭였을 때 그 안으로 목걸이 자국이 보였던 것이다.

마윤진은 셔츠의 단추 두 개를 풀었다. 사람들이 신음 소리를 내었다. 마윤진의 목에는 목걸이 자국이 그대로 남아 있었다. 이체리의 목걸이와 같은 모양이었다.

"목걸이가 얼마나 마음에 드는지 한여름 내내 이걸 걸고 다녔어요. 피부가 타면서 자국이 조금 남았는데, 눈썰미 좋으시네요."

"그것만이 아니라, 아까 사모님이 하신 말씀을 듣고 사모님이라면 회장님을 위해 그렇게 하시겠구나 하고 생각했습니다."

"무슨?"

"아까 저와 대화하실 때 회장님을 '저 사람'이라고 표현하셨어요. 거기서 왠지 애정을 느꼈습니다."

마윤진은 대답 없이 웃었다. 그 웃음이 조금 슬프게 느껴졌다. 내내 붉으락푸르락 변화가 심하던 백 회장의 얼굴에는 이제 죄책감이 가득했다.

마윤진은 연서에게 진짜 목걸이를 받아 백 회장의 손에 쥐어 주었다.

"목걸이 따위는 누구를 줘도 좋아요, 회장님."

마윤진은 돌아가겠다는 듯 몸을 돌려세웠다. 백 회장이 그녀의 팔을 잡았다.

"왜……. 당신은 질투도 없나? 왜 날 감싸겠다고 이런 짓을 한 거지?"

마윤진이 돌아섰다.

"전 시집 왔을 때부터 시어머님께 모든 것을 참아야 한다고 교육받아 왔어요. 남자가 바깥에서 하는 일에 상관해서는 안 된다고요. 아무것도 바라지 말라고. 그래서 바라지 않으려고 했어요. 하지만 가족의 마음만은 포기할 수 없었어요. 여보. 하나만 부탁드릴게요. 밖에 나가 어떤 일을 하셔도 가족에게 부끄럽지 않겠다는 마음을 잊지말아주세요."

백광우는 고개를 떨어트렸다. 이체리도 빨갛게 달아오른 얼굴로 마윤진을 향해 두 손을 모았다.

"잘못했습니다. 정말 잘못했습니다. 다시는 오빠, 아니 회장님 만나지 않겠습니다."

마윤진은 아무런 대답도 하지 않고 방에서 나갔다. 아까의 그 무덤덤한 얼굴에서 슬픔의 기운이 조금 더 짙어졌을 뿐이었다. 마윤진의 마음에 난 상처는 이걸로 쉽게 사라지지 않을 것이라는 생각이 들었지만 마윤진은 백광우에게 애정이 남아있다. 남은 것은 그녀의 손에 달렸다. 연서는 거기까지는 자신이 관여할 수 없다는 것을 알고 있었다.

대신 아직 할 일이 더 남아있다.

"이체리 씨, 사모님 말고도 더 사과하셔야 할 것 같은데요."

연서의 말에 이체리가 두 명의 스타일리스트에게로 고개를 돌렸다. 이체리의 어깨가 떨리고 있었다. 그간 언니 어쩌고 해가며 친하다고 생각해 왔을 터이지만, 마음속에 그런 앙금을 갖고 있는 줄 몰랐을 것이었다.

"미안해요. 너무 생각 못했어요. 그리고 소연아……. 그런 일까지 시켜서 미안해. 잘못했어."

"저도, 협박에 도둑질까지 미쳤나 봐요."

최소연도 사과했다. 이인경이 그런 두 사람의 어깨를 토닥였다. 나머지 감정의 찌꺼기 역시 그녀들의 몫이었다.

"자, 그럼 저희와 남은 정산하실까요?"

모두 돌아가고 넓은 방에는 이제 백광우 회장과 씨우세클럽 멤버 5인만이 남았다. 김후재는 자리를 피해주기 위해 밖에서 시동을 걸고 기다리겠다는 말만 남기고 나갔다. 그의 연락처를 받지 못했지만 연서는 다음을 기약하며 일의 마무리를 위해 위엄 있는 얼굴을 고수했다. 무슨 말을 하느냐는 듯 백광우가 그녀를 보았다.

"가맹점주 보상안! 대국민 사과! 그리고 갑질 당한 직원들에 대한 진심 어린 사과요."

"그, 그래도 대국민 사과까지는……."

오호라, 이제 와서 말을 바꾸시겠다?

"회장님 이렇게 나오시깁니까?"

안되겠다. 안되면 협박이라도 하는 수밖에. 치사하지만 연서는 이체리와의 밀회 사건을 터뜨리겠다는 말로 협박을 하려고 했다. 하지만 그 순간, 좀비처럼 벌떡 일어난 인물이 있었으니, 바로 모두가 잊고 있었던 김병천이었다. 그는 한손에 길쭉한 녹음기 하나를 들고 있었다.

"다 녹음했는뒈에~ 녹음했능뒈에~ 풀어버려야징~ 나 껨방했지렁~"

숭구리당당춤을 춰가며 아직도 만취해 있는 김병천이었지만 이번엔 아무도 말리지 않았다. 연서는 김병천을 향해 살짝 엄지를 치켜들어 보였다. 백광우가 어깨를 늘어트렸다.

"…알겠습니다."

"와아아아!"

드디어 대박 미담을 터뜨리게 된 씨우세클럽 파이브가 주먹을 높이 쳐들고 환호성을 터뜨렸다.

연서는 백광우 회장을 향해 한발 다가섰다. 어느새 기운이 쭉 빠진 듯한 백광우가 그녀를 쳐다보았다.

"이 녹음 때문이 아닌 진심이셨으면 좋겠습니다. 저희 가맹점주들은 회장님이 세우신 본사 믿고 계약한 사람들입니다. 회장님의 또 다른 가족이라고요. 회장님께서 앞으로 무슨 일을 하실 때에 그 일이 저희 가족들에게도 부끄럽지 않은 일이었으면 좋겠습니다."

말없이 백광우가 고개를 떨어뜨렸다.

"넌 대체 왜 가짜 목걸이를 훔치려고 했냐?"

천숙자가 한 대 칠 듯 한 얼굴로 별장을 나서면서 이기식을 향해 물었다. 이기식은 변명할 자격도 없는 자신의 처지를 잘 아는지 고개를 떨어트렸다. 대신 연서가 대답했다.

"이미테이션도 그 정도면 꽤 값나가요. 그걸 알아서겠죠."

"으이구, 으이구."

씨우세클럽 파이브는 당당하게 어둠이 깔린 도로로 걸어 나왔다. 이기식은 연서에게 얻어맞은 정강이가 아직도 아픈지 절룩이고 있었으며, 서석권은 김병천을 부축해 간신히 걷고 있었다. 천숙자만이 근래에 가장 재미있는 날이었다며 신나하고 있었다.

연서는 물끄러미 하늘을 올려다보았다. 근래 드물게 미세먼지 없는 날이라 그런지 검은 밤하늘에 별이 반짝이고 있었다.

또 이렇게 하루가 저물고 내일이 올 것이었다. 평소와 다름없이 물건을 정리하고 아르바이트생들과 교대를 하며, '지금 마주하고 있는 직원은 고객님의 가족 중 한 사람일 수 있습니다.'라고 적어둔 팻말을 걸고 쉴 새 없이 포스기 앞에서 바코드를 찍을 것이었다. 하지만 백광우 회장의 공식기자회견이 열리면 오늘과는 조금 달라진 내일이 될 것이었다. 모든 것이 그들의 덕분이지만 그 노력을 아무도 몰라준다고 해도 상관없다, 고 연서는 생각했다. 게다가 돌을 맞아도 시원찮을 백광우의 미담을 만들어 주는 것이 마음이 좋지만은 않았다. 요즘 심심찮게 CEO리스크가 터지면서 프랜차이즈 점주들의 피해를 보상하는 법안이 마련된다고 들었다. 문득 그 법안은 언제 마련되나 싶어 연서는 휴대폰을 꺼내 인터넷을 열었다.

"어? 잠깐!"

연서가 휴대폰을 들여다보며 심상치 않은 목소리로 말했다. 멤버들이 불안한 눈으로 그녀를 보았다.

"왜 백광우 회장이 검색어 1위지?"

"또 무슨 일을 벌인 거냐아!"

멤버들이 비명을 지르며 각자 자신의 휴대폰을 열었다. 자정이 가까워져 오고 있었다.

ABOUT 'A WEEK'

일곱 편의 이야기가 모두 끝났다. 한주의 마지막 이야기가 끝나고도 한동안은 세 사람 모두 입을 다물고 있었다. 편의점 안에 묘한 분위기가 떠돌았다. 알 수 없는 긴장감과 함께 흥분감과 기대감 같은 것들이 뒤섞여 그 분위기를 형성하고 있었다. 놀이공원 입구에서 맴돌고 있는 것만 같은 분위기.

침묵을 깬 것도 한주였다.

"어땠나요? 어떤 이야기가 제일 재미있었나요?"

"재미있고 말고를 떠나서 지금 한 얘기가 다 진짜라고? 진짜 있었던 일이라고?"

중식이 눈을 크게 뜨고선 물었다.

"물론이죠. 세상에 **불가능한** 이야기란 없어요."

평소의 중식이라면 좆같이 어디서 뻥을 치고 있느냐고 한마디를 더했을 테지만 왠지 입을 다물고 있었다. 심지어 골똘히 무언가를 생각하는 것 같았다. 생각에 잠긴 건 중식만이 아니었다. 태영 역시 멍한 눈으로 허공을 올려다보며 무언가를 생각했다. 현우는 두 친구의 모습이 낯설면서도 자신 역시 일곱 개의 이야기를 되짚고 있는 걸 발견했다.

이야기는 제각각이었다. 무서운 이야기도 있고, 웃긴 이야기도 있고, 살짝 어려운 이야기도 있었다. 그래도 다 재미있었다. 한주는 썩 훌륭한 이야기꾼이었다. 어느새 몰입하게 만들었고 결국 시간 가는 줄 모르게 이야기를 다 들었다.

"근데 이런 이야기를 해준 이유가 뭐야?"

현우가 물었다. 한주는 어깨를 으쓱하더니 말했다.

"이야기를 하는데 이유가 있나요, 뭐. 그냥 시간 때우기 용이죠."

"아니야! 뭔가 이상한 게 있어!"

중식이 손을 들어 다른 사람의 입을 막더니 생각을 짜내려는 듯 얼굴을 잔뜩 찡그렸다.

"뭐가 이상해?"

태영이 힘없이 물었다.

"너, 너…… 분명히 네가 다 목격한 이야기라고 했잖아. 그치? 슬쩍 그렇게 말하고 넘어갔어도 나는 다 기억하고 있어! 근데 말이 안 되잖아. 어, 어떻게 목격했다는 거야? 전부 다 다른……."

"잠깐!"

이번에는 현우가 중식의 말을 가로막았다.

"왜, 왜?"

현우는 권총을 들고 조심스레 문 쪽으로 다가갔다.

"무슨 일인데 그래?"

무언가 심상찮은 분위기를 느낀 듯 태영도 일어났다.

"다들 휴대폰으로 시계 확인해 봐. 내 휴대폰은 완전 먹통이야."

현우가 뒤를 돌아보며 말했다. 중식과 태영은 주머니에서 휴대폰을 꺼냈다.

"어? 내 것도 꺼져 있어. 다시 켜지지도 않고."

"나도 마찬가지야."

두 사람 다 어안이 벙벙한 표정이었다. 분명 한주가 이야기를 시작하기 전까지만 해도 제대로 작동을 하고 있었다.

"뭔가 이상해. 여기 편의점 시계도 멈췄고, TV도 더 이상 안 나와."

현우의 말에 두 사람은 고개를 돌려 시계와 TV를 바라봤다. 전자시계는 '00:00'으로 표시된 채로 깜박이고 있었고 TV는 아예 새까만 화면만 나왔다.

"그리고…… 주위가 너무 조용해. 약속한 시간은 이미 지났을 텐데."

현우는 그렇게 말하며 문에 몸을 기댄 채 블라인드 사이로 손가락을 넣어 슬쩍 벌렸다. 그러고는 바깥을 살폈다.

아무 것도 없었다. 경찰들도, 기자들도 보이지 않았다. 평소에 지나다니던 구질구질한 골목의 밤 풍경이 펼쳐져 있을 뿐이었다. 깨진 가로등, 그 밑에 쌓인 쓰레기들, 삐딱하게 주차된 자동차들…….

"씹할. 뭐야?"

그렇게 중얼거리는 현우 주위로 중식과 태영이 다가왔다. 두 사람 역시 블라인드 사이로 바깥을 보고는 눈이 커졌다.

"다, 다 어디로 갔대?"

중식이 물었다.

"철수한 건가?"

태영이 중얼거렸다.

"몰라. 모르겠는데 뭔가 함정이 있는 것 같아. 우리가 말한 승합차도 없잖아."

현우는 권총을 다시 한 번 꽉 쥐었다. 지금 믿을 건 권총과 인질밖에 없었다.

잠깐! 인질?

현우는 재빨리 뒤를 돌아봤다. 한주가 없었다. 기껏해야 몇 평 되지 않는 편의점이었다. 숨을 공간 같은 건 없었다. 그런데도 한주가 보이지 않았다.

"야! 알바 새끼 어디 갔어?"

현우의 말에 두 사람도 서둘러 한주를 찾기 시작했다. 중식은 아이스크림 냉장고까지 열어봤다.

"씹할. 거긴 왜 보냐?"

"그, 그래도……."

"창고에 있는 거 아닐까?"

태영이 조심스레 말했다. 당연한 추측이었다. 편의점 안에 없다면 나머지는 창고밖에 없었다.

"이 새끼가 봐주니까 도망을 쳐!"

현우는 창고를 향해 성큼성큼 걸어갔다. 중식과 태영이 그 뒤를 따랐다. 창고 문을 열려던 현우는 잠시 멈칫했다.

"뭐해? 빨리 열어."

중식의 재촉에 현우는 숨을 한 번 고른 후 힘차게 창고 문을 열었다.

그러고 세 사람은 동시에 숨을 삼켰다.

"이, 이게 뭐야?"

중식이 중얼거렸다. 태영은 눈만 껌벅일 뿐이었다. 현우는 다시 아파오기 시작하는 머리를 감싼 채 창고 안을 노려봤다.

그곳은 태영의 원룸이었다. 책상 위에 수북이 쌓인 라면 용기들, 팔랑개비 책상과 바닥에 뒹구는 맥주 캔, 그리고 누런 이불과 그 밑의 낡은 침대까지 어딜 봐도 태영의 원룸이었고, 아무리 눈을 감았다가 떠도 그 모습은 사라지지 않았다.

"내가 보고 있는 거 너희들도 보는 거지?"

현우가 조용히 물었다.

"나도 묻고 싶다. 이 좆같은 상황, 실화냐?"

"내 방이 왜 여기에……."

현우는 그 방을 둘러보다가 이상한 걸 발견했다. 더 이상 이상할 수 없는 상황이었지만 그 안에서도 특별히 더 이상한 거였다.

"저거, 벽에 걸린 시계 너희들도 보여?"

현우는 태영의 좁아터진 원룸과는 어울리지 않는 벽시계를 가리켰다. 반짝반짝 빛나며 날짜와 시각이 표시되는 그 시계는 현우와 중식이 돈을 모아 태영에게 사준 집들이 선물이었다.

"응. 원래 있던 시계잖아."

"아!"

중식과 달리 태영은 눈치를 챈 모양이었다. 태영의 입이 쩍 벌어졌다.

"봐봐. 저 시계에 표시된 날짜. 일주일 전이야. 일주일 전 오늘이라고!"

현우가 소리쳤다.

"으악!"

뒤늦게 알아 챈 중식이 비명을 질렀다.

"일주일 전이면 현우 네가 계획이 있다고 우릴 불러 모은 날이잖아."

태영이 말했다.

"맞아. 바로 그때야."

"그, 그러면 뭐야? 혹시 저기로 가면 일주일 전으로 돌아갈 수 있다는 거야?"

중식이 말을 꺼내기 전부터 이미 현우는 그 가능성에 대해 생각하고 있었다. 아니, 거의 확실한 것 같았다. 그러니까 이건, 이 빌어먹을 편의점의 창고 안은 다른 시공간으로 통하는 곳이었다. 그리고 지금 기다렸다는 듯 일주일 전의 문이 열렸다.

"일주일 전으로 돌아갈 수 있다면, 넌 갈 거야?"

현우가 중식을 향해 물었다.

"너는?"

이번에는 태영을 향해.

"야야! 이거 완전 대박 아냐? 저 돈을 들고 일주일 전으로 가는 거잖아!"

중식이 잔뜩 흥분해서 소리쳤다.

"아니. 그건 안 될 것 같아. 봐."

태영이 그렇게 말하며 창고 안으로, 자신의 방 안으로 한쪽 손을 스윽 집어넣었다. 그러자 끼고 있던 목장갑이 스르르 사라졌다.

"어?"

"그래, 그런 거였어. 일주일 전으로 가면 모든 게 리셋 되는 거야. 우리가 현금수송차량을 털었던 일도 없어지고 물론 돈도 없어지는 거지."

현우가 말했다.

세 사람은 한동안 말없이 방을 바라봤다. 어마어마한 돈을 등 뒤에 두고서. 한참 만에 태영이 입을 열었다.

"선택할 수 있는 거네. 저 돈을 들고 편의점 밖으로 나가거나 아니면 방으로 가서 모든 걸 잊거나."

"맞아."

현우가 고개를 끄덕였다.

"어, 어떻게 할 거야?"

중식이 마른침을 꿀꺽 삼킨 후 물었다.

현우는 돈 가방을 돌아봤다. 그런 뒤 편의점 문을 쳐다봤다. 참으로 손쉬운 일이었다. 가방을 들고, 문을 열고, 밖으로 나간다. 끝.

그러면 뭐가 달라질까?

문득 그게 궁금해졌다. 현우는 이 계획을 세운 이후 처음으로 자신에게 질문을 했다. 그러면 뭐가 달라지는데? 더 행복해지는 거야? 더 그럴싸한 인간이 되는 거냐고? 한주가 해준 이야기들이 떠올랐다. 그 이야기 속 주인공들은 뭔가 선택을 해야만 했다. 선택을 한 후 후회하는 이도 있었고 만족하는 이도 있었다.

너는 어느 쪽이 될래?

현우는 마지막으로 물었다.

"우리 다수결로 하자."

태영이 말했다.

세 사람은 서로를 쳐다봤다. 의견이 엇갈릴 때면 셋은 종종 다수결을 따랐다. 그래봐야 2대1의 결과였지만 거기에 승복하지 않았던 적은 없었다. 그래서 세 사람은 아직 친구로 지낼 수 있었다.

"좋아."

중식이 고개를 끄덕였다.

"그러면 일주일 전으로 돌아가고 싶은 사람은 손드는 거다. 하나, 둘……."

현우가 숫자를 세며 친구들의 얼굴을 바라봤다.

"셋."

마지막 숫자가 떨어지기도 전에 팔 세 개가 동시에 올라갔다.

만장일치였다.

중식은 배달을 하다가 잠시 멈춰서 담배를 입에 물었다. 그때 한참 분주하게 인테리어를 하고 있는 매장이 보였다. 원래는 구멍가게가 있던 자리였는데 몇 주 전부터 문을 닫았나 싶더니만 결국 다른 가게가 되는 모양이었다.

"에이. 담배도 싸고 좋았는데."

중식은 그렇게 중얼거린 후 다시 스쿠터를 몰았다. 목적지는 태영의 원룸이었다.

"야! 왜 이렇게 늦었어?"

중식이 들어서자마자 현우가 한 마디를 했다.

"미안. 오늘따라 배달이 밀려서."

"빨리 앉아. 현우가 기막힌 계획이 있대."

태영이 웃으며 말했다.

"기막힌 계획? 그게 뭔데?"

"잘 들어봐. 계획은 말이야, 단순할수록 좋은 거야. 내 말 무슨 말인지 알지?"

현우가 두 사람을 쳐다보며 입을 열었다.

"이번 여름에 제주도로 뜨는 거야. 제주도 가면 게하라고 있거든. 게스트하우스. 거기에 예쁜 여자들이 그렇게 많이 몰린대. 그러니까 있는 돈 없는 돈 다 긁어모아서 거기로 가는 거지. 어때, 내 계획? 심플하지? 제주도 간다. 게하에 묵는다. 헌팅한다. 끝!"

"지, 진짜야? 여자들 만날 수 있어?"

중식이 눈을 반짝이며 물었다.

"난 알바 빼기 힘든데……."

태영이 중얼거렸다.

"그럼 그냥 그만 둬. 알바야 또 구하면 되지."

현우가 말했다.

"우와! 생각만 해도 좋다. 나 올 여름에 여친 생기는 거야, 응?"

"담배 하나만 줘 봐."

현우가 흥분한 중식을 향해 손을 내밀었다.

"야! 방에서 빨지 마. 난리난단 말이야."

"알았어. 알았어. 밖에 나갈게. 근데 그거 어디 있냐? 권총?"

"아! 중식이가 주워온 권총 라이터. 보자…… 여기 어디 처박아 뒀는데……."

"근데 너희들 저기 골목 안쪽에 편의점 새로 생기는 거 아냐? 오늘 간판 막 달더라고. 아까 오다가 봤어. 편의점 이름이 좀 특이했는데…… 어워크라고……."

a WEEK

작가의 말

PROLOGUE & EPILOGUE 전건우

저는 편의점에 가면
에너지드링크를 삽니다.
에너지드링크는 그 이름과 달리 실제로 에너지를 제공해주진 않습니다. 몇 시간 후의 나로부터 에너지를 끌어다 쓸 뿐이죠.
결국 에너지 빚을 지는 셈인데, 그렇게 차곡차곡 쌓여가는 에너지의 빚을 바탕으로 이 작품 역시 열심히 썼습니다.
몇 시간 후의 나, 내일의 나에게는 미안한 일이지만 미안하고서라도 좋은 작품을 쓰고 싶은 게 소설가의 마음입니다.
편의점에서 산 레드불과 핫식스와 몬스터에게 감사함을 전하며 에너지드링크 향이 진하게 베어 있는 이 작품, 재미있게 읽어주시길 바랍니다.

SUNDAY 정명섭

저는 일요일에 역사를 생각합니다. 월요일부터 역사와 관련된 칼럼과 라디오 방송, 팟캐스트를 해야 하니까요. 그렇게 다람쥐 쳇바퀴 같은 일주일이 지나면 저는 숨을 고르면서 생각합니다. 지난 일주일의 역사와 앞으로 다가올 일주일의 역사를 말이죠. A week의 역사도 이제 시작됩니다. 잊지 말고 기억해주세요.

MONDAY 김성희

저는 월요일을 사전에서 찾아봤습니다. 표준국어대사전에 '한 주가 시작하는 기준이 되는 날.'이라는, 월요일에 들어갈 작가의 말을 써야 하는 저로서는 엄청나게 부담스러운 뜻이 나옵니다. 그래서 다른 사전을 찾아보니 이번엔, '칠요일의 하나. 일요일의 다음 날.'이라는 다소 안심되는 뜻이 나옵니다. 여러분 사전에 월요일은 어떤 뜻인가요? 그동안 마음에 안 들었다면 이번엔 내가 원하는 뜻을 골라보는 건 어떨까요?

TUESDAY 노희준

화요일은 새로운 인생을 살아보고 싶다는 생각이 불쑥불쑥 드는 날이지요.
후회도 많고 바꾸고 싶은 것도 많은 인생이지만, 어쩌면 우리 모두가 이미 여러 번 다시 살아온 게 아닐까, 나와 다른 삶을 살아온 나 자신과 만나면 어떤 대화를 나누게 될까, 이런저런 상상을 하다가 쓰게 되었습니다. 재미없어서 죄송합니다. 다음 생에는 나도 꼭 재미있는 사람일 수 있기를.

WEDNESDAY 신원섭

수요일은 항상 일찍 퇴근합니다. 5시 정각에 사내 방송이 나오거든요. "오늘은 가정의 날입니다. 일찍 퇴근하시어 가족과 뜻 깊은 시간 보내시기 바랍니다." <박 과장 죽이기> 역시 수요일의 도움으로 탄생한 단편입니다. 가정, 결혼, 사랑. 그런 의식의 흐름에서 영감을 얻었습니다. 작중 등장하는 조연들에게는 퇴사한 동료들의 이름을 붙였습니다. 그리고 영원한 멘토 정명섭 작가님, 좋은 기회를 주신 조민욱 팀장님, 너무나 고생하신 박혜림 PD님.
모두 감사합니다.

THURSDAY 강지영

낯선 공간에 들어서면 그곳에서 있었을 법한 이야기를 상상한다.
이를 테면 이런 것들이다.
은행창구의 텔러들을 보며 그들이 야차나 건달바, 아수라 같은 여덟 신장이라면 내가 지은 죄업만큼 이자를 받아내겠구나.
놀이터에서 말없이 몇 시간씩 노는 아이들을 보며, 최근 태어난 아이들부터 인류가 진화했다면 언어 대신 텔레파시로 소통을 할 수도 있겠구나.
결국 언어를 쓰는 사람들은 나같은 소설가와 노인뿐이겠네, 같은 상상들이다.
목요일이었던 어제 편의점에서 생수를 샀다.
알바생에게 덥죠, 라고 묻자 그는 더운데 너무 추워요, 라고 기묘한 대답했다.
그게 킬러와 의뢰인이 약속한 암구호라면, 편의점은 더 이상 친근하고 안전한 공간이 아닐지도 모른다.
흥미진진한 하루하루다.

FRIDAY 소현수

저는 금요일에는 딱히
특별한 일을 하지 않습니다.
사실, 일주일 내내 그렇습니다.
그런 와중에 특별한 하루를 보냈다고 자평할 때가 있습니다. 좋은 글을 쓴 날이 그렇습니다. 금년에는 아비를 쓴 이후 특별할 날이 없었는데, 요즘 들어 하루하루가 특별합니다. 꽤 재미난 이야기를 쓰고 있습니다. 다음 작품을 기대해주시길.

SATURDAY 정해연

저는 토요일엔 무조건 잠을 잡니다.
직장인처럼 주 5일 근무를 하기 때문에 토요일은 무조건 잠 파티입니다. 아침을 먹고 한 시간 잠을 자고, 점심을 먹고 두 시간 잠을 자고, 저녁 먹고 9시부터 일요일 8시까지 잠을 잡니다. 글을 쓰는 일이나, 잘 안 풀리는 일은 다 잊고요.
누군가는 '죽으면 실컷 잘 잠'이라고 하지만, 죽어보지 않으면 모르는 일이라 저는 지금 행복한 잠을 잡니다.